长城志

上卷

燕山大学出版社

·秦皇岛·

图书在版编目（CIP）数据

长城志 / 胡杨著. -- 秦皇岛 ：燕山大学出版社，

2024. 9. -- ISBN 978-7-5761-0711-1

Ⅰ．I227

中国国家版本馆 CIP 数据核字第 2024T4G070 号

长城志
CHANGCHENG ZHI

胡　杨　著

出 版 人：陈　玉

责任编辑：臧晨露　孙亚楠　张岳洪　　　　策划编辑：张岳洪

责任印制：吴　波　　　　　　　　　　　　封面设计：方志强

出版发行：燕山大学出版社　　　　　　　　电　　话：0335-8387555

地　　址：河北省秦皇岛市河北大街西段 438 号　邮政编码：066004

印　　刷：涿州市般润文化传播有限公司　　经　　销：全国新华书店

开　　本：889 mm×1194 mm　　1/16　　　印　　张：85.75

版　　次：2024 年 9 月第 1 版　　　　　　印　　次：2024 年 9 月第 1 次印刷

书　　号：ISBN 978-7-5761-0711-1　　　　字　　数：1540 千字

定　　价：650.00 元（全 3 册）

我的长城志（自序）

　　一直有一个野心，那就是用诗歌的方式，书写自己的长城志。

　　从敦煌到嘉峪关，从埋下胎衣的地方，到工作生活的故土，抬头仰望或者低头沉思，总是离不开长城的笼罩。长城巨大的身影，在我生命的轨迹中逶迤前行，踏破了所有的坎坷，冲破了所有的阻挠，让我成为一个心无旁骛的人、意志坚定的人、勇敢冲锋的人，感谢长城，它让我找到了真正的自己。

　　对一般人来说，长城是历史遗迹。对我来说，长城却是我确认自己的唯一标识。

　　记得三十多年前，我还是一个毛头小伙子的时候，就疯狂地迷恋上了诗歌创作。在风起云涌、气势如虹的边塞诗中，我读到了古代的诗人们毅然出塞、马革裹尸、建功立业的豪迈情怀，也毫不犹豫地依照古人的方式，骑一辆破旧的自行车，一连七八天，在烈日炎炎的酷夏，穿越戈壁，跋涉沙漠，从阳关到玉门关，从寿昌城到河仓城，沿着一座座烽燧，一步步踩踏先贤的足迹；一次次拜谒那些曾经出产千古名句的遗址圣地，俨然是一个诗歌的坚定的追随者。那些日子，身体异常疲惫，但灵魂却格外丰盈。遇到一眼泉水，一条小溪，总是情不自禁地趴在地上，牛饮一番，然后痛痛快快地洗去身上的尘土。殊不知，这正是戈壁行走的大忌，落满灰尘，对皮肤是一层保护，洗去灰尘，在烈日的暴晒下，表皮皲裂、发炎、化脓，仅仅几天，我就从一个白娃娃，变成了一段黑木炭。那一次，长城给我留下了不可磨灭的记忆，我固执地认为，长城，其实就是一首长长的诗。

后来，我鬼使神差地来到了嘉峪关，一开始对这座空旷的陌生城市有点排斥，它不像酒泉和敦煌，烟火气十足，相比起来，它就像一个高高在上的雅致的书生，有点傲气，还有点冷漠。既然无法融入城市，就从城市的外围开始，深入这座城市。还是骑一辆破旧的自行车，在嘉峪关周边穿行，周末或者下班之后的黄昏，嘉峪关的荒野上，人们总会看到一个骑自行车的孤零零的男人，丁零当啷地漫游在历史遗迹间，乐此不疲。一年下来，竟然骑坏了一辆自行车。感谢长城，让我有了重新认识一座城市的机遇。从那时候开始，我开始下决心扎根嘉峪关了。虽然有数次机会调离这座城市，迁移内地、南方和京城，但我都毫不犹豫地拒绝了，我知道，我的根，就在长城地带。

嘉峪关是个工矿城市，地域面积小，各种发展资源相对匮乏，但就文化来说，却独具特色。石器时代的岩画文化、中世纪的墓葬文化及丝路文化、汉明以来的长城文化，历史的各个时期，在这里都有重要的文化积累。尤其是长城，有"天下第一雄关"之称。当我一次次走过嘉峪关辖区内26段43617.44米的长城墙体，8座城堡、1座关隘、30座独立墩台……就猛然觉得，我是一个特别富有的财阀。从西南面的祁连山北麓的红泉墩，到南面的卯来泉堡，再到西面的骟马城，再转向北面的花城湖，最后延伸至金塔黑河流域的长城防御体系……它们，构成了我的长城王国，使我乐此不疲！尤其是嘉峪关关城，雄伟巨防、长城主宰，深深地震撼了我。

记得在无数个日日夜夜，我和同事们巡查长城，探讨长城保护的最佳方案，开展长城文化挖掘，不到几年工夫，成立不久的嘉峪关长城研究院，竟然培养了一大批文物专业人才，出版了诸多的长城研究著作，令我深感欣慰。

长城是一道墙，是高大的墩堡，是巍峨的关城，更是一条情感线、文化线、交融线，让中华儿女在冲突中增进了了解，强化了交流，促进了融合，形成了谁也离不开谁的共同体意识。我一直尝试用各种文体表达对长城的敬意，但诗歌对我来说，更直接、更用情、更放旷！感谢燕山大学出版社，《长城志》1700多页厚厚的三卷本，应该是我挚爱长城的心跳，应该是我自己的长城志！

但一切都没有停歇，这仅仅是开始！

嘉峪关下

目　录

长城颂
——献给嘉峪关建关 650 年

守业，守志向，是为魂
聚天地之气，是为魄

垒土而守
凝神而勇

一道长墙，挺起了
高峻的脊梁

——题记

1. 序章

为了保留夜晚的黑
为了换取
月色如银

为了唾手可得的安宁
为了一次相遇

为了婴儿的哭声
为了母亲的微笑

趁着波涛如怒的山
趁着汹涌翻滚的海
用我的血肉
祖祖辈辈的心心念念
筑起一道
拦截刀箭的墙

看啊，几十个世纪

一个大家庭
墙内耕田
墙外放牧
墙内开花
墙外香，墙内也香

2. 山川

阳光在流淌
多好的阳光啊

雨水来了
阳光来了
牛羊就来了

可，只有阳光来了
雨水在半路上
草原到处都流传着雨水的消息
这消息，被阳光晒得爆裂了

一座座帐篷跟随着
丝丝缕缕潮湿的气息
迁移，迁到哪儿
这气息，像长了腿

牛羊疲惫了
牧人们彻底疲惫了

他们的血在燃烧
这熊熊的火焰
会把他们烧成灰烬

在绝望的那一刻
在草原的边界

在雪山之南
这里有旺盛的炊烟

3. 南下牧马

神奇的麦穗
那是年年生长的黄金啊

骑马的人，从草原到绿洲
劫掠者的马蹄
溅起的愤怒
迅速蔓延

一个完好的秋天被踩碎了
一个香喷喷的秋天
散发着血腥

烽烟从每一个制高点升起
像是一束头发
像是一把钢刀
像是一群魔鬼

哀号从每一棵草的草尖滑落
大地再也无法承载
骑手们膨胀的欲望

那些冲击的马
那些裹尸的马
那些身披箭矢的马
那些嘶鸣声跌入虎落的马

坚石壁立
城池素缟

4. 新坟

被黄土掩埋的那个早晨
夜晚，无数的磷光浮出
人们说，那是
那一天的霞光
还有期待的眼神

炊烟突然间定格
像一面黑色的幡

断断续续的抽泣
一阵紧似一阵的哭嚎
像一张铁丝网
罩住了
村庄和草原
自由，像一只羔羊
绑在砧板上

人们的身影，越来越远了
但那脚印
从新的坟头起步

5. 夯筑

用黄土，把死亡隔离开来
或者，把灾难
挡住
如果死亡和灾难更加强劲
那么，再加上石头、刀、箭和勇气

如果那场雨
或者漫天的雪花还没有到来
那么，掘地三尺

把它找出来

熙熙攘攘的尘烟中
人们的呐喊声
一直向着荒芜的戈壁和遥远的草原

当这一道长墙横空出世
野蛮的风，一次次从墙壁上撞落
一次次伤痕累累
只有阳光，在高墙下
渐渐聚集，渐渐温暖
渐渐温柔
一切都发生了难以置信的改变

草原的豪迈
绿洲的情谊
合二为一

人们已经走完很长的路
人们踩过了鲜血和痛惜
双手握在一起
抱在一起
像兄弟一样熟稔

长久的分离
此刻的重逢
犹如一场雨水
泛起一波一波青草
种子的喧哗
伴着溪水的流响

6. 互市

墙壁封锁了无序的风

却让春风在春天的轨道
与广阔的牧草与庄稼
相逢，这是一次巨大的裂变
财富，像甘霖一般洒遍草原
友谊像蜂蜜一般，醇香了绿洲

墙，是一道臂弯
拢住了人气、人心
以一堆篝火为圆心
夜晚，也有无限的光明

所有的爱，在一起
所有的收获，在此刻分享

帐篷之上，未来
是七颗星星
代表了希望、安宁、成长、爱情、音乐、舞蹈、诺言

炊烟之上，未来
是汗血宝马和羊皮书
代表了泉水、智慧和力量

这是一道门啊
打开它
四季穿梭
收获如云

7. 四海一家

卓玛来了
央金来了
张三来了
李四来了
大家都来了

来，干杯
格桑花、杏花、稻花
香气浓郁
油灯如豆
星盏如昨

牛车太慢
骏马太快
大家都回来了

手持着那一份问候
心，怦怦跳
见面了
说啥？啥都想说
又一下子说不出来

口内口外
墙里的粮食
墙外的茶
都摆在桌子上了

这个夏天，香喷喷的

嘉峪关

春风驻扎在低洼处
而一匹骆驼必须站高

三十年来，一匹骆驼
已是老祖母，眼神渐渐昏花
看不清石头和沙粒下面
哪儿有暗河的碧波

子孙们，另立门户
走出这片沙滩已经很远

在冬天转场的路上
互相遇见了
闻见那熟悉的气味
叫几声，算是打了招呼

它们年轻的庞大的身影
被稀疏的草和辽阔的天空吃掉

这戈壁是一座胃啊
酒泉城修了好几回
四堵砖包大墙
摔碎了勇猛而细密的风
却还要掉下一层层泥皮
像一个走向衰老的人

一匹衰老的骆驼啊
在哪儿躺下
在哪儿找见
自己的出生地

1. 叙述

那匹骆驼走了之后
天空就轰然倒下

像麦穗一样的箭羽
撕开了整片的夕阳
而晨光早已退却

临水的一户人家正要起垄播种
就被一股强劲的晨雾覆盖

就这样，整个春天就荒芜了

浇灌麦田的水，在即将受孕的一刻
被一路喊渴的声音截流

那匹骆驼掩没了
所有的泉眼和微笑
植物的微笑，动物的微笑

一辆独轮车、一辆驴车、一辆马车相继出村
轮辐的碾轧和轮轴的摩擦声
像惊飞的鸟儿，扑棱棱飞越村庄
遮蔽了刺眼的阳光
似乎比一场梦更虚幻
一群人睡眼惺忪就上路了
庞大的灰尘拉上了田园的帷幕

这儿的土，那儿的土
这儿的石头，那儿的石头
不分彼此

它们像逃荒的队伍
顾不上亲人与财产
向水和粮食集结

张三就要回到酒泉了
他的三十匹骆驼，背负了
他一路上的脚印，血腥的羊皮
捆绑了一堆鲜活的叫声
私下里偷偷藏好的那一袋马奶酒
走着走着，忍不住摸一下

酒泉的麦子齐刷刷长高
酒泉的麦子黄了

风里，盛着浓浓的麦香

人的队伍，马的队伍，马车和牛车组成的队伍
把半个酒泉撕扯了下来
大片的灰尘在半空飘着

灰尘中劳动的人们
是自己的父亲、母亲、弟弟和妹妹
张三的眼泪
像一场酣畅的雨水

吃麦子的路
被嘉峪关挡住了

2. 石匠

阴差阳错，张三成为一个石匠
从小，人们说他命硬
要把坚硬的石头凿成一座城池
一个人的命就太软弱了

一个人的命喝着苞谷面糊糊
在叮叮当当的粉尘中
一点点把自己攒足的力气扔掉
在漫天星星的夜晚
抽掉骨头
像一滩烂泥巴

张三看见城墙越来越高
自己的身子越来越弱小
就知道，一列长长的墙
是需要人的筋骨做支撑的

马嘶鸣的声音，像一条鞭子

羊散漫地走过来，像一个老人在散步
墙的两侧，咫尺天涯

昔日走过的那座帐篷
央金的奶茶，凉了又热
照见那张熟悉的脸
重复过无数遍

3. 春风

四十年的春风只育下了这一片树林
每一缕春风都是一片叶子

走多远，总要回头看看
好像那些葱翠的叶子跟着自己
四十了，头发雪白
真像是一片雪
这雪啊，盖住冬天的土地
人也就安宁了
这雪啊，从头顶上落下来
耗尽了一辈子的睡眠

像种子，在无尽的尘土中
挣扎，要不
土快要埋到脖子上了

只是在春天
还要像芽苞一样，钻出地面
长一茬庄稼
攒一圈白杨树的年轮

只是在春天
所有的麦子和所有的草
被一条河流分开又合拢

被长长的围墙分开又留下
一片缓冲地带

只是，高高的墙上站着的那个人
既像父亲，又像母亲
既像儿子，又像女儿
当一阵冲杀声响起
他们的面容
模糊了

4. 回归

几辈子的人都集合在这瓦罐里了
一个叫戍卒，一个叫守拙
坐在南墙根晒太阳的那个
光着身子跳进湖里的那个
他们的马，进了南山
他们的刀剑，进了库房

野兔子来了，狐狸来了
只好用套索

坐在这苍凉的黄昏
有一壶酒就好了
有一壶酒，就可以藐视天下
忽视具体的生活
有一壶酒，此刻的欢乐
就会无限蔓延，淹没那些石条和砖
淹没一睁眼就看见的血

远远地有人来了
远远地有人走了
骆驼、马、架子车、大轱辘车
一声声，踩在心弦上

压出一道道血印

有个人陪着说话
有个人一起喝一杯河水
哪怕在水里泡一两片芦苇叶子
故乡的滋味也在其中

说是有谁谁谁的消息
说是就在肃州的河沿地上
几个人种出了一百亩高粱

听着听着，就抱住了来人
这人的声音
是从故乡来的啊
五十年没有听到过了

5. 水磨

水的坡度一直延伸到麦子的表面
哗啦啦流淌的节奏
渐渐溢出清香

这一树桃花，这叶片下的杏子
这一地的苦苦菜
或者叫羊蹄甲的野草

几户人家的炊烟交织在一起
几户人家坐在老柳树下
东家的面片，西家的馍馍
风俗在靠近，互相说话的语气
听不出谁是谁

守着这盘水磨
一圈又一圈

日子，像这砖墙
越垒越高
日子像这门洞，越走越深

高高的嘉峪关，像一座山
隆起于高岗

像坐着的一堆人
说着往事，说着走远的一批人
说着一说就流泪的事

6. 颂歌

尘埃落定，起土为墙
羊皮如云，遮蔽了无垠的寒冬
草药留香，治愈了煎熬中的顽症
可以歇息了
刚刚吹灭了灯
就有驼铃声响起

拉骆驼的人
深夜推开院门
一地的月光
像身上卸下的银子

再次点亮油灯
看见的人
泪眼模糊
身体立刻就酥软了
不知道要说啥，要做啥
一阵子功夫了
才下地杀鸡宰羊
烧火做饭

一切都是那么美好
仿佛看见了
郊外的苜蓿
蓝莹莹的光

从来处来，到去处去
嘉峪关，像一把冲天的刷子
玉宇澄清
无数个手臂挽在一起
心，在一起
纵使戈壁和沙漠
亦有通途的心桥

所有的人
向嘉峪关走来，就是亲人
所有的人
离别嘉峪关
亦是故人的海洋

会极，朝宗
思想之脂凝聚
思想之炬照亮乾坤

如灯塔
引弯弓射雕者
汇入春天的巨流
美好的生活啊
除了酒和奶液
还有音乐和歌舞

此刻，站在嘉峪关上
雪山高洁，似吉祥祝福之哈达
紫塞延袤，焕发煌煌中华之豪气

壮哉，长城
雄哉，嘉峪关

穿越田野的长城

把高粱和高粱隔开
风吹打着
像从前的骑手
拍打马背

高粱们互相拍打着
就像出征的勇士
列队前行
填平了所有的
苦难

高耸的土墙
有时会低头抚慰
红彤彤的高粱

它们的一腔子血
泼给秋天
浇灌和平的岁月

你看稠密的种子
正在酿酒

墩台

每一个墩台
都有自己的名字

十里墩、二墩
半路墩、沙枣墩

当你喊它的时候
它会马上起立
在高大的山峰上
在道路的岔口
在河流的拐弯处
在泉水的一侧

像张开的满弓
等待一只响箭

葡萄园

葡萄藤悄悄爬上了
长城，那一段夯墙
渐渐被茂密的叶子
盖住了
广阔的原野
葡萄提振了整个秋天

而托起这些鲜美果实的
是阳光浇灌的
蜜糖

苍茫

只是，奔驰的马
安静了下来

草上的风

栖息于瘦弱的叶片

只是，鹰
迅速离去
像一道闪电

只是，干旱持续着
阳光像一把刀子
割掉春天的脂膏

隐约漂浮于戈壁的夯墙
骑着乏力的月夜
度过苍茫

或许

稠密的芦苇
高高举着
今年的雨水

几只麻雀
忙着储藏草籽
从一棵草到另一棵草
兔子灰色的毛
看得清清楚楚

或许，还有几场雨
会带来牛羊和
马匹

阳关一带

那些阳光，需要去拾捡
捡到了
就是硬币

那些月色，需要去缝制
缝好了
就是纱绸

在阳关，寂寞酿酒
送别如风
去年的柳
今年的葡萄
找不到走失的
那个人

烽火台孤零零的
它们的眼睛
早已模糊
像个瞎子

那一片草原

再看见那些云
已没有一双灵动的眸子

再看见那些草
已没有摇动心旌的身姿

再看见那一座庙
诵经声，只是人间的劝诫

我来了
海仁草，你在哪里

古城

那一年，我和你
捡到从前的瓦片

那一天，我和你
吹过你的风，吹过我
像热烈的拥抱

所有的夯墙
都没有围住
简陋的烟火

所有的路
都没有通达
期待已久的相见

我和你，相拥一片星光
把那座古城揽入怀中
冷冷的、静静的

雨水

一滴雨水
就是一粒种子

那些种子
身体里的阳光、月光、星光
被这一滴滴雨水

冲出

像一道道闪电
蓬勃而起

当人们看见远方的绿洲
脚下的戈壁
有一株
可爱的骆驼草

匈奴故地

故人，已化作草
草已化作万千牛马

草原越来越静
草，越来越茂密

弯刀，在天上
勾起大地上的浮尘

那里面，有他们的骨粉
呼呼呼地吹起来
像要掀翻天幕

疾风知劲草
劲草，是他们的子孙

王子庄

一道残墙，在月色下
像一群擅长回忆的老人

一道残墙，把风
隔开、切碎
墙下，堆满了
风尘

风不听
王子的吆三喝四
风，把王子的过去
吹得翻天覆地

只有那些残垣
守着王子的睡眠
让他安静地睡下去

山丹马

在草坡上
一直吃草

在泉水边
一直喝水
在马群中
一直奔跑

遇见我
悄悄躲开
警惕地看一眼
就再也没有回头

葵花

戈壁上，它是一株葵花

沙丘中，它是一株葵花

一个人在戈壁上
一个人在沙漠上

他看见了葵花
他流下了眼泪

他的汗水
也让他模糊了
一株葵花的模样

但他觉得
它是在等他
就像每一个寂静的夜晚
都会有一个人
在想他

他抱住那株葵花
喊着她的名字

长城简史

风在外面
雨在外面

牛羊在外面
豺狼
也在外面

让进来的
进来
让出去的

出去

让爬进来的风
知道摧毁一切的
并不是风

让雨水滋润万物
不再淹死年轻的种子

马匹和他们的英雄
缔造了风调雨顺的土地

雪山之下

弯弯曲曲的车辙
隐入山麓

站在山坡上再看
这些车辙
又像一条鱼竿
一动不动地垂钓
远方的绿洲

那白云一样的羊群
是诱饵吗

还有那悠远的长调
像河水一样奔腾的舞蹈

是草原的魔法吗

反正，走进帐篷的人
都醉了

马鬃山一带

奔跑的山脉
歇息的羚羊

几栋石头房子
炊烟袅袅

出门的人
披紧大衣
裹着飘飞的雪

一辆汽车穿街而过
像是一团滚动的雪球

大地上
雪在掩盖一切

偶尔有流行的牧歌
只听清一句
就被风压倒
摁在戈壁上
像一块块碎石头

遥远的天际线上
骆驼在搬运
去年冬天的雪

三岔口

走出戈壁
到了三岔口

哪一个岔口
有河流呢

哪一个岔口
有帐篷呢

哪一个岔口
有去年埋下的灶头呢

哪一个岔口
央金系着红头巾
坐在草坡上
紧盯着草原之外的天空呢

春天

桃花开了
桃花园里静悄悄的

几只蜜蜂飞来飞去
几只蝴蝶停在枝叶间

除了蜜蜂和蝴蝶
仍然是静悄悄的

如果仔细看
每一朵桃花
都像一张羞红的脸

她们的背后
小小的心脏
扑通扑通跳着
都赌对了

心仪的人

堆垒

远处的山峰是一些巨大的石头
云刷洗着它们
又像一块黑色的幕布

摘棉花的人
偶尔擦拭额头的汗滴
会看见它
它有一双清亮的眼睛
眼神中的抚慰
扑面而来

一座山峰的爱恋从来都在
哪怕是面对一个
摘棉花的人

父亲

父亲越来越沉默了
他坐在木头上
就像一根木头

父亲总是看一本书
那是旧版的《上下五千年》
浓稠的时光
从他眼前涌过
他会有选择性地反复研磨
其中的一个段落
让他们成为乡村世界的

一株玉米和一粒麦子
有闻得见的清香
有能够咀嚼的甘甜

有时候，他会抿一口酒
就像一根木头
突然间滚动

就像一只沉默的鸟儿
快乐地叫一声

父亲的眼神里
乡村的天空
蔚蓝而深远

枣

沙子高过了这些树
沙子远远地看着
这些树

阳光在沙粒上滑行
最后一点点攀上树干
栖息于枝叶间
火热的秋天
猛然间发现
树杈间的阳光
红扑扑的

远处的沙子
拍着手
告诉世界
沙子上的霞光

熟了

黄昏

一直记着那个黄昏
玉米哗啦啦地摇摆
像一群人
拥挤着走过来

一直记着炊烟四起的村庄
风吹葵花
田野上的寂寞
悄悄蔓延

或许一盏煤油灯
就能点亮幽暗的人心
或许一家人围坐在一起
就能修补一个完整的午餐

那个黄昏，我一直独坐沙丘
我的哀愁像夕阳沉落
我突然觉得
一个人重现艰苦的成长
只需要一瞬间

一树梨花

它们的芬芳
弥漫整个夜晚
我真不知道发生了什么
一夜的睡眠
都被梨花覆盖

果不其然，一只鸟儿
水灵灵的叫声
唤醒了春天的霞光
它们整齐地聚集在
我的窗前

呀，一树梨花
跟梦中的
一模一样

葵花大地

夜晚的葵花
多半在沉思
它们低着头
听命于大地

夜晚的葵花
浓郁的花香
从葵花地
向四方蔓延

夜晚的葵花
可以藏住一个人的心思
羞涩的神情、羞红的脸庞
甚至扑通扑通的心跳
也会被淹没得无声无息

杏子

藏在枝叶间的杏子
藏不住的杏子

装在一只筐篮里的杏子
放在我宿舍窗台上的杏子

一直都在
它们很甜很甜

但我们只记住了
它们的酸

红柳

从戈壁上走过
从盐碱地上走过
一束红柳
是孤单的

它们粉红的花穗
却挽留了夕阳的美
它们的根系
在地下奔突
一年两年
它们就会子孙成群

它们的孤单
是戈壁荒野中万分之一的
孤单

它们的笑脸
被大地举高
像是不慌不忙
默念的经幡

河流的出口

柳树在烟云中
燕子飞走
只听见叫声

河流平缓地拉动
两岸的青草
葵花上的阳光
影影绰绰

劳动的人们
埋头除草、耕作
采摘树梢上的桃子和梨

秋天的清凉
是河水带来的
夕阳沉落的午夜
却没有把它们带走

昌马

马，在空旷的田野
马，像散步的绅士

只有几匹马
就能感觉到奔驰的魂魄
已经附体

只有几匹马
就把天空的云彩
像一双翅膀
披在了身上

只有几匹马
丰收的粮食
就回到粮仓

身边的亲人
牵着马
又走远了

在昌马

喜欢一川水缓缓而流
不惊动杏树、柳树和小草

黄泥小屋，有多少阳光
都会接纳
黄土更黄

几头老牛
一直低头吃草
偶尔叫几声
声音也会越过河面
传到山坳的
另一户人家

昌马石窟

土崖上，有几双深邃的眼睛
几棵细长的柳树
正好够着它

黑暗也会孕育光明
也许朝霞会一点点渗入

黄土断层，也许一个人的往事
会带来更多的
期盼的眼神

也许，开始于河流
却结束于秋天的种子

墙壁上，那些人
仍然不慌不忙地落座于从前
早已把柴米油盐的烦恼
丢到洞窟之外的草丛

河流拐弯的地方

我一直以为一条河流无所不能
它孕育的力量可以冲决一切

我一直以为一条河流的温柔可比桃花
可它翻卷的浪花冲走了一簇野草
根脉如惨白的骨头

我一直以为水会像母亲一样守护每一个弱小的生命
可它不舍昼夜，心无旁骛

河流拐弯的地方
激流被截断
它们顺从地折回另一个方向

更多的葵花
目送它们走向远方

老人

割草的老人
割草、捆草
然后坐下来
抽旱烟

他抽一口
会眯一下眼睛
像回味一段有趣的往事

成群的牛羊
一点点散开
他把烟杆别在腰间
一声长调
像是鞭子
把它们拢回来

他背着草回家
牛羊也跟着回来了

戈壁上的河流

就像一汪水，看不出它的流动
沿途的青草
从河两岸出发
走了很远
更多的折返回来
像回家吃饭的孩子

偏离了主航道的水
形成了一个个海子
它们个个扎着麻花辫

老人们说，海子
就是秀气的女子
海子里的一束束芦苇
就是她的麻花辫

看着看着
我就把一条河流
看成了一个女孩子
把一束一束的芦苇
看成了她的麻花辫

　跟随一条河流
戈壁上的奇迹才刚刚开始

烈日下的荒野

狂雪或者烈日
是荒野的门槛

兔子们隐藏起来
它并不在意哪棵草茂盛
阴暗的地下
它，正在咀嚼它们的根

这些草
这些兔子
没有跨过这个门槛

此刻，一切都是滚烫的
阳光的慷慨好像并不能拯救
腐朽的大地
而那些新鲜的秧苗
迅速垮了下来

像整栋楼的倒塌

细碎的石子
在修建自己缜密的堡垒
它们堆积着
滚动着
像是在寻找一个
华丽的宫殿

踏入荒野的门槛
你用双手拍不掉
身上
多余的阳光

采枸杞的姑娘

这鲜红的一滴
像是凝结的夕阳

姑娘把它们放进筐篮
一滴一滴
似乎它们会滚动
会滑出筐篮的缝隙

姑娘低着头
她只与一串串枸杞对视
她只与自己的惊喜
轻轻碰触
谁也品尝不出
她内心里的柔情蜜意

等采满整整一筐
她坐在田埂上

枸杞的光
映红了她的脸庞

黄墩子

雨水来了又走了
许多草籽
来不及发芽

这一层层垒高的黄土
把种子举起来
希望路过的云
看见它们

而那些云
飘飘悠悠的
倏忽就过去了

雨水，遥遥无期
黄土的脸
更黄

大风吹过

沙子站起来了
风滚草从一个地方到另一个地方
撒下一路种子

带雨的云
匆匆而过
像无数的春天
扎下无数根秧苗

显而易见的荒芜
被大风吹起
木轮车逆行
尘土填平的沟壑
又重新被辕马的嘶鸣挑开

埋葬的
不仅仅是血肉模糊的呻吟

在大红泉

渐渐漫过来的泉水
像东风的雾岚

一波又一波的草
刚刚回头
后面的草
就长高了

秋天，阳光刚烈
无名的花蕊
像藏着一团火
一下子就冒出来了

远远看去
红红的一片

牧羊人说，那是一眼泉
大红泉

祁连山下

今年的雪，和去年的雪
都在松树的枝尖上
一阵阵滚下山的涛声
似乎更深沉、更有力了

这些松树，长高了一寸
或者半尺
那些雪
埋藏了
生长的秘密

一群羊，一匹马
一顶帐篷
一轮浑圆的落日

锤炼了一代代
风雪中岿巍的牧人

烽火台

在西部戈壁上行走
一直忘不了那些孤零零的烽火台

一直往西
它们一直都在

往事，在它们斑驳的身体里
一点点板结
即使那些流血的呻吟
也一次次被北风吹远

没有人再去一座烽火台上
瞭望远道而来的厮杀
真正的恐怖
水来土掩
寂寞像一块青砖
像暴露的石条
仍有尖利的棱角

让那些惨烈的风
捂着伤口
跑远

黑河之侧

北风卷地之后
只有骆驼刺活了下来

一场暴雪
秋天的种子
集体失散

一席大雨
在一个星光如咋的夜晚
稠密的树叶
又悄悄返回
谁也无法丈量
它们往来的路径

黑河之侧
水看见的
春天也看见了

长墙

沙土一点点飞起来
墙下的沙土
堆积了一面沙坡

从墙头上一点点爬上去的风
站在墙头上
终于看见了
墙上
还是一层层
沙土

高处的马

崖壁上，那些马
昂头，向着
更高的山崖

昨夜西风
一整夜吹卷
它仍是站稳了
崖壁

几千年了
人们看见它
拂去它身上的雪和雨水

终于可以听见它
隐约的叫声

骆驼回城

把一万里的路
踏成沙土

把一眼泉，记下
把另一眼泉，也记下
一路上
这些泉
摇晃着
像沉醉的晨光和夕阳

走进城门的骆驼
身上写满了
这些泉水的名字

西湖

巨大的戈壁滩上
有个地方叫西湖

一片波光粼粼的水
一丛丛绿油油的芦苇
它们是戈壁上的
玛瑙和
水晶

阳光下，潮湿的风
像一群马
踏碎了
无限的荒凉

玉门关一带

有一半风，折戟于河谷
冰面上的阳光
折戟于芨芨草的利刺
那些骆驼
蠕动的身影
早已隐入云层

看起来，一切都归于平静
道路上的尘土
压住了不安分的辙印

只有那只鹰
站在长城上
像一个战士
为荒凉的戈壁
站岗

马圈湾

马走了
只剩下马厩

风在每一个角落搜索着
看有没有蛛丝马迹

更广阔的戈壁
云影绰约
像无数骏马的身子
变换着
奔跑的姿势

五墩烽

一墩，又一墩
连在一起
像五个兄弟

手拉手，把夕阳
抱在怀中
把剩下的黑暗
悄悄分拣
夯筑为敦实的看台
以便迎接
光辉灿烂的黎明

一场雪，让阳光
在春风中奔跑
一场雨，让种子的喧哗
融入雨滴的拍打声

一切，都在预料之中
一切，又淹没于未知的苍茫

野麻湾

父亲的身影淹没在草丛中
走近了
能听见他气喘吁吁的声音

父亲一直驱赶着夏天的酷热和蚊虫
在水泽边
他挥舞着镰刀
一波一波的草浪
应声倒下

有时候顾不上擦去
脸上的汗珠

野麻花开的那些日子
父亲坐在草坡上看着
时间久了
当一朵花映红他的脸庞
他开始有一点淡淡的羞涩

麻子

那个黄昏
一直弥漫着麻子的味道

在麻子丛中
你像一缕月色
在越来越暗淡的村庄飘浮着

每一次，都会
被你的眼神清洗
每一次都像一颗星星
一不留神
就会消失在茫茫夜空

至今，麻子的味道
还留在人生的黄昏

初冬

早晨的清静是从戈壁上漫延而来的
公鸡的一声鸣叫
只打开了

一个小小的缺口

家家户户房顶上的炊烟
像绳子一样
缠绕在一起
白杨树在深邃的蓝天
只是一棵冬眠的幼苗

晨光中的色彩，像硕大的绸子
包裹了整个村庄的初冬

夜晚

星星挂灯
灯下的万物
互相看见

它们从来没有像此刻
身体上挂满
带电的光线
它们甚至在微风中颤抖
有一句话
一直说不出来

然后它们就成了
花蕊、花朵
喷香的果实

东风

在场院撒腿就跑的一只鸡
看见了它的朋友

猫在墙上
声嘶力竭地哭嚎
狗叫了几声
带动了田野里的昆虫

它们仿佛是一段合唱的音乐
加入进来之后
形成了高潮

门口的人
围坐在一起
说着一年的收成

不知不觉已经日落西山
黑夜掩盖了
人们的欢笑

金黄的胡杨

沙丘埋没的春天
摸到了地下的黄金

它们像盛世的早霞
复制着每一个人的笑脸

迅速羁留来不及消失的阳光
粘贴最纯粹的秋天

可以是一张照片，也可以是
一幅画
悄悄写下沙漠的美与温柔

金牧场

马一天走过的路
鸟飞过的天空
都没有留下痕迹

那个旧灶台
有一堆灰烬
被去年冬天的雪压住

今年的草格外旺盛
就像一溜烟奔跑的泉水
越来越欢畅

今年的羊群
没入深草
从春天开始
越走越远
回来的时候
已经儿女成群

看看我们的帐篷
四周涌过来的风
轻轻敲打
像是黄金的首饰
戴在它的脖子上

黑走马

他们都骑摩托车走了
还有的坐轿车走了

只有他，坐在草坡上

哪儿都不去
每天守着河流和泉水
看早霞升起
看夕阳沉落

他牵着马
那是一匹黑走马

人们说，那是一匹已经老得走不动路的马
和他一样老

可他一直和它在一起
一起说话
一起散步

从前，他是一个骑手
他们一起
走遍这一带
所有的草场

早晨

有虫子醒来
它感受到了阳光的温暖

露水在草间
轻轻一碰
就湿漉漉一片

大地安静
炊烟缭绕
村庄的早晨
是虫子的早晨

它们醒来
畅饮月色的甘露

谁也找不到它们
谁也看不见
它们快乐的样子

羊井子

羊群回来了
远处的沙子被夕阳遮盖
红彤彤的

羊群回来了
杂七杂八的叫声
带起沙土

等沙土落下来的时候
月色如水

羊群们像是重新回到了
清凉的青草中间

黑戈壁

只有这里，夜晚匍匐于地面
强烈的阳光
也不能驱赶它

只有这里，人类的黑
像一块绸子
只能看

不能穿在身上

拉骆驼的人走着走着
眼泪掉下来
顿时觉得眼前
黑乎乎一片

只有这样一刻
他才好像回到了故乡

塬上

庄稼都往高处走
而雨水向低处流

阳光跌落在沟里
在返回的途中
携带了高粱、玉米

土窑口的风
窜来窜去
却拉动春天的耕犁

不知道月色中的塬
有没有成群结队的鸟
说出夜晚的秘密

五里铺

大塬上，有好几个五里铺
喊一声，它们就能够聚集起来

大塬，就像一个硕大的鸟窝
所有的鸟都会回来

大塬上，一个背了麦捆的老人
像是扛着整个夏天
站在了窑前

这时候，五里铺是金黄的

玉米

那么高的塬
长着玉米

最高的塬上
玉米密密麻麻
像是大塬的头发
人们从窑上望过去
那些玉米
总是会说
人活一世
草木一秋

秋天还远呢

古庙

名不见经传的庙
诸神被新的信仰敲碎

只剩下空空的屋子
只剩下潮湿的苔草

我去的时候
推开一门灰尘

奇怪的是
那灰尘并没有落在我的身上
我一直等着
它们从阳光中飘散

这个过程安静极了
像是把我送入了
故乡的怀抱

在敦煌

飞起来的尘土
追我，我情愿让它们
抱住，也抱住这个世界
毕竟，尘土是最终的归宿

好久了，一方水土
培植了新的天地

麦子熟了
夏天一路小跑
给秋天留下又粗又大的萝卜

来来往往的人
心里的戈壁一下子甩掉
装满了翡翠般的绿洲

正午

阳光灿烂
戈壁，盛着一杯烈酒
细碎的石头
像浪花
一波一波冲过来

亲人们，把茶倒在沙滩
敬献上桃子和苹果
这一年的丰收
谁都看得见
唯有你，沉入永久的寂寞
只用一根根骨头
与大地对话

我悄悄流下眼泪
让炽烈的阳光
多一些盐

盐湖

失言的草，一直翘首瞭望
那些羊，还在路上

沙滩上吹过的风
在湖水里翻卷
它们洗去身上的沙子
像一匹马，饮水食盐

当它们再次回到草原
水分饱满的正午
草，长高了

就像清凌凌的水面
托举了
白花花的盐

它们是阳光的晶粒

桃子

轻轻唤一声
它们会不由自主地
应答

轻轻唤一声
手里的秋天
坠落
包裹着酝酿已久的蜜汁

轻轻唤一声
把一只手镯戴在腕上
她羞涩的目光
就隐藏在
几片叶子之下

但无法掩饰脸庞的
红晕

玉米地

坐在田埂上
看着不断流下来的汗水
越来越饱满
它们如同阳光的晶粒

坐在田埂上
过去和将来
就像远处的云
沉静着，翻滚着
落地为雨
上升为禾

田埂上
一丝丝玉米的芬芳
像是从久远的旅途中
回来
让人体验万千不如意中
此刻的如意

峪

山更高
跌下来的阳光
雪
一层层堆积
你看见它们是一丛草
或者你听见
它们是响亮的蛙鸣

它们都是从前的
阳光和
雪

风滚草

风，缠在草上
缠在草根上

当所有的春天
被沙子埋住
当沙子自己挖出
存放的春天

那些枝条
老了

它们用自己的身子
在广阔的沙漠
播撒
仅有的种子

云雀

一连串的叫声
水灵灵的

一连串的叫声
落在地上
湿了

一连串的叫声
唤出
人身上的翅膀

在疲惫的沙漠
人或许可以叫另一个名字
云雀

微风

草上的风
像是沉睡的虫子

遇见春天
它们会迅速苏醒
拍打种子和泥土

让更多的草
成为风的
一部分

微风，像是一个牧人
只要它轻轻吹拂
更多的羊
就从草丛中抬起头来

祁连山下

树梢上的梨
摇晃着
雪山上的风
只有在树梢上
才能看见

一颗梨，葱翠的表皮下
有微缩的雪

大地托举自己的手臂
高粱、玉米、梨树

一颗雪梨

是它和雪
熬制的糖

苹果树下

小曲儿在风中回旋
给人的秋天扑了一层粉

隐秘的情谊
大地上的植物
一脸羞红

小曲儿在树杈间缠绕
盯住了
熟睡于树叶间的
一簇簇苹果

村庄

被植物围住的村庄
羊儿的咩叫
是一条小路
覆盖着
茂密的青草

桃子有淡淡的苦味
而苹果是早晨的霞光

高高枝条上的枣
则收留了
黄昏的余晖

一座村庄
它的梦
被植物喂养

面对雪山

风从雪山来，风
把对面山上
央金的消息捎过来
她的红头巾，像雪上的
一瓣梅

风把牛羊的消息
告诉草原
那一条条溪流
能走多远
就走多远

风紧挨着帐篷的边缘
吹打着经幡
很多人沉默着
就像广阔的草原

面对雪山
一生仿佛久远

野马泉

再一次回到从前的冬天，雪
堆积如柴

帐篷前的石头，像一个

围栏
风在摔打，种子和雪
搅成一团

这泉水，从冰上流过
腾腾的雾气
飘向远方

人们说，那是一匹马
一匹脱缰的野马

北坡

雪都在这里
去年的雪
前年的雪
更早一些的雪

雪一层层，像一本书
被一片片次生林翻阅

有几头黑牦牛从森林走出
像是一道黑色的光
劈开雪

北坡，突然间的生机
被这张扬的黑色点亮

在民乐

像是一个阶梯
越往上

双手就能擦拭天空这块玻璃

沙枣树低矮，沙枣像是鲜艳的玛瑙
把雪山映衬得更加高昂

山坡上的牛羊
散布在深草之中

秋风吹过
所有的果实都暴露无遗
它们的香气四处飞扬
像兴致勃勃的鸟儿

鼎新一带

河流依旧撒欢
马匹沉静，像一滩死水

遍体鳞伤的葵花地
只有枯萎的秸秆

塑料薄膜上闪烁的阳光
异常冰冷

去北漠的路
由一行白杨树引领
越走越远

眼看那连绵的沙丘
被弥漫的水汽淹没

青草举着春天、夏天和秋天
终究被皑皑的白雪覆盖

河流上的芦苇

它们抱成一团，在
水中摇曳，像表演芭蕾的女子
统一，齐整
风吹来，它们摆动腰肢
努力踮脚
像是要够着
飞渡的云朵

它们何时上岸
像一座堤坝
堵住那些流窜的沙子

河流上的芦苇
茂密的枝叶
悄悄隐藏
轰轰烈烈的水

风中的礌石

被沙子打磨
又被沙子掩埋

当狂风漫卷
从沙子里露出牙齿

历史的重量，压在高大的城墙
巍然挺立的云彩
捞起那些礌石
我们仿佛看清了
它们的面孔

玉门关一带

风埋掉一直想说的一句话
风抱住一直想逃脱的石头

整个戈壁上
风，在石头里
在沙子里
只要轻轻踩上去
它们就睁开眼睛
张开大嘴
吓你一跳
然后一点点吞噬你

好在，这里的夯墙
没有遗漏一丝丝风
在每一块晶亮的石头上
梳理风的脉络
走过的路
清晰地写下

那一夜的月光
从装满石头的褡裢地透露出来
人们说，石头的魂
叫玉

几匹马

这些马，一直在干涸的河床
这些马，很长时间
低头吃草
只是偶尔，抬头看看天空

只是偶尔看见我
然后，长久地吃草

走远了
那条干枯的河床消逝在遥远的天际

但那匹马却似奔腾而来
与我同行

此刻的行程
仿佛人在天涯

戈壁

初夏的戈壁，有密密麻麻的沙包
风穿行其中
带动更多的沙土

像一个虚无的宫殿
有一些苍茫，有一点悲凉

年年培新土
人们叫它人头疙瘩

它们一直眺望
人世间的幸福

只是，当我走过它们
像有无数双手臂，拥抱我
让我喘不过气来

戈壁深处

有一年，我走进戈壁深处
戈壁深处到底有什么
我越走越远
村庄开始是一片绿洲
后来是一个黑点

那一年，我怀揣几块晶亮的玛瑙石
艰难地回到村庄
早已是星光闪烁

很多年后，再次欣赏那几块玛瑙石
像是昨夜
丢失的星光

从前的梭梭

没想到，坚强的植物
一直保持了
自己的韧性

一层沙，一层雨水
然后是一层梭梭
然后，一层层的星光
把它垒高

这时候，我们看见的
仅仅是一个土夯

这时候，我们看见的
还有激烈的风

那些风，缠绕着
梭梭
那些风，没有离开
像是找到了
知己

沙尘暴

沙子一直在飞
所有奔跑的动物都隐藏起来
它还在飞

所有的房屋和树木
都隐藏起来
它还在飞

所有的人
都惦念远离故乡的亲人
只有它能够分清
掩面而过的人

大地的模糊
目光憔悴
心灵澄明

锁阳城

为了月光下的村庄
在一条河流入梦

为了匍匐于地的骆驼草
让千里之外的消息

尘埃落定

大雪之后的正午
阳光覆盖所有的雪
而雪，终究在一场大风中
回到漆黑的夜晚

礌石如雪片
从前的那些城墙
埋住了往事

只有锁阳
偷偷瞅了瞅
停滞的马车

那些人，那些牛羊
一直没能走出城圈
他们还在看守着
已经倒塌和即将倒塌的残垣断壁

那一天的阳光
——写给外孙

我第一次记住天空的深远
是你的微笑
你简直就是一片阳光
让我记住了阳光的模样

可能，此刻，此生
我已经是一个垂怜万物的人
因为它们
因你而生

它们把你叫作春天
而我，把你叫做
宝贝和心肝

戈壁上的阳光

七月，一头毛驴在柳树林卧倒
一匹骆驼在更远的地方瞭望

七月，阳光被茂密的大田玉米遮挡
之后是戈壁，更多的阳光在集结

七月，村庄安宁
粮食在一刹那间灌浆
从热情到沉稳
一束麦穗，低下头来

七月，毛驴车要运回田野里的杂草
而骆驼则要去深山避暑

那个黄昏，阳光也要收敛于
群山的背后
那里有一大群牛羊

芦草井一带

阳光埋沙
晴朗的午后
沉寂的沙丘上
轻轻一戳
就会蹿出一股强劲的风

而一束芦草
倒向了整个夏天
在这废弃的城墙内
从前的惶恐
散落一地
那些闪光的瓦
像是某个人窥视的眼睛

而一束芦苇
在满天星光下
只采撷其中的一束
装点自己的王冠

其实，它那晶亮的绿叶
本身就是一颗蓝宝石
像从深井里掘出
湿漉漉的
如同醉人的琼浆

杏花

绿洲上的杏花
自己悄悄地想心思
自己悄悄地脸红

绿洲上的杏花
在月色如银的午夜
自己敞开花萼
静静舔舐
叶片上露水

绿洲上的杏花
在无人的时刻

你叫一声
她会答应

微风吹过
一瓣杏花
正好落下来
落在你的脸颊

比我们更纯净的

兔子入草
低矮的植物迅速趴下

骆驼成群
在褐色的戈壁摆开

马奔跑一阵
又停下来
腾起的沙尘
淹没了它们

沙尘落下
它们深情地瞭望
远处的帐篷

比我们更纯净的是
这些尘土
这些草
还有，草根下面的

泉水，细听
有汩汩的流响

三道沟

这几年，雨水多
比所有的春天都高出一寸

这几年，风吹来野草的种子
有一部分漂在水面上
像一群小蚂蚁
寻找自己的食物

这几年，三道沟一带的苜蓿
引来了山羊和马
山羊从苜蓿里领出了自己的孩子
而马，一直眼含远山
有时，悠长的嘶鸣
传得很远很远

这几年，没人和你说话的日子
你一个人坐在三道沟口
像一匹马
长长地吆喝一声

母亲

坐在门口的木头上
正午的时光
像一段往事
你从里面走出来

那时候你年轻
一只肩膀，扛起半个家
另一只肩膀，背着我们
嗷嗷待哺的叫声

那时候，你一嗓子
就让炊烟
有了五谷的香味

那时候，你的笑声
就像满树的杏子
甜甜的，金黄金黄的

那时候，日子
在酿蜜

而此刻
你坐在木头上
那一截木头
像一条船
正运你往人生的彼岸

夜晚

总觉得，那些月光
会蹑手蹑脚地走来
带给你一兜子苹果

总觉得，那些月光
会像一床被子
有一些温暖
有一些神秘

总觉得，一个人
和另一个人
就像这月光
抱在一起
颤颤悠悠的

像风中的树叶

榆树下的月光
——献给母亲

你的视力已经模糊了
但你有一片银子一样的月光

它在老榆树下
等着，归巢的鸟儿
它在水田边，等着
歇息的虫鸣

夜深人静的时候
把所有的心思
都打制成手镯和耳环
在喜庆的日子
总能随时掏出来
送给堂前跪拜的子孙

就像每一个夜晚
你静静地坐在老榆树下
回忆自己的一生

此刻的月光
擦亮村庄的天空

此生的月亮
照见你曲曲折折的来路

沙枣园子

看不到边的戈壁
沙枣树在哪儿

戈壁上的阳光
河流一样汹涌
阳光中的奇迹
会是一棵沙枣树

此刻，戈壁深处的蜃景
一波波涌来
其中，有一串金黄的沙枣
可以品尝

黑鹰山

它一直蹲伏着
伺机捕捉敛声静气的呼吸

黝黑的小石子越来越密集
组成了一个
攀登的阶梯

实际上，这山
是一面堆满石头的山坡
没有险峰
可以登临远望

但呼啸的北风吹来
它就蠢蠢欲动
像一只巨禽

很多人都看见它
扇动翅膀的样子
像是很快就要飞起来

可它一直蹲伏着

苦水

泉脉，一直在盐碱地里走
黑暗中的煎熬
提取着盐碱的纯度

飞跑的动物们
都嗅到了
盐碱浓烈的气味
它们像是抛洒在了半空

其实，它们只是在泉水的溪流中
躲避着酷烈的阳光

如果不去品尝
没有人知道它们内心的
凄苦

祁连

不管是谁在叫它
它都会点头

在草坡上
草在摇动

在松林中
松涛传来巨大的声浪

在雪的巅峰
亦有一只有着彩色翎羽的鸡
踏雪、赏云

它们是一座山峰的气度
可以让人平静地安眠

胭脂

山麓上，胭脂是一棵草
帐篷里，胭脂
是鲜花和裙裾
星光下，胭脂
是一段乐曲
是激越的舞蹈

胭脂饱含阳光和水汽
悄悄生长
成熟的那一刻
早已走心
入梦

马鬃山

马的雕塑也可以这样
像一匹
不是马的马

原本就是一块石头

一块不像石头的石头

那些奔驰的马
劳作的马
生育的马
吃草的马
静卧的马

石头完成一半
风雪完成一半

还有几朵不知名的鲜花
还有一个流浪者的拜谒

它是真正的一匹马呢
还是一座山

黄草坝

那一年的春天，草还黄着
那一年的夏天
草一直黄着

沟里的泉水，在沟里
爬坡过坎
又跌落下去

这些草望眼欲穿
捧出自己内心的金子
邀请低处的水

水啊
让草黄了头

雪水

可能会有不期而遇的雪莲花
它们的种子在积雪中
保持青春的模样

当阳光一次次漂洗
大地的尘埃
在这雪的高处
一部分阳光向低处流泻
雪莲花的种子
被载入辽阔的平原

它再也无法讲述
一粒种子在大雪中发芽的故事

白墩子

相比于大地的暗绿，白
显得刺眼

相比于鲜花和血
白，似乎代表了惨烈

相比于泉水与河流
白，更接近炽热的正午

当浓烈的硝烟从这里飘过
那些白色堆积如垒
它成为一个墩台的时候
天边的光明
开始被守护

明水

大戈壁，黑色的砾石
像是一件衣服
风吹过，它是黑色的
雨淋过，它还是黑色的
酷烈的阳光下，它的黑色
更加鲜艳

有了泉水
就不一样了
会有微弱的绿色镶嵌在黑色的周边
会有越来越多的绿色
分割这
铁板一样的黑色

明水，就是这样一台
切割机

黄羊川

青草聚集在一起
渐渐地，它们就成了
一群黄羊

人们看见那条沟壑收集了
夏天的雨水
那些雨水甚至蔓延到了
远处的平川

到了秋天，茂密的草丛中
总会闪现黄羊的影子

谁会在意那些草呢
它们占据了荒野
而欢乐的黄羊
又占据了它们

草原上的云

山上的云
就是草原上的云

山上的云，抱着山峰
像山峰的一件衣服
山腰的寺院
老迈的僧人
拾级而上
他说，那一条哈达
是谁献给了圣山
他又没看到

他常常久坐于山巅
他说，那里有上天的甘露
有缘人只能享用一滴

可山神的哈达
是谁带上去的呢

他每天都唠叨着

腰泉

杂乱的草丛
冒出这甘甜的水

它只是一个小山坡

谁的马鞭像一棵树
所有的马
在它的四周
散开，吃草
时不时地看它一眼

这泉水，一直流
它被茂密的草覆盖
有人说
这泉，是这块土地上的
肾上腺

汉塞

在绿洲的尽头
那里仿佛被几匹骆驼独占

一段土墙
已经挡不住骆驼们的
进进出出

骆驼，悠闲地吃草
骆驼互相追逐、嬉戏
全然没有理会
这段土墙里
暗藏的箭矢

阳光酷烈
骆驼们卧在草滩上

只有涣漫的戈壁

在土墙的脚下匍匐

仔细看
所有的荒凉
都没有越过这低矮的
土墙

西湖

牧人指着辽阔的戈壁说
前面，是西湖

此刻，道路已经疲惫
只留下深深的车辙
梭梭在狂风中
愈发粗粝
有几只蜥蜴往前赶路
动若脱兔，然后
静如砾石

蜃景在漂
无数的波浪涌来

此刻，我们把仅有的矿泉水一饮而尽
因为，前面是
西湖

花疙瘩

一朵花，在石头缝里
伸出脑袋

有一朵花，枝叶爬在
石头上

一群花，花朵盛开
覆盖了大块的石头

骆驼来了
绕过了这些花

羊群来了
注视，咩咩叫
也绕过了这些花

牧人来了
向半空抽响鞭子

呀！好大的一个花疙瘩

大黑沟

黑色的石头
也挡不住阳光

阳光漫延
石头更黑

只有那些草
一步步紧跟
阳光和雨水

走在这些石头的前面
走在一场大雪的前面

它们鲜嫩的绿色
像给那条山谷
穿了一件衣服

大草滩

戈壁上，这些草
是一枚徽章

戈壁上，风吹雪
风裹雨
很快，就过去了

阳光在沙石上跑
像一把刀子
割掉了
所有的草

只有这里

风停下来
阳光蜷曲于
花蕊

广阔的水蒸气
被微小的叶片
守护着，像母亲
怀抱自己的孩子

春雪

重新考察一颗种子的耐力
重新启用一片叶子的光

在雪片的追打中
找出最隐秘的尘埃

会有一些疼痛
也会剔除掉脆弱的语言

让花蕾，在温暖的阳光中
想到春天的分娩

这些无法躲避的爱
是由漫长的苦难完成的

瓜州口

还是戈壁，似乎早已失却
季节的轮回

似乎早已失却阳光和鲜花之间的
蜜意转换

似乎，那些砾石
就是枯萎的叶片

大面积的春天
在沉重的沙砾之下

是秧苗的遗迹吗
它的背后

是否有喜悦的收割和采摘

当看到一片沙枣林
嫣红的果子
都应验了
昨夜的梦

水雾

微小的水，找着
自己对应的种子

那些小草
也伸长脖子

从昨夜的一场雨
小跑着
走在了季节的前面

可戈壁和沙漠太大了
半道上
埋住根系
等待明年的雨水

向西

向西，夕阳熔断
沙漠里的车路
向西，一堆篝火
点在心里
暖和而又
火烧火燎

向西，像一眼泉水一样
冒出
冲击
渗透

整个春天
像一支队伍
迤逦前行

火烧沟

一场雪，在草尖上飘摇
像无数的降落伞

一场雪，甩起鞭子
赶着一群羊

一场雪，掉进瓦盆
叮当作响

大地上的火
渐渐熄灭
被一场雪
盖住

冰冷的，是火

秋天

芦苇，保存着
河谷里的水

太阳滚过来
滚过去
掉下一堆辣椒

穿着一件鲜红的外衣
处于田野的中央
有人说，那是
秋天的T台

也是阳光本身

那个夜晚

几棵白杨树
哗啦啦
打动星盏

几棵白杨树
收拢着黑夜
那些落在草窠间的
月光

等你定睛看见
灿烂阳光下
呀！它们是一大群
绵羊

风沙口

沙丘分开
在深深的沟壑
草，涌出来

有一棵树
自己登上沙丘遥望

它在等一阵风
那片雨云会随风而来

它也总会低下头来
像一棵小草一样
俯首大地

一滴一滴的泉水
滋润它们
干裂的嘴唇

转山

看清山
跟山说话

走进山
听见山说话

一座山，像父亲
有宽厚的怀抱
一座山，像坚强的男人
挺直腰杆
站在天地之间

一座山，围着它转
心里
就装下了它

心里，就像

一个坚强的人
走在大地上

冰谷

夏天的阳光，在茂密的草尖
摇曳
没有攀爬到
山腰
山腰，冰雹
打伤了
月色

而山顶的雪
埋住了
所有的季节
即使冬天
也颤颤巍巍的
融化为
冰冷的水

沙尘

需要颠倒沙漠和天空的位置
需要再一次看清一层层
堆积的天空
和沙子

需要在清晰中制造短暂的模糊
需要在模糊中
做一次深度拥抱

尽管每一次相聚都要穿越无数的沙尘
尽管沙尘中所有的脸
都渐渐清晰

还是感觉到有丝丝缕缕的春风
夹杂着青草的味道

五月雪

雪的白，接连不断地刷新
被天空
被无数的草
被花蕊

雪的白
经受数次浸染
绿色
红色
黄色
大概不少于阳光的七色

但当它们安详地回归
所有的色彩
都归还给了
大地

夕阳

所有的燕子都沉湎于夕阳
老树杈上的乌鸦
也不安地叫几声

大地更加空阔
或许由乌鸦的黑
染黑天空

如果有一匹马
突然冲散寂寞
漫天的星光
就照亮了
葱绿的田野

玛瑙

戈壁的项链
被风串起

走出春天
回头遥望泉水
只有广阔的蜃景
一直漂浮

那么多的水
要用一辈子
或者更久

那些走进戈壁的人
凝目为石
是最鲜亮的那一颗

蒲公英

一朵花，叫醒阳光
自己也像阳光一样

亮晶晶的

一朵花
把自己的小
攥在手心
攥出苦涩的汁液
把最后的甜蜜
献给大地

一朵花
把自己的种子交给天空
从天空看见
众生的春天

高台

所有的绿树都挣脱了戈壁
围绕在河流的一侧
另一侧，被山脉遮挡

所有的雨水都回到了
种子的胚房
受孕的那一刻
春天，蓬勃而来

所有的花
沿着阳光攀爬
很高很高了
回首遥望
一块土地，无比芬芳
就像一树桃花
突然找到了
一群姑娘

原野

这一个个土馒头
规整了所有的荒芜

野草，占据了土丘
像是一棵更大的草

野兔子不时穿梭
啃食鲜嫩的春芽

当每一颗种子
都被风拍打
一场雨水
选择了
坚硬的芨芨草

整个夏天
尖利的芨芨草
戳碎了
阳光

骆驼城遗址

此刻的瞭望，并不比
一匹骆驼更加辽阔
此刻的风，吹越千里
并不比一匹骆驼更加有力

此刻，站在骆驼城上
就像跨上了一匹骆驼

去哪儿

何时停下来
茂密的骆驼草
没有告诉我们

但我们知道
一匹绝世的骆驼
早已出生

葵花

花香四溢
像弥漫的月光

误把你的花衣服
看成葵花

草丛中
所有的叶子都躲闪

只有你，悄悄扬起花盘
盯着我看
如无数的星星袭来

那一夜，我拥有了
夜夜盛开的葵花

冬雪

从南山下来的绵羊
把自己咩咩的叫声
洒满山麓

有几只青羊混杂其中
显得突兀

这些绵羊很快汇聚了
众多的叫声
顺势而下
竟然铺满了
整个戈壁

现在，它们安卧在
灿烂的阳光里
静悄悄的

即使把它们搓成一团
扔出去
也是在宁静中四溅

这些叫声
静悄悄的

营盘

水，拐了几个弯
绕过了营盘

水，让那些轻盈的月光
偷渡
栖息在春天的花蕊

水，哗啦啦的声音
掩饰了
营盘中偷袭的飞矢

当那些水
变成血

夕阳，彻底荒芜了

溪流

从干渴的戈壁一路走来
带着春天、夏天、秋天
即使冬天
也有枯黄的颜色

我轻轻掬起一捧
这远路上来的水
不问来历
就把我当作亲人

酷热的天气
丝丝缕缕的清凉
让人回到故乡

漂泊

坐下来
跟它说话

它哗啦啦的声音
淹没了一个人的自言自语

它哗啦啦的声音
唤醒了
干旱的芦苇和

骆驼草

对于河流
人的漂泊
像一片树叶
对于戈壁
河流的漂泊
像一条蛇

黄渠

把雪水收集起来
夏天，忙着
结草

把雪水送走
夏天，像个亲戚
拿走雪水
送来麦子、瓜果和蔬菜

把雪水留给戈壁
沙枣树搀扶着
玉米和高粱
围住低矮的村庄

黄渠，泥土托举着的水
像黄金一样
珍贵

疙瘩井

沙丘连在一起

植物们还是能够爬上
沙丘，像是沙丘上的
手帕，随风飘动

泉水在沙丘间冒出
一滴一滴
汇集成溪

它们把芦苇带到
更高的沙丘

没有人注意到泉水的韧性
只是觉得那些青草不易

有人一铁锹挖出来的水
只能叫井

疙里疙瘩的沙丘间
井里的水明晃晃地
往外涌

盐碱湖

草刚出头
草原就绿了

沙丘上的芦苇刚出头
风就来了

盐碱湖的草
都有刚劲的身子
在强烈的阳光下
抖掉叶子上的盐碱

又长高一截

沙丘上的芦苇
擎住一股风
自己像风一样
吹拂沙粒
把滂沱的大雨
聚拢在苇穗的上空

一切刚刚好
芦苇像绿色的帷幔
草原像绿色的地毯

高坡上的围栏

风滑下去
雨也滑下去
凛冽的雪
堆了一层
抱住温暖的月色
滑了下去

高坡上的围栏
围着牛羊的叫声
围着春天、夏天和秋天的青草

那些滑下去的风、雨、雪
翻个跟头
就发芽、就抽穗、就开花
然后重新爬上高坡
在细密的围栏里
像一只只温顺的绵羊
咀嚼，成长的往事

红柳

夕阳下，一株红柳
身披绸纱

荒野无垠
夕阳独对一株红柳
像是加冕

而一株红柳
矜持而羞涩
如待嫁的新娘

在荒野上
我们看到了
夕阳下的诗行
让人品读红柳的美与韧性

杏园

阳光所到之处
它们是掩盖不住的金子

微风所到之处
它们的清香
不断提取
生活的美

七月的杏园
树叶间隐藏着
一张张笑脸

他们多么像一颗颗杏子

内心有无限的甜蜜

崖下

雪在跌落
细碎无声

旷野之上
填满了雪绒

崖下，那只兔子
融入大雪
它一动不动
一个雪疙瘩
它飞跑起来
带动一朵大雪

崖下，狭窄的草
一直没有走出隘口

只有这些雪
连接了山外的戈壁

桑林

有几片叶子，像眼睛
洞察黑暗中的春天

有几只鸟，停在树枝上
就再也没有起飞

那些人的宴饮

一直在进行，一个舞蹈
撩起了所有女人的裙子
音乐盖过了
田野上的风

此刻，穿越桑林
沉落的寂静
全部是紫红、黝黑的桑葚

马车

一直留意那辆车的去向
它不紧不慢
总是走不出我的视野

眼看着所有的人
都一天天老去
坐在车辕上的那个人
却青春如故

也许，那辆车
会走进一个麦穗飘香的夏天
而我，只能停留在此刻
观望过去的悠闲

沙葱

一场雨会在夏天突然而至
让干枯的植物喜极而泣

沙葱是其中的一类
它抹掉眼泪

身体一瞬间饱满
在酷烈的阳光下
抽穗、开花、结籽
生命的过程像是被一阵风催促

那些种子埋在沙子里
雨季的到来
又使它们找回了
成长的快乐

村庄

所有的成长都在一瞬间完成
麦田在小屋四周
玉米把整个夏天围起来
蔬菜回到生活的中心
水果聚集了所有的甜蜜和芬芳

只有一个人独对月色
村庄才会一点点收拢
在锃亮的瓦罐中酿酒

那一刻，种子抽穗
演奏村庄最美妙的音乐

月色

所有的植物都会成为
月色中的演员
都有自己的角色

所有的动物，知了、蝈蝈、蚱蜢

都是月色中的精灵
都有自己的快乐
所有的猪、羊、鸡、狗、牛、马、驴、骡
都是月色中的神兽
都有自己银色的梦

月色，储存了
村庄里一千年的银子

花海

再一次穿越戈壁
再一次让心中的花含苞、怒放

烽火台的侧影
黑色石子的剖面
有岁月的斑痕

往事如烟，尘埃落定
那些喋血的呐喊
早已淹没
呼呼的风声
一波一波
涌向花海

山口，泉水四溢
向日葵书写大地之美
菊花、野玫瑰以及藏红花
擦拭着了人们的焦虑
像一盏灯，映照了
荒芜的戈壁

玫瑰沟

泉水时有时无
而玫瑰们一直坚守

沿着干枯的河床
它们手拉手
像一群快乐的姐妹

我第一次看见它们
恍若驻足一座宫殿
玫瑰花抽枝如树
收拢了我们
荒芜的视野

浓重的花香
铺开一条梦幻之路
直抵所有的花蕊

蜜瓜

结合了阳光、泉水
又调制了蜜与贴心的温暖
这瓜，才成型

有几次，它偷偷地拨开绿叶
在月色中
抱住飘飞的萤火虫

有几次，它几乎喊出了
月亮的名字

当它把世事磨得滚圆

那个季节
就被千家万户所铭记

呀！一颗蜜瓜
竟有如此浪漫的旅程

嘉峪关下

夕阳，一次次堆垒
埋掉了
将军的黄金

夕阳，一次次拍打
冰冷的砾石
让它们在凛冽的风中
记住那短暂的呻吟

夕阳，一次次爬满梁柱和墙壁
清洗曾经的血迹

夕阳西下，看上去
像干净的绸子
裹紧
伤心的往事

九眼泉

泉水如昨
在风中奔跑

半路上的骆驼
仰头嗅着

空气中的水

半路上的马
一阵嘶鸣

半路上的牧人
急匆匆归牧

半路上的驴车
急匆匆回家

半路上的信使
告诉同行的人
嘉峪关，到了

讨赖河

人们说它像一只兔子
传说，匈奴人
把讨赖
叫作兔子

后来，大旱的天气里
人们，只看见它的影子

倏忽间，这一背篓草
这一袋种子
像浪花
在戈壁上翻卷着

嘉峪关下的讨赖河
从前的匈奴
一鞭子

就从草丛里
赶出了
牛、羊和兔子

路边墩

路，像一条绳子
会烂掉

路，像一块庄稼
会渴死

路，像一个孩子
需要领路

路，像一匹骆驼
蹲在荒芜的野地
也在繁华的市井
悠悠咀嚼着
行走的滋味

路
是这一座墩台

看守着
过往的云
驻留着
飘落的雨

石关峡

石头的断面，有一只鸟的影子

一瞬间
就被无数的箭矢
追逐

石头的另一面，挡住了
一场淋漓的雪
像一群冲击的马
身后，跟着
春天的草

谁会为麻雀清脆的鸣叫
失去收获的秋天
谁会守住泥土
而放行过路的种子

在这狭窄的关口
问风
答雨

十营庄子

过去的营盘
埋着铁

风吹，不倒
雨淋，不毁

过去的营盘，能够检索
细微的呻吟
一匹马的鼻息
甚至，一阵狂乱的心跳

过去的营盘

姓氏腐烂
堆于南山
一亩葵花
像是他们的笑脸

过去的营盘
从过去走来
步履蹒跚
坐在荒芜的驿路上
歇脚

一棵树

四周是沙子
再远，是砾石

人们说，那是一眼泉
后来，长高了

人们说，那是一个人
在等另一个人

就是这么一棵树
一棵孤零零的树
在戈壁上
在沙漠上

它就是水源
它就是等待者

七头驴

刚好七头
在这陡峭的山崖
吃草

半空中的水汽
有微小的盐粒
落下来

它们不紧不慢地舔舐着

半空中的雪花
几乎要掩埋它们
可它们在灿烂阳光中
一声哞叫
所有的雪
就为它们让开大路

草绿了
又枯了
只有七头驴
看守着光滑的岩壁

不让悠闲的日月
从它身边
溜走

大泉

只是一滴一滴的水
只是一点一点地挪动

它们竟然冲向戈壁
让一块块黑色的砾石
发芽

那些草啊
越走越远

像远行的骏马
一直没有回头

人们说，那是大泉
仿佛有翻滚的波涛

舞蹈者

这一面崖壁上
挤满了人

各自的快乐
被风认领
各自的美
互相看在眼里

当遗忘像一片淡淡的月光
所有的草
一起伸向
火焰中的身体
这一件裙子
在一场又一场的大雨中
新颖如初
像刚刚出嫁的样子

他们的生活

就这样从陡峭的崖壁上
走下来

夜晚

送给你一个月亮
自己留一个
这样，在漆黑的夜晚
我们就会相遇

种十亩高粱
种十亩小米
用来酿酒
通往乡村的路
香喷喷的
这样，在寒冷的夜晚
我们就会围着火炉
喝酒

眼睛看着眼睛
一夜无眠

春天

它们从干涸的沙土中露出
圆滚滚的脑袋

它们探视世界的瞬间
戈壁上的微尘
轻轻地抱住了它们

远远地看去

是一团绿色的雾

当茂密的树叶弥漫树枝
茂盛的秧苗覆盖田野

没有人注意
那些探头探脑的泉水
早已融入了
更加完美的春天

野麻

蓝色的花，独对旷野
旷野像一片大海
她在海岸
一波一波的风吹来
挟裹着无垠的荒芜

而她，像个娇女子
一直守候自己的春天

直到叶片上的水分被
酷烈的阳光抽干
花期被风沙凝固

我们一直能看见她纤弱的身影
站在旷野的前沿
像是一个大胆的挑战者

人人都会惊呼
那是什么
乡人曰：野麻

常春藤

那些藤蔓，一直往上爬
也一直绿着

每一次看它
都能看见它背后的
风、阳光和泉水

在高高的墙壁上
雪花纷飞中
也有它的绿叶

一片片雪
在擦拭
常春藤的眼神
早已把晃动的天空
当作春天的花市

九排松

前前后后，遮住了
峡谷中，牦牛的眼睛
透过松叶
只看见闪烁的车灯

牦牛的眼睛，储满了
冬天的雪
可以融化凝固的溪流
带走更多的青草

在那些绿色的波浪
迅速返回的时候

九排松，拴住了
奔跑的马

有一大片苜蓿开花了
紫莹莹的
像少女的嫁妆
远远看去
像是挂在九排松上

暗夜

其实，白昼一直在心中
阳光灿烂的时刻
并不排斥黑暗

身后的阴影
被月光做成银模
铸造另一个热爱夜晚的人

直到晨光四射
反复推演的疑惑
始终没有解答
闲倦地熄灭了
漫天的彩霞

只是想在长城上走走
像一个守护者
把黑夜擦拭得像刀刃一样明亮
照见每一个
偷渡的人

栖息

泉水，像游蛇
在夜色中蜷曲

月光晕染的草
轻轻摇动偶尔的蛙鸣

也不知道，这接下来的宁静
会有多么广阔
这一根芦管
要引流多少火热的白昼

看看眨眼的星星
那些没睡的花
正在用丝丝缕缕的芬芳
酿酒

六分湿地

一眼泉，把戈壁分开
一朵花，自己有
蝴蝶和蜜蜂
很多只，嘤嘤嗡嗡

春天不曾远去
泉水汇集成溪
把清凉的月色运送到
更远的地方
沙子和石粒中的种子
苏醒了
阳光播撒着
那一片芦苇荡

遮住了苍茫的夏季

水雾之上
有野鸭子嘎嘎的叫声
刺破了，硕大的、无边的、绿色的
帷幔

在敦煌

在戈壁上，一棵树
就能代表泉水和鸟

在戈壁上，一簇绿色的植物
总会有一只蜥蜴蹿出

在戈壁上，芦苇丛中
会突然细雨如帘
遮住蓬勃而来的干旱

在戈壁上，棉花搜集阳光
西红柿搜集色彩

这一切铺开来
有一些甜蜜
有一些酸涩

它的面孔，是敦煌

渥洼池

这水，一波一波
把青草推远

这水，高高举起
柳树和芦苇

这水，打捞沉落的历史
为失意的人
洗净身上的污垢

这水，像马的鬃毛
漂浮着
一直向着自己的方向
或疾行，或散步

这水，永远用年轻的眼神
面对沙尘茫茫的未来

盐湖

盐一直在半空中飘着
搅动着
稠密的阳光

盐一直在黑暗的夜晚
融入无边的月色

它们或许认识戈壁上的
每一眼泉
它们或许就是一群掘地三尺的
莽汉

谁能想到
它们会在秋天站出来
辨认归来者的味觉

麻黄

看见了山坡上的花
看见了抽旱烟的牧羊人

看见了地窝子上的炊烟
看见了手扶拖拉机停下来的
鲜红铁皮

看见了牛粪火徐徐燃烧
一锅羊肉有了浓郁的香味

看见了打酒的人
背着一褡裢玻璃酒瓶
是清一色的原浆烧

这个夜晚的月色可能要沉醉
这一丛麻黄
会像一群少女
身着花束
舞蹈起来

天马

只听说它的影子
一直在草原深处的苜蓿中游动

只听说它的嘶鸣
连接着雷电和暴雨

只听说有一只鸟儿
在捡拾一颗草籽的时候
借用了它尾巴上一根鬃毛

而它，也用鸟儿的羽毛
编制了自己的翅膀

看见山坡上的那些马
似是而非，好像
无法挑选
它们的影子

在草原

可能会想起从前的暴风雪
用羊毛细细地捻
也用牛毛
细细地捻

那个缺少一只手指头的正午
那个一斤酒
在肚子里摇晃的
夜晚

一次次撞击帐篷前的经幡
会说些什么呢

夏季清凉的睡眠中
风暴真的来了
雪盖住了头颅

你看，额吉的头发
已经雪白

她在帐篷前
瞩望着遥远的雪山口

看有没有一匹马
驼回
从前的草原

田野

太阳落在玉米地里
阳光储备着
秋天的粮食

玉米快要成熟了
母亲坐在树荫下
看大片的玉米地
有燥热的风
一波一波吹来

母亲说，玉米是上天给的
风背来的
需要我们把它
背回去

戈壁的早晨

星辰飘零，微弱的风
栖息于冰冷的石子

光明，集聚在山峦之上
山峦的阴影
在红柳枝条上摆动

也许，需要说出生存的快乐
因为痛苦

时刻都会淹没
一张简单的床铺

送行的人，把一个人
送给了戈壁
返回的路上
阳光灿烂

早晨的村庄
几声鸡叫
还是像往常一样高亢

沿山

沿山的高粱
一株株，像少女
挤成一堆

沿山的杏树
羞涩的杏子
在稠密的树叶间
张望

沿山的苜蓿
高擎紫莹莹的花束
无论枣红马、黑柳马
无论是牦牛还是山羊
它都把它们看作
白马

丹霞

丘陵在切割寒冬的风
风的尸骨，四散
风的血，流溢

丘陵将自己敬献于时光
有着一万分的赤诚

太阳的后裔
举着火

分蘖的阳光
在种植
大片的早霞和夕阳

当人们看见山野间的丘陵
就像看见了
勇敢的战斗者
茹毛饮血的时代
找回了难得的荒芜
和宁静

打麦场的月色

一直记着那一夜的月色
风吹在麦子上
风吹在西瓜上
风吹在桃子、梨和葡萄上

风吹在睡眠里
就像整个世界
都浓缩为一缕月光

在均匀的呼吸中起伏

馥郁的香味
也浓缩成一粒粒麦子
猛然抓起一把
梦醒了
也没有松开手掌

驼夫号子

骆驼会把人的寂寞带到远方
骆驼会把无法忍受的喧嚣
埋进沙子

在漫长的道路上
要唤回温馨的炊烟
必须是驼夫号子

在一望无际的黑夜
要唤回一盏油灯
必须十首驼夫号子

在一阵激烈的心跳后
要唤回真诚的对视
必须是驼夫号子

骆驼听不懂
但骆驼走过的地方
都听懂了

菊花

高原上的菊花
在风中沉默着

她的金黄色
被阳光包揽

她幽幽的香气
与月色融合

当有一天
你碰见一个俊俏的姑娘
看你一眼
然后走远

你就会想起
那一片灿烂的菊花
仿佛是出自内心的

深秋

整个果园都在沉思
走进去，地上的叶子
一片片罗列着
果实之后的寂寞
比那鲜艳的色彩更激烈
踩上去
哗啦啦作响

庞大的果园
当果子们像鸟儿一样飞走

剩下的
就是吹过秋天的风
就是吹向果园的风

风中
每一个人
都凝神找见
和自己相似的叶片

山上的油菜花

山上的阳光
被油菜花截住

从雪中，阳光被孕育
从溪流中，阳光爬上枯萎的枝条
在向上的分蘖中
把这金子般的颜色
积攒到了今天

此刻，我们可以真切地
捡起这
再生的阳光

杏花

它把阳光举得更高
而把自己
蜷曲于茂密的树叶间

它把纯洁、浪漫献给春天
而把自己的爱恋

悄悄说给
夜晚的星星

在一棵杏树下
我常常能看见
一个披了纱巾的女子
唇红齿白
笑不露齿

每次，都忍不住
叫她一声
妹子

春天

在平铺的阳光中
有一束
突然晶亮

在封存的雪中
有一块
突然流下眼泪

在长驱直入的风中
有一片
突然挂在树梢

在半夜惊醒的梦中
有一种美
突然闯入

披衣出门
月光下

它们匍匐在大地上
比想象中的
更美

嘉峪关以西

一辆大车出关之后再也没有回来
听说敦煌沙漠中
有它的半个轮辐

一句话只说了半句就哽咽了
泪水冲掉了
刀子一样的剜心的词
后来，那个词
在楼兰古道上腐烂的骷髅中
找见了

从此门出去
向西，背负了一路的云彩
没有一片
是带雨的

从此门出去
没有回头
回头，带火的目光
也只会被垛口的锯齿
剪碎

打掉的牙
咽进肚里
有时候，也需要
咽进一座庞大的城池

夕阳

夕阳，一层层堆垒
淹没了一座关口的青灰色
而那红漆廊柱，支撑得
整个黄昏的天空
更红了

站在城台，一座城池的朗诵者
在漫天霞光中抽出
自己血液中的句子
刚一张口，就哽咽了

此刻，真想蘸了
自己一腔子血
写几个辉映城池的大字
让血泊中的故事
回到宁静的阅读与赏析

北山羊

在石头中，像一块石头
在草丛中，像一根草

其实，它是一只羊
在山崖
迎接最艰难的雨水

在枯草中，披了一身雪
抖落在草籽的驿道

其实，它是一只羊
在最北的山脉中

它的群落纷纷南迁
追逐到了丰美的水草

而它，一路向北
一点点啃食
散落的春天

你看，那儿有一块飞奔的岩石
那，就是它

正午

荒草淹没的驿道
被我们悄悄拨开它的棉袄
一层厚厚的浮土下
那些车辙似乎还在酣睡

到底有过什么样的重负
到底追击过多么危险的敌人
到底丢掉了多少叮咛和嘱托

现在，尘封的嘴巴
已经没有了牙齿

现在，走过的路
早已融入天涯

现在，只有酣睡
能够弥补
从前的缺失

红柳丛中

要把自己装扮成一棵红柳
就要埋掉根深蒂固的
爱与恨

要想成为整个红柳丛中最高的一棵
就要坚定地抓住阳光
像攀缘一根绳索一样
到达它的尽头

在整个春天
一棵红柳，冲破了
厚厚的雪
成为雪中的翘楚

雪野

光明的未来，是一点点堆积起来的
就像雪，一夜的雪
大地白茫茫

光明的夜晚，是风驰电掣的奔跑送来的
就像细若游丝的线
打乱了阳光的阵脚

光明的晶粒，是经过无数次摩擦
才打造成发光的模样的

此刻，雪野上的兔子
毛茸茸的
就像一抔雪
在雪地上滚动

在西湖

最西面的戈壁
有一幕沙海蜃景

最西面的砾石之下
有滚动的泉水
在阳光下
翻动如珍珠

最西面的天空
垂布于无边的荒芜
但它的倒影
像一片绿色的湖

这样的西湖
仅仅一只百灵鸟
就带它走出了沙漠

听啊，它的叫声
水灵灵的

树上的雪

像是那些叶子
又回来了
攒足了银两

兜里揣的
身上挂的

这些银子啊
要藏多少过冬的粮食

这些银子啊
要打制多少手镯和耳环

即使在月光下
它们也拿出来
让过路的人看

富有的娇女子
寒风中也舍不得撒出一点银子
买下烤火的柴

岔道

走着走着
路分家了

走着走着
两个人都丢掉了
一句话

辗转反侧
半夜里
点亮油灯

分别时候的那句话
碎了一地
用灯光拼起来
是一颗互相惦念的心

南山

山下的骑手喝酒的时候

手里攥住鞭子
狠狠地抽打
草原上的风

此刻，羊群归牧
有消息说
山里
没有马

沿山的松林
藏着阵阵松涛
它们，似乎是无数匹马
等待出击

山下喝酒的骑手
烂醉如泥了
仍然保持骑马的姿势

他已经很久
没有触摸
马背了
在他看来
草原上的寂寞
只有呼啸的马
才能擦燃草原上的欢乐

夕阳如画
铁丝网里的草场
早已不适宜跑马

山上的长城

所有的草都滑下来

所有的草
都为最高的雪峰
献祭

在比草更高的地方
分不清是草
还是墙

冰冷的阳光
抬升着海拔
而夯墙的蜿蜒
似乎更有力

我看见，是隆起的夯墙
带动了汹涌的草浪
向着高处
向着不化的雪
攀升

在黄草坝

夏天，草也是黄色的
但却没有逾越
石头垒筑的河坝

泉水一点点汇集
渗透了日月星辰的光
它竟然汪洋一片

后来，它又在一格漆黑的夜晚
悄悄退回到
幽深的河谷

那些草，像一群跋涉者
拽着一滴滴水
踯躅前行

黄了青春的头颅
黄了健硕的身子

这石头垒筑的河坝
收集了
泉水里的
黄金

梨花

山顶上的雪和树梢上的梨花
悄悄融合在一起

四月的风
在蜜蜂的翅膀上
嗡嗡嗡地叫着

麦苗碧绿
视野顿时清爽
一簇簇苜蓿
刚好是中午的菜肴

梨花之下
小小的石片上
那些残存的雪
已经开始融化
滴滴答答的水
像是无数的种子
小跑着

迎接春天

屯升

那一年，祁连山下
秋天在河谷里蔓延
有一些草
在山坡上掉队
霜打的茎叶
开始枯黄

然而玉米黝黑的绿
让戈壁上的荒芜
早早退却

土坯砌筑的粮仓
四周的缝隙
塞满了艾草
浓烈的香味
像是一种呼唤
打麦场上的笑声
一浪高过一浪
抬升了
粮仓高度

祁连山下

其实，整个夏天
野草莓都在喘息

她红红的裙子
她甜蜜的内心

都会偷偷
拨开浓密的叶子
期待一双手
捧起她的脸

爱与被爱
都不会被雨水冲散
悄悄聚拢在一起的藤蔓
爬满了整个沟壑

那些沟壑里的夏天
凉凉的
爽爽的
藏着一杯冰激凌

断山口

风如马
把一座山
累倒在地

唯一的泉水
拓展着春天的出路

几只乌鸦
在白杨树枝上盘旋
叫声
像一块块石头
砸在沿山的麦田

几只羊
顺着稀稀疏疏的青草
走远了

虎落

阳光灿烂的午后
或星光如昨的夜晚

均匀的呼吸
被一阵急促的呐喊
冲散，细弱游丝

但仍然有一道隐蔽的沟壑
盛满了有毒的月光

所有的石头和木楔
长满了牙齿

那只气势汹汹的老虎
一步踏入
就被自己的血
淹没了

长城地带
老虎，是一个暗淡的传说

天田

之前的沙子
堆满了风

之前的沙子
掩埋的刀子
露出了刃

之前的沙子

伴随着偷袭者的阴影
弥漫所有的道路

之前的沙子
有一只小羊羔
啃食了一滴
细小的雨水

而此刻的沙子
看久了
会出血

石头上的舞蹈

为了留下那一缕月光
为了一棵青草下
一个小小的念想

为了头顶上的
怎么也无法驱散的黑云

为了一滴雨水
与一粒种子的婚约

为了收集干旱中的柴
为了取出干柴里的火

我必须用兔子的血
见证此刻的忠诚

我必须拿起
尖利的石头
刻写我的欢乐

青稞地

沿山的缓坡突然陡立
一颗种子从麻雀的嘴里
滑落

有一年的夏天
雨水找见了它

在阳光中
人们看清
这是一束青稞

如此陡峭的山坡
竟然有一束青稞

走过的牧人停下了脚步
一群羊从他的眼睛里读出了
青稞的香味

山丘

早霞没有熄灭
在一座山丘上攀附

夕阳也没有陨落
在星光中睁大
血红的眼睛

可以想见
当一群羊逐水草而来
这一团火
是否会燃烧

它们凌乱的咩叫

在一座山丘上
看另一座山丘
人会有一种冲动
想把自己一腔子的血
泼在伟岸的山冈

这些早霞和夕阳
是永恒的

磁窑口

红色的土层
与阳光一起
起炉、点火，勤勉地烧制

从前的磁
像一堆碎片
黏合着燃烧的黎明
看那些鱼鳞云
多像一件精美的瓷器

夜晚，无人看护的窑口
月色，星光为粗糙的毛坯
上釉
在第二天的霞光中
我们看清了
整个天空
都飘满了
磁的光辉

古战场上的梨园

梨花，像正午的阳光
华丽，刺眼

梨花，像失散多年的情人
真想一把抱住她

梨花，占满所有的枝杈
像一件裙子
抖擞着

也想佩戴一朵
纪念很多年前的春天
让一场雨
打湿戈壁

会听见，地下的呻吟
在风中吹拂

头道泉

云雀的声音
起起落落

眼看着那是一棵树
却是一眼泉

水，四处漫溢
推动着汹涌的青草

匍匐于地的青草
远远看着

有高高站立的样子

葡萄园

所有的藤蔓
都保守小小的心思

而所有的葡萄
都亮出自己最甜的旅程

在这一垄一垄的阳光中
如果有两个人目光对视
他们一定会碰出火花
这火花，甜甜的，酸酸的
你知道
我说的是
葡萄

土塔

这土，离开土地
已经很多年了

从那个春天开始
它把很多种子
装在肚兜里
每一年，都幻想
它们发芽了
长大了

在激烈的寒风中
在枯槁的烈日下

它都觉得自己头顶着一片绿荫

它心里清楚
只要有种子
所有的季节
都会撑开果实的天空
为它祝福

一匹马

在沙漠上
一匹马比沙丘更高
一匹马的枣红色
与沙丘的金黄色
互相区别着
像是一张清晰的剪影

夕阳如画
一匹马在画幅中
奔跑起来
像是一团火苗
把夕阳带入
沙漠深处

西天的云

向西，砾石反射着黝黑的光
淹没了所有的春天

向西，沙丘的另一半
是浮动的蜃景
云集着树木、河流、楼阁

向西，一个人的脚步
被自己拾捡
又背负于自己的双肩
越来越沉重

向西，在某个早晨或者黄昏
一个人一瞬间
看清自己
回家的路
已经模糊

向西，重重叠叠的生活
一阵风
就吹去了浮土
真金，永远在勇敢者的那一边

白云悠悠
像一个闲庭散步的老人

嘉峪关下

早已没有了风尘仆仆的骆驼
也早已没有了
面容疲倦的行者

熙熙攘攘的人群中
多是议论
一座城池的过往
即使导游员的讲解
也是轻松而又诙谐

人们看了，走了
在最佳位置

留影、作别
像是一片过路的云彩
只是，一群乌鸦从巢穴起飞
站立城头
有着戍守者的坚定

北向沙漠

草的走向和羊群的走向
一致
泉水的走向和云彩的走向
一致

而沙漠的走向
跟一匹马的走向
恰恰相反

那一年，驴车向北走了整整两天
当高高的一车柴火摇晃着归来
打柴人抱住村口的老榆树
哭了

北部的沙漠，在一车柴火的背后
汹涌而退
像是一群飞走的鸟儿

树窝井

那些树，像离群的羔羊
而四围的戈壁
像一群饥饿的狼

那一片片树叶
从芽苞到绽放
由绿而黄而飘零
微弱的泉水
清洗了它们油亮的经络

事实上，一棵树
十多棵树，并不能代表
戈壁的春天

只有那一滴一滴渗出的水
走进了春天

那一刻，所有的种子
都睁开了眼睛

石板井

雨错过了
更广阔的区域

雨，把自己藏在一个小小的叶片之中
在春天还没有到来之前
就枯萎了

雨，在星光灿烂的夜晚
爬过滤纸边缘的土坡
走向戈壁

那一场透彻的风
带着它
深夜入井

那一块石板
把其他的月光
挡在外面

一直有哗啦啦的水声
唱给过往的饥渴人

黑鹰山

也许，一声呼哨
它就起身

整个天空的寂寞
在它微闭的眼神里

没有人会为一只鹰的沉睡
留下振翅高飞的期待

没有人，在正午的阳光中
拥抱戈壁的炽烈

因而，一只鹰
它的守护
会有很远很远的回音

梭梭

被风丢掉的
戈壁一枝枝捡起

被雨水丢掉的
阳光留下它的绿叶

哪怕是短暂的一瞬
也有花的姿容
让无限的荒芜
捧着它

被月色漂白的骨头
仍然在月光中漂泊

当一年年的风沙到来
高高的墙头上
全是从前的月光

清泉

一簇一簇的树
让一块石头的风霜
一层层堆垒

麦子一茬茬收割
一代人的年轮
线条清晰

在平凡的秋天
最后一场雨
打湿了冰冷的成堆的玉门
一个小小的金黄的世界
稍稍阴暗了

此刻，粮食归仓
所有的疲惫
就像空荡荡的田野

戈壁上涌出的溪流

绘制着
春天的路线图

阳关一带

再广阔的戈壁
似乎都是陪衬

白杨树，一次次刷新湛蓝的天空
那翡翠一般的绿
与远处的雪山
为人们推送了
葡萄的甜

其实，那一条土埂
和那一座烽燧所守卫的
就是那一望无际
宁静的月色
捡起来
就是白花花的
银子

青山湖

山还远，草色暗淡
砾石们占据了
春天的路径
泉水，四处漫溢
没有在指定的时间和地点
到达

二十四节气

在湖面奔跑着
追赶着
过时的树叶和鲜花

整个戈壁
在收获的秋天
是青色的
像重重叠叠的山脉

紫云英

那花，是一盏灯
那花，储满了阳光

那花，独自留守戈壁
为特别的荒芜
加冕

那花，在西风中
说出美与爱情

葵花

戈壁上的葵花
它是秋天的女子

亭亭玉立
脸庞俊秀

酷烈的风中
碧绿的花盘上
黄花吹尽

露出白净和黝黑的牙齿

它们咬碎刺眼的阳光
把自己饱满的种子
交给大地

沙枣

红红的一串，像是褐色树杈间
遗漏的阳光

也像是星星点点的火苗
燃烧戈壁的荒芜

在盐碱地上
所有的植物都匍匐前行
只有它
高昂着头

为春天
留下证言
或者说，枯枝败叶间
也有不会凋谢的爱

又一个黄昏

归途中的牛羊
咩咩的叫声
挤满了狭窄的道路

尘土在阳光中的颗粒
像是漂浮的玛瑙和珍珠

真想在那一刻
自己是一只绵羊
在宽阔的草地上躺平
等待灿烂的星光

锁阳城之夜

那个夜晚月亮很大、很近
抱在怀里很轻松
那个夜晚大地安宁又喧嚣
可以听见微弱的叫声
可以断定一只虫子的位置

那个夜晚，我想起了
一座遥远的村庄
此刻，在一阵激烈的狗叫中
母亲起身出门
等待走失的弟弟
回屋

断壁

实际上，月色被切割
在一个宁静的夜晚
亲人走在返回的路上
跨过那一条月色小河
在家门口整理头发

村庄宁静的呼吸
应和着白杨树叶摆动的节律

实际上倒塌的墙壁

一直有风灌进来
呼呼吹打人情世故
像一群冷漠的亲人

野马大泉

戈壁张大了嘴巴
等待天空的云彩

戈壁上的小草
等待雨水

戈壁上的马
一声嘶鸣
穿越千沟万壑

在这里，它卧倒了
鬃毛间的汗水
流了一地

这一滴一滴的汗水
似乎无穷无尽
漫过了整个沙滩

那匹马
被浓密的芦苇遮盖
人们看见一簇一簇的绿
说，那是野马大泉

驼夫号子

这一声

能把沙漠叫醒

这一声，沙子
知道从哪儿来
到哪儿去

这一声，水的隐秘
全部公开了

这一声，狼虫虎豹躲开
阳关大道粘在脚板上

这一声，亲人能够听到
他快回来了

青土湖

山上的水，回来了
就像匆匆回家的人

这一片沙子
春天是花
秋天是成熟的种子
而夏天，像牧羊姑娘
穿着好看的裙子

低矮的黄泥小屋
有人唱起驼夫号子

后院里的骆驼就有点骚动
它们眼睛里的远方越来越清晰
像一片漂浮的青草

土大坂

高高的山梁
只有这面旗幡聚拢了
飘逸的风

有几只山羊在山坡瞭望
头顶上的白云低垂
像是一团棉花
能做多少过冬的被子啊

拉矿的汽车轰隆隆驶过
像是一头老牛喘着粗气

土大坂上的土
像无数的爪子
拘住人、动物和汽车的
喉咙

又见长城

在山崖上，长城像一只山羊
迅速攀升
在山崖上，阳光和星月
积攒了一生一世的
金银
在山崖上
所有的冲击都被围困
只剩下安静、安宁和安闲了

草随风飘动
渐渐浮现牛羊的身影

尘土渐渐散开
看见春天的花朵

长城远去，背负着
山冈、大地和河流
让他们矗立于万物生长的夏天
让他们滋润饱满的秋天

城墙上的云

只有一朵，像一堆棉花
它一点一点漂移
干枯的草，城墙上垂落的青藤
都看见了它
想象着，这一朵云
从天而降
呼啦啦劈下甘霖

城墙在雨雾中远去
像一朵云一样
成为春天的注脚

昌马

草在春天的雨水中
向往天空的云彩
草在四溢的泉水中
慢慢走向山口

这洼地里的草
越来越拥挤
这冲出山口的草

越来越粗粝

当听见悠长的嘶鸣
像河水一样流向远方
原来，这些草
都是精壮的马啊

白杨树

哗啦啦的叶片
直接洗刷了
半空的阴霾

笔直的身躯
能够俯视整个村庄的角落

它把春天攥在手上
举起

所有的植物都站起身来
向上托举
春天的高度

春水

坐在山坡上
等她
坐在星光下
听她的絮语

在沉睡的梦中
感觉她

漫过了身体

睁开眼睛
她是一个花盘
盛满了早晨的霞光

一棵树

在山冈上，有一棵树
它就像一个牧马人
比所有的马高
而马，比所有的草高

草原上
高的东西
都崇高
比如雪山
比如经幡
比如人心

走在草原上
就觉得那棵树
是一个诵经的人

雪

雪，是草原的被子
这儿的被子，那儿的被子
连在一起
是一个大被子

被子下面

是种子
是根
是泉水
是鲜花

可以听见
马的嘶鸣
牛羊的叫声

泉

戈壁上的寓言
有些是璀璨的玛瑙

突然听闻骆驼的铃铛
面对久别重逢的一个人
相视一笑

而一眼泉，永远在传奇中
有着晶莹的露珠
有着酒一样的沉醉

一块砖

在嘉峪关上，有一块砖，叫定城砖。

一块砖，代表了所有的砖
一块砖，居高而危
像被无数双手托住
那些手，实在太困倦了

几百年的风

几百年的雨
让一块砖有了筋骨

而一次次浴血的冲击的呐喊
让一块砖的心律愈发
激越
愈发
平静

它安放于一座城池的命门
批阅世事沧桑

大墩门

河流刚刚拐弯
沙丘就堵在了前面

一棵老柳树
辫子上的春天
一片片飘零

在更远的戈壁
一群羊迎风而来
像一大朵一大朵的雪

只有这一座烽燧
看清了
绿洲上的田野
一望无际的苜蓿
会让一条河流
像脱缰的野马

沙枣花

从沙漠中浮出
有了一个金灿灿的身子

站在沙漠的最高处
像号角，像无数号角
吹奏生龙活虎的阳光

而每一场雨
每一片雪花
都会依附于它
坚硬的骨骼

成为一枚枚
阳光的胸章

在敦煌

戈壁把道路拧成麻绳
狂烈的风中
一次次抽打
天边的黑云

只是，骆驼的蹄音
敲醒沉睡的种子

只是，一场雨
落在杏树上
是花，是果
是酸酸甜甜的念想

只是，异乡人

轻轻叫了一声亲人的名字
就有隐约的回声

棉花田里
大朵的棉花
洁白如雪

蜜瓜和菊花
合起来，像母亲的笑脸

折柳

春天了
柳树下的人
内心的蚂蚁
在树荫下熟睡

春天了
柳树下的人
内心的远方
在夕阳下
越来越远

或许，折一枝柳
可以代替自己
发芽、成长
守望

远山

山坡上的阳光
和雪混在一起

更白了

山坡上的草
和牦牛混在一起
黑的黑
黄的黄

只有更高的山崖上
次生林陡峭地生长着
它们的绿色
一年四季
都没有改变过

野草莓

沟壑中的藤蔓
一直往上爬

叶子更多
隐藏着沟壑的陡峭

偶尔露出脑袋的草莓
自己先是羞红了脸

在这杳无人迹的山峦
一颗野草莓的春天
格外遥远

灶台

夏牧场的溪流，带领着
洼地里的草

而那些马
站在高处

早晨和夜晚的火苗
一点点舔舐
风中的雪鸮

可是，弦子上的牛羊
撒欢，奔跑
谁会扬起鞭子
把它们赶回栅栏

有了，桑吉和梅朵的歌声
从帐篷里挤出去
飞了很远很远

它们嗅到了
刚刚从灶台上
端来的美味琼浆

它们回来了
他们也回来了

焉支

是一棵草
却血气喷头

是一棵草，连着
另一棵草
高高的山冈上
俯瞰额吉的帐篷

看见了
真正的骑手
俯身于灿烂的花束
轻轻叫她
焉支，焉支

草原的朝霞
如波浪涌来

山坳里的桃花

山坳里的桃花
自己穿上绿色的裙子
自己裹着紫红色的头巾

在风里走

山坳里的桃花
羊群在十步开外
羊羔围在身边

像母亲，带领无数个孩子
走在成长的路上

我在这样一个小村庄
放下行李
想一辈子
陪一树桃花
砍柴，做饭
生一大堆孩子
女孩叫桃花
男孩叫桃子

马鬃山

此山如马
在巨大的宁静中
奔波

此山，一直有着凄婉的长嘶
穿云裂帛
如雷电

此山，如涛如怒
把戈壁
推向遥远的地平线

阳光如水的夏日
孤单的帐篷
炊烟四起

似乎是它
又短又小的缰绳

安南坝

骆驼像一座小小的山峦
拨开了安南坝的视野

骆驼，一边奔跑
一边在扬起的沙尘中
回到干旱的草地

它们找到了从前的泉眼
砾石中的阳光
格外刺眼

它们在此刻的泉水中畅饮
一回头，营地中的夕阳
早已沉落

安南坝，月色如银
北风中的骆驼
卧于山坳
像是一丛生发的植物

葡萄

沙漠上的葡萄园
自己是一碗清水
反射着激烈的阳光

沙漠上的葡萄园
自己像一块翡翠
在风沙中打磨

沙漠中的葡萄园
糖来自哪里
蜜存在何处
无人应答

一条溪水
悄悄地流
流进葡萄园
就不见了

河仓城

在河流的波涛中埋伏着

游鱼一般的箭矢

一丛丛摇曳的芦苇
报告了
骆驼队的消息

在生与死的间隙
人间烟火更加细腻
它们像是飘忽的星宿
有一部分来自故乡
有一部分来自记忆

大雪纷飞的正午
有一片雪花
不偏不倚
掉入一堆小米之中

那一碗米饭
真香啊

旱地草原

春天和夏天，阳光都
赤裸裸地掠过
黑色砾石

春天和夏天，水与阳光混合着
无论是水还是阳光
只能看见其中的一部分
仍然是广阔的砾石

那些碎草
夹杂在石隙

一直是这样

阳光和泉水
一直没有淹没
那片砾石

黑色的砾石
像是无边的夜晚

青稞地

大风掠过的半坡
只有一丛植物
扬起头颅

看着朝霞和夕阳
努力与一面山头
平齐

那些风，就像一把梳子
为一次次的征服
塑造英雄的形象

没有人可以忽略
这一丛植物
很快就惊讶地叫出
青稞，青稞

像是唤回了一群
咩咩而来的绵羊

向北

广阔的地平线
撕裂了
戈壁的背影

几只蜥蜴朝向它们的巢穴
迅速逃窜

砾石铺陈着
它的简单的黑色
聚集在一起
像一块铁

终于看到你了
嶙峋的骨骼
竟然有稠密的叶片

大漠风起
你和它们一起摇动大地
醒来的
是春天
沉睡的
也是春天

沙枣园子

云在堆砌
砾石研磨着视野

风匍匐于地面
埋伏着尖利的碎石

沙枣呢
是不是都俯身于
一块块彩色的玛瑙

沙枣树呢
那黄金打造的喇叭
集聚了多少
朝霞和夕阳

沙枣园子
这个在戈壁上镌刻的名字
听起来
似乎有一股浓浓的香味

芦苇井

其实，再大的戈壁
也能容下一棵草

滚滚的沙浪中
一棵芦苇的成长
也是一样

一棵芦苇
孤零零的
寂寞的日子
雨水，永远在远方

可一棵芦苇
一直在沙丘之上
努力接近
每一片云彩

其实，很多人不知道
在戈壁和沙漠
一棵芦苇
就是一口深井

水在看不见的地方
能看见的
只是翠绿的茎叶

它用自己的语言
表述着
沙漠的宽容

雪中的芨芨草

和雪一样
在风中飘

和雪不一样
它有留守的根

和雪一样
它的纯洁辉映天地

和雪不一样
它还有一身尖利的傲骨

在沙漠上

只要没有风
沙子的微笑
就一直沉淀

只要没有风
我们就能看见
我们自己的金子

只要没有风
早晨是最好的
夕阳，也很美

梭梭

它们在冬天，也像
春天一样
高高在上

它们在冬天，也裸露自己的
筋骨
像一群勇敢的冬泳者

它们在冬天
它们用自己的沉默
锻造铁一样的身躯

从来不怕
日晒、风吹、雨打

第一场雪

雪在山顶上，一直在
而山下的那一场雪
很快就被风吹走了

而绵羊身上的雪

在青草上打滚

那些青草
因为雪的照耀
越来越鲜嫩
就像重新活了一回

锁阳

反季节，反阳光
只要雪水
只要盐碱地带的贫壤

它自己有足够的光
有沸腾的热血
亦有一把
割冰的刀子

它用十足的自信
把自己比喻成锁子
锁住四散而去的阳气
让它成为一根可触摸的
烫手的锤子

捶打所有的软与脆弱

一只鹰

在锁阳城的断壁
在众多红柳铺陈的丛林地带

有一声飞箭般的撕裂之音

把铁板一块的宁静
撕开了
一个口子

就像眼下
这城墙的断壁

看不见它在哪儿
似乎处处都在

你看那城池的四周
有不少皲裂的豁口

双塔

塔没有了
风尘积累了整整一面大坝

塔没有了
曾经是高高的塔
琉璃反射着阳光
像一个头戴绿盔的巨人

塔没有了
牧羊人坐在草坡上
用石头垒筑了一面墙
用来遮挡四季风和日光

塔没有了
据说，就在那座山丘上
有两座
像兄弟

塔没有了
这地方
还是叫双塔

马迷兔

不能怪罪兔子
这稀疏的草
藏不住一只兔子
这稀疏的草
就是一年当中
那场短暂的雨水

在一次激烈的冲突中
马的嘶鸣
被一阵狂风卷走

再也没有看见
那些气势汹汹的马了

灿烂阳光

戈壁是阳光的舞台
没有将春雨
接种于繁盛的枝条
却把霞光和夕阳
刻印在了石头上

那些零星的玛瑙
摆在一起
就是光的圆舞曲

那些晶莹剔透的玉
在沙石中
也露出莹莹的眼神

走在戈壁上
身上的阳光
脚板上的阳光
它们像是传说中的风火轮
在催你
快跑

长城地带

沙子里的风
石头里的风
黄土里的风
不一样

它们搅和在一起
拍打马
拍打马上的盔甲
拍打迟钝的铁
唤醒它们嗜血的心跳

搅和在一起的风
它们是沙子
石头
黄土
马
盔甲
和铁刃

吹到哪儿

哪儿的墙
就会呻吟

秋天的草

它们没有躲开秋天
在芦苇的夹缝中
有一些风
成为漫天飞舞的苇絮

它们没有乘虚而入
仿佛只是一瞬间
空旷的大地
就摆满了庄稼

它们只是低处的翘首顾盼
就淹没于无数的箭矢

后来，它们是
风干的
稻草人

葫芦河

河水是一条藤
村庄是葫芦

河水是蓝蓝的天
一直都在
偶尔有云彩飘过
村庄是筑巢的燕子
觅食、生子

第二年又飞回来

葫芦河，河水
串起了
一座座村庄
就像一条藤上
一只只饱满的葫芦

玉门

一路上念叨着的名字
渐渐发烫

一路上看见的云彩
一点点消失
装进黑夜的口袋

一路上骆驼脖子上的铁铃
撞击着铁一样的寂寞
大地越来越大
道路越来越远

揣在怀里的
搁在心上的
过了这个关口

就像一块石头
落了地
成了玉

泉

一直惦念一眼泉
一年之后的春天
去找它

远远地
就看见一片芦苇

远远地
就看见那丛芦苇
像一块宝石

远远地
喊泉的名字
答应的
只有潮湿的盐碱味儿

一年，泉就走了
就成了
一丛芦苇

但又觉得它没走
只是长大了
长高了

山下的梨花

山上的雪
照见春天的芽苞

山上的雪
集结于茂密的树杈

山上的雪
喊着春天的号子
裁剪了
无数的窗花

山上的雪
真的像镜子
它照见的地方
都是种子的故园

野马大泉

只是芦苇在风中摇曳
只是硕大的戈壁
没有逼迫那些芦苇
迅速倒下
继而枯萎

只是芦苇葱绿的叶片
像不羁的鬃毛
催动着无数的马匹

背后奔驰的力量
是那汩汩而出的泉水
它们是强劲的四蹄
奔驰而来

看来，是一眼大泉
身上，有马的血

嘉峪关下

云，在偷渡
一道道残墙，缠绕着
丝丝缕缕的风

细碎的石头
踩踏着
种子和雨水

当一堵高墙
挡住了燕子的飞翔
所有的视野
集体沉落

谁是谁的某一天
谁是一路向西的路基

过了嘉峪关，一丛芦苇
打扫了
凌乱的天空

在大墩门

许多云彩，都飘荡在河流里
许多云彩，与大地上的花
互相映照
许多云彩，就像穿了裙子的姑娘
漫漫黄沙中
多了一些模特

只有这一座墩台
抱住高耸的黄土

把每一朵云彩记在心里
把所有的浪花
传送给远方
焦渴的土地

这一座墩台
在一阵阵呼啦啦的风中
走远
就像一片云彩
它的魂魄
俯瞰着
大地上的安宁

河床里的柳树

那些树，高出河面
提取着
河流的青葱

那些树，一直在河床
守护着清浅的溪流
自己，则以河流的身份
告慰，两岸的幼禾

那些树，落叶飘零的时刻
等来了一场雪
挂在树梢上的雪
晶莹剔透
就像梦中的银子

而在刚刚过去的秋天
它的怀里
揣满了黄澄澄的金子

锁阳

它有一颗热乎乎的心
它有一腔热乎乎的血

寒冷冻僵了一切
而它像一座熔炉
锻造着
自己血气冲天的灵魂

在沙丘
在厚厚的积雪中
它像一个冬泳者
不断扩展自己的领地

万物凋零的背后
它改写着植物界的铁律

还好，红缨枪
刺破北风的帷幔
春天，在光秃秃的荒漠
展开了冲锋的旗

在瓜州

风，在风叶上
巨大的钢架
支撑起风的力量
而一扇扇叶轮
却让肆意的风
沿着神秘的隧道
走向持续的光明

灿烂阳光下
一条藤蔓在延伸
它的光彩与甜蜜

像河流一样汹涌
像月色一样温顺

可以坐下来
在众多的选择中
随手捧起
闪烁的星光

让它驱散
内心的黑与迷惘

嘉峪关一带

仰望，青砖的重量
压下来

大地被隔开，另一侧
风中，漂浮着雨水

仰望，一匹马的惊叫
也没有打开
一扇铁门的威严
牢牢嵌入
焦渴的戈壁

谁会把一堵墙
推向险峻的隘口
谁会把马鞭
递给疯长的青草

嘉峪关下，眼泪淋湿走过的路
回头再看
却目睹了亲人
微笑的面孔

大红泉

一片沉落的夕阳
再也没有收回
宏阔的羽翼

它似乎很疲惫
铺平崎岖的山峦
闭上了眼睛

潮湿的风
带着它的梦境
一次次飞舞

那些草，被激发
蔓延于更加荒芜的高地

汩汩的泉水，一直流
它的尽头是起伏的山峦
可以想象
细微的泉水
对春天的留恋

破城子

大路口，水向低处汇集
而在沙岗之上

凌乱的风
驻守着
横七竖八的残垣

时光，在季节中
擦伤植物的叶片

流水一样的生活
掺杂了翻滚的乌云

此刻的兔子
惊慌夺路
就像从前的黄昏
疾驰的马队
穿过血腥的面孔

也许，破碎的
还有一场凉爽的秋雨

半山口

山敞开了自己
碎石一样的风
打在秧苗上
种子的剖面
有一条细细的伤口

像是巨石的纹路

在被春天搁浅的大草滩
几只麻雀飞来
它们忙碌了一个早晨
又急急忙忙地飞走

所有的生活，都被一场大雪覆盖
而掀起一条河流面容的
却是淅淅沥沥的春雨

葡萄园

后来，这些光线涂抹着
秋天成为一个庞大的酿造站

后来，夜晚的星光
也集体赶来
制作庆典的灯笼

后来，整个沙漠
献出玉石、玛瑙
所有的光
都在聚拢

后来，问候的语言
浸润着芬芳的蜜糖
像一阵风
吹向四方

没有人会丢掉一座葡萄园
赶往某一个深深的矿井
或者收获的麦田

杏子

沙漠上的一棵杏树
和另一棵杏树
遥望着

许多悄悄话
被一群蜜蜂衔来衔去
那些正在孕育着的心思
在浓烈的阳光中
脱去了青涩

所有的沙子
都在打磨这个夏天

你看，金黄的杏子
就像一双双眼睛

山峦

在整个山峰的阴影里
有一只老虎

这么多年
它一直没有叫醒
身边的岩石

在狂风的强劲处
那座烽火台
积蓄着一场雨的
缠绵与温顺

可以在深草中
扎下泉水的根系
可以将身体的骨头
抽出来
做成一件雕塑

这山峦，多少轰轰烈烈的往事

都被它轻轻掩盖
就像没有发生一样

野马大泉

这里的水，风来饮
云也来饮

这里的水，如一片坠落的天空
蓝色的光束中
有无数的星星

这里的水，有时
会像一匹马一样
奔驰
完全没有水的宁静与谦逊
在广阔的戈壁
这样的水，透露无法抑制的野性
却似亲人般的熟稔

石板墩

所有的石板，把最后那一块石板
抬高
所有的石板，都顶着风头
背负雨水和雪

所有的石板，看见远方的冰山
知道自己从哪儿来
知道身边的草
到哪儿去
知道一条河流带来多少

骏马和帐篷
又带走多少音乐和歌声

石板墩，顺手抓住的阳光
越来越多
渗入心扉的月色
越来越少

干枯的河道

在花土沟，黄昏占据了
干枯的河道
那些密密麻麻的石头
缠绕着，来自
昆仑山的风

要想象从前的流水
怎么穿越一块块石头
抵达一片蒿草的青春
你就要竭尽全力
浇灌内心的干旱

在夕阳下熠熠生辉
让出世的玛瑙
讲述一片明媚靓丽的春光

而从前的河流
会像夜晚一样
弥漫四方

或许，只要唱一首歌
它们就会奔跑着冲过来

坐在一块石头上很久了
夜色扑打在脸上
冰凉冰凉的
像水，像灯火中的花土沟

往事，从身体
流向旷野

尕斯库勒湖
——花土沟的记忆

这湖，埋葬了凄厉的风
埋葬了冬去春来的沙子

这湖，把一万年的寂寞
凝聚成卤水
把一千年雪霜
调制成盐

这湖，一波又一波涌来
荒芜大地的砂石

这湖，迎来夏天的鸟儿
让它们像一片片的绿叶一样
飞来飞去

这湖，看见一座座钻头冲天而起
就安宁了，像一面镜子
照见火热的劳动和
朴实的生活

油砂山
——花土沟的丰碑

没有油砂山
就没有花土沟的高度
2950米至3100米的海拔
加上高耸的钻塔
把花土沟举到了半空
让世人看见这个阳光灿烂的名字

沟壑纵横，寸草不生
喜马拉雅山的构造运动
让无限的荒芜
在奔跑中断裂
石油，浸润了
焦渴的大地

这座闪着金光的山脉
它们还有另外的名字
孙健初、周宗浚、关佐蜀、吴永春、吕炳祥
梁文郁、戴天富、谷丕顺、李云阶、朱新德、张立权
……
两名测量工人
一名报务员
一名向导
一名哈萨克语翻译
还有十多位驼工
四十五峰骆驼
……
让沉寂的油砂山
喧闹起来

就像滚滚的油海
从地下喷涌而出

200　　长城志

我们要记住这个高度
让这些名字在不断地提炼中
升华

天边的云

可以对视，可以
默念从前的誓言
可以看见，每一片云彩底下
都有一辆马车
载着行囊和亲人

可以省略掉所有的懈怠与迷茫
做一个看云的人
做一个在高处
看守庄稼的人

心灵在一滴露珠上
世界很远

沙葱

沙子埋不掉的种子
一直在雨水的点滴中

沙子滚烫的热情
让冷酷的戈壁
有了一缕温情

它探出头
小心翼翼地面对蛮横的碎石
它们的袭击

会让它粉身碎骨

可它还是站立起来
醇厚的绿色
照亮了戈壁
夏天的脸

在树窝井

戈壁，突然被一丛绿色刷新
戈壁，突然由粗犷至羞涩

风猛烈地吹
沙子越堆越高
树干，埋住了一半
另一半，高高挺立

雨水，走在春天的路上
而春天，一直被一道沙梁挡住

向上的水，遥遥无期
向下，这些树干
顽强地掘进中
找到了暗河

这些树，拥抱在一起
喜极而泣

祁连山下

山上的雪，一直遥望山下的村庄
山上的雪，一直

倾听，山下的草木
拔节的声音

山上的雪，挺直身子
像是大地的梁柱

牧人们抬头看见洁白的雪
就像给草原
戴了哈达

种地的人，在烈日下
一次次擦净额头上的汗滴
就被那堆垒的清凉所感染

祁连山下，辛劳的人们
有这样的主心骨
总能自豪地生活在这块土地上

一束刺玫花

在草原上，这一束刺玫花
占据小小的沟坡
独自鲜亮

这一束刺玫花
融入莽莽苍苍的绿色
并没有淹没

这一束刺玫花
牧人们路过
总是看一会儿
然后再走，然后走几步
又回头看

这一束刺玫花
在一场大雨中冲掉了花瓣
在更多的晴天，重新抖擞
像穿了一件花衣服

残垣

以自己的低矮
切割着高耸的雪山

以自己的残破
铺开草原的丰满

这一座堡子
站于高岗
像一个衰老的武士
一把铜剑
被风雨磨砺

或许，一只羊攀爬而上
看见远方的草
或许，一匹骏马
怀念从前的苜蓿
守住这难得的安宁

一切都是现在的样子
无法回到过去

一望无际的戈壁

还是想坐在那儿
还是想和石头一起

和风一起
和阳光一起
坐一坐
成为它们的一部分

还是想让石头知道
让风知道
让阳光知道

活着，能坐下来
能拥有自己身边的事物
多么愉快

桑园

戈壁上的阳光
拍打着一片片桑叶

紫红的桑葚
自己有着刺眼的光束

更广阔的桑园
阳光沉落
阳光与桑葚的絮语
被风传颂

阳光的块垒
它的内部
包裹着甜蜜的汁液

只要记住劳动者的情谊
就能畅饮这
幸福的美酒

海棠

树叶间的海棠
刷新秋风的一次次造访

它们或许是庆贺的红灯笼
一次次暴露内心的光

它们很有可能是没有说出口的
诗歌和演讲
有着无可争议的激情与热望

在海棠的视野
似乎一勺蜂蜜
就能甜蜜全世界

一场大雪

一个夜晚，大雪封门
风吹雪
风吹门板，像锅里
炒熟的豆子

母亲把门前的雪堆积起来
自言自语
好像在说着和夏天有关的事情

夏天，门前的麦子熟了
母亲也是这样自言自语

春天

鞭炮炸响的那一刻
红色的碎屑铺满一地

母亲一直没有打扫它
一直让它保持原来的样子

风吹过，风轻轻的
也没有改变碎屑的样子

有时候，母亲坐在门前的木头上
晒着太阳
看着地上的碎屑
很满足的样子
像是在想一件
很开心的事

远处的山峰

现在已经模糊了
雪在飘

现在，更加模糊了
雪在飘

一直到正午
天气昏暗
洁白的雪花
也不能清洁天空的灰

雪一直在飘
远处的山峰是一片

茫茫的雪

远处的山峰
惦念着
春天的溪流

黄草营

箭在杂草中荒芜
安静的夜晚
从城墙上看见的
只有飞逝的流星

而箭，仍有自己的语言
尽管杂草盘根错节
埋掉了它
闪亮的锋刃

如果有一束雷电
它会破草而出
像一只蛟龙

断壁

挡风的墙，已经
成为风的一部分

风吹戈壁，一颗种子
藏于沙丘

一场雨水
沿着沙丘的坡面

爬上断壁

酷热的阳光，把它们的根茎
扎入坚硬的墙壁
这绿色
就像壁虎

在风中
一动不动
像蜷曲的风

溪流

从黄土里钻出
就像遍地乱窜的小动物

春天，它们的眼神
新奇而又调皮
很快，就被茂密的草
淹没

就像它们淹没沙滩
在沙滩上犁出一道
春天的战壕

溪流，努力把自己长高
像一簇簇
摇曳的芦苇

沙丘之外

只几尺，就有一丛红柳

在你的围巾下
这沙滩像一口平锅

更大的范围，沙丘连绵
你坐着，我汗流浃背
这个正午
你接受了夏天
我记住了阳光

芦苇

宽阔的河流，芦苇
拨开河面上的湛蓝

那是一席绸子
平铺着

那是不断袭来的波光粼粼的眼神
与路途上的焦躁混合
一滴水，一片火焰

可以轻轻地撩拨
直到你转过身来
看见，你是强壮的母牛

空阔

几百里的荒芜，全部
倒下了

坑坑洼洼的水
只留下一株骆驼刺

流浪的骆驼
没有找见它

有一座孤零零的烽火台
腹中的芦苇
码放尖利的刺
北风吹走了
它的锋芒

黑色的砾石
像是爬行的动物
啃食着无边无际的荒野

一块石头

它是一个惊心动魄的图案
储存着呼之欲出的力量

自然山水
花鸟草虫
虎豹豺狼

这一块石头
只有微弱的
阳光、雨露
深远的背景里
可能有它们的粮食

一块石头
看见它
我想起了
记忆中的生活

雪野

墙角的阳光和雪
返照着斑驳的泥皮

一个孩子看见了
另一个孩子

歪歪斜斜的两行脚印
重叠在一起

一切都静静的
红色的雪绒服和蓝色的
小棉袄

一切都静静的
很温暖
也很美好

从那时起
传说中的雪球一直在飞

燕子

这里的燕子一直都在
厚厚的雪中
也有啾啾的声音
只不过要用尖利的石头唤醒它

说的是，在嘉峪关
一只燕子和另一只燕子
忠贞不渝的爱情

当这些石头敲着
当这些燕子飞舞着

想想人间的爱情
许多相濡以沫的誓言
都是易碎的

河谷

全部的戈壁，可以
被河谷冲断
全部的沙漠，可以
被河谷截流

轰隆隆的响声回旋着
可以听出内心的暴怒
牙齿的撕咬，让戈壁凝固的寂寞
成为粉齑

持续的脚力，背负茂密的草
成为春天的坐榻

河谷，逐渐上升和漂浮的水汽
有一部分
进入种子的卵巢

看那河谷的崖壁上
飘荡的绿色
谁会想到，它们是一丛植物呢

只此青绿

大地上的颜色一直都是这样
风霜雪雨是一支画笔，可能还有
另外的画笔，比如蝴蝶、蜜蜂
还比如一道闪电
一阵啜泣

要让一瞬间的颜色和生命
保存永久
那得需要激烈的心跳
和源源不断的血

只此，一万个春天的正面和反面
都有阳光、水分、土壤、叶片和果实

五月

回到五月，柳树油亮的叶子
可亲
田埂上的蒲公英，开黄色的花
可亲
韭菜正嫩
包饺子最好

榆钱像一束光源，照亮
人们的食欲

回到五月，村庄如花
见到了所有的恩人
可亲

湖岸

戈壁上的湖，冲洗完
焦躁的树枝，又冲洗
干涸的梭梭

它们，拴住了春风

之后，那些芦苇
一次次唤回流浪的骆驼
驼背上的种子
倒入激流

有多少水渗入碱土
就有多少月色
偷偷发芽

有多少波浪冲决荒芜
就有多少枝叶
覆盖戈壁

湖岸，相距不远的麦田
聚集了比镰刀更锋利的阳光

烟火

墙壁上的烟火，紧贴
幽暗的屋梁
储备了
四季的温暖

持续不断地烟熏火燎
让粗糙的墙皮

有了一条向上的路

它们被油灯照亮
被遗落的阳光
抹掉生活的汗迹

一切如常
梦里开花
梦醒喝茶

悲伤的早晨

月色还未退去
悲伤，在行进的队伍中弥漫

戈壁，也盛不下太多的忧虑
唢呐的声音
因而悠长而尖利

我坐下来
为你培土
就像把一粒种子埋入深土
明知道不能发芽
却牢牢地攥紧
渐渐漏掉的希望

纸钱烧尽戈壁上的霜
但它悄悄爬上我的额头
为你戴孝

此刻

家家门口的火盆，把八月
烧得更热

你一直走过的街巷
静悄悄的

白杨树，又粗了一圈
苞米，偷偷灌浆
风吹田野
像你轻轻的脚步

家家门前的火盆
灭了
你走的那一刻
村庄真正少了一个人

一家人的心
空了

一堆篝火

夜晚，压低了帽檐
独自行走在戈壁上
只有一堆篝火
能够叫住它

此刻，星光也被融化
风一波波涌来
推波助澜的火势
烧掉了
夜晚的寂寞

牧羊人，一堆篝火入梦
看见了
日思夜想的人

冰河

大雪赶来一群苍狼
一阵紧似一阵的
风头
撞击在崖壁上

赶场的羊群
在最后一刻
冲过了隘口
枣红马的嘶鸣
赶在了雪崩的前面

冰河入梦
在牛粪火上
化为醇香的奶茶

六工

沙子埋掉了一部分种子
在一场大雨中
围墙倒下了一段

走掉的人
回头一望
目光挂在
仅有的几株高粱上

荒芜的田野上
有一丛红柳一年年长高
骆驼刺屈居于它的浓荫之下

地窝子的洞口
有几只麻雀觅食

一代人的脚印
被石子压痛

向戈壁要回来的粮食
又还了回去

戈壁上的河流

如果需要珍视未来
那就对一条河流说
我爱你

如果必须看重希望
那就跟随一条河流
走过戈壁和沙漠

芦苇丛中，河流
像温顺的母牛
拐弯处，河流像咆哮的公牛

河流上的村庄
像一头头牛犊
吮吸着奶液

一个人从戈壁上走出来
走再远

也会俯下身子
让自己的眼泪与河流
融合在一起

正午的阳光

沙丘里，埋着正午的阳光
一根锁阳探出头后
阳光里，裹着
一层雪

没有风，一小部分植物
匍匐于沙砾间
种子，滚烫滚烫的
像锅里的豆子

一只蜥蜴迅速穿过
炽烈地带
畏缩于红柳枝下

这时候，如果有一个牧羊人
他会依偎在南墙下
把躺在那里的阳光
揽入怀中

草原地带

抬头，总会被那些山
拦住

低头，又会被稠密的草
绊住

是自己的马
一声呼哨
就能驮回泉水

是别人家的骆驼
在帐篷前转悠
也别去追赶

坐在草坡上
喝一壶马奶酒
把自己躺倒在梦中
卓玛就来了

泉水

牧人把泉水叫作
甜水

把羊赶过来
羊喝过了
自己喝
自己喝足了
再装一皮兜子

归牧了
夕阳涂染了整个牧场
一个夜晚
人们都能喝到
甜水做的奶茶

就像悠长的日子
要品出泉水里的甜
要一口一口抿着喝

嘉峪关上

从这里走出去
只有山能够冲撞
游动的视野

从这里走出去
只有风是一匹
不知疲倦的野马

从这里走出去
不能回头
一回头
就有一根绳子
把你拽回去

九眼泉

到处都是泉眼
数到九
漫延的水
就淹没了
所有的泉

远远看去
水汪汪的
嘉峪关，像一艘帆船

雪山

谁会用这无以计数的银子
打造自己的皇冠

谁会像一只兔子一样
丢掉所有的惊慌

戈壁上
只留下星星点点的骆驼草
常常被炽烈的阳光捶打
被强劲的风
碾压

谁会一动不动地看着
一群绵羊
像一堆雪
推远所有的雪

长城地带

马蹄莲在草坡上迎风而动
远处的长墙为它遮风
但它还是牢牢擎住
垛口梳理过的风

那些风
有一点点花香
有一丝丝马蹄的喧嚣

吹过人的面庞
像亲人间的微笑

梭梭

春天和夏天一样
它的叶子

一点点脱落
剩下闪光的肌肤
到了冬天
就只有闪光的骨头

它是戈壁的另类
它把戈壁上
所有的秋天
高高举起

看，我们也有自己的果实
短暂的收获季
没有辜负阳光

烽火台下

早已搁浅在深深荒芜中
早已错过
有雨的云

四周堆满了沙子
掩埋了沉重的孤寂和
流血的呻吟

如果有一丛草
沿着烽火台攀缘而上
枯萎的藤蔓
在风中破碎
那么，来年
它一定长得更高

烽火台下，看着那些草
就像看见了从前的人

他们也是依偎着烽火台
一点点把日子积攒起来

泛沙泉

水中舞蹈的沙子
个个像天真的孩子

水中舞蹈的沙子
为仅有的水草欢呼

水中舞蹈的沙子
把这小小的水
作为舞台
可惜沙漠在高处
淹没了所有的春天

它不见泉水中的沙子
兴高采烈的样子

狼行湾

灰蒙蒙的颜色
和沙子一样

芦苇的摇动中
总有几分神秘和恐惧

正午的阳光
也会迅速奔跑
有着吞噬一切的
血盆大口

沙子一望无际
一簇一簇的草
像一双双眼睛

好狰狞的名字
一想起它
它就会盯着你

一碗泉

一碗水，足矣
一碗水，能浸润百里之外的种子

一碗水，端放在戈壁上
风吹不兴
日晒不枯

一碗水，看着它
就像一块晶莹的宝石
看着它
就有一股清凉的溪流
润泽浑身

一碗，又一碗
原来，梦境
是可以储存的

众生

在人群中，一朵花在栅栏上
河流一样的人群
没有一朵浪花

能够和它对视

栅栏上的花
微风吹过
纷纷点头
也没有人深呼吸
品味淡淡的花香

一朵花，可能从种子到芽苞到花蕊
再到鲜花盛开
静下来的观赏者
寥寥无几

葡萄辞

伴生于干旱的末端
然后反哺于潮湿的雨雾

那回眸一笑的甜蜜
一直在凝结
一直在酝酿
由小到大
由少到多

那在月色和星光中
悄悄伸展的藤蔓
把世间的神秘
那无法磨灭的葱翠
斜挂于沙漠的尖顶
像刚刚出生的翡翠

说她是一句诗
那就是正待生长和永远

生长的诗

芦苇

我也看到了芦苇
作为沙漠的对手
它们却被沙漠高高举起

我也看到了秋风
一次次折断骆驼刺的筋脉
只有芦苇
把风缠绕在枝叶间
它们的摇曳
似舞台上芭蕾女的舞姿

我也看到了当它们变得金黄
几乎和沙漠一样
但它们的身体
明显像是镀金的使者
把生命的气息
传得很远很远

沙漠上的向日葵

我永远记得那个脸盘
高高扬起
沿着太阳滑行的轨迹
不卑不亢地回到自己的位置

我永远记得在一片广阔的葵花地
浩大的阴凉
都是在黄金花盘庇护下

赢得了沙漠的和解

我能听见的连续不断的拔节声
都是在一阵阵风波中浮现的

我在秋天的沙漠
一片片拾捡
那些飘落的花瓣

我以为那是珍贵的种子
其实，它是整个沙漠中
最有利的心跳
是不断扩展和正在生长的藤蔓

梭梭林

它已经书写了属于自己的履历
它们已经有了族种

它已经历练了戈壁的凶煞
它们已经是大漠的精灵

在西部戈壁
每当看到成片的梭梭林
我就为植物的竞争力而惊叹
也总盘桓于那茂密的枝杈间
体会奋斗者从容的光阴

当一只旱獭探头探脑
我才知道野狼的食材中
还有一种谨小慎微的动物
而在梭梭林，顽强生长的
在戈壁大漠蓬勃延展的绿色

统治一切

黄草营

出门，撞上风了
风头如枪

而野地上的风
被芦苇赶着跑

城墙上的风
纷纷跳落

一地的瓦片
一地的沙尘

当所有的问询
回到原处
冲头的血
已经流到脚后跟

大刀，生锈了
雨水
埋掉了
食肉的锋刃

路边墩

和路在一起
路走到哪里
都会把自己的手
攥在烽火台的脚脖

和路在一起
看见路飞奔的样子
一座烽火台
就会眯着眼睛
想路边的心思

和路在一起
烽火台明显地峭拔了
像一个魁伟的男人
领着自己的媳妇和孩子

泛沙泉

水冲出的沙子
一直都在下沉

整个沙漠的沙子
好像只是为了围堵
这一眼泉

水出沙落
四周的冰草和芦苇
已经多数被沙子淹没
但只要有一滴滴水渗出
那些冰草和芦苇
就会直冲而上
露出自己细小的嘴巴

我们看见了
一丛植物的呼吸与一眼泉的呼吸
方向
是一致的

山坡下的马

从上到下，雪
盖住了草

几匹马，准确地说
是前方三匹，两侧各两匹
它们都是棕色的

风吹着，吹着
吹出了枯草
草的颜色与马的颜色
接近，排斥着雪的深远和寒冷

我在山坡下
摁下快门
拍下了这幅雪景图

朋友们看了都说
多好的马
真想骑着它猛跑一圈

我也看了看
那些雪
也很突出啊

雪中丹霞

红色的山脊
被雪埋掉之后
又一点点露出来

那星星点点的紫色、红色

像是一个个引火点
看着，就仿佛要引爆
色彩的大潮

因而，期待总在那厚厚的雪上
就像阳光
在那些雪的晶粒上
奔跑，最后跌落于深谷

没有一点响声
只是，那些色彩
越来越重
像是一滩积血

孤独的山羊

雪地上，只有它
一动不动地看着远方

雪地上，一只山羊
保持遥望的姿势
已经很久了

我看着，想继续看下去
看一片广阔的雪地上
一只山羊
到底在遥望什么

可惜，在夕阳沉落的那一刻
夜晚笼罩了山谷
我只能想象
一只山羊
仍然站在山坡的雪中

遥望远方

一碗泉

去看看
今年的雨水去了哪儿

去看看
头顶上的云
飘过公牛山
去了哪儿

去看看
卓玛的小汽车
从镇上的集市
有没有带来好听的MP3

草原上，一眼泉
汩汩地流
像一块碗口大的疤

嘉峪关上的雪

雪落在青砖上
落在黄土上
落在高挑飞檐的楼阁上

风把四面八方的呻吟吹出来
风把压制着的呐喊吹出来

之后，雪
轻轻覆盖着

像是静夜的月色

之后，一串铃声响过
旅游点上值班的骆驼
回家了

一座庞大的关隘
在雪中浮动
像是一幅画

长流水

只是一汪水
一滴一滴的水
让这一汪水
不干枯

只是这一汪水
照亮了四周的云彩

所有的骆驼都知道
这里有一汪水

所有的兔子
都在这里
存下了
一滴水
走远了
顺着风
就能找到

牧人们一直记着这些水
走在路上

不管多么干渴
都能听到那些水
滴滴答答的声音

戈壁上
人们把一滴一滴的水
把一汪水
叫作长流水

红柳泉

一簇簇红柳
缠住戈壁上的风
然后把自己枝条上的风
送到茂密的花瓣上

一簇簇红柳
把晨光和夕阳迎进
自己的花房

一簇簇红柳
在酷烈的阳光下
哼唱着河流的独白
是那样自在，那样悠闲

其实，那只是它隐秘的绿荫下
汩汩渗出的泉水
这样的泉水，刚刚露头
就已注入饥渴的灵魂
这样的灵魂，如一株株
红柳，在戈壁无限的荒芜中
完成着春天的突围

鹰凹峡

没有看见鹰
甚至没有鹰的叫声

来到这儿
总觉得会有一只鹰
应该有一只鹰

马在这儿踯躅着
止步不前
鸟儿们惊惶地撞向崖壁

羊群绕过一个大湾
不去喝那里清凌凌的泉水

狰狞的岩石
像是山崖上的鹰群
而山崖下的尸骨
晾晒着所有的
失魂落魄

火石梁

仿佛轻轻一擦
就能擦出火

那些细碎的石头
紧紧抱住夏日的阳光

全部的阳光
仿佛被这些砾石埋住

每一行走过去的脚印
都像是一团火

羊群咩咩的叫声
都像是被烈火
烤爆了

牵牛花，在火石梁相反的方向
开得正旺

在绿洲

溪水从戈壁上流过
向着它的方向

毛驴车穿过沙丘
慢悠悠地隐入沙子
向着它的方向

百灵鸟鸣啭
只听见水灵灵的声音
向着它的方向

杏子、葡萄、蜜瓜
......
众多果实的芬芳
由远而近
向着它们的方向

渥洼池

已经很久了

这些碧浪清波
在等待

鸟儿们来了
又飞回了南方

云彩慢悠悠飘过
有些有雨
有些没有

只有这些马
一直在这儿
它们吃草、饮水
它们压根儿记不起
谁是刘彻
谁是霍去病
谁又是
冒顿单于

屋顶

春天，桃花开在屋顶上
风，带来青草
更多的是
它们目不转睛的眼神

春天，大水漫灌
田野里的水
一波一波
有青春的气息

春天，叠一艘小纸船
让它载着一座村庄

回到睡梦中的大海

苜蓿

那年春天，苜蓿
顶出了
土里的阳光

嫩嫩的

那一年，东风让僵死的虫子苏醒
有几只
爬在了我的身上

痒痒的

记得是惊蛰
炒鸡蛋刚刚出锅
香喷喷的
喜鹊就在屋顶上叫

来了远方的客人

嘉峪关上的雪

有生之年，我都会接住
一部分雪

有生之年，嘉峪关上的雪
悄悄抹掉砖瓦
悄悄覆盖楼宇
悄悄渗进黄土

有生之年，出嘉峪关很多次
入嘉峪关同样频繁
每次都有些小激动

想着以后老了
走不动了
就让那些雪
飘过嘉峪关
像我轻盈的灵魂
装饰我曾经热爱的山河

春风

一直不明白，那个小小的车站
叫春风

是刚刚出山的那一站
戈壁滑落到绿洲
荒芜渐渐被沙石掩埋

一直不明白，小小的车站
人们总是挤下车
看刚刚走出的大山
看沿着山麓的缓坡
一堆堆滚落的石子

直到有一天听到
麻雀叽叽喳喳的叫声
像一滴滴水
洒在心上

就觉得如沐春风
就觉得自己是一朵花

即将开放

归牧

我一直记着那个黄昏
那个穿皮袄的人挥动鞭子
在空阔中剧烈炸响

帐篷前的经幡哗啦啦浮动
一场大雪的晶粒

奶茶热了三次
锅里的羊肉飘出了香味

眼睛看着眼睛
一不留神，就喝下一大碗

这时候，我说
兄弟，好多年不见
咋样

又不留神
又喝下　大碗

草原的风霜
被牛粪火的温暖驱散

我们抱在一起
不说话，各自
悄悄擦掉不争气的眼泪

下雪了

这消息很快就传遍了草原
这消息已经铺满了群山
远远地，就让人看到

这消息在回来的路上
碰见了无数的牛羊
很多快马抢过了隘口
骆驼驮回了盐巴、棉衣和茶叶
这一个冬天的念想
就在这一场雪中

人们坐在高高的山坡
等待一场凛冽的北风
等待飘飘洒洒的雪

在雪中，他们呼喊着号子
像赶着一群牛羊回家

黑山

群山如铁，多少日光
也不能融化它

岩羊像一个攀援高手
站在最险要的崖壁

一场雪，一直在下
它所改变的
不仅仅是一座山的颜色

还有那些凌厉的阳光

像刀子一样闪光

溪流

杂花四溢
比流水更加汹涌

蜜蜂追逐着花蜜
身体就是一个小小的蜜罐

阳光均匀地洒在每一处
只有遮挡它的树荫
背对着荒芜的戈壁

鸟儿们集结着
叽叽喳喳的声音
落在每一块细碎的石头上
像是一泓流水
倾注了它嫩绿的苔藓

绿洲和绿洲之间
溪流连接了
被风吹断的桥

鹰窟

无垠的盐碱地
被雨水淋湿
被雨水覆盖

无垠的盐碱地
不时有云雀的叫声

唤醒沉睡的根芽

而在间隔百米就有的瘦高的土墩之上
挂着飘浮的云
它们会在草窠间缭绕
亦是半空中的闪电
捕捉专食草根的土拨鼠

我们几乎看不见它的影子
但牧人说
这瘦高的土墩
是鹰窟

我们当它是
栖落的鹰

敦煌以西

每一步，都好像是踩在
风的弦上

或是音乐
或是箭矢

每一步，都似乎都被
苜蓿和葡萄挽留
春柳如马
折枝就可以骑行

每一步，都绑着
田野、水井和叮嘱

那一夜的星光

打了一对银镯子
一个留给今生
一个传给来世

马圈湾

马放南山了
这里的草，挤成一堆

马没有回来
这里的风，拧成鞭子

好像有马的叫声
渐渐翻越
铁打的城墙

秋天了
从前的马
走远了

今天的马
驮着黄金
像一片夕阳

杏花

那个早晨
霞光挽留了
你的腮红

那个午后
短暂的睡眠

挽留了
你的梦

一朵杏花
看上去
越来越像你
微笑的脸庞

石板井

被埋起来的星星
从石头的缝隙中
漏出光

被压死的风
还有一丝丝的波纹
它们刻写在
黑色的砾石上

一切都在路上
而这水
提前抵达

它们在休眠的星光中
在苏醒的风中
一点点传说
潮湿的气息

杨哥

穿过一重重山，杨哥
是一条溪流

是一片草坡

黑牦牛帐篷，像一匹黑牦牛
歇卧在草坡上

一层厚厚的雪
也不能抹掉它的黑

更高的山上
爬满了松树林
在茫茫的雪雾中
它们愈发黝黑

有时候，我们会把杨哥
看作 一个黑脸膛的哥哥

赶着一群羊
从祁连山走来

老奶奶

在雪中，去把牦牛牵出来
在牦牛肚子下
挤奶

在雪中，把草垛上的草
掰开一捆
散开，羊群涌过来

在雪中，煨桑
袅袅的烟气与雪雾混合
有淡淡的香味
像是来自雪山顶峰的问候

老奶奶，一个下午
在牦牛和羊群之间
如穿梭的牧神

正午的阳光

真的，可以躺在草坡上
身边的花
有很多被压倒
可过了一个晌午
它们照样
竖起了身体
舒展了花瓣

像琪琪格
她的花裙子是草原上不败的花

谁能在星光下采到她
谁就是山谷里的月亮

雪山之下

和溪流一起追赶丢失的季节
那一年，草原上的春天没有回来
草根蜷曲着

雪山的峰顶，越来越远
洁白的雪，越来越远

帐篷搬了又搬
一半的牛羊
埋葬了那一年的夏天

这次，溪流边上的花
编制了一个花环
它们带在夏牧场的脖颈

雪山之下
这样的时光
多么珍贵

鹰

再一次看见鹰
却不在草原

大戈壁上的寂寞
沉甸甸地缀在几棵骆驼草上

四顾茫茫
沉默者的语言
似乎只有砾石

这时候，一个黑点
越来越粗粝
它仿佛要俯冲而下
但又迅速抬高
尖厉的叫声
把天地推远

一个字，被利刃刻写
鹰
再次辨认，还是鹰

初冬

山峦间，有一缕炊烟升起
很久了，我都在回望

一群人，在山坳
打柴，薄薄的雪
印出他们平稳的脚步
灶台上的火
在他们的眼神中
如绽放的鲜花

他们睡梦中的笑
也是如此

是啊，春天正走在路上
翻越这一重重山峦
还需要强劲的脚力

骆驼

灯光下，时间没有压垮你
曾经的沙漠，一直芒刺在背
也没有压垮你

一行行脚印，写下的是
铿锵的词汇
其实，走过的路
都曲如盘蛇
险如虎口

此刻，你站在这儿
深沉的泥土，浓烈的火

铸就了你的胚胎
虽是一尊雕像
却有英雄气

在这里，我看到了
从前的骆驼
个个都是伟男子

持箭者

他们的矢，射向虚空
但我却感到了
疼痛

他们的力量
来自一条河流
或者一片牧场

他们的眼神
一直闪烁着迷离的月光
像无数温柔的绵羊

此刻，他们只专注于
射猎，百步之外
那些箭矢
都捕捉到了
惊慌的啸叫

此刻，安静的玻璃柜里
他们的回忆
绷紧了时光
亦如读秒

红柳深处

那一年，我在红柳林中
正午的风从树枝间筛下来

泉水四处流泻
盐碱在水汽中奔跑
像一群顽皮的孩子

我坐下来，比所有的红柳都低
低处，你的怀抱中
才有发芽的阳光

桑园

戈壁上的风，一次次冲击
阳光，从砾石上扶起
坚硬的沙砾

只有桑园，碧绿的叶子间
羞红的眼神
偷窥
戈壁上的牧羊女

清凉的水汽
蜜一般的滋味
立刻改写了
戈壁的粗俗

桑树中间，有桑葚
有大美

黑河之侧

戈壁上的春天，一直在很远的地方
漂浮
戈壁上的春天，从一棵白杨树开始
寻找天空的过云雨
那些雨，在天空
是一片片飞翔的绿叶
落在树枝上
就安宁了

只有这黑河，冲开干裂的泥土
那饱含黑暗的泥土
在波浪间翻滚
犹如爆裂的种子

在人们看来
黑河是一条根
是无数活跃的种子
一瞬间，就发芽了

月色

戈壁上，只有月色
能够解渴

戈壁上，只有月色
像一只手
抚摸每一个人的疲倦

戈壁上，只有月色
让你成为一个
现实的富翁

你看，四周飘过来的
都是白花花的
银子

瓜州一带

风在钢制的叶片上搅动
风在石头上拍打

在风中
芦苇扬絮
在风中
白杨笔直如旗杆

只有堆垒的蜜瓜
随风传播甜言蜜语
让绿洲之外的戈壁
有了一个香喷喷的名字

布隆基

长满水草的名字
在戈壁滩上歇着

黑色的石头
褐色的泥土
稀奇的泉水
在它的四周
隐藏着种子

蓬勃而起的向日葵
托起一轮红日

苜蓿随风逐流
像一群奔驰的骏马

布隆基，一个骑手
掏出怀里焐热的月色

小湾

其实是河流拐了一个弯
把那些细碎的涛声
丢在了岸上

其实，是飞翔的种子
在潮湿的风中
收敛了自己的羽毛

其实，苜蓿的蔓延
早已超过了
春天的节律
它们像一群骏马
一口气跑回了夏天

其实，几户人家
摆好了祖先的牌位
埋好了亲人的骨头
就再也不想离开了

生地湾

戈壁上的浮土
一层层堆积

埋了风
埋了雨

一丛芦苇探头探脑
一簇红柳睁开眼睛

野兔子来了
狐狸来了

一岁一枯荣的原野
积攒了
层层叠叠的荒草

荒野上

在整个荒野上，你挡在戈壁的前沿
整个荒野上，风
越来越温柔

阳光聚集在背风的南墙
四周的芨芨草蓬勃而起
有多少春雨
就有多少春苗

残垣断壁间
生活被切割
散落的瓦片中
仍有断断续续的春秋

草丛里倒下的每一个人
在此刻的夕阳中
都会悄悄站起来
他似乎在说

一切，都会接续

在黄草坝

那一年，春天的芽苞
在黄草坝的梨树上

它把大把大把的阳光
填充在茂密的枝条间
如果阳光在夜晚也能够发光
那么，它就是一树梨花

那一年，一个人的青春
在深山荒野
也像一朵游动的花
让羞涩的野花
羡慕不已

在黄草坝，坐在石墙上
挡风遮雨的日子
竟然在石头缝隙里
发芽了

滴水洞

这一滴一滴的水
在石缝里汇集
滴嗒滴嗒
像时钟

当苦寒的水
汇聚成溪

已经是春天

野花和冰草
挤在石洞
迈着小脚的水
像新娘子

在峡谷，在整个祁连山
溪流奔腾的日子
都是喜庆的日子

春天的果园

我在围墙的外面
阳光也在
像一件小棉袄
抱住我

而果园里的阳光更热闹
它们嗡嗡嗡地叫着
在每一朵鲜花间穿梭
看清了
它们是蜜蜂和蝴蝶

但它们身上涂抹的阳光
是整个春天的阳光
飞啊飞，无数的果实，在孕育
飞啊飞，无数的梦，在分蘖

在敦煌

泥塔之下，阳光的阴影

刚好画完一个圆

白杨树之下，无数的叶子
拍手，欢迎
南来北往的风

崖壁之下，石头的心脏
在给奄奄一息的往事
供血

你看，墙上的壁画
新鲜如初

慈氏塔

为她造像
为她祈福
她的姓氏一直在风中
吹得陈旧

风水还在
塔的筋骨支撑着漫无边际的
岁月

那些杏树
又结果子
吃过它果子的人
有的说真甜
有的却早早沉默

一碗泉

路上的水
只剩下一碗

路上的石头
被拥挤的阳光
扒皮抽筋
只剩下
玛瑙和玉

路上的骆驼
脖子上的铃铛代替叫声
越来越洪亮
就像一个中气十足的行者

路上的月色
舀了一碗
又一碗
舀不尽

悄悄捡起一行
潮湿的脚印
在自己的行程中
标记下一个熟悉的地名
一碗泉

夕阳

交错隆起的雅丹群
汽车像一台切割机

夕阳引出了

黄土中的红色

而阻断北风的长墙
北风已长驱直入
残垣断壁上的雪
高高举起
几个世纪的风霜

这里，沙子
埋住的不仅仅是陈年的柴薪
还有那些腐朽的骨头
也可以燃烧
无数的黄昏

断剑

锈蚀斑斑的风
缠绕着理不清的往事

谁的手
紧握着怒气冲冲的血

谁的目光
收纳了
来不及消失的闪电

此刻，它们都安静了
风的絮叨
也被黄沙堆砌
越来越高

在冷湖

那些风，绝对是顶级的鼓手
而冷湖
是一面好鼓

那个夜晚
黑黢黢的戈壁在提醒我
春天早已走远
而冷湖
就在身边

苏干湖

一匹马走丢了的湖
牧人闭上眼睛
就能梦见的湖

人们都说
湖是上天的女儿
所有的云彩和阳光
都给了她

而她，又还给了
热爱生活的人们

胡杨林

把一根根细小的水
拦住

把阳光中的金粉

拍打到树叶上
在秋天
拥有黄金的人
并不急于
采摘它们

在荒漠

丢掉富含雨水的云
丢掉石头和草籽
丢掉一个早晨的霞光

拾捡干净散漫的马蹄
狼群逃窜的踪迹

以一眼泉水为引导
青草的路
丢在半途

需要牧人一步步接续
看啊，天涯的芳草
已经有了淡淡的香味

嘉峪关下

在墙根，晒太阳
在墙根，可以说说种子的事
也可以说说牛马羊的事

东家长，西家短
时光的佐料
必须在这温暖的阳光下烹调

看看远方的道路
没有一辆车是徒劳的

风尘落在戈壁上
也落在城墙上
沉淀在人们的眼神里

从这里走过去的人
心绪澄明
像星光灿烂的夜空

罗布麻

安静的早晨，它们的出生
包裹了一团
大胆的早霞
嫩嫩的粉红色
像一轮光晕

一直是这样
荒芜的盐碱滩
它们兴高采烈的样子
让阳光幻化为七色
像一匹奔跑的动物
绵延不断

采撷者
自己也是一朵
隐匿的花蕾

苜蓿烽

为自己燃烧
把想说的话
说给天空
让人们抬头就看见
看见就读懂

那一匹马，还没有等到
另一匹马
就卸下了
浑身的伤痛

那一片紫莹莹的苜蓿花
似乎是栗色的蝴蝶

她们的飞行
像一匹匹马一样
轻盈

五个墩梁

悄悄收起一沓月色
它又从窗户里
漏进来

悄悄在梧桐树下许愿
不料，被一只早起的喜鹊
言中

在五个墩梁
火藏在火镰里
道路藏在车辙里

走过的人
没入深草
一张模糊的脸
如朦胧的星光

西湖

戈壁大野之西
湖泊像一片月色
漂浮于白昼
刺眼的阳光

或许，可以有
一丛绿叶做陪衬
一匹马，饮水食盐
把艰辛的道路
绑在脚趾

或许，兔子们
渴死在半路
但已经闻到了
潮湿的气息

戈壁上的水
叫西湖
不是风景
每一滴
都是命

马圈湾

马熟悉的道路

埋着凄厉的风

马蹄所指
与隐藏的火石
擦出雷电

这一年的冬天
没有雪，更多的砾石
像一片乌云
飘在半空

有人说
沙尘中
有一万匹马

河仓城

河水中漂泊的云彩
一大部分
储备在河仓城

城门打开
粮食迎接春风
所有的笑脸
都在芦苇的后面

怀揣星光的人
悄悄捡起凌乱的月色
他的羊皮褡裢
是一万个静夜的睡眠

当天空显露霞光
河仓城

故乡的鸽子
带来了秋天
饱满的消息

正午的阳光

阳光在戈壁上奔跑
带起一片辽阔的粗粝

阳光在麦田上奔跑
绿的穗子
渐渐黄了

就在这一刻
母亲的脸庞突然黑了很多

这是很多个正午
阳光爬在了
母亲的脸上

草原上

哈桑和阿吾见面了
他们紧紧地抱在一起

草好着没
羊好着没
小红马好着没

草好着呢
羊好着呢
小红马好着呢

他们两个大声笑起来

阳光灿烂
鲜花盛开
这个世界好着呢

大柴旦

海拔让阳光显得冰冷
在一丛火苗
静静舔舐铁锅的时刻
一顶帐篷
有了骏马的性格
它似乎可以把自己储满热情的身体
撒向山地草原
让春天
更温暖

我坐在凛冽的寒风中
那一顶顶帐篷
已经挤进了我的心里
走到哪里
似乎都有一杯奶茶

雪山上的雪
并不寒冷

大红泉

古丽是一个小女孩的名字
大红是一眼泉的名字
我总是把她们当成

一个名字

那个夏天
泉水的细流中
漂着草和花儿
和古丽的枣红马儿

那年夏天
花开得茂盛
像一片火苗
古丽的裙子也像一束
火苗
古丽的枣红马
也是飞动的火苗

在往后的很多个夏天
想起古丽
就想起大红泉

心里就有一束束火苗
旺盛地燃烧
直到烧毁自己

东坝兔

东坝兔，不是兔
但我确实看见一只兔子
穿越戈壁

一阵惊慌
摇动在稀疏的草窠间

那它是什么呢

在戈壁和绿洲相间的土地上
炊烟融入夕阳

在星光四溢的夜晚
一束摇曳的灯光
找见喜鹊的窝棚

一切飞翔都开始安眠
一切安眠都像一束灯光

东坝兔
揣在心里
像一只兔子
扑腾腾乱蹿

如果是兔子
它会是一只什么样的兔子呢

破城子

荒草下面的街道
人声的嘈杂
也荒芜了

挥鞭远去的人
没有回来

那些马
它们的子孙
侍弄着田野里的庄稼
耕地、耙地、播种、打场
它们，或者静卧着
或者在草地上打滚

它们的疲惫和休闲
随处可见

在破城子
谁是谁的遗产
谁是谁的后代
已不重要

只是，时间的铁犁
划开了板结的历史
那些能够说出的语言
早已弥足珍贵

黄草营

刀枪入库
刀枪，没了
库，也没了

黄土城圈
只兜住了
激烈的风

那些风
在城墙上匍匐
揪住黄土夯层
像一簇簇箭矢

那一个黄昏
队伍撤离了
那一个黄昏之后的所有黄昏
都有了诗一样的色彩

只是，无人欣赏

驼夫号子

沙漠太大了
但也没有驼夫号子大

一声吆喝
像一阵风
吹向四方

一声吆喝
泉水来了
沙丘退在后面

一声吆喝
骆驼骤然一抖擞
加快了步伐

一声吆喝
那个人
一下子从心里
走到眼前

古董滩

西部戈壁，雨水数着稀疏的植物
沙子淹没了
大多数的春天

而一枚铜钱
一直在交易

把这里的风
唤到那里
把一粒粒草籽
抵押给干旱的夏天
遗憾的是
到了秋天
它们还是一粒粒
草籽

人们走过去
目光像筛子

还是没有看见
那些草籽

土木沟

人们把山里来的水，叫山水
它一下子就来了
一下子又消失了
把戈壁冲出
深深的沟壑

只有少数的根
抱住了它
只有少数的芦苇
把它举起来
让它看到
远处的山

土木沟，白花花的盐碱
像一张纸
没有谁为它写下

只言片语

春水

那些年，大水漫灌
田野里一片汪洋

我坐在田埂上
看满眼的水御风而动
波光粼粼的样子

干旱的绿洲
水总像一匹绸子
抖落金黄的秋天
水总像一张微笑的脸
动人而又妩媚

我坐在田埂上
把几只纸船放进去
它们破浪远航
把我带到了
很远很远的地方

星辰

对它们说
我想你了
它们知道
我不是在说它们

它们笑着
似乎告诉我

她也想我

钟声

那些钟声
悄悄发芽

它们像鸟儿
隐蔽在树杈间

它们像鸟儿
飞在大大小小的屋檐

夜晚

车辙淹没了道路
月色重新修复它们的时候
已经是深夜

走到哪里
会有一间房子
盛满夜的黑

走到哪里
都会有一颗启明星
从心间升起

说一说，那一壶酒
要用多少知心话兑换

直到一句话都不想说
早霞

装饰了
每一扇窗户

老榆树下

像靠在父辈的身上
他们一句一句说着
你只能记住其中的只言片语

就像你一把抓住种子
更多的还是遗漏于土壤

春天的雨水，冬天的雪
有一些成天挂在老榆树上
像叶子，像花，像果实

只是无法辨认
故人的脸庞
是欢颜
还是愁容

在戈壁

一直以为，春天会把
草带回来
会把花带回来

一直以为，戈壁上的春天
隐藏在沙丘下面

有泉水，有鸟儿
有成群的牛羊

有一间石头房子
酿酒的大缸
在寂静的星空下
才悄悄打开

在戈壁，春天的脚步很慢
像是人群中的瘸子

麻黄

麻黄自己挺起身子
人们说，看
草

人们说，哪儿来的雨水啊
都半年了
干旱像石头一样蔓延
到了麻黄这儿
却被一朵云抓住

到头来，那朵云
还是枯萎了

独独留下麻黄
麻黄说
自己就是一棵草的
春天

六分地

留下来的水，只有六分
已经够多

留下来的春天
在盐碱地上奔跑
找见了埋根的土

留下来的星光
自己漂泊
白花花一片
像银子

留下来的人
坐在沙丘上
像一颗种子一样
睁大眼睛
等来了
午夜相约的人

菊花

菊花一直是戈壁上的星星
在阳光肆虐的白昼
它有自己的光明

它保存着金子的贵重
亦有血的烈性

它有着马的昂扬
似乎一拍即出
冲向荒芜的尽头

它有女儿的温柔
低眉、含羞
雅致的裙子
绣着

阳光的底色

草地上

多年以前丢失的
在一阵风中回来了

多年以前没有看清的雪
今年堆到了门口
像是来访的客人
等了一个夜晚

多年以前掩藏的羞涩
像一朵花突然绽放
带来久违的春天

多年以前，我就站在这里等你
此刻，你给我披一件风衣
看清了你的眼神
积累了这么多年的
风霜
可否，一起淋着秋雨
一起收割
为你保留的瓜果

大青山

我们一直在山的背面
与山背靠背
我们实在太小了
算不上山的一枚石子

山在回首的那一刻
我们却看清楚了
山的慈眉善目
它在歪斜的树荫里
投下了
柿子金黄的色彩
和阳光的芬芳

在玉门

走啊走啊
把月光揣在怀里

走啊走啊
一点点捡起
大地送给自己的坎坷

走啊走啊
当鞋子认出故乡
那枚揣在怀里的石头
热了
润了
像身体的一部分

南戈壁

又一次，把黎明的霞光裹在身上
又一次，不敢看
树荫中红彤彤的枣子

孩子们追逐着
笑声再次回到枯黄的玉米地

只有半亩葱翠的大白菜
点缀着乡村的天空

向南，哭泣像一只蜥蜴
偷偷爬行于一棵
灰蓬草下

早霞淡去
阳光像一把刀子
割开旧日的伤痕

高高堆垒的坟丘
像是一群人的头颅

在沙枣园子

一阵风把念想吹远
在石头密集的地方
我看见那里躺着
被风包裹的往事
它们是一个人
挂记另一个人的皱纹般的心思

那些石头，有雨
有人们衰老的额头

那些石头
自己把自己埋起来
但又不经意被时光清洗

它们浑身都有
说话的嘴巴

雪山之下

不知道它们叫什么名字
悄悄对它们说
你好

不知道它们的种子
还能不能再次发芽
连同它们，把自己的一个小小的愿望
也埋进土里

整整过了一年
回到雪山
那朵刚抽穗的花
笑了

笑得像她的脸庞
我才突然明白
原来，悄悄许下的承诺
也会发芽、开花

沙葱

记住一场雨
记住戈壁

记住一次相遇
我渴了
你递给我水

河谷里的水
路过悬崖深谷
剔除所有的懦弱

才能大口畅饮

那一束沙葱
是心跳般的
勇敢的春天

大雪

雪的喧哗，只有赶路的人
才能听到

雪在戈壁上飞舞
像隐藏的刀剑
突然遇见了月光

雪，把城墙围起来
层层叠叠，像在打制
一块块砖

砾石，在一阵风中
顶着雪
回到戍守者的位置

大雪中，那一束梭梭柴
磨出了利刃

炊烟

一根绳子，把天上的事情
拽到地上
地上的柴草
储存了能够度过一个冬天的温暖

老榆树下，鸟儿们聚在一起
就像从前的亲人
说着从前的事

积攒了几辈子的
乡村的味道
此刻
浓了

野麻

一只鸟儿的背包
装满了时令的种子

它的啾啾声
乘着一片片绿叶
抵达神秘的泉眼

这时候，我们会看见
野麻，这些惊艳的小美女
她们亭亭玉立于
戈壁之上
相信白马王子
不仅仅是一匹马
还有一个怀揣银手镯的少年

走瓜州

一系列的戈壁
一系列的沙丘
阳光填充着
石子间的空白

哪怕是最微弱的植物
都会带来生长的勇气
哪怕是一滴水
都会有种子的闪光

真的，当看到汪洋的绿荫
自己也成了它的一部分

甜蜜，大面积开裂
像一枚枚命中率极高的炸弹
所有的美
飞奔而来
没有唯一，只有全部

又见甜水井

在戈壁上，所有的水都躲起来
像是石头里的玛瑙

在戈壁上，所有的水
都是一滴喜悦的泪
苦涩、甜润

在戈壁上，所有的水
走在路上
像赤脚的流浪汉
背负着牺牲和奉献

在戈壁上，如果遇到一口井
它只能是甜的

因为它
走过了所有的苦难

芦草井

四月荒芜，五月走在路上
六月被沙子埋了半身
七月，一棵芦苇
轻轻摇曳
像一道翡翠的光
细碎的石子纷纷躲开

此刻，一场雨穿越酷烈的阳光
唤醒了干渴的种子
雨水聚集的地方
有一双双眼睛
它们像是刚刚经历了噩梦

深邃的洞穴冲向半空
那里的水
跟天一样蓝
就像一部分天空陷入其中

堡子

一截残墙，风吹如剑
刺痛了飘落的星光

一群羊回来了
墙下的草俯首低眉

一个老人坐着
抽莫合烟
一缕缕烟雾渐渐飘散
从前的路被沙子埋住
从前的人

白花花的骨头沉默着

跟随一座城堡
即使在月色如银的夜晚
也不会偷渡到
香喷喷的谷仓

刺玫

草原上，这一束刺玫
高擎着清凌凌的泉水
而它自己，尖利的刺
咀嚼着南来北往的风

草原上，这花
比更多的花
接近雪山

羊群和牛
远远地绕过它
只有牧人
坐在它的身边
看飘来飘去的云

春天

一场风过去了
把雪打扫干净
一场雨水来了
轻轻地擦拭裸露的根和种子

坐在南墙根晒太阳的人

悄悄脱掉了棉衣
他们走向了更远的田野

廊檐下突然间有了叽叽喳喳的声音
去年的燕子
飞到了肩上

渠沟向阳的一面
一堆青草冒芽
像是刚刚出世的婴儿

仿佛整个世界都是新的

秋夜

只有月亮能够照见花椒树的心思
那个站在花椒树下的人
还有另一个人
静悄悄的
像一片月光

他们看不清对方的脸
但他们能够记住这个夜晚的
虫子的鸣叫
他们甚至能够分辨出
它们的方位
脚步小心翼翼的
生怕踩着它们

这一片月光
披在他们的身上
流入了他们的心房

花海

又一次归为清澈的泉水
又一次将自己清零，归为泉水

那些果实也是一样
在漫长的等待中
身披星光
悄悄醒来

它们本身就是一泓清澈的泉水
它们本身就是戈壁上的一行诗歌

当阳光无处躲藏
那些花，就像
鱼儿一样
游了出来

汉塞

没有阻断这些渗漏的泉水
骆驼们互相遥望
它们肯定在哪儿遇见过

没有挡住细碎的沙子
强劲的风
却只能蜷曲在泥土的缝隙中

那些秧苗没有在春天夭折
却被一望无际的夏天
一点点拽回

渐渐起埂

像卧着的马
没有一声鼻息

鸽子沟

仿佛那一条河沟也会
噗噜噜飞走

仿佛，风是静止的

仿佛，石头们
变身为叶片

仿佛阳光抚摸过的
都会成为果实

仿佛月色会织出绸纱
披在冬天的额头

一切都飞走了
只剩下那些鸽子

麻雀

在戈壁上
有几只麻雀

人走远了
它们还在叫

四周光秃秃的
只有它们的叫声

轻轻拍打着
细碎的砾石

人走远了
已经听不见它们的叫声

它们吃什么呢
想去送它们一包草籽

蘑菇滩

盐碱会偷偷藏在风里
与你迎面相撞

盐碱地的名字
香喷喷的
叫蘑菇滩

或者清炒
或者蒸煮
都是美味

但在此刻，盐碱地一望无际
蘑菇在哪一棵草根下呢

夕阳奔腾而来
在那些低矮的蒿草中
有没有
隐蔽的蘑菇

北线

黎明冲破了沙漠的围栏
在整个戈壁的前沿
流泻五彩的光瀑

长城像一艘船
犁开黑暗的藩篱
有几座烽火台
点燃了闪烁的启明星

向北，只有败北的沙碛
一泓泉水，带动了
宽阔的水草
高高的芦苇
像埋伏的集团军
抚慰着
无边无际的安宁

嘉峪关上

像一块青砖，在高处
被风磨平
像一只燕子，飞过，落下
用稠密的丝弦
盘绕关楼
那些璀璨的晚霞
还是漏掉了

像一片雪，像一张冷的面孔
熄灭了
从前的烽火
如果哪一根骨头

在茫茫雪野无法辨认
那么，请让这片雪
顶在红缨枪上
守护不曾冻裂的誓言

嘉峪关上
中轴线上翘起的飞檐
拨动了霞光
如乐的琴弦

草原上

一匹马，找回了
丢掉的草
领回，健壮的儿马

一朵刺玫花
自己埋下种子
自己拨开碎石
储根

一顶帐篷，像雨后的蘑菇
雨后，它挽留了一片彩虹
姑娘们从帐篷里走出来
都有了鲜艳的花裙子

大哥

最后一次见你
你躺在炕上
说，一切都挺好的

我相信那个夜晚
跟很多夜晚一样
所有的星星都不会撒谎

可是，有一朵打碗花
失言了

它轻轻地
盖住了你微笑的面孔

我憎恨那个黑夜
坐在戈壁滩上
热风扑面
如同那个夏夜
你突然抱回一颗西瓜
所有的甜蜜和清凉
在夜色中弥漫

我没有留下你
我没有留下
那个储满了好梦的
夜晚

细雨

自己回去的燕子
它的孩子在哪里

一声不吭的青蛙
会在星光灿烂的夜晚叫几声吗
一座村庄的炊烟
缠绕在白杨树梢

母亲坐在门前的木头上
雨水顺着脸颊流下
几滴泪水混合在其中

其实，她偷偷地笑了

母亲

菜园子里，辣椒红了
母亲还是浇水
还是把它摘下来晾在太阳下面

母亲还是不停地除草
翻土，就像刚刚播下了种子
刚刚出苗

后来，辣椒树长满了更多的辣椒
它们一个个都红了

红红的日子
照亮了半个村庄

沙葱

在秋天的半道上
一场雨留在了戈壁

谁会想到
它是如此爆裂
噼里啪啦的声音
惊醒了
那些沉睡的根系

其中，沙葱伸了个懒腰
就长高了
那些坚硬的砾石
支撑着它
嫩嫩的茎叶

像是迎来了
广阔的春天

嘉峪关下

风蜷曲着
在夯墙的夹缝

雪扑打着
黝黑的石条
那些石条
渐渐白了

一队骆驼
铃儿一声声响起
一声声
像沙尘
堆在人心里

嘉峪关，就高了
嘉峪关，就冷了

像那些风
像那些雪

藏红花

那些花从阳光中分蘖
是阳光的种子

那些花，在海拔的阶梯上
采摘云雾中的光

那些花，浑身长满了刺
却有热情的眼神

那些花，只对微弱的泉水
报以拥吻
像是久别的亲人

那些花，把自己小小的夏天
珍藏起来
当你细细分辨
哪只火热
不容置疑

向日葵

大片的向日葵
装扮自己的秋天

大片的向日葵
畅饮朝露

山顶上的雪
照亮它们的脸盘

一群蜜蜂的闯入

几只蝴蝶的舞蹈
都不会干扰它专注的视野

它紧盯着太阳
与五彩缤纷的阳光一起
画个半圆

那花，是黄金之髓

梭梭

自己对自己说
站起来

只要在站起来的那一瞬间
稳住
它就是戈壁的岗哨

只要暴雪掩埋的那一刻
抖一抖身子
阳光就能抱住你
冻僵的脸

如果戈壁剥夺了雨水
你就用干净的骨头
舔舐
阳光的眼泪

疏勒河一带

时有时无的树木
时断时续的鸟叫

心里的那片云
在落雨

头顶上的云
飘飘悠悠过去了

留下的草，大部分
没有走出正午的阳光

只有那些哗啦啦的月色
浸润了梦中的呼喊

越来越温柔
越来越葱翠

天上的沙子

已经是海拔五千米，这里的沙子
是天上的沙子

整整一座沙山，擎着云
衔着水
像一个母亲，领着自己的孩子
清晨，在河边背水

大雨过后，它在
洪水之后
它还在
这么高的雪原
风爬上去之后
都会被摔碎

那么多的沙子

挤在这儿
它们想看什么呢

沙子村

四周是沙子
怎么看，都是沙子

那个春天，水漫过了
一部分沙子
草掩盖了
一部分沙子

后来，麦子黄了
金黄金黄的颜色
又和沙子一个样

后来，一些人
埋进了沙子
一座村庄
就在沙子里扎了根

白土梁

短暂的春天
柳絮迷眼

风中的春天
种子在选择天空
而麻雀选择了大地

白土梁的春天

一辆牛车
把荒野上最亮的白土
奉送给所有的秧苗

之后，屋顶上的春天
越来越饱满

骟马城

只有奔腾的山川
只有蹒跚而行的流水

墙壁被撕开口子
风却不肯穿越

所有的火都熄灭
残存的灰烬开始冰凉

草料，全部发芽
比青草更密集的雨
来到春天

望断天空的眼神
在白雪中沉淀
那么纯洁
又那么急促

那些马，把自己的名字
埋在仅存的
残阳里

柳河

戈壁上，只有铺陈的砾石
戈壁上，只有麻雀急促地飞过

戈壁上，风追赶着风
沙尘追赶着沙尘

戈壁上，如果有一只黄羊
那它的附近
肯定有一眼泉

戈壁上，我们看见了一行
生机勃发的柳树
它们葱翠如玉
牧人说，那是一条河

黄花

我不知道，这是一朵黄花
还是一片辽阔的垦区

我不知道，这是一丛黄花
还是娘子军连垦荒的姑娘们

每次来到这里
春天，夏天，秋天
无数的花，却鲜有黄花

那黄花呢
那它怎么会有一个黄花的
名字呢

秋风中，成熟的葡萄
有淡淡的香甜
徐徐飘来

一场大雪

像是一群羊
从山上涌下来

到处都是羊
我们的草呢
我们的帐篷呢
我们的泉水呢
我们如潮的花呢

一场大雪，把一个人的思念
隔在千里之外
把一碗酒的温度
降到了冰点
一炉牛粪火
烧啊烧啊
一壶水
还是没开

羊、马、牦牛的叫声
混在一起，也像一场
蓬勃而至的雪

所有的成长
都经受了雪的洗礼

沙漠上

他们像是从沙子里出来的
一身沙子
一脸沙子

他们一直走着
甚至爬着

他们身上的阳光
一点点抖落在沙子上
沙子更加金黄

他们却像一块炭
黑乎乎的
堆在沙子上
一次次
把沙漠点着

香炉

把兰花请到客厅里来
把雪山顶上的雪莲花
请到夏天的寺庙里来
把波斯菊的高傲和优雅
请到书房里来

把所有的纬度、海拔
装在口袋里
捣碎
塑形

这精致的铜

这丝滑如肌肤的瓷

你们是谁的孩子
纷纷被路过的人
认领

美人菩萨
——题敦煌莫高窟第 57 窟西龛初唐壁画

在黑暗中
会有一个人伸手拉你

在饥饿中
会有意想不到的蔬菜和面包

在困难中
会有一道闪电
打开封闭的大门
整个原野上
原来都是春天

这个人一直在心里
她是众人的母亲
她是醍醐灌顶的酒
占有人间的一切美丽和温顺
也占有超越大地的力量

看见她
内心就安静了

牧人

风吹来，风经历过的草
他知道
他沿着逆风或者顺风的方向
找到了泉水
那些草翻滚而来
很快，淹没了
欢快的水

雪，吹来
他身上
马上
帐篷上
都是雪

所有的一切
似乎都要被雪吹破

他乐呵呵的
他知道，那些雪
是上天送来的牛羊

草原

踏破顽固的沙尘
让它们熟稔奋斗者的坚韧
而一粒种子，众多的种子
绝不会错过春天

从戈壁望见雪山
那些雪遥不可及
而眼前的焦渴

却在一棵芨芨草上
坠下枯黄的沙砾

从荒凉深处蓬勃而出的泉
一点点蔓延
让所有的戈壁知道
一切必将到来
你看，那些野草，又挺直了身子

没有帐篷的草原，在生息
扎下帐篷的草原，早已搜集
月亮与星群的银色
打制新嫁娘的项圈

木塔

　　荒芜地带，仅存的飞机导航塔，它们像一个个废弃物，形单影只，但它们却无可辩驳地代表着一个时代。

在戈壁
在荒芜的古城
暂且叫它木塔

只是简陋的几何图形
只是极尽腐朽的木结构
它们在荒野的制高点上
一站，就是一百多年

阳光解构着它致密的内里
风拍打着它坚固的表层

它们是大地上的一列士兵
丈量晴空

也揣度风雨

让所有的起点和终点
都能连接成一条直线
让所有的幸福和快乐
都有能够抵达风和日丽的
春天

盘羊

它是山峰上的一块危崖
一直在山脊滚动

它嶙峋的犄角
可以勾住
风和云

它轻巧的身体
像一片片雪

它蹄印响
在顽石上擦出火

遗落在悬崖上的春天
它都可以啃食

看啊，它来了
就像头戴荆棘的王者
拥有所有的荒原和山脉

牦牛

在阿尔金荒野
它是一座山峦

似乎强劲的风
也不能吹散它的毫毛

似乎，它所冲撞的一切
都会破碎

似乎，与一座沙山平齐
它就是沙上的一团乌云
遮蔽天地

似乎，它会直接走近人的心里
让一个人
成为撼动自己
撼动世界的人

大红泉一带

从山麓倾泻而下
夕阳
再也没有退去

而羊群则是晨出晚归
咩咩的叫声
一路跌落于草丛
像一滴滴露珠
又像亮晶晶的霞光

在帐篷低矮的熏烟里

大红泉细数夜空中的星星

渐渐溢出的酒
渐渐融入月色的舞蹈
只在此刻的
大红泉

黄草营

那些泉水一直在等
没有蝴蝶飞来

那些泉水一直在等
没有脱颖而出的种子

由远而近的铃声
驮回了秋天的高粱

铁打的营盘
铁，被风吹走了大半
刚刚是春天
草，就黄了

一个崭新的黄昏
雨水冲刷掉
城墙上的
金子

土门

去年冬天的雪
一直都在

四周都有了草芽
这些雪
还在

东风吹着
一些雪渐渐变黑
一些成了泥巴

草，越来越密集
牛羊来来回回走过
牧人说
春天的门
开了

帕米尔的杏花

朋友微信，帕米尔的杏花开了
此刻，祁连山下
我的身上
落了厚厚一层雪

在我的印象中，帕米尔
高高的海拔上
一直是雪
比我身上的雪厚多了

但此刻，杏花如雪
人们在杏花中漫步
羊群也穿过杏林
走向草原

但我还是觉得
那杏花

是雪

村庄

山坡上的村庄
门前的梨树
开花了

老人们出门挖野菜
回来的时候
就在门前的梨树下
洗野菜
溪流从山上流下来
一些梨花，也落在水面上
向远处流去

一座村庄与外面的联系
就这一条小溪了

但没有人关心
山坡下的野菜出苗了
梨树，开花了

长城人
——致友人

你像一个戍卒
其实你就是一个戍卒

守着这一枚月亮
守着满天的星星

你想告诉远方的朋友
城墙下的一朵菊花开得多么灿烂
可只有你知道
那一朵菊花
很快就会被秋霜折断
就会被沙子掩埋

你想像一块砖一样
留下自己的纪年
你想把自己埋在长城口上
像一个将军
梳理南来北往的风

你曾经说过
如果是一堵墙
该多好啊
可以一直活到天荒地老
可以一直支撑起
一条长墙的高度

峡口

又想起峡口，那个小村子
风在石头上
草在沙子上

一个人走过
一群羊走过
那些石头
那些沙子
就会猛然间飞起来
就像无法躲避的箭矢
就像一场毫无预兆的雨

还有，山上的雪
也一直在城墙的头顶
在人们的头顶
许多人，乌黑的头发
花白的头发
纯白的头发
都顶着那些雪
直到这些雪
彻底融化
成为乌黑的泥巴

你看，那一簇山菊花
开得多艳

长山子

一地的黑石头
几朵紫云英

一场雨
一块晶亮的石头

一辆马车
一座烽火台
它们都搁浅在了
蜃景中的街市

看山，一抹雪
融化了所有的阳光
如同甘美的乳汁
从一眼泉中
哗啦啦流出

春色

在飞雪擦洗大地的那一刻
一些雪
在手心融化了
我像攥住了
一把鲜嫩的绿叶

我随手一挥
向大地掷去

那些树枝间
明显地被若隐若现的绿色
填充

焉支山下

那些狰狞的石头
像是在隐藏着什么

那些迅速冲击的水
来不及更新枯黄的草
就走远了

山高水远，情仇旷古
一匹马留下的路
被风拾捡
妇女们的胭脂
都抹在草尖上
晕染了所有的霞光

只是，几只蝴蝶飞来飞去
在一束锈蚀的箭镞上停落

它们全然不知
它们早已踩踏了一个
血腥的时代

春水

绿洲上的水
只在春天，最排场
漫灌于田野，像一片汪洋

只有在黄昏，恣意涂抹
植物的颜色，像花的海洋

只有在微风中，载着一艘纸船
驶向夕阳的尽头
与梦接壤

丰乐

祁连山的一个豁口
流出来风
流出米水

风里的村庄
雨水里的村庄
麦苗茂密
梨花如雪

去年是一个丰年
去年以前，大都是丰年
一年一年，老人们坐在门口
看桃花

顺风顺雨的年月
都写在他们的脸上
他们的脸上
全是灿烂的阳光

腰泉

有水的地方，我们住下来
直到那些水
不愿意和我们在一起

有水的地方，扎下帐篷
直到那些水
再也唤不回一年一年
回家的草

有水的地方
远远地看见我们
哗啦啦的流水声
像连续不断的掌声

有水的地方
有一条条琴弦
每一个人
都能奏响自己的音乐

长城地带

把我们的羊赶过来
把我们的溪流，引到更远的荒漠

让我们的葵花长得更高

让它们接住半空中
无法落地的阳光

让那些无拘无束的风
只吹雪，只吹旷野上的沙子和尘土
让奔腾的马
只在驿道上衔接焦灼的信使

让天空，普降甘霖
让大地，遍生谷禾

我们站在这黄土夯墙上
我们的肤色已接近星群和最灿烂的月色

我们的亲人
我们的朋友
越来越多平安地回到故土

在路上
在漫无边际的寒霜中
在酷烈的日头下

推开院门
谷仓里的粮食
还是那股沁人心脾的香味

惊蛰

下种了
人还是不能安心地
睡一觉

轰隆隆的雷声

叫醒根
叫醒冬眠的昆虫

雨水来得猛
阳光在雨水中漫延
在整个大地上
水的青绿
阳光的纯真与温暖
感动着每一个人

在晨光和夕阳中
谁又为之不悦

绿洲之侧

只是在流水断绝的时刻
想到了前方的路

那是一条通往雪山的路
沿途的帐篷，一顶顶修补
被风折断的青草
沿途的牛羊
咩咩的叫声
沉落于干枯的河床

只有牧人，唱一首歌
悠远而凄婉
能让所有的云
停下来
飘落淅淅沥沥的雨

南山

水从南山来
草，在水的根子上孵卵

南而阳，阳光顺手捡到的
绵羊和牦牛
越来越多

一匹马跑回来的路
正好是暴风雪埋住的路
第二年
所有的种子都发芽了
所有的花
都开了

从冰大坂回来的人
在泉水边支起帐篷
他们用马头琴歌唱自己的生活
歌声传得很远很远

鹰笛

其实，它还是一只鹰
还有着一双凌厉的翅膀

它是豁达的旷野
它是辽阔的草原
它是峰峦叠嶂的深山
栖息于白雪的殿堂

它的声音穿透了云层
召回了属于自己的天空

看啊，那些牛羊
在它的引领下
早已度过了冰河

黑鹰山

在戈壁，它独自凸起
有铁的身躯
和铁的翅膀

在戈壁，遇见者都会吃惊
栉风沐雨的石头
会有如此的气概

游走的独狼
逃遁了
狐狸，远远地尾随
只有兔子
在它的利爪下
有三窟
在它的雨水下
有窝边草

天上的杏花

八千米以上的雪
五千米以上的杏树

春天在一条溪流中
哗哗流淌
春天在明媚的阳光中
徐徐飘落

接住它们的
是杏花

它们是雪，又是雪的脸颊上
一抹羞涩的绯红

它们是花，又是花的蕊中
一颗敏感而驿动的心

人们看见，飞越春天的杏花
抖落了翅膀上的
雪

古堡

我当这黑色的砾石是遗留的夜晚
我当这夜晚，没有来得及离去
就被灿烂的霞光堵住了去路

我当这荒芜肆意的空旷之地
到处都是风的子民
斧劈刀削般的巨石
被切割的沙土
被埋葬的道路

轻轻一动
那些风就会像蛇一样
咬紧所有的闯入者

只是，人迹罕至的古堡
一直看守着长眠的风
只是，那些空荡荡的房子
一直找不到

骆驼和拉骆驼的人

两朵花

在草原上，人们说完一件事的时候
都要说，两朵花

在冬天，在满天的雪花下
他们也说，两朵花

在流血之后，在流汗之后
他们擦掉血和汗
也轻轻地说一声
两朵花

其实，夏天和秋天的草地上
有无数的花
但他们只说两朵
似乎，两朵就够了
两朵就是所有的花

我怀疑，这是人心中的花
只有两朵，才会相恋
只有两朵，才会是接下来的
无数朵

你看，心里有花的人
生活该有多美

雪山下的野百合

此刻的雪山

比阳光还要汹涌

就在雪山下的草坡
却宁静如夜

草坡上的野百合
却温柔如处女

羊群会绕过它
吃别的草
马会跳过它
然后回过头来
就像发现了一匹含情脉脉的母马

如果一个人看见它
会在它的身边坐很久
坐着坐着
就忍不住用手触摸一下
嫩嫩的花蕊

蒲公英

从童年的那首歌谣开始
蒲公英就一直在长
一直在开花
它的种子就一直在天空中飞

我们高兴的时候
会接住它
我们悲伤的时候
会用眼泪粘住它

它的快乐偷偷地被我们藏起来

在一个人的时候把它打开
它就给我们唱歌、跳舞
它就给我们拉开世界的帷幕
那里面，全部是奇迹和欢笑

帕米尔

一直想念那些阳光
一直走不出那片厚厚的雪

一直踯躅于崎岖的山道
一直追随一头牦牛
直到它一次次
驮回一片天边的彩云

一直盯着一只鸟儿
它在树梢上一动不动

那些由绿到黄
由黄到枯
好多羊都随一茬一茬的草
走了

只有那些杏花
打开一扇窗户
春风和煦而来

大海道的风

看看那些沙岗
看看那些山丘

风像一根根绳子
缠绕着

它们，像一头头猛兽
挣扎着

阳光，有时候像一把火
烧红了它们的屁股
有时候，像一块冰
冻掉了它们的下巴

看吧，它们像一群狰狞的猛兽
占有旷古
它们像无法释怀的忧伤
遍体伤痕

此刻

为了一滴水的情谊
河流猛然涨潮

为了一树桃花的艳丽
风突然蜷曲亇
低矮的小草

为了一缕醇香的炊烟
你回到了田野
像一棵老玉米
守住漏雨的秋天

桃花

在一朵雪花里
找到光

在一片叶子上
找到色彩

追随一只蜜蜂
紧跟一只蝴蝶
找到翅膀

让它停在桃树上
让它一直做梦
直到它梦见
桃花

苦菜

在地埂
在阳光的密集处

在贫瘠的土壤
在丰盛的蔬菜之外

它的苦
埋在心里
不信你看
它头顶上的花簪
就像幸福的金子

浪柴沟

所有的火焰都要在春天堆积
它们先是推开积雪
然后一股脑冲向冰河

所有的春天都要在腐殖土中燃烧
包括那些潮湿的和风干的腐殖土
幸运的种子会被这些灰烬包裹

所有的种子都要雨水中飞翔
就像越长越高的麦苗
就像捧着阳光的麦子

浪柴沟，浪柴沟
一条大水的呼叫
足以唤醒木柴里的火焰
而水边上的绿芽
早已唤醒了身体里的火焰

大风

吹在树上
吹在房顶上

吹在沙子上
吹在石头上

吹啊吹啊
吹在人的睡梦里
把人从异乡
吹到了故乡

早晨

山头上的早晨和山下的早晨
相差五百米

山头上的早晨，能抓住
一缕炊烟
山下，羊群腾起的土尘
污染了胭脂一般的霞光

坐在山头上
有把一座村庄揽入怀里的冲动
坐着坐着
就觉得一座村庄都是自己的了
让它安安静静地度过
每个早晨

在荒野

穿过几条峡谷
就把方向给了山头上的老鹰

它飞一阵
就站在山头上看一阵

大多数时候
我们找不见老鹰了
就迎着太阳前行

最后，我们发现
最刺眼的光
是老鹰的目光

车辙

深深的辙印
没有被沙子埋掉
它们一直把路引向前方

凌乱的辙印
仿佛风吹走了车
而根本吹不走
一条弯弯曲曲的路

苜蓿

一眼望见雪山的植物
一直把雪山
当作一匹马

眼里全是雪山的植物
一直把雪山
当作一朵花

它小心翼翼地成长
它手持蓝盈盈、紫莹莹的花
等来无数匹英姿飒爽的骏马
它要从中选一匹
骑上它
去比雪山更远的地方

黄草坝

那一场雨水
悄悄回来了

晨光熹微中，雨雾
就缠绕在树梢

这个春天，草全部出苗了
这个春天，草黄了
第二场雨
还在路上

马莲花

一丛一丛
在草坡上

宽厚的叶片
擎着嫩蓝的光

谁会联想到一匹马呢
它明明是一盏
深夜里的聚光灯

谁会想到，它的眼神
像一道闪电
击穿虚假的温柔
让春天踩过残留的冰雪
大踏步来到草原

沟口

一年之中，有三分之一时间
冰雪守着大门

一念之下，想借来所有的火

还原为森林和木头

风吹来
无数的沙子和土填在沟口
牛羊们才能从容地穿越
最险峻的大坂

雨水流啊流啊
挤进崖壁的缝隙
它们所积累的咆哮
直接可以击碎
沟口的门槛

村庄

头顶上是雨
不会经常来
但一直会有

不远处是雪山
即使夏天，它也是雪山

这样，身下的土地
就会像一只老母鸡一样
不停地下蛋
不停地咯咯咯咯地叫

一年四季的颜色
穿在他们身上
走到哪里
都会被季风所展示

我所看到的村庄

人和土地
都在阳光中默默孵化

黑松林

雪山以下，黑的部分
一直黝黑，它们是爬坡的
黑松林

白的部分，是残留的雪
渐渐稀释，铺满
蓬松的草和花

溪流的声音自上而下
穿透崖壁和尖利的灌木丛

羊听见了，应和着
咩咩的叫声
此起彼伏

只有白的帐篷
一直都在
它们是草原上
最纯洁的雪

在沙漠

与沙子纠缠着
就像梭梭，被沙子埋住了
又长出来
一年年地埋住
一年年长出来

一棵梭梭
竟然聚集了一座大沙丘

沙漠上的沙丘
都埋着
无数个春天
都埋着一个个
小小的奇迹

长城地带

风，来了
又去了
沙子，像往常一样
死命地
埋掉所有的路

只有这道夯墙
高高低低
遇河，就在河边
小寐
逢山，就在山顶
荼歇

一副栉风沐雨的样子
把春天回归田野
把秋天馈赠给果实

走进这个小天地
会觉得自己是个幸福的人
走出这个小院落
感觉自己有江山

那些风滚草

很多年前，在戈壁
看见它们，夕阳下
它们仿佛一盏盏灯笼

风中，尘土淹没了夕阳
它们疯狂地追赶
那些快要逝去的夕阳

很快，大地沉入黑暗
再也看不见那些草

半夜的时候
天如锅底
我走出帐篷透气
突然感觉
有连续不断的轻微物体
从裤边擦过

在手电筒的照耀下
它们飞快地奔跑
一个接一个

它们是，风滚草

它们要去哪里
它们要在哪里安家
它们会不会在风中破碎

一整夜，脑子里的风滚草
一直在滚

黄花

阳关脚下，有一束黄花
它们似乎搜集了
全世界的阳光和金子
那么黄，那么亮

阳关脚下，正要离开的人
扭头看见了它们
猛然间倒退了几步

一束黄花的惊讶
像有一种巨大的排斥力

硕大的戈壁
远方的沙漠
都没有阻止一束黄花的到来

它们仿佛像一场大雨
从天而降

沙山之下

阳光从沙子上滑下来
那些杏树
一次次被波及

阳光从树梢上滑下来
堆积如花蕾

还是那一场飘飘洒洒的雪
擦亮了杏树的枝叶

当雪浸润了干燥的沙土
雪的光
沿着树干浮升

这些杏花啊
真的像鲜嫩的雪
挤满杏树的枝枝杈杈

对面

和无数个黄昏一样
山顶上的黄昏
把金子倾泻在山谷里
只有那些崖壁上的洞窟
收敛了它们

其实，面对接下来的黑暗
星星和月亮越来越模糊
来来回回的脚印
灌满了雨水

只有藤蔓上的雪
像亮晶晶的光
它们一直都在
在石头的中心
把灿烂的秋天一一接纳

这些故事，我们天天都在重复
在汹涌的苦难中
描画出
我们微笑的脸

风

柳树上的风
麦子上的风
西瓜表面的风
向日葵上的风
茄子、辣椒、西红柿上的风

吹在人身上
就像重新回到了
一座村庄
吹在灶台上
就像母亲招呼我们
坐在了吃年夜饭的桌子上

哈拉湖

春风总是迟疑，一迟疑
前面的山
就又高了
冰一层
雪一层

野马总是迟疑
蹄印在石头上叩出火
而前途依旧是尘土茫茫

羊道，也在急速穿行的一刻
畏缩于背风的山坳

站在山坡上
就能看见哈拉湖

所有的草，都在山坡下等着
所有的水，都在山坡下流淌

高原之湖，像一个悬浮半空的
茶杯

山中

只是稍稍停顿了一下
岩羊就穿越了峡谷

只是目不转睛之后的歇息
狼就占据了制高点

牦牛从草滩上滚滚而来
就像一块块巨石

猛然间一阵狂风
沙石起飞
天地昏昏然

又一阵，沙石飞落
草原平静如毡毯
动物们，悄悄逃走了

昌马一带

水，从这里出山
水，从这里拐了个弯
像是要紧紧抱住
那些树
那些草

哗啦啦的声音
日夜重复着

哗啦啦的声音
悄悄堆积着

就像那些马
一匹匹
从草丛里出来
越来越多
像大水一样，浩浩荡荡地
走出山口

山下的梨花

山上的雪，一直都在
它们是一千年、一万年的雪
是去年的雪
今年冬天的雪，落在梨树上的
也在

四月，麦子刷新了
大空的尘埃
梨树上的雪，就像
晶亮的阳光，就像
叽叽喳喳的鸟
热闹极了

真正的春天
是那些梨树上
散发淡淡幽香的雪

山坡上的牦牛

只有雪
山顶上的雪
山坡上的雪
连在一起

牦牛的黑色
划开雪线

阳光反射在雪上
这里的雪
那里的雪
奔跑着
追逐着
像一群孩子

只有牦牛
星星点点
在纯白的大幕
钉了几颗结实的
钉子

拐弯的地方

沙鸡在拐弯的地方
只听见它的叫声

狐狸在拐弯的地方
倏忽就没了身影

松树在拐弯的地方
油亮的绿

扑下来，像是要一下子
填满山谷

走过拐弯的地方
将沙鸡、狐狸和松树
都牢牢记在了心里

乡野

风还是很猛烈，冻土
渐渐缩小

风还是不肯轻轻抚摸
饱满的种子
它会狠狠地抽打
渐渐舒展的枝条
直到它含苞、抽叶

风还是径直撞向凌乱的石头
让自己成为石头的一部分

当风回到燕子的翅膀
回到鲜花丛中
乡野，就是一张笑脸

祁连山下

还有很多雪没有融化
山顶上的石头
举着它们

此刻山下的杏树

也举着金黄的阳光
对着山顶上的雪
频频招手

大地是相通的，雪的情谊
一点点在草木的光辉中
生发甜蜜的果实

它们不会独自享用
它们会唤醒所有的生灵

雪鸡

从山谷里蹿出
它们沿着枯萎的草丛
一步步扩展觅食的领地

那些草籽，很多都被风
卷走了
残雪中的一粒两粒
怀抱着发芽的梦
但雪鸡们还是一粒粒捕食

在戈壁的尽头
雪鸡突然看到了村庄
那些饱满的种子是它们向往的
但所有贪婪的目光也会罩住它们

夕阳

我一直觉得夕阳是城墙的一部分
它焊接了所有的断裂层

那些被阻隔的道路
那些被制止的炊烟
那些说了一半
又咽回去的话
那些被分开的亲人
此刻，都有了回应

站在城墙上，夕阳
像不断堆垒的黄金

燕子

一直记得它们
只在黄昏的一刻
像赶赴目标的无人机
把夕阳投射到
城池的每一个角落

一直记得它们上下翻飞的自由
从那些流畅的曲线
也可以看出它们的快乐

一直陪伴它们到夜幕的降临
然后目不转睛地看着
看着看着
就不知道它们去哪儿了

一直担心它们的住处
有没有透风
有没有漏雨

鼓

它在城门的一侧
静静的
风掠过它
都有一声尖叫

它在城门的一侧
像是城门的一部分
但却没有人在关闭城门的一刹那
想到它

它是士兵，此刻的宁静
正好供它小寐
如果不时传来攻城的呐喊
那么，它的怒吼
必将冲在最前面

城垛

像是一排锯齿
切割着南来北往的风
像是一行座椅
虚席以待
等待天罡地煞

像晃动的驼峰
载着一座巨大的城池
停泊于炊烟袅袅的彼岸

怪树林

一场干旱，一直持续着
那些树枝
没有接到
半空中的雨

一场干旱，风的嗓音
开始嘶哑
所有的水
都在远方漂浮
极度地接近
也无法畅饮它

那些树，扭动着身子
定格于狰狞的面容

沙漠中的树

看见它，就觉得
它不是树

看见它，就想跟着它
做沙漠的王

看见它，就像手捧一杯
浓酽的茶
一口一口品下去
苦和甜
轮番填补
人生的旅程

沙漠中的树，告诉旅行者

死亡之海
亦有生命驻留

驼夫号子

那声音，似乎可以推平沙丘
让所有的坎坷成为坦途

那声音，似乎可以连接村庄的炊烟
有灶台上的烟火和香味

那声音，磨破了刚烈的天际线
使沙漠后退到泉水的位置

那声音，听着听着
脚板带力
那声音，听着听着
眼睛模糊了
但亲人的面孔
越来越不清晰

即景

在黄河之侧，大漠之浪
悄悄推涌

在阴山之侧，砂石岩之波
怦然凝固

在芦苇、苦豆子、梭梭相间的戈壁
有凸起的高粱
有酿酒厂的烟囱

而千姿百态的石头
铺开人间的趣味
而石头上神秘的画符
堆放永恒的寂寞

石头院落

门口堆满了梭梭
阳光漏在它们的缝隙中

门口，牛粪砌成了墙
牛，安静地卧着

门口，常年的雨水
积攒了一堆青草
从干旱的天气
挤出一杯奶

门口，所有的铁丝网归拢而来
自己的草场在自己的手心里
但缺少了流畅的风
雪片挂在铁丝上
像撕烂的衣服

兔儿墩

这座烽燧早已有了灵性
念叨着它
就觉得它会像一只兔子一样
隐藏在一丛野草下
或者突然间消失于旷野
又突然出现在某个显眼的高岗

这时候，我们常常把无数座烽火台
看成一座烽火台
它们连成一线
就像一只奔跑的兔子

黑河之侧

火车轰隆隆跨过大桥走了
大桥在水边静默
黑河也走了
更多的水赶过来

我们一直认为火车走了
铁桥没走
水也没走

后来，在更远的地方
我们看见黑河
蜿蜒于戈壁沙漠
我们才知道，黑河早早就来了
比我们起得更早
漆黑的夜晚
还在赶路

雪莲花

很多人只在盒子里看见雪莲花
各种各样的盒子
塑料的
麻布的
铁的，铜的，银的
很浮夸的装饰

倒使雪莲花像一具僵尸

很多人说着雪莲花
说着高高的雪山
说着积雪之侧的植株、叶片、花蕊

当我真正被喘气的海拔托起
面对裸岩上的花
竟然手足无措

我刨开四周的雪
让更多的雪莲花挤在一起
取暖

砖瓦窑

废弃的火
在窑壁上爬着

风像一群蜥蜴
从这里蹿到那里

阳光跌落窑口
不长时间就熄灭了

风干的木柴
被雨淋湿
又继续风干

这几孔砖瓦窑
像晒太阳的老人
有没有太阳
它们都安安稳稳地坐着

榆钱

春风缠绕在榆树上
越来越多的春风
缠绕在榆树上

它们守着所有的榆树
没有再次回到
白杨树、柳树和槐树上

像一个小猛兽
它们一次次地捕捉
晶亮的阳光
析出阳光中最有分量的色彩

小时候，看见它
就忍不住品尝它
就觉得
亲人，来了

蒲公英

一直觉得它放飞的降落伞
一定真实的

它的花，一定隐藏着
播种者和收获者
一定有爱的宿主

它的种子无论飞到哪里
哪里都会涌出泉水
哪里都会再造
更加绚烂的春天

地名

那然色布斯台音布拉格

这是一个地名
就像我们
走过的长长的路

这是一眼泉，细细的泉水
流成一条长长的线

它曾经叫谢别斯廷
后来，斯文•赫定
在地图上表了这个名字

那年，我们穿越黑戈壁
走过沙漠
走到了蒙古国的边界
再不能往前走了
就走到了
那然色布斯台音布拉格

这个地名
让我想起了
一群找水的人

黑戈壁

阳光都无法渗透它黑色的断层
黑夜反复涂抹
但到了黎明，却只能偷偷收回
伸手不见五指的黑

拉骆驼的人
小心走过黑戈壁

后来，脸黑了
脚板子黑了

黑戈壁留给一个人黑
像是胎记里带来的
印在所有的旅程上

照壁山

是谁的照壁呢
占据着广阔的戈壁

那扇虚掩的门呢
山在
怎么打开它呢

此刻，山后面是更大的戈壁
是更大的山

难道，一座山
是另一座山的
照壁

那主室呢
厢房呢
柴屋呢

还有香炉、案几、床铺
还有忙忙碌碌的人和悠哉悠哉的神呢

沙枣园子

一路上，都是戈壁
到了沙枣园子
除了戈壁
还有沙漠

这些戈壁和沙漠
就是沙枣园子
沙枣呢
园子呢

那个郁郁葱葱的小森林
那些密密麻麻的小果实
它们藏在哪里了呢

我们站在凌厉的风中
把自己站成一棵沙枣树

大头羊

它的头，就像一棵分叉的树
叶像一块嶙峋的石头

一阵奔跑，它的头像是要被甩掉
安静地歇息，它的头
似乎安放在另外的身体上

那一年，与大头羊在一处山崖对视
它硕大的头颅上麟角如剑
仿佛一头就能撞开危崖

这样的头颅，实在是在羊的温柔中

调剂了狮王的雄傲

石盐

在河西之西，偶尔捡到的青石片
遇水即化，其味苦咸
牧人说，那是石盐
背在身上
可以蹚平千里的沙路

我恰巧遇到人生的艰难
不时品品这凝固的苦咸
它让我深深地记住了
顺畅与安逸的滋味

安远沟

一大片低洼之地
是种高粱的好地方
但却遍起墩台

它的低洼
抬高了所有人翘首故乡的目光

我常常仰望那些并不高大的烽燧
它们是这块土地上的
手臂和眼睛

看见最美好的春天
拥抱最珍贵的安宁

端午

门前插柳枝
悬艾叶

黄泥墙上
顿觉开了一束花

五月，阳气正阳
万物拔节
戈壁上的石头
也争相发芽了

那些柳
那些艾
说着从前的人
和从前的事
说着说着
就枯萎了

洞穴

在一个坡面
看山上密密麻麻的洞穴

它们曾经住满了
人世间的理想

而今，随风消散的云
随风而落的雨
都化为灰尘
在洞穴里积满厚厚的一层

一点点拨开它们
可以看见曾经的春天、鲜花和笑脸

七夕

抬头看天，说是天上有爱
雨后的虹
一点点渡它

闭眼冥想
星星一颗颗攥在手上
有点发烫
有点清凉

想想远天远地的奔赴
我们的沉思像一辆
慢悠悠的马车

冰草

河西走廊一带的牧人把从残雪中
伸出头颅的草
叫冰草，它一出生
就经历了苦寒
就珍惜穿云裂帛的阳光

当春天大踏步走来
它已占领了冰雪的老巢
像一群鸟儿
飞往更远的戈壁沙滩

看啊，茂盛的冰草

多像朝气蓬勃的牛羊和骏马
款款向我们走来

活水

戈壁上，计算路程的单位是水
几斤水
几袋子水
能走多远的路
每一个驼户都知道

几百里的戈壁，几千里的戈壁
每一处活水
驼户只把它们记在心里
秘不示人

所以，一队骆驼
走啊走啊
实在走不动了
脚下就踩到了活水

商队们觉得这是奇迹
只有驼户微微一笑
不慌不忙地取下皮囊
把下一程的水
灌满

驼道

被风抹平
又一行行印上去

在最酷烈的日子
那条道在阳光中昏厥

在干旱中
那条道丢掉了喉咙

走啊走啊
没有雨的时候
驼户们把自己的脚印悄悄捡起来
装在褡裢里

越来越沉重的路
丢掉了无数的驼队和牵驼人

灯

在风中忽明忽暗的灯
在心里摇摆不定的灯

旧年的墙壁上
像一条蛇的影子
捕食着点灯人的劳累和辛酸

再次拨亮灯芯
突然而起的噼噼啪啪的声音
让母亲和衣而起
出门等待归来的亲人

长城地带

草长高了
被一把火烧掉

牛羊远远地离开它
牧人屏气敛声

一支响箭的秘密使命
一把大刀的力量源泉
都在这一条长墙上

风吹来
都会被砍掉半截身子
雨，则会留一滴
与血勾兑
写出藏在黑夜里的誓言

嘉峪关下

再多的水，都洗不掉血迹
再多的风，都吹不走那一声
自言自语

来了，扔掉手里的箭
像兄弟一样抱紧
陌生的贩茶人

走了，还是回头
记住那张微笑的脸

嘉峪关下
一匹马就是故乡
一匹丝绸
就是春天

肠子沟

细而长
细而缠绕
水，愁肠百结
草，崖壁上的那一丛
最嫩

从肠子沟回来的人
找见了最丰美的草场
绕过肠子沟
沿着平坦的大道
看到了戈壁
肠子都悔青了

肠子沟
让牧人在苦的尽头
遇见甜的蜜

牌楼山

祁连山之山系
形似牌楼，故名

偌大的山峰，却要突出礼仪
让你躬身而入

只是牛啊羊啊
眼里没有山
牌楼的威仪
不在它们的认知序列

只是，奔驰的马

都有踏破山阙的狂放
不像牧人
在山前鞠躬焚香
把山河揽入胸怀
长驱入梦

旧宫殿

四周的玉米正在灌浆
灿烂的阳光拍打着玉米叶子
除此之外，一片寂静

剔除了阳光的宫殿
也有树木和果实
它们成熟的样子
一直没有改变
它们删掉了煎熬的程序
只截取欢乐的音符
不让生命就此终结
美好的回忆

这是一座旧宫殿
王的身子是一堆凌乱的骨头
墙上的笔墨是昨日和未来的
星星和月亮
隐约照亮前行的路

看见雪山

或许真是一头纯白的牦牛
有高扬的犄角
有庞大的体量

万千条淙淙的溪流
我当它们是纯净的乳液
一路奔突而下的灌木和草
我当它们是生动的鬃毛

看见雪山
只想静静地
沉思，或者闭上眼睛
感受风中潮湿的气味
当是它们轻微的呼吸
那么真切
那么亲近
像是落入梦境的星光

杏花

高原上的杏花
被风沙打磨
它的蜜
在阳光中提炼

高原上的杏花
簇拥在冰雪的夹缝间
带动了无数的青草

高原上的杏花
俯瞰平原上的春天
它的脸红了

沙漠上的背柴人

倏忽，他被蜃景淹没了

又在沙包间漂浮

他是一个背柴的老人
在沙漠深处的红柳滩
那在风沙钝击中
迅速衰败的枝条
被他一一拾捡、捆叠
后来，天色还早
他在沙包嚼馍片、喝茶
不时吐出灌入嘴角的沙土

他在沙漠上跋涉
当看见沙漠边缘的绿洲时
他的步伐更快了

牧女

在整个草原上
无数的红花、紫花、黄花
和她齐名

奔腾的马，会突然停下来
春天止步于一场雪
溪流在帐篷边堆积如海子

她的名字叫央金、格桑或者卓玛
所有的月光
火焰四射的酒
也会被她醉倒

在草原上
那些花
那些晨光和夕阳

看着她长大

鹰凹峡

风从不停留
总是瞬间穿过

鸟儿，绕道而行
鹰凹峡，到处都是
雪、阳光和雨水

都说，鹰凹峡
有刀子一样的利刃
只有鹰
能踩在刀尖上
在滴血的翅影中
重生

地窝子

没有草
没有树
所有的石头
都缠绕强劲的风

阳光总是被沙土埋住
寻找阳光的人
挖呀挖呀
戈壁里黑暗
一锹一锹铲出

一盏油灯下

那些丢失的阳光
都在

树梢上的雪

从树梢上能看见
四月的尖尖

现在，却只能看见雪
一夜之间
雪在树梢上
像一群栖息的鸟
阳光扑打着
会扑簌簌掉下雪块
像猛然间飞走的鸟儿

春天了，这些雪
是要擦干净树上的
灰尘吗

老军乡

山丹，山麓下的荒野
芨芨草的浮影中
长城逶迤远去

沿着公路
砖木结构的平房一字排开
三层的楼房有点显眼
标识牌上的字镌刻
铁石一般的古意

那些守护者瞭望的地方
坟冢被风散落四处
沙土中露头的箭镞
被无数场雨清洗之后
又被无数场雪掩埋

喜鹊窝

又是一场大雪
雪一点点盖住了
田野、村庄、树木
黝黑的喜鹊窝
也被盖住了

又是一场大雪
母亲在门口踱来踱去
嘴里念叨着
喜鹊呢
喜鹊呢

整个树冠像是一朵巨大的雪花
看不见小小的喜鹊窝

马

广阔的草原上
两行柳树径直插向
遥远的山麓

看着看着
就觉得它们是一群奔腾的马
要回到群山之巅

那犹如万马集聚的天湖

这草原，只有染色的羊
红的，黄的，蓝的
仿佛花海
等待另外一些马
和走远的马
一起回来

红山

这些山，像暴露了筋骨
有丰满的肉

这些山，留下了猛烈的闪电
一道道缝隙中
溢出殷红的血

这些山，举着稀疏的草
一棵棵，缠绕秋风
像一面面旗帜

这些山，提纯阳光中最鲜亮的颜色
晾晒于视角绝佳的坡度
看啊，奇迹的洪流
盖过了
我们的惊讶之声

鸽子

那一年，在藏北
有一群鸽子呼啦啦飞过

恍惚间，像是在故乡
它们一排排，站立在屋顶
收敛的翅膀
能够占领所有的蓝天

藏北，天空低垂
鸽子的行迹不断拓展着我们的视野
内心的冰雪亦迅速融化
可以安心地坐在草坡上
盯着眼前的石子发呆

罗布泊日出

我惊异于那个早晨
太阳像一枚鲜嫩的橘子
摆放在无遮无拦的地平线

一种无法自拔的冲动
迫使我走进它

其实，在湖盆地带
我与这枚橘子近似咫尺
但我还是想触摸它的质地

很多年了，每每追赶回忆的车轮
那一幕都会迅速拉开

那枚橘子
抖落身上的光
把它的果肉
一点点灌注于我
灵魂的暗区

春天

午后的阳光，在盘山道上
在渠沟两侧的杏树上

带状的绿色，也沿着盘山道上升
在最顶端的洞口
悄然而至

其实，所有的春天
都在山坡下面聚集
站在洞口，那些早霞渲染过的
夕阳涂抹过的
春天，都会移步于最幽暗的墙壁
只要点亮一盏油灯
那些穴居的岁月
就会复活

有时候，在雪片凛冽的寒冬
这样的春天，依然鲜艳

雪鸡

它们在高海拔的积雪中亮相
灰暗的身材，让它像一块岩石

或者，在雪线以下
它们也成群结队攀附于稀疏的灌木

在它们的身体里，只有秋天的草籽
雪莲或者断崖上的松子

在它们的眼中，雪是晶莹的阳光

是它们的羽绒

云雾缭绕的山坳
我与雪鸡相遇，它们叽叽喳喳
急切地等待大山的回音
这个人迹罕至的世界
立刻醒了

双井子

有两口井
一口井里有蓝天白云
一口井里只有沙子

口里含着沙子的人
在井里照见了自己枯槁的面容
是这些泛动的波纹
擦洗了他的伤痕

他身上的风
身上的风尘
轻轻拍打
就落入另一口井中

那口井，一直都在
当城堡被劫持
蓝天和白云在血腥中
一点点化为沙子

西部的河

或许由一棵草命名

点亮所有的荒芜

或许由一棵树命名
撑起一片清凉

戈壁和沙漠不会丢掉
石头和沙子
一棵草
一棵树
也不会蔓延沙石的尽头

就算奔腾不息的河流
也要像一棵草一棵树一样
与戈壁和解
与沙漠分享阳光的储备

在大泉河

更高处
一滴滴水
走到一起

像相约的兄弟
见面了
默默擦干
喜悦的泪水

由高到低
小小的泉
都睁开了眼睛

干枯的河床里
春天的眼神

多么妩媚

崖壁

不是所有的崖壁
都跌落嶙峋的风

不是所有的风
都雕刻于光滑的石头

阳光温顺的早晨
只是细细的一缕霞
就描画了
一千年积累的春天

岁月

草缠绕在一起
去年的
前年的
很多年的

新芽刚刚露头
就被一场雪打压

远方的村庄
炊烟缭绕
融化的雪水
洇湿了
调色盘里的
绿色、黄色和红色

祭献

那场风，是河流的祭献
它吹过戈壁
收好草窠下干瘪的种子

它吹过树木，残雪发芽
鹅黄的翅膀，似乎要飞起来
飞到所有的树上

它吹过沙漠
黑暗中的根一瞬间伸出手臂
抓住了仅有的雨水

为了相遇，身上的辎重
一件件抛却
当与亲人相拥的那一刻
突然发现
从前的一切
又回来了

炒面庄

一路上走着
炒面攥在手里
刚要松开舔一口
风就来了

一路上走着
把天走黑了
渴望的眼神
才点亮炒面庄油灯

卸下行李
打水，洗脸，烧炕
灶台上的火
噼里啪啦作响
所有的人
顾不上舔干净手心里的炒面
向门口张望

似乎想见的人
就要来了

戈壁

风在这里，只吹石头
轻轻搬开一块石头
可以看见
风，熟睡的样子

风在这里，没有带来
季节的翅膀
只吹，季节的灰尘

风在这里，吹掉
人心里的石头
然后把自己
凝固成石头

杏花

一棵是杏树
另一棵也是杏树
这一片都是杏树

杏树的枝杈间
是沙漠的远影
沙漠的缝隙间
是溪流
是麦田和葡萄架

一片，两片
······
这些花在蔓延
像云霞
飘落沙山下的绿洲

所有的一切
像梦

但睁开眼睛，就觉得
她们是我曾经的
姐姐和妹妹

沙泉

走远了
我还是回过头来

沙山连绵
阳光淹没了视野

走远了
仿佛那眼泉
还在身上
清凉清凉的
每走一步
都好像埋下了一颗种子

走着走着
就觉得
沙漠中
有好多泉
它们是最初的那一眼泉
长出来的

在胡杨林

这样的树木，只有在黄昏
才将自己挣脱出沙漠

它披纱带银
夕阳浓厚的色彩，也不够它
尽情地涂抹

它矗立于荒芜之中
甚至成为荒芜的一部分

高高举起荒芜树枝
已经成为一束灿烂的花朵
以枝叶为美
这样的花
是沙海中风浪淘洗过的金子

牧人

此刻，山上的冰雪将阳光
反射到山崖

此刻，山崖上的松柏将自己
一身的墨绿

抖落下来
它周边的阴影
像是洇湿的泉水

此刻，牧人从草坡上起身
一个舒适的懒腰
让他像发芽的草根

草原，似乎一下子
绿了

冬窝子

来了
走了
这里留下了雪
那些冻得瑟瑟发抖的脚印
捡了更多的柴火

走了
来了
这里留下了泉水
那些一步一步跋涉的饥渴
煮上了羊肉
歇下了脚

冬窝子
那些铁丝网拦住了风
那顶帐篷
像一杆旗
向春天招手

野麻黄

在戈壁，一朵小小的花
盛接着阳光

更多的沙暴
更多的飓风的锤击

它还是一朵小小的花
紧攥花苞
从一场雨到另一场雨
发芽，成长，绽放
就像一滴雨
一直没有枯干

就像遗落的泪
凝成了
喜悦的玛瑙

西部山谷

这些溪流，一直被人们淡忘
即使它们一点点汇集为河流
也还是默默地流入
无垠的荒芜

海拔搭建的梯子
爬满了植物

后来，这些植物
爬满了村庄
炊烟，被一棵棵白杨树
挑高

像一面旗幡

走过这里的人
都说，呀
这里曾经是不毛的沙石地

阿尔金的鸟

我曾以为坠落的石头
会追逐所有的翅膀
即使是鹰，也会栖息于
冬窝子的炊烟

可是，它轻盈的叫声
引来众多的水鸟
蓝盈盈的湖泊
所有的飞翔
都带动了殷红的夕阳

我坐下来
占有一座小小的沙丘
进而想抱紧庞大的阿尔金
不让它像一只鸟　样
悄悄飞走

马圈湾

只有在最安静的洼地
才能聚集这些风

只有在低垂的星空下
才能捕捉这如炬的眼神

此刻，它们像风一样
冲出去
冲向那些坚固的目标

此刻，它们像风一样
栖息于一丛旱芦苇下
如同这古老的遗迹
破败如散砖
安详如泥土
睿智如从容的老人

马圈湾，马已远去
马圈空空

烽墩

在高岗上
看见另一个高岗

在戈壁
看见戈壁

在骆驼群中
拾捡沉重的脚印

在狂风中
混迹更惊险的风

乘势而来的刀剑
偷渡洗劫的流矢
都被它一一揽入胸怀

夜晚的喘息

有隐隐的阵痛

戈壁上的湖

人们说，她们是一对姐妹
在戈壁上，像一双亮晶晶的眼睛

牧人舍弃自己的故乡
纷纷扎下帐篷

湖水追赶着草
草追赶着羊群

如果有一大片白云落下来
那这就是一个丰盈的夏天

如果有一场风埋伏在草根下
那么，所有的羸弱
就会被湖水淹死

戈壁上的湖
像一面镜子
照见我们来时的路

山后面的草原

牧人说，山后面是草原
不是说，山后面
是山吗

我沿着山谷
转了一圈又一圈

把早霞转进了山里
把夕阳转进了山里
后来擎着缕缕星光
找见了帐篷

后来，在茂密的鲜花中
看见了
那么多的牛羊
那么多的骏马
那么多的帐篷
那么多的牧人

老柳树

远处一片苍茫
高高的烽火台
在一棵老柳树下
酣睡
它胸中的烽火
似乎早已消解
成为一片蔚蓝的晴空

柳树浓荫四盖
柳树落叶缤纷
烽火台一直是老样子
它的枯黄
在知了的叫声中
只有一片片漂移的阴影

白墩子

土的身上泛碱

碱分辨着
带血丝的阳光

有一天
震天的呐喊冲向它
它在颤抖中
扑落一地的泥皮
像一个老者
露出了全身的骨头

有一段日子
一阵又一阵微弱的呻吟
爬上墙壁
又掉下来
呻吟渐渐平复

被盐碱埋掉的
不仅仅是曾经的疼痛

大坂上的花

八月，雪山上的风
被阳光过滤

八月，大坂上的风
被青草梳理

那些刚刚露头的花
第一眼就看见了雪山
第一次被风轻轻抚摸
这个空旷的世界
并不冷漠

它们一簇簇
一团团
把大坂举高
举得更高
像是站在一个
高高的、险峻的领奖台上

弱水

是一根鸿毛
也要沉入沙漠

只是阳光太酷烈
它一出头
就成了沙漠的一部分

是一棵树
也要扎根到每一滴水中
让流淌的水
不辜负种子和根

水在翻滚的黄沙中穿行
分不清它们谁是谁

只是，我说了一声
啊，大河
它们就升起了无数的青纱帐
遮挡了它们匆匆西行的步伐

王子庄

只剩下残垣断壁

那些吹过琉璃瓦的风
仍吹着此刻的荒草

金石上的铭文
在风中飞舞着
有一些被沙子埋住
更多的，在石碑上盘踞

王子的背影随着夕阳沉落
那只飞回来的大雁
还是停在了当年的旧巢穴

从前和此刻
漫长的沉淀
堆积了大量的沙土
和一岁一枯荣的野草

土坡上的村庄

瓦房，沿着山坡起落
像是一座土山的鳞羽

桃花正艳的时候
瓦房显得乌黑

梨花之下
黄土更黄

毛驴和牛
一样踏碎嫩红的晨曦
只是在桃树和梨树下
它们要稍稍停顿
似乎在回应

一阵阵飘来的清香

沿着羊肠小道走近村庄
感觉到它是一根绳子
被隐隐的牵挂撕扯着

玉

乱石中它能睁开自己的眼睛
漆黑的夜晚
它也能够伸手攥住一把星光

在所有的磨砺中
它身上的岩浆一直都在
即使雨水洗去了满脸的灰尘
它也是一副丑小鸭的模样

只是，在猛烈的洪水中
它会挣脱所有的束缚
像一滩凝固的月光
风一样奔跑的脚步
密密麻麻地写满了
誓言，此刻：极静
把它贴在胸口
它就有了心跳

祁连山下

这么高的山
多高，它都像一匹马
这么远的水
多远，它都守着

一匹马的血

汹涌的风中
青草打滚
无数匹马脱颖而出

它们看见了那座山
它们找见了那些水

它们在一场大雪中长大
成为一场浩大的暴风雪
成为一匹匹真正的马

黄草营

其实，每一个季节
它们都是一片黄色

有时候是嫩黄色
有时候是枯黄

一场雨水之后
它们是滴着露水的黄色

一片大雪之中
它们又是裘皮之中的金黄

其实，站在城墙
看见它
只想起秋天的故乡

清水

一直流着的水，是清的
流着，流着
带走了一路上的尘土
带来了一片一片的绿洲

我一直忘不了
那些错落有致的黄泥小屋
它们像一张张干渴的嘴巴
等待一年中仅有的几场雨

它们积攒的水
小心翼翼地存在泥窖里
有些苦涩
有点泥黄

但你们一直觉得
真甜啊
真清啊

浪柴沟

洪水来了
山上的次松林来不及躲闪

洪水来了
许多灌木丢掉了种子

洪水来了
野鸡的一声声哀鸣
被越来越猛的涛声掩盖

洪水来了
许多野兽抛却巢穴奔向别处

下游的平原上一片狼藉
许多鸟儿在那里
捡走山顶上的云

嘉峪关下

风声如狼嚎
仿佛厚重的城墙
也经不住它的锤击

安静的夜晚
那些风填补砖石的缝隙
占据烽燧的空间
甚至隐匿于泥土

燕子划动轻盈的翅膀
黑色的曲线
像乐谱，有节奏美
疑心它们是夜晚的种子
阳光下，它们以天空为垄亩
垒筑吉祥的村庄

时光，已经剔除了
刀剑与飞矢
我们区别着风沙、雨水、冻融
粗糙的手掌，像一把梳子
把春夏秋冬平铺在城墙上
用我们坚定的目光
焊接岁月，将表面风化，片状剥离
——抹平

不让时光发生整体性坍塌
不让支撑我们信念的梁柱酥碱、裂隙、掏蚀
面对狭隘、猜忌与邪恶
我们设置金属的界桩、隔离网
让沙尘一次次清洁自己

夕阳西下，星光被一座城收敛
寒光和铁衣之间
木柴的火星
像一枚枚胸章
系在城楼的檐角

古堡

风像一头惨烈的野兽
一声凄厉的呼吼
隔开了凝结的雪
雪的断层
一些种子重见天日

漆黑的夜晚
隐约有杂乱的脚印
穿越峡口
哑语的烽火台只在夕阳中
衔起沉沉的落日

该来的
都来了
该走的
都走了

梨花下的废墟

冰雪悄悄从墙角溜走
风，吹着吹着
梨花，近了

残垣断壁，一次次收割着
蔚蓝的天空
直到那些梨花
悄悄填补了
城墙的空白
从前的车马
似乎带着一路风尘
回到了温暖的驿站

花瓣飘落
有几片
正好掉进热气腾腾的茶杯里

会水

几方面的水
在一个夜晚
悄悄回来了

那一夜
风呼呼地吹着
淹没了
水的冲击力

那一夜
所有人的鼾声
都湿漉漉的

人们很久之后才醒来
看见浩渺的水
惊讶得说不出话来

天田

留下这些沙子
进而留下这些风

最隐秘的眼神
揉进沙子
也会流泪

最合脚的鞋
掉进沙子
也会有一步一步的疼

在最前沿
这块沙地
薄薄的沙子下面
是一条血河

帽子山

风吹着
大风吹着
帽子一直在

山顶上
那个像帽子一样的帽子
一直在

那么大的风
它怎么还戴在一座山上
没有被吹走

黑鹰山

它高高凸起
含铁量百分之六十
像是一个重锤
砸在戈壁上

大风中
它黝黑的翅膀一直收敛
像是被戈壁牢牢拽住

牧人说，那是一只鹰
没有一只鸟儿
敢在它的崖壁歇息
只有急速的雨点
拍打它干旱的断面

有一些植物悄悄伸出脑袋
从鹰的羽毛中
看到了
满天的星盏

石板井

没有雨没有雨
还是没有雨

骆驼走了

牛羊走了
曾经的草
随着月色悄悄流失

这些雨，它们藏起来了吗
在哪儿在哪儿
牧人走遍了戈壁
一脚踩翻了一块石板
呀，它们都聚集在这里
清凌凌的
是一口千载难逢的
井

旱峡

几十年了，草一直枯着
兔子的粪便散落一地
兔子无影无踪

几十年了，一丛丛红柳
干了，有一年的春天
它们没有活过来
年年的春天，都是如此

几十年了，突然间
冲出来滔天的洪水
像一群饥饿的老虎

几十年了，洪水的脚印
是一条裂隙四溢的峡谷

星星峡

有人数过，数了几年都没有数清楚
后来，他要走了
就把背起的行囊悄悄铺开
戈壁的夏天堆满了星光
它又悄悄把它们裹起来
回乡

后来，他说起几年来的风和雪
说起埋人的碎石和沙子
但却舍不得把一丁点星光
分给热情的邻居

雪水

身边是雪山
身边还有这溪流

雪山把纯白的阳光
分一些给我们
溪流把洁净的水
分一些给我们

草原把草分一些给我们
草把牛羊分一些给我们

在这偌大的土地
我们和成群的蝼蚁一起
享用温暖和寒冷的时光
从未离去

去看雪山

油菜花开了
山上的雪未化

央金穿上了单薄的裙子
纯净的颜色
像一堆雪
裹在身上

帐篷里的炊烟
拴住了山坡上的马
一匹、两匹、一群
马回到了骑手身边
雪山上的雪还未化

大家都围着一条溪水
唱歌跳舞
沉醉的样子
像要去拥抱眼前的雪山

灿烂的星光中
深沉的睡眠中
山顶上的雪
又积累了许多

牦牛

它们安静地吃草
它们踱步到溪流边
喝水、哞叫

它们嘴里衔着雪

眼里含着远处的雪山

所有的黝黑
都会是青草的反光

它们不紧不慢
让这些光
洒遍草原

沙埂

戈壁上，有一道沙埂
一直没有被风削平

戈壁上，风是一把钢刀
砍掉了很多山包

牧人说，这沙埂一直都在
延伸到远处的烽火台

确凿，这是一条汉塞
算起来，已经二千年

一把砍刀，二千年了
砍一条长墙
现在，只剩下沙埂

当我轻轻跨过它
似乎踩到了沉睡的马蹄
和飞落的箭矢

漂移的湖

是的，它们像一片蓝天
更像一丛又一丛的青草
在戈壁上
它们就是金子

许多羊去了
许多骆驼去了
还有更多的马
也去了

去了，那一片蓝天
就再也没有出现
去了，那些草
一瞬间就消失了

是的，它们
再也没有回来

芦苇

沙滩上的芦苇
有一些
爬上了高高的沙丘

因而，有高高低低的芦苇
像起伏的绿浪

沙漠呢
在芦苇的边缘推涌着
一直推涌着
而芦苇总能冒出头来

在广阔的沙漠
那些低矮的芦苇
其实有多半个身躯
扶持起高高的沙丘

在戈壁

在戈壁，一滴水的存在
就是世界的存在
一场雨
就是一群生灵
奔赴石隙间的灰土

如果一只鸟儿啾啾鸣叫
那么这滴水一定存在
那么这个世界一定多彩、新颖

寺庙

这寺庙像是从石头里长出来的
恰好像一块石头
那些诵经声
像是一群鸟儿
争相说出
一片金黄的麦地

可从寺庙的窗口看去
阳光，没有盖住
一望无际的荒凉

402　　长城志

我见过

在山峦上，只能说
我见过

山下的河流
带着春天奔跑
山下的树木
静心雕刻着精美的树叶

有几只鸽子
落在对面的摊点
眼睛盯着掉在地上的熟食碎屑

一些人走过山谷
一些人走向草滩
一些人走近寺庙

匆匆忙忙的背影
凌乱的脚步

只能说，我看见了
真实的自己

在路上

在西部戈壁，一棵草
就是一个羁绊
它常常绊倒一个人的目光

一棵草，就是一道陷阱
里面埋了思念的刺
和爱的刀剑

一棵草，在黑暗中隐隐约约
像一缕星光
顿时，眼睛模糊了
眼泪喷涌而出

阳关下的杏花

鲜艳的杏花
让一座烽火台突然年轻了

鲜艳的杏花
每一个花瓣
都如同翡翠或玉帛

远处的沙漠
也被它迅速激活
像一堆碎金

夕阳西下，杏花又擦了胭脂
像个喜庆的新娘子
为自己布置好了婚房

灯

远远的，有一点光
越来越近，越来越亮

远远的，它像黑夜里的钉子
让人们只看见它的锋芒

远远的，盯着看的人
默默唤着亲人的名字

那名字也越来越亮
贴在心口
扑通通直跳

梨花

我们还是会把它当作一撮雪
挂在高高的枝头
担心微微的风
就会吹落

我们还是会把它当作久未谋面的蝴蝶
停下来歇息
屏住呼吸
怕稍微的响动
会惊扰到它

似乎身处于一幅画
远处山顶上的雪
与梨树上的花相映成趣

行走在西部旷野

大喊一声，戈壁也不会惊讶
跺脚，戈壁也不会疼痛

横着走，竖着走
不会挡道

可以哭
可以笑
不必顾及他人

随便躺下
猛然坐起来
我行我素

将某人骂得狗血喷头
为思念哭天喊地

在西部旷野行走
真正做一回自己

长城的豁口

从不知道从什么时候开始
这里被切开了一个豁口

也许是强劲的风
也许是一场百年不遇的洪水

总之，那些马
嘶鸣着从原路返回

总之，那些刀剑
悄悄埋进了沙子里

总之，那一声声呐喊
被一簇簇箭矢钉死

只有穿过豁口的毛驴车
轻松地哼唱着歌谣
就像自由而幸福的人
到处都是通畅

戍卒

我是一个戍卒
怀揣整整一座烽火台的孤寂

在河谷里取水
分辨来自故乡的雨水

在山冈上数星星
为逝去的亲人祈祷一束
走夜路的光

在初春的早晨
采集一篮野草
让春天也爬上最高的山峰

睡梦中突然惊醒
想象中的敌人一直没来

湖水

湖水在枕头边喧哗
潮湿的气息漫过所有的麦子

湖水在房顶上堆积
像一片厚重的云
一场雨下来
戈壁上
又是一片湖

在青草的掩护下
兔子们成群结队地回来
兔子回来了

狐狸跟着回来了
奔跑的山羊时隐时现
一只头狼站在高坡上
看着这一切

村庄的四季
在湖水的浸润下
像一匹蜡染
一抖，那些动物
植物，树木，果实
都露出了头

西草地

一座村庄的尽头
一棵树能够望见的地方
一群鸟儿飞来飞去的巢穴

雪最后融化的高地
雨水冲开的壕沟

一年一年的草挤出碎石
还是没有盖住碎石
一年一年的枯草
被风吹掉一些
更多的，抱紧碎石
让碎石，有了草的身子和颜色

西草地，走近它
是一片碎石滩

会极

在嘉峪关的门阙
镶嵌了会极

会极门之上
戈壁迅速退去

收揽回来的
是蓝天、白云和雪山

此刻，有一壶酒就最好了
让那些骑马的人
席地而坐
与北风对饮

所有来的客人
手紧紧握在一起
眼神里，盛满了
泉水边的桃花

烽火

这是熄灭的烽火
木头已经炭化
树枝已经腐朽

那些火
被夕阳借了去
一瞬，又被夜晚浇灭

那些雪
那些雨水

用不同的方式
叫醒一颗种子

四周的杂草有一些
只是荣荣枯枯
没有定数

烽火台的阴影
三百六十度挪移
河山依旧

风化的长城

风吹过戈壁
风吹走了故乡的讯息
它们一直在这里

从前的那些马
再也没有来过
沙子埋掉的骨头
也一次次被沙子举起来

人有筋骨
墙也是有筋骨的
墙体中暴露的梭梭
仍有尖利的棱角

看见它们
就觉得它们像一个老者
仍能站起来
仍能像一匹马一样
奔跑着，阻挡南来北往的风

戈壁上的沙丘

它们从哪儿来的
孤独的，就这么一堆

它们今天在这儿
今年在这儿
一直在这儿
会不会有一天
挪到别的地方

我好奇地看着它
又抓起一把沙子
它们不是虚幻中的蜃景
它们在黑黑的戈壁上
像一堆黄金

一望无垠的戈壁上
一眼就能看见它

梧桐泉

一路风尘
一座寺庙挡在了前面
说，这就是目的地

泉呢
梧桐呢

我想，那里肯定是
层层叠叠的绿荫
肯定是缠缠绵绵的溪水

有很多兔子和鹿
有野花和牛羊

可这里只有一座寺庙
只有一座山
只有呼呼吹过的风

我问一个僧人
泉呢
梧桐呢
他的手指向了
一丛桃花

坟茔

沿山而下
这些坟茔像是列队的军人

戈壁的风
吹过荒草
也吹过石碑
似乎在颂念那些文字

一个人，一群人
从绿洲到戈壁
这一段路
他们走了一辈子

后来，他们只能站在戈壁上
看自己的村庄
像一棵树一样
长大

兔儿坝

原来的水
都停了下来

黄昏的时候
兔子从荒草中探出头
舔食清凌凌的水

原来的水，停下来之后
等待源源不断的水
让这些水
像成群结队的兔子一样
冲向草木茂盛的绿洲

拦截这些水的土坝
这边的兔子和
那边的兔子
来来往往
从不间断

望儿咀

那一天，你的背影一直在西天的云彩上
后来，你的背影
在一道道土梁上
后来，风尘弥漫
你的背影越来越模糊

喊你吃饭的人
饭热了又凉
凉了又热

叫出你小名的人
嗓子嘶哑
又渐渐咳出血

在那咀子上
望眼欲穿的人
站成了一堆黄土

那黄土的眼神
也无比犀利

宜禾

这戈壁上的亭燧
早早地迷失了
离它最近的泉

这戈壁上的瞭望
被时时卷起的沙尘
蒙上雾障

这遗失的芦苇
努力拔高自己的青春
悄悄爬上了烽燧的台阶

一步就能赶上的绿洲呢
那些成熟的麦子呢

如今，坐在烽火台上能够看见的
只有沙子

昆仑障

像风一样穿越戈壁
像风一样，骑在沙丘上
像风一样，在泉边饮水
然后带走更多的水

像云一样在天空游荡
但却偷偷睥睨大地的事情
一阵雨，噼里啪啦
变成冰雹
打伤，渴饮者的嘴唇

在这里，风被沙子埋掉了
压在每一块石头上
打磨刀剑
云，更多地挂在旗杆上
召唤埋伏的烈马

像驻雪的昆仑
拉开早霞的幕帷

沙尘

从地上到天上
半空中堆积的沙丘
绊倒了所有的云

所有的树
快支撑不住天空了
所有的草
仿佛要被大地压垮

出门的人
所有的空间
只能容纳自己

当天空变成一片沙漠
大地只有用河流
才能洗干净它

雪松

高高的山坡上
它的枝叶
摩擦着山顶上的雪

高高的山坡上
背离阳光的雪
却被它们抱在怀里

高高的山坡上
那些色块浓重的墨绿
像是石头一样
镶嵌在山坡上

高高的山坡上
人们说
那是一片绿的雪
终年不化

海拔

海拔上的一个点
飙升在一块红色的石头上

有人说
那是天空的血

牧人会在它的四周
捡一块别的石头
小小的
润润的
揣在怀里

赶上一群羊
暴风雪跟在后面
但只要捏紧那块石头
激烈的心跳就会渐渐平复

海拔，有时候是积攒在嗓子眼的
一声吆喝

罗布麻

粉红色的小花
像一根火柴
擦燃了原野上的荒凉

有时候觉得她们是一群小女孩
走丢了城市和村庄
真想告诉她们
有一条路一直走
就会走进绿洲

可她们哪儿也不去
精心地打扮自己
一阵风会让她们灰头土脸
她们心里的阳光

又让青春焕发

一缕缕香气
把迷路的人
领回了家

疏勒河

有水的地方是戈壁的眼睛
有水的地方，牛羊也闻讯而来

有水的地方，水越积越多
把一片片戈壁
带到了绿洲

雨，雪，泉
所有的水
都加入了这个队伍
它们都想把戈壁
从荒凉中带出来

天生桥

断崖、峡谷
哗啦啦的流水声
一直向上攀爬
每一次，都功亏一篑
从最险要的石头上掉下来
摔碎，又不忘紧紧抱住阳光
又一次向前，向上
冲击
轰隆隆的声音

在绝壁上回响

这些尖利的咆哮
凝雾为石
风从此处呼啸而过
后来灵巧的山羊也小试牛刀
后来，牧人一鞭子抽出去
鞭梢上的种子落地入泥
悄悄长成了一棵灌木

正午的绿荫
正好弥补了绝境中的空档

赤帛

像是在茫茫大海中升帆
烽火台是一座孤岛
桅杆上的赤帛
像一团火
在北风中烈烈燃烧

或许，那些呐喊太激烈
过多的血气在戈壁上蔓延
或许，一阵又一阵的冲击
太过凶猛，尖利的刀刃
戳穿了风的胞衣

那么，此刻在戈壁上奔跑的
只有这些赤帛了
它们像血一样
说出流血的真相

花海

砾石之下的风
奔跑的蜥蜴
都会惊动一粒干瘪的种子

好在，总会有一场雨
赶在清明之前
储满干旱的缝隙

一道夯土墙挡住的
不是一群马的嘶鸣
也不是密集如蜂的飞矢的速度

墙后面金黄的麦子
桃树上的花
很多人
都看不见了

青稞

一切都用海拔说话
你高一点，就高一点
我已经够着雪了

一切都用解冻的韧性说话
钝刀子是北风磨砺的
它早已成为石头
铺在春天的路上

一切都还为时过早
杏子熟了
麦子熟了

连那些冰凉的月色
也熟了

跟着它们
在视野的制高点上
我的绿色
是饱满的
凝固的浆汁
比雪还白

垛口

把完整的天空分割成一块一块
就像一个屠户
在摆弄自己的肉铺

把风分流为一股一股
按上刀把

把阳光制作成阴影
铺在阳光上面

所有的窥视都是
偷偷射出的利箭

你看，它还像一排座位
按照排行
你该坐在哪里

榆林河一带

跟着河流

在山里拐了一个弯
期待中的别有洞天
是一院黄泥小屋
流水之声仿佛被它完全收纳
又好似不弹而奏的琴弦

这是一个可以让人坐下来
一坐就可以坐一辈子的地方

朴拙、简陋，把人间烟火
梳理成诗行
与万物一起生长

河流的爱
只是把更多人的爱
带到远方

那些老榆树

它们心里的春夏秋冬
开始混淆
比如，雪
一直被它们储存到盛夏
让那些清凌凌的水
仍然透着冰凉
再比如，碧绿的叶片
被第一场雪骤然扑打
仍然顽强地挺立在枝头

比它们更古老的河流
留下了它们繁盛的影子
把它们的种子
带到沿岸的泥土中

比它们更年轻的鸟儿
纷纷投入它们的怀抱
筑巢、繁衍
更多的鸟儿
像一群使者
告诉河谷里的鸟儿
这儿有很多的老榆树

布隆基

总把它当作一片戈壁
总想在茂密的雅丹丛林中
寻觅一眼泉
然后顺着泉水
看见牛羊和帐篷
找到卓玛和央金

可是，流逝的往事就像
飘浮的云朵
走失的马
被一束苜蓿
引到了天边之外

我只能在戈壁奔跑的褐色
与雅丹举高的枯黄间
保持沉默

灵性的鸽子

在洞窟的门楣
在白杨树的枝杈
在早晨的溪流边

在正午背阴的岩石上

有几只鸽子
成双成对
有几只鸽子
咕咕咕地叫几声

它们把雕塑和壁画中的爱意
传达到了
真实的人间

出塞

看那泉水流得正欢
看那些马和我的马有亲近感
看那帐篷、经幡、炊烟
高高低低

戈壁上的阳光
像马一样冲进草原
蜷缩于深草
大半被酥油草储存

戈壁上的尘土
轻轻一拍，它们就像飞虫一样
找到了自己的栖息地

戈壁上的风，突然就染上颜色
被穿上好看的衣服

和溪流在一起
和更多的马在一起
和香喷喷的花草在一起

我们是谁

坐在一块石头上

坐在一块石头上
和众多的石头一起沉默

坐在一块石头上
和越走越远的荒芜
一起寻找春风的入口

坐在一块石头上
和石头里的风一起
拍打身上的尘土
和戈壁上的尘土
让沙子回到沙丘
让石头回到石头的阵列

在这无垠的阳光中
一个人是等待发芽的种子

河口

那里的草
一直擎着秋风

那里的草
爬出石头的缝隙之后
就老了

那里的草
被一阵风暴赶走

月明之夜
又悄悄回来

那里的草
像诵读《满江红》的孩子
在峡谷之侧
壮怀激烈

沙枣

鸟儿来了
从四面八方，从出生地
带着自己的父母和孩子

而一座村庄的孩子呢
绵羊和牦牛的孩子呢
还有它们的母亲呢

沙枣林高过所有的沙丘
风吹来的草
落在沙丘上
随时接住
粉嘟嘟的沙枣

都来吧，沙枣
去年的，被沙子埋住了
今年的，还要被沙子埋掉
每一次落日
也沉入
成堆的沙枣里
几场雨水之后
就是一片沙枣林

夕照

左边是茂盛的草
泉水从四周溢出

右边，是戈壁
细碎的石头铺陈着

夕阳下，它们有一模一样的颜色
它们似乎是同一支彩笔
描摹的图画

夕阳退却的夜晚
它们也有同样的沉默

而所有的牛羊
从戈壁走向草原
身披霞光
像是流浪者的归来

一只小狗

在断壁长城之侧
一只小狗
在深草中隐没

只是看见了它的影子
没有在意它会去哪儿

后来，登上了长城
地势越来越陡
只好坐下来听风

风中明显地夹杂了小狗的叫声
它在哪儿

是草丛里的那只
还是它的兄弟、姐妹

致燕子

它们滑行的弧线
划分了
雪山的天空
和白云的天空

它们的叫声
带露
含蜜

这个春天
它们落在哪里
哪里就会像一片墨
渐渐化开
化成一片万紫千红
妆点万里江山

驿塘

路上的一片阴凉
一壶热茶
路上的一棵树
一根拴马桩

路上的一句话

一长夜的唠叨

路上积攒在一起的星星
衔在额头上的月亮

这一切，都在这里了
那就歇下

天仓

这里是戈壁呀
往前走
还是戈壁呀

只是左拐
就是一条河

众多的泉水
挤在四周
草跟着河流
像马，追随苜蓿

透过苞谷的缝隙
戈壁的蜃景漂呀漂呀
像是又一条河流
滚滚而来

七个井子

走啊走啊
七个井子

走啊走啊
六个井子

走啊走啊
五个井子

走啊走啊
四个井子
……

戈壁，啥时候
能走到头

沙枣泉

向西二百三十里
歇马

马一溜烟跑出去
跑过境了

戈壁连着戈壁
马只是在跑
没有看见沙枣泉啊

回头的路上
马的疲惫又压上了
几十里的沙地

就在人和马都认为
要埋在沙子里的时候
沙枣泉，在马蹄子下
流出了

清凌凌的水

雁门

一座山总是静静地看着
山下的庄稼、草和树

一座山，自己无法打开
自己的翅膀
只能看着
一缕缕炊烟
往天上飞

天空如铁
压在一座关口的门楼
进进出出的人、车、马
紧贴着血刃

自由的大雁在哪儿呢
人们抬头看见这座山
云形如雁

野猪口

这一道墙
本身就像一头头野猪
夯土里
藏着獠牙

这一道墙
携带油菜花、小米和苞谷
碾磨出日子的香味

这一道墙
眼看着
如雨的箭矢
像蝗虫，蚕食盛夏的月光
它才猛然间
把自己扮成
钢刀和利剑
身子上的窟窿
淌着血

时间久了
人们就把它看成一个男人
有着野猪一样的豪爽

黄河

那些涛声会悄悄上岸
身上的黄
一点点堆积

那些涛声会像一束飞箭
在暗夜中寻找
慌张的偷渡者

那些涛声会像一棵树
会像一颗种子
默默发芽
在不知不觉中
茂密成林
挡住你的去路
在崇山峻岭中
黄河，从来不曾停步
在这儿

它却回首望了望
绵延盘旋的像鹰一样的
耸立的黄土

二墩

从东往西，第二座墩台
它的沉默，由来已久
向前看，向后看
晚上的火
白天的烟
别人告诉它的
它告诉别人
反反复复的生活
让纯净的戈壁
积累了一层又一层的灰尘

如果有一个夜晚被照亮
那么所有的黑暗
都藏满了刀剑

如果有一个白天被烟雾迷惑
那么所有的阳光
都暗算着阴谋

二墩，你看见的
你之后，无数个墩台的寂寞

看见长城

在瓦砾中，仍然挺立
残破的墙

山峰的险要处
仍然堆积惊险的堡垒
滔天的浪花中
仍然摆放凝固的浪
马的嘶鸣
狼的嚎叫
也封闭于泥皮中

等到有一日
它们的寂寞
乘上浩荡的西风
一道完整的墙
就围起了田园之上的
炊烟

马迷兔

马还是马
兔子是兔子
一片荒野上的阳光
像透明的玻璃
仿佛轻轻一敲
就会破碎
就会有不经意的擦伤

或者在尘沙中看见故乡
或者在月色下融入戈壁
马迷兔都和马没有关系
即使看见了一只奔跑的兔子
甚至枷锁上有一只挣扎的兔子
一路的路程
都是寂寞的

东水沟

水一直流着
水的好奇，看见了沙漠里
沉睡的种子
一直倔强的水
还冲刷戈壁上
细碎的石头
还在荒芜的盐碱滩
冲散弄虚作假的蜃景

沿着水溯源而上
一片灌木挡住了去路
哗啦啦的声音由远而近
听得出，它们像很多人的脚步
从四面八方
往一起聚

胡 杨 ————— 著

长城志

中卷

燕山大学出版社

·秦皇岛·

绿洲扎撒

目　录

浴火重生
——献给古老的丝绸之路

序

长长的商队走过平原
步伐坚定，银铃奏鸣
他们不再追求荣耀和收获
不再从棕榈树环绕的水井中求得安慰
　　　　　　——詹姆斯·艾尔罗依·弗莱克《通向撒马尔罕的金色旅程》

一个脚印，又一个脚印
风，拾捡着
雪，掩埋着
盐碱，腐蚀着

一个又一个脚印
一次又一次地重复着
不断重复着

大地上
那些沙子上
那些石砾上
那些草上
那些石头上
还是没有它们的印记

一个脚印，又一个脚印
把世间的路
绑在脚上

一个脚印，又一个脚印
把每一个早晨
织成丝锦

一个脚印，又一个脚印
把脚也留下来
把身子也留下来
把眼睛和头颅也留下来

一个能够遥望的路标
一个能够呼吸的路标
一个有生命的路标
诞生了

一链子骆驼
又一链子骆驼
在黄昏中支起锅灶

香喷喷的饭菜
斜斜升起的炊烟
和故乡的情景
一模一样

1

公元前2世纪，从渭河流域出发
那些抛家舍口的人
那些丢掉故乡的人
那些流徒和探险者
那些商人和戍卒
怀揣长安明媚的春天
驼背上，马背上
一层层垒高
中原秋天的收获
执意向西

一路向西
过陇山，越黄河

祁连山下，雪水
把他们的目光
引向了荒草深处
一些人在草窠中孵化晨曦
那鲜嫩的晨曦
渐渐成为花朵、奶液和帐篷
那光彩的晨曦
一次次渲染远行者的身影

2

到公元1世纪，罗马帝国、安息帝国、贵霜帝国和汉帝国一起，连成
了一条从苏格兰高地到中国海、横贯欧亚大陆的文明地带，从而使各帝国
在一定程度上能相互影响。

——斯塔夫里阿诺斯《全球通史》

时光如梭
公元1世纪末的欧亚大陆
那一刻
西方的罗马帝国正处于全盛时代
所向披靡的罗马军团
在丝绸耀眼的光彩中
溃不成军

那一刻
在远东是东汉时代的中国
熄灭的战火中
纸张开始书写中华文明的新篇章
佛教根植于中华大地的土壤
一座座寺庙
像一棵棵大树
移植中华文明之林

而西域的贵霜王国，

它的触角已经伸向了阿富汗和印度北方

3

道路、绿洲和商业城邦
像一张网
网住蛮荒

驮载着珍贵商品的骆驼队
卸下商品
卸下时间的重量
又背负起文化的黄金和珠玉
快乐而沉重

风俗、知识以及随之而来的宗教
纠结着
冲突着
最后，却如雪水融入根脉
阳光融进花蕾

一个又一个封闭的文化圈
在逐步打开的交通线上
显露了它本质的光芒

而黄河长江的风采
而《诗经》绵绵不绝的优雅
而百家圣贤的智慧
也在这遥远的边地
如一丛烧荒的篝火

4

在骆驼队和马队的牵引下
罗马和汉王朝这两个强大的帝国在中亚腹地相会了

没有人知道
一堆堆白骨
浓缩了多少血肉和眼泪

没有人知道
无垠的戈壁
茫茫的沙漠
埋没了多少英雄的志向和豪气

没有人知道
皑皑的冰川
荒凉的峡谷
无数的鸟儿
折翅长空
一只只鹰
一声声凄厉的鸣叫
在崖壁上回旋

这是一条充满凶险的路
这是一条死亡和希望交织的路
这是一条寒冷和炎热轮番侵袭的路

它，并非是可以全程直达的高速公路
更多时候
它是在山坡上的崎岖小路
山谷难以辨认的曲径
苍茫中含糊的地形地貌
行人和商旅在漆黑的夜晚
沿着北斗的方向
摸索着前行

一双双磨破的鞋子
一根根挂烂的拐棍
又被风一点点蚕食

又被遥远的行程所侵蚀

5

我们必须见证那些凝固的时间
我们必须见证那些逝去的人物

如果，山川有灵
他们的灵魂一定还在那里

如果草木有知
他们的目光一定注视着
温暖的春天

在这一条充满艰辛和苦难的道路上
在这一条充满挑战和希望的道路上
在这一条充满欢乐和和平的道路上
他们一步步走来
他们把自己的梦想
一个民族的梦想
——雕刻在
丝绸之路的扉页

6

公元前119年，张骞和他的几个副手，拿着汉朝的旌节，带着三百个勇士，每人两匹马，还带着黄金、钱币、绸缎、布帛和一万多头牛羊等礼物前往西域。

那在强硬的朔风中飘舞的旌节
那寒霜结满鬓发的使者
那流沙的狂卷中
摇晃的身影
仍然一步一回头地探望着故乡

一年又一年，张骞把自己变成石块
一年又一年，张骞把自己变成野草
一年又一年，张骞把自己当成牦牛

天苍苍野茫茫的原野
一个孤单的身影
持旌节，像一座山脉
像高耸的冰峰
把汉文化的曙光
融入高原
粗犷的太阳

7

永平十六年（公元73年），汉明帝派窦固率领军队出击北匈奴，班超
投笔从戎，跟随窦固出征。

一个文弱书生竟然有着山岳般的意志
在辽阔的西域
饱蘸晨光和夕阳的笔墨
狂草一番

捏惯了笔的手
握住刀剑
呐喊与冲锋
像燃烧荒野的火
全部灌注于锋刃
弯弓大漠
把自己当作弓弦
一同射出去

三十多年风和雨
三十多年雪与霜
悄悄爬上你的双鬓

三十多年啊
半个西域
扛在你的肩上
如同雄踞四野的王者

8

唐贞观二年（628年），长安一带遭受严重的霜雹灾害，唐王朝同意僧侣外出就食。玄奘乘机出了长安，踏上西去的征途。

从长安一路急匆匆而来
在逃荒的人群中
你是流民中的一个
你一直走到凉州、瓜州、敦煌
你一直走到玉门关外
你一直走到路断人稀

当你绕过苜蓿烽的凶险
干渴又拘住你的喉咙
是一场及时雨把你拽离死亡线

冰山达坂上偷偷埋伏的雪
透明的天空中缺氧的空气
都在阻止你

但你一直走
一直走
走到别人都看不见你的身影
走到太阳升起的地方
走到自己灵魂的中心

那时候，你已经像一片云一样
自由往返

9

从绿洲到戈壁
从雪山到草原
从沙漠到冰川
一个个部落纵横驰骋
一个个民族轮番主宰

一次次冲杀中
郁结了石头一样的
痛苦和仇恨

一次次迁徙
留下的是无限的期盼与向往

风，破碎了
风头
如飞来的箭矢

生命的呐喊
一层层脱掉肉身
甚至扔掉累赘的骨骼
在惨烈的烽火中
归于败北的宫阙
那里，马革裹尸的人
划掉了滚烫的名册

夜夜睡梦中的冲锋
都在汗流浃背中惊醒
那尖利的木桩
从黑暗中扑来
是一万只老虎啊

挂满了无言的悲戚

那木桩有穿越时空的定力
当所有的老虎涉过虎落
黎明的晨光
已掩盖了血腥

平静中的一切
像一百年的样子

历史从不去检索那些蛛丝马迹
战争却需要

在死亡的背景上
任何细微的变化
都是一线生机

在长城的一侧
戈壁涣漫
而黑夜却是一匹马
把一切都收藏在马厩里

来如风，去如丝
这风脚丝线
被一层细沙紧紧抓住
广阔的夜晚
缓慢而忧郁的步伐
留下了脚印

战争的荣誉
血腥的犁铧在耕种它
收获的只有
累累白骨

10

让我们进入市场驰骋想象吧，
我已展示了琳琅满目的商品，
从哥本哈根直到东方的欧亚，
拱顶的柱廊排出宏伟的全景。

     ——安徒生《诗人的市场》扉页题诗

一个人，又一个人
在地平线上，在广阔的戈壁
在沙漠，驼铃的叮当之声
与泉水的流响应和着
生命的气息，开拓者的脚印
接续着，不断接续着

丝绸，茶叶，铁器
羊皮，葡萄，骏马
物质的穿梭
从一个村庄到另一个村庄
从一个城市到另一个城市
从一片绿洲到另一片绿洲
渐渐有了一块土地的温情
渐渐有了一群人的性格

喀什的巴扎
有中原物产的喧闹
敦煌的街市
楼兰、于阗、莎车的表情
穿越葱岭，大月氏人、安息人
正在割草、喂马，正在搭建帐篷
更远的条支、大秦也是晨光熹微
城邦如云
交河、龟兹、疏勒的乐舞
穿越葱岭到大宛

仍然神采奕奕
舞动了多少醉人的时光

11

西汉的祁连山，胭脂花正盛
沿着阳坡
缓缓垂询，河西走廊的春天
女人们的腮红
在夕阳的映衬下
早早进入梦乡

失我祁连山，使我六畜不兴旺
失我祁连山，使我嫁妇无颜色
一路败北的匈奴
把一首歌谣
刻印在了祁连山的峰巅
与那终年不化的雪
代代传唱
永不消亡

那些烽燧、城障
构筑着绵延千里的边防线
东接秦长城，联通汉文化的血脉
西至盐泽，与西域各民族挽手、拥抱

12

它们，是一条石窟的走廊
佛教画廊——克孜尔石窟
西域风——库木吐喇石窟
沙漠中的美术馆——敦煌莫高窟
东方雕塑陈列馆——天水麦积山石窟
中国石窟鼻祖——武威天梯山石窟

......
无数的石窟
搁浅于岁月的深处
无数的石窟
把过去、现在、未来连接在一起

那些雕塑
那些壁画
是岁月的音影

它们从古印度河流域
迤逦东来
它们在异乡的土壤
生根、开花、结果
它们一点一滴拾捡
黑暗中的惊慌
让漫长的冬天越来越宁静
越来越温暖

13

让时光回溯，从20世纪初期开始
河西走廊的汉塞和烽燧遗址上
一部分沉睡的历史被惊醒
大批汉简
居延汉简、敦煌汉简、悬泉汉简、武威汉简
......
从遥远的汉代裂帛而来
无异于一声惊雷，无异于重又回归边塞岁月
忙碌的屯戍机构，人来人往
他来自西域，你来自中原
一份份公文、档案、书信以及契约和生活方面的记录
拂去覆盖在简牍上的岁月风尘
长河落日，大漠孤烟，金戈铁马

以及一个不朽帝国的光荣与梦想
——再现，流传至今

14

我的家乡陕西，就位于古丝绸之路的起点。

——习近平

古老的历史又将重生
拨开迷雾，找见那些艰辛的脚印

穿越时空
回到最初的起点

一切都需要我们重新开始

人的纪念碑是历史
历史的纪念碑是人

今天的西部
一座座风力发电场
如同森林，从寂寞的戈壁
输送源源不断的光明

野牛的呼叫，拓宽了戈壁的边界
而比野牛更疯狂、更野性的呼叫
吹破了山阙

旷野，无尽的风改变着
沙粒、水和植物
分离着重与轻

剥开固守者的面容
是那样坚定，那样持重

深深嵌入地层
握紧生命的权利，纹丝不动

而转动着的，是巨大的钢铁
数百吨重的金属卷筒
闪烁阳光的晶莹与放浪
几十米的叶轮，绞碎风
光明的漏斗
正滴答着纯粹的黄金

旷野，风车的方阵
把风的生机
复原为荒凉戈壁上
温柔的白羊

这是戈壁的复活
这是风
通往真理的轮回
在这条古老的丝绸古道上
一切都将腐朽
一切都将永生

15

这花朵，从深山挖来根
这花朵，经过几道火的熔炼
先是精选，然后是焙烧
最后是煎熬与熔化

它开放的那一刻
天地为之动容
日月星辰在汗颜中隐去自己的光明

火红的瞬间

锻造了刚强的男人性格
像一列驰骋大地的火车
孕育了承载千钧的力量

在这条古老的丝绸古道上
一切都将腐朽
一切都将永生

这是一座矗立于戈壁的钢铁工厂
它与长城
与那腾跃山河的巨龙
并列前行

它的步伐是矫健的

16

为了使我们欧亚各国经济联系更加紧密、相互合作更加深入、发展空间更加广阔，我们可以用创新的合作模式，共同建设"丝绸之路经济带"。这是一项造福沿途中国人民的大事业……以点带面，从线到片，逐步形成区域大合作。

——习近平

超越，永远是心灵的创造
超越，总离不开历史的传承
超越，是那样饱蘸了无限的辛酸和自豪

从遥远的雪山走来
我们溶进这万千条甜蜜的乳汁

从无边的绿洲走来
我们赞美这万千幅生命的画卷

从古老的历史走来

我们沐浴这万千缕文明的曙光

我们在我们曾经的故土
我们在我们曾经的家园
描画我们自己的未来
我们已经把青春、热血淬火
创造了我们的今天

而未来比今天更动人
更美好，更需付出百倍万倍的努力

我们重新修正我们的起跑线
原来我们是在一张白纸上
恣意涂抹我们的劳动和热情
原来我们是在古战场的遗骸上
化腐朽为神奇

而今天，历史留给我们的机遇
越来越逼仄，就像所有的道路
车流如织，就像所有河流
竞相归海，就像一条独木桥
承载不了跃跃欲试的人群

我们曾经的辉煌渐渐暗淡
我们似乎是在赶考

然而，我们的未来
还是掌握在我们手里
我们的父辈在丝绸古道书写的答卷
在漫漫的黄沙中立下的誓言
今天，我们必须续写

我们手里的接力棒
还将突破坚冰，把无限的智慧

传向我们的春天和未来

丝绸之路经济带
把几千年的历史和我们组合在一起
把我们和未来组合在一起

我们，举起有力的大手
以无限的创造、完成着
历史的交接、时代的交接
他们用热情传递着热情
用微笑传递着微笑
用幸福传递着幸福
汗水、眼泪融合在一起
阳光下，像一道闪亮的彩虹

我们不仅仅是等待
我们不仅仅是期盼
我们以竞技者的身份站在起跑线上
我们用所有的青春、希望
编织天空和大地的前景
编织四季、编织未来
太阳已经升起
世纪的合唱洒下万千激流般的音符
让我们应和这巨人的脚步
敲响希望的钟
告别昨天，迎接美好的曙光

后来

一场暴风雪，挡住了春天
牧人的坐骑长嘶一声

之后，就是漫长的沉默

帐篷里的炉火呼呼地响着
雪打着风马
有骨头折断的声音

额吉转着经轮
念念有词

像是那个紧迫的秋天
洪水冲走了草场
额吉也是那样端坐风浪

后来，一切都过去了
远远地，那匹马回来了
带回来走失的羊群

牧人看着看着
眼前模糊了

好像那场暴风雪
没有结束

骆驼草

回头一眸的蹄印
突然绿了

那是去年春天储存的雨水
那是去年夏天的一个念想

突然间长高了
长大了

等到一群骆驼回来

它们才是一片带刺的植物

长山子

山的余脉，也有奇谲的影子
顺着峡谷
雨水挂在崖壁
一丛绿植上站着
几只云雀

它们的沉默，比山谷更深
只有峡谷两侧的石窟
有幽暗的月色

远古的人
身披星光
走入我们中间
像我们中间的某个人
丝毫没有分辨

他说，坐下
喝杯茶吧

我们的心里
一下子静了

落日

从未感觉到，这漫无边际的霞光
跟自己有关，就像
得到了崭新的绸子
能披在身上

像一件风衣

从未感觉到，一个广大的黄昏
会是自己的舞台
在苞米地里收割
成为劳动的主角

我终于喊了一声
然后又小心翼翼地观察
四周有没有人

小红马

山坡上的小红马
溪流边的小红马

是不是在秋天的原野上撒欢的小红马
是不是一头扎进马群嗅来嗅去的小红马

它在寻找它的母亲
它已找到它儿时的玩伴

一场白雪中的小红马
你身边的雪
就像一团火焰
跑过了整个冬天

红柳

密密麻麻的
多么激动啊
都抱在一起

多么平静啊
风吹过
只摇摆一下
接着又是漫长的平静

仿佛头顶上的红花
只代表秋天
冷漠的霜

甜水井

戈壁上
我又看见了甜水井

一个路牌
风吹着
太阳晒着

像一个孤儿

可四面的荒芜
并没有淹没它
看见它
就会默念
默念中，就会
涌出一股股清泉

羊井子

沙子埋住沙子
羊骨头只露半截

去年春天唱过的歌谣
有几句长高了

它们是葡萄藤、藏红花
小栓子和小翠子的爱

羊井子，挖开
就能听见羊群
咩咩咩地叫

就能找到去年丢失的
香喷喷的秋天

花海

从山峦间洞开春天的衣领
而一段戈壁，却能让人直面秋风

守门的是两棵老榆树
几年前，它看着
后生们的背影

身体颤抖了一下
那满地的榆钱啊
如落花，一瞬间枯干

辣椒红了
沙枣挂在树梢

向日葵追随着酷烈的阳光
一个老人牵牛走出村庄
他身后的秋天
波涛飞扬

阳光灿烂

满地的阳光，自己聚在一起
在轻盈的叶子上托着

从半空而来的阳光
源源不断

它们包围着棉桃
等待它爆裂的那一刻

或者更多的阳光
拥在一起

像一场雪
覆盖田野

母亲躬身而行
像一个快乐的咏雪者

一个上午过去了
灿烂的阳光被收割干净

秋风

多少芬芳悄悄聚散，提一个芨芨筐
也难以收藏

多少飘零的阳光，像流浪者
此刻，终于回到了故乡

多少迎风流泪
想念的景色

像一张画布
——呈现

渐渐衰老的草
紧握着它们的种子

大湾墩

它一直目送河流远去
但没有一滴水
属于自己

它一直仰慕一场雨
但漂流的雨水
在焦渴的皮肤上冲出了沟壑

大湾墩，它是挺直腰杆的士兵
它是耳清目明的老人

它看见了河流和大地的秘密
但它一直沉默无语

腰坝

行走在西部戈壁
总觉得有一个人在陪伴
这腰坝，整个看起来
像一个平躺的人
远远看起来，它的身腰
有点胖

这让我有点欣慰

走起路来，也轻松了许多

旺盛的庄稼
谷子、麦子
像聚集了一堆伙伴

西戈壁

向西，是戈壁
再向西，还是戈壁

姥姥说，如果还是向西
就看见哈拉湖了

我一直想象着
戈壁上的湖
会是一个多么阔气的富豪

它把大把大把的水挥霍掉
却不让远行的旅人
润一润嘴唇

有一年，姥姥不行了
她拉着我的手说，其实
哈拉湖是一个梦

戈壁向西，还是戈壁
一直向西，也是戈壁

那么远的戈壁
她终于快要走出去了

小金湾

夕阳下最灿烂的那一抹金黄
一直留在最偏远的小金湾

沙枣树下的芬芳，一直留在
食不甘味的夜晚
桃子、梨、葡萄的秋天
停歇在金黄金黄的小金湾

没有谁听见
半个沙漠上，一对情人的悄悄话

一轮下弦月，照着他们金黄的背影
像是两株葵花

二道沟

水呢
只有月光
在坡下
被风，打乱了阵脚
像破碎的玻璃

风，蛮横的角力
在黄土中掘进
让这些沟壑，更深
像一道咒语

野牦牛的先祖，也不能跨过
二道沟
狼和狐狸，也只在嗥叫中
将苍凉的沟壑，填满野性

一场雨水过后
铺满青草的二道沟
又像一个熟睡的婴儿

甘草梁

甘草在地下找水
梁上，雨水
滑向低洼处

梁上，几片叶子
努力接近天空和阳光

它们，像一群奔跑的士兵
它们，越来越接近
潮湿的领地
但那里更加黑暗

人们看见那一片高地
油亮的枝干高擎光芒
如一盏甜蜜的灯笼

干海子

戈壁上的水
像一只鸟

飞到这儿
又飞到那儿

干海子
就是留下的鸟巢

这在阳光中燃烧的鸟巢
早已不容水草栖息

沉积的泥土
像一只老龟
等待河水

干海子，只剩下这海的名字

北沙窝

向北，沙子埋住了阳光
向北，酷热的风
爬不上北坡

沙窝，有几只云雀
洒下水灵灵的鸣叫

此刻，野菊花
开得正旺

沙打旺

是沙的齿轮
在磨砺

这天然的倔强
让肆意的流沙也无可奈何

一株小小的植物
在沙子中间
抚摸着不安分的沙子

就像母亲
回到了孩子们中间

祁连山下

在它的每一个豁口
我都能找到爱的理由
哪怕油菜花已经枯萎

在它的每一片松林
我都能找到星座的位置
哪怕俯首深草
只嗅到淡淡的清香

祁连山上
我为自己编织了一个银色的皇冠
上面缀满了千年的雪花

祁连山下
我为自己铸造了踏开鸿蒙的铁鞋
刚刚穿上
就束住了匈奴的烈马

十月

在海拔逐渐上升的阶梯上
我是一棵树

守住每一寸沙丘
让沙粒，像金子一般
为祖国增添明媚的秋色

在雪花堆积如山的旷野
岁月也早已凝固
但我魁伟挺立，像一杆枪
像瞭望的哨兵
向祖国，报告平安的消息

我是一棵胡杨树
你看我身披阳光
金灿灿的
像不像一枚
闪耀的胸章

泉

肯定是一阵心跳
在催促东风

肯定是加快了速度的血
在流转，像停不下来的奔跑

看见了，那一抹绿色
在沙漠中前进
像是所有的沙子
都不能埋没

跟着它，梦中的村庄
升起了炊烟

苇

摇摆着，风缠绕成了
一个死结

似乎，远远没有结束
当雨水还在路上
太阳的火苗
已经燃烧了所有的笑容

该站起来的
都站起来了

大雪山

一只鸟落下了，浑身雪白
一只鸟飞走了，浑身雪白

一群鸟飞来了
大地全是羽毛
一群鸟飞走了
一部分石头焐热了
一部分石头发芽了

羊井子

这么多的沙丘，把羊遮住了
这么多的羊，把风遮住了

这么多的风，吹着
像更多的羊，涌来
一天了
它们在哪儿喝水
找到了，找到了
一个羊叫了一声
水就从沙丘下面钻出来了

飘落的叶子

飞呀飞呀，落下来了
母亲在哪里
父亲在哪里
一片小小的树叶
哭了

飞呀飞呀，落下来了
被人踩了几脚
还在一阵嘲笑中破碎

一片小小的树叶
像一个孤儿

河岸

在芦苇丛中穿梭，河水时隐时现
天高地远的沉默
会不会成为这平静的河面

会不会有一只野鸽子
扑棱棱飞米

一个人的等待
像这滑过湖面的微风
湿漉漉的
静悄悄的

苜蓿烽

能够看见苜蓿的土

垒高了

能够一点点扯住云脚的土
守着自己唯一的种子

春天来了
夏天来了
野苜蓿紫莹莹的花
像一匹骏马的眸子

或许，真有那么一匹马
会仰望一座孤零零的烽火台

那里，可能埋了它
祖辈的骸骨

皮影

瓜州，浑圆的落日
烤热了冰冷的烧饼

我在乡土的前沿
扶起白杨树的倒影

月色四溅
那激昂的乐声
像一座村庄的古代

影子里的事儿
真了

三道泉

走啊，走啊，走啊
水像一群羊，越走远越了

拐过几个沙包，只剩下
天空和戈壁

走过戈壁
只剩下孤零零的自己

走啊，走啊，走啊
快把自己走失的时候
三道泉像一只羊
咩咩的叫声
叫醒了你

看看自己
原来，怀里揣着头道泉
二道泉

像闪电
照见了戈壁的春天

草原

左边是森巴
右边是索如
大家站成一排
前面是一小片春天

草原的春天
就这样慢慢散开

就像这站着的森巴和索如
他们手挽手，扶起自己的兄弟姐妹
不管多大的风，不管多大的雪
他们也像一座小山包
一棵棵松树
身披着雪
在怀里
把春天焐热

左边是森巴
右边是索如
大家站成一排
迎接春天

草原的春天
就这样
又回来了

挤羊奶

羊站在一起
它们看见央金来了

羊吃着嫩嫩的青草
突然抬起头来
它们看见央金来了

央金轻轻地叫了一声
羊就围拢上来

这甜甜的乳汁
像一片片雪
不偏不倚地落在木桶里

似风雨拍打牧草的声音

草原如此博大
一顶帐篷，几只羊
还有央金一躬一起的身腰
就撑起了整个世界

磨糍粑

青稞熟了
一天天明媚的阳光
都在青稞里了

草原的风
草原的雨
还有那一次
扎西抱起央金的那一吻
好像也都在青稞里了

一个上午
央金把青稞磨碎

她想重新回到那个上午
阳光满地
青草如铺

牛粪垛

热乎乎的牛粪一点点堆起来
堆成一顶顶帐篷

刀子一样的风

过不去了

想要埋住牦牛的雪
只埋住了干枯的草

这一座座牛粪垛子
在整个冬天
守着风
守着雪

守着牧人的一碗奶茶
手抓香喷喷的舞蹈和歌声

许三湾

再往前走，是雪水的断崖
回来，则是腐朽的木桥

这沉寂的庄子
曾经集合了多少喧嚣
打制这精美的石条

春天的种子
正值孕期
而它们的孩子
只有少数站在墙头
成为墙头草
或许，有一群人
用自己的姓氏
收获了最后的粮食

骆驼城

骆驼驮回来的夕阳
像一块金子

骆驼的叫声
合在一起
像春天的飓风

一阵雨
一片滚动的种子

所有的秋天都在这里了
旗杆上的云
也是金色的

像广场上金灿灿的玉米
越堆越高

后来，是谁
想起了那些骆驼呢

大湖湾

从水到水，从一只远足的大雁
到留守的鸭子

看不出，会有奔跑的云
带来一场意外的雪

从花到花，从一条藤蔓上的蜜瓜
到任人踩踏的苦豆子

看不出，会有仓促的秋天
猛然间封固，像厚厚的冰层

而悠然的木船，停在了沙洲
桃树和香椿
簇拥了几个男男女女的身影

疙瘩井

沙丘在车窗下奔跑
没有跟上列车的步伐

从此，我丢掉了
泉水的出处

在戈壁，在林立的沙丘
我或许有命定的草原
但走进每一座帐篷
附近有一眼泉水，正用野苜蓿的眼神
告诉我，河流的思念
更加绵长

忆起疙瘩井
从荒芜的夹缝中，水
一点点渗出

这原野上的一点绿，一片绿
这高大的沙枣树
都是它对远行者的祝福

星夜

一盏灯，没有点亮黑夜
或许，只有一块石头被照亮

一盏灯，让戈壁
让更多的黑暗
挂满绿洲边缘的树梢

一群羊的睡眠，加入黑夜的深沉
迎风成长的小草
渴饮露水
一声不吭，仿佛所有的黑夜
都是羊羔的产房

赶路的人
自己预设的道路
早已灯火通明

王子庄

枯草勾连
一场雪，或许能够清理旧疾

但疼痛，还是在西风的叫嚣中
持续着

深草中的牧歌，被沙暴埋葬
只有在春天，她会遗漏
不成调的音符
宫殿、回廊、亭榭
被旷日持久的北风摧毁
木屑和粉脂味儿越吹越远

仿佛一群健壮的男人和温柔的绣娘
趁着月色
悄悄离开

一切都回到了冬天
好像丧失了一个个香喷喷的团圆日

沙丘上的胡杨

它这弯曲的身材，它这皱皱巴巴的脸
沙丘也不愿意多看
每一场风，都想埋葬它

可它一直有一个青春的梦
有一次爱的约会

你看，它的叶子
像新娘的盛装，更像一盏盏黄金的灯笼

连秋天也俯下身子
亲吻它的额头

连绵的沙丘，迎来了自己的节日

山头上的墩台

每次走过，都会看它
仿佛它的目光也会直视
逼你说出箭矢的语言
每次，每次，都有这样的担心
它会不会看清
我稍稍凌乱的步伐中

多多少少藏有一丝丝恐惧

仿佛怀揣不可告人的目的
急匆匆走过这荒芜人烟的戈壁

低矮的胡杨

远处，还有这低矮的胡杨
它们只占据沙漠的边缘
一不留心，就会被流沙埋葬

可它们还是在伸展着枝叶
折断的伤口，又催发新芽
不知不觉中，身子骨硬了
就像一只盘踞的鹰
可它们一直蹲伏着
像一个坚强的守卫者

那些忽视它们的目光
回头再看一眼的时候
突然间充满了难舍的情谊

在一条河流的尾闾

水在冲击，这一路上的酸甜苦辣
全都在这一刻
悄悄安歇了

水在冲击，小小的波浪
像是个人情感的涟漪
与这广阔的大漠
毫无关联

水，顺着原来的路径退回
并非，一种急切的呼唤
并非，爱或悔恨的寓言

那么，它奔袭千里
到这荒芜的沙漠
来干什么

哈拉湖

奔跑的马
飞驰的箭
一直没有撵上
哈拉湖的水

戈壁上的水
像一匹奔跑的马
像一只飞逝的箭

哈拉湖，就是那马
就是那箭

看见它的时候
如同一张笑脸
回过头来
就只有一条浅浅的沟壑

在阳关

一片戈壁，接着是沙丘
仍然不会绝望
还有一条小溪

仍然不会绝望
庇荫的低洼处
有几丛芦苇和一株红柳

仍然不可能绝望
骑上骆驼
就能返回无垠的葡萄园

玉门关一带

只有风，自由自在
只有几只野兔子
慌慌张张
只有一条古河道
像遗失的春天
等待村庄认领

这四围的土墙
纹丝不动
只有它
像个绅士

古板而谦卑地
迎接每一个人

沙枣园子

沙漠中的丛林
只有它们，保持了队列

因而沙漠的中心
总会有一片亮晶晶的银色

秋天，总会有
紫红色的夕阳
挂在树梢
像一盏盏灯笼

沙漠的黑夜
咸咸的呼吸中
有了淡淡的清香

在陷阱里贯通旅行
在饥渴中，找到粮食

丢掉的水

一路上，都是沙子
一路上，汗捏在手上

一碗泉
二道泉
野马大泉

黑夜里，你在羊皮袄里辗转反侧
飘荡的雪一直在远方
而眼见的寒冷
却渐渐围在身边

有一颗星星，像是问候的眼神
你想对它说点什么
欲言又止

后来，九死一生的旅程
丢掉的水
再也没有回来

河岸

狭小的黄泥小屋，在一片梨树下
像一条安卧的黄狗

它一声不吭，遇见狂风
它头顶一身梨树枝丫

那一年，河水疯狂地漫上了堤岸
它在水里站了七天七夜

扶住那一片梨树
看着河水顺着原路返回

秋风吹过
它抖落一身寒霜
狠狠地叫了一声

成熟的梨子落下来
香甜的气息悄悄弥漫

那一年

那一年，坐在沙丘上
看清奔腾的河流

那一年，躺在麦草上
睡梦中吃上了香喷喷的馍馍

那一年，走远了
看不见乡村的树
突然一阵心慌

那一年，看见邻居家的姑娘从城里回来
女大十八变
不看，心也突突突地跳

那一年，读一本过时的书
书里的黄金
原来是一束落满尘土的鸡毛掸子

吴家沙窝

除了吴家的树
就剩下吴家的沙窝

这几棵柳树老了
总是迎风咳嗽
咳嗽一声，就掉下几根枝条

这几棵杏树，对镜贴花黄
仍是春天的摸样
只是夏天的果实
酸得掉牙

这一片沙漠
小小的沙窝
埋下了吴家三代人

后来的吴家人
不知道去了哪儿

马迷兔

不见兔子

也没有马

戈壁像一只胆小的兔子
一直跑

沙漠像一匹脱缰的马
总是狂奔

马迷兔，风吹沙子
如马
风吹石头
如流窜的兔子

无望的旅途中
一只兔子也罢
一匹马也罢
遇见了

是福

卡拉塔格

敦煌以南，卡拉塔格
是一棵孤零零的草

敦煌以南，大风吹不过沙漠
沙漠浩瀚如布，兜风

卡拉塔格，就是这样一个
深深的脚印

站住，站稳
在风里

像一棵树
一阵弯曲
又一阵挺直

始终站着

不像那些沙丘
躺倒了
就再也没有起来

白疙瘩

像一个个皮囊
储着阳光

夜晚
它像小小的月亮

漆黑的归途上
它们打着灯笼
等那些驼队走远了

却不小心
自己摔了跟头

三十里敖包

水像一阵风
吹走了
草也是，跟着水
一边奔跑
一边在风中飘

好在，前面就是三十里敖包
一块块石头
灌注了我们的祝福
它像一根拴马桩

拴住了游移不定的
水和草

苇子泉

过了二道海子
麦田远了

过了三跌水
牛羊远了

过了苇子泉
心头上的一个念想
模糊了

一直走啊
总是不住地回头看看

苇子泉
在哪儿

亲亲

走啊走啊
走到天边边

还喊着你的名字

走啊走啊
走到还剩一口气

还想着你的名字

后来，你的名字
像一滴水
滴在嘴唇

后来，你的名字
像把火
燃烧漫长的寒夜

后来，九死一生的命
紧紧抱住你名字

你的名字
像一条船
把你载回村庄

后来，想起来
村庄
每一朵花
都像是你的脸庞

三岔口

从这里，有三条路
向哪儿走啊

哪儿有梅朵的帐篷
哪儿有梅朵的牛羊

有洒满煤渣的路
不去

有栽满隔离桩的路
不去

走了一条泥泞的路
走了一条磕磕绊绊的路
走啊，走啊
豁然开朗
这里像是埋伏了一万个春天

我看清了
有一朵花是梅朵的眼神
像是把命定的运气
一瞬间都给了我

达坂城

从达坂城出来
风大了
爱情需要三百六十吨的定力
才能像一根电线杆一样
矗立

从达坂城出来
沙尘来了
姑娘的脸用红丝巾裹着
要赶上她的脚步
要练出一千匹马的脚力

再一次重逢帷幔般的沙子
与爱和美的千重隔阂

需要沙里淘金
石中取玉

一股强劲的风
把姑娘们的身世
越传越远

河谷地带

雾霭升起，像一片秋叶
风吹过来，又吹过来
始终在飘，没有掉下来

羊群若隐若现
整个雾霭就像一群羊

河流的奔袭
也像是要去撕破那浓重的雾霭

可所有的流水都过去了
仿佛那一片雾霭
是一硕大的海绵

冲过去了
河流不见了

只有这宽敞的河谷

老柳树

河边，老柳树迎风吹发
有几分少年狂

河边，水似翡翠
花如璎珞

老柳树的青春
似乎撒向很远
到处都有星星点点的绿

河边，孤独的柳树
为一条河流和它的春天
守岁

黄河侧畔

黄河走了半个月的山路
从卡日曲，收集溪流
从玛曲，收集飞鸟和鲜花
从刘家峡，卸下高原的月色和风

一路上，它谦恭如雨
哪怕是恩惠于一棵小草
也与曾经的知遇
不断告别

像一匹牦牛
她懂得四蹄紧扣大地
力量如鼓
与八面威仪而又敛声静气的自己
重逢

它知道怎么进入一条河谷、一片平原
甚至一栋高楼
因而，兰州的晨光
每一种表达，都有一种坚定的执着

如两岸生生不息的春天
如那慈祥的微笑
横卧在黄河之侧
它的波纹，清晰可辨
有夏天的热烈
有秋天果实的芬芳
亦有冬之白雪的纯洁
一如哺乳的母亲，成为兰州的表情

她明白，什么时候粗犷
什么时候温暖
像千年不遇的爱
像一刹那的电光
植入一座城市的心脏
在兰州，我总能认领
属于整个世界的那一份善和美

你可能不相信
黄河里藏了雷霆吼叫
一旦抽出来
就有一万头牦牛的咆哮

你可能不相信
黄河里有珍藏的传奇
一旦绽放，就会有
一百年的青春
一万年的未来

她像一个新娘
正待出阁

谁会娶她
因而，所有的力量、勇气和光明
都会是一座城市的请柬

来吧，沿着黄河
去看兰州

微风

我再次把目光投向卡日曲
它却有着熟悉的表情

小小的溪流
跑动着调皮的阳光

不远处的雪
在山顶上堆积着

就像卡日曲的头发
但卡日曲并不是一个顽固的老人
它会张起一面风筝

比如，那面草坡
就像是半空中的纸鸢

比如，活泼的藏羚羊
像是飞翔的精灵

它们与卡日曲
是一张画布上的风景

再次回头
夕阳，已经让它们醇若美酒

在敦煌沙漠

只有几棵骆驼草
而有一群骆驼

只有一群骆驼
而有无垠的沙漠

只有无垠的沙漠
而只有一条溪流

成片的葡萄园
轮流试穿
晨光和夕阳的纱裙

在葡萄园

她们从叶片的缝隙中挤出
其实，整个棚架上的藤蔓
伸展手臂
早早等待她们的浮出

沙漠的背景上
泉水是一匹马

泉水的背景上
葡萄是一双眼睛

看见了
就再也无法挣脱

挤在那些藤蔓中
更多的葡萄认出

他们并不是同类

深秋

倒塌的那面城墙
一堆沙子
扶着一棵风滚草

风来了
它不滚
细细的沙子
围着它

更多的沙子
四处飞翔
像是一群流浪的孩子

风滚草只剩下密密的枝干
它枯黄的叶子
很多，都被沙子
埋掉了

磲石

风翻腾着
这些磲石
像一本旧帐册

阴暗的城墙下
和沙子搅在一块儿

漫长的寂寞

让它们心如铁石

它们在等待一次酣畅的飞驰
它们会溅起撕心裂肺的嚎叫

礌石，一座城堡的伤口
一次次被风沙
撒盐

从前的马

这是一匹从前的马

在最远的戈壁
静卧着

大风起兮
吹走了它的皮毛

沙暴扬起
埋葬了它的骨骼

可它仍然是一匹马
躬着身子
仍然是伺机冲锋的姿势

两千多年了
夕阳，也晕染了
它的苍茫

它是汉长城
其实，它还是汉代烽火台
送下来的一段缰绳

北部沙漠

向北，自言自语的草
沉默了

向北，断断续续的墙
骤然围拢
远处的戈壁
收在眼底

几丛梭梭
去年春天的叶子
落了一地
大部分被沙子埋住

一行蹄印，到底是哪类动物的足迹
有待辨析
风已经扫平了它们的蛛丝马迹

苍茫大地，湛蓝天空
是一个可以冥想的地方

一棵树

沙丘，重叠着
只有这一棵树
挺着身子

看不见一棵草，甚至
看不见炊烟和村庄

一棵树，春天的将军
在荒芜中突围

会有谁，把一棵树扔在戈壁
是季节丢失了自己的羽毛
是一个短暂的问候
被一滴雨
亲吻

统统不知道

一棵树
长势还好

雪

夯土，越来越扎实
虚的部分
在风中

一阵阵吹来的风
务虚
而纷乱的雪花
似乎要填埋所有的旧迹

所有的雪不分彼此
这一朵和那一朵
持续不断地盖住戈壁

墙上的风
也在积雪中
收敛翅膀
躺在墙上的
那是真正的羽翼啊

轻微的晃动中

整个长城似乎一下子飞了起来

磨糌粑

每天都像是把灌浆的时刻重复一遍
浓浓的香气
填充帐篷的角角落落

每天，都像是去了阳坡那片青稞地
抚摸了一丛丛穗子

每天，日光暗下来
炉火呼呼作响
扎西喝茶吃肉
央金在一旁
轻轻地转着石磨

源源不断的香味从草原上来
在帐篷里聚会
就像一个节日

这一刻
很美

水分表

跳动的曲线，代表水
是存于石头里的
砖头里的
天上的
水

就像水本身
有落差，就有激烈的争斗

那个拿着表的女技术员说
别看城墙稳稳当当的
站着，还是倒下
水说了算

窗外的雪

渐渐地白了
天空挤满了雪片

飘飘洒洒的雪花很好
总比弥漫的煤烟、沙尘好
总比空空的天空好

总比无聊的冬天
被炉火烫伤的土豆好

总比走在路上
窥视果园的人好

下雪了，窗外的雪
飘进窗户
潮湿的水汽
猛然间涌来

掩埋

沙子一年年爬上来
像一群调皮的孩子

而夯墙像一个老人，除了偶尔
抚摸这些孩子的头发
一整天都沉默着

一整年都望着远方
警惕的眼神
一直没有松弛下来

直到有一天
直到沙子们越过了夯墙的头顶
直到夯墙自己老得掉渣
像一堆沙丘
它终于可以安安稳稳地睡一觉了

敦煌沙漠

这些沙子和更远处的沙子或许不同
它们毫不犹豫地掩埋了水井
早晨的灶台和温热的灰烬

它们像一个远行的僧人
漫无目标地行走
只是为了迎逅灿烂的日落

没有睡眠，好像它们自己就是一片黑夜
当春天在它们的四周围起篱笆
几颗不安分的种子
在稀有的雨水中看见了蔚蓝的天空

看见了敦煌
树梢上的杏子多么香甜啊
走远了
走得更远了

人们还在回味那座清凉的果园

对面的松林

刚刚舀了一勺泉水
刚刚赶走一堆争食草籽的麻雀
刚刚回到牦牛帐篷

像一棵幼年的松树
在微风中摇摆枝叶

一棵松树和另一棵松树挨得很紧
可她几天了
都没有看见桑巴的影子

她像一棵孤单的松树
在帐篷前
寂寞地成长着

在祁连山

在海拔渐渐升高的阶梯上
小麦、玉米，杏树、梨树
松林，一字摆开

雪山是一个不可动摇的中心
它一直暴露冷峻的一面
只有当它俯下身子
那些蓬勃而起的植物
才像是它的孩子

风，过滤了山地的鼾声

只留下清静的睡眠

它们栖息在大片的草地上
像调皮的兔子
四处乱窜

生地湾

这些草，从不因为自己是草
而散漫，而自暴自弃

这些草，从春天的寒风中起身
回过头来
已经带领了一群子孙

在这里，在这个叫生地湾的地方
我看见草
像一群意气风发的人

充满了豪气
但也十分谦卑

葵花

扬着头
紧盯着太阳的光华

在寂寞的夜晚
才拾捡一天的光阴

经过酷热的夏季
熔铸为大地的哨兵

整整齐齐的花盘
像是归还者的锦旗

渐渐积累的沉默
一粒粒饱满

沙枣

在沙漠的一隅
在风中
在沙子反复的打磨里

有了银子
有了红彤彤、黄澄澄的玛瑙

晴好的天气
它像是瀚海中的珊瑚

它像是裹红头巾的女子
起伏的沙丘
有它们丰满的身腰

只是，这朝气蓬勃的美
无人洞见

黑河

北风吹着口哨
只有这浩浩荡荡的水
能够让寂寞
抽打在
枯黄的草垛

一直走在冬天的前面
一直走在一只百灵鸟的喊叫中

一直像一头牛
拉着沉重的荒野

走出这冰冻的泥沼

悬泉

高处的水，一直在高处
就像一双眼睛
在绝壁，在山崖
紧盯着身边的山口

滚烫的夕阳
在戈壁上，像一台收割机
一次次，一遍遍
因而戈壁是光秃秃的

远行的人
总是停下来
把高处的水
抬向更高

像天上的一朵云彩
每个人的头顶上
都有

嘉峪关下

向西，无垠戈壁

倾尽我一生的苦难和辛酸
但我还是要像一块石子一样
等待那个出关的人
为他铺一层薄薄的雪
让他预见来年的好收成

向西，一层层土和砖
镇压的那些吼叫和愤懑
终于像一群黑色的乌鸦
融入天空

它们在嘉峪关盘旋几圈
又盘旋几圈

像我一样
在等待着谁谁谁

那个黄昏

一阵风，像一个人
突然，叫了一声

它像是在提醒
秋天走了
没有来得及打扫
沙枣树上的一串沙枣

像一滴晶莹剔透的黄昏
那串沙枣
被晚霞映得更红

盐湖

空气中弥漫的盐粒
像一只只飞虫
迎面就能撞上

而在酷热的天气里
它们降落于清凉的湖水
当所有的水蒸气从草尖上滑落

而众多的草
吮吸无边的湖
似乎一切都很节俭

但又似乎在一瞬间
一片湖泊
逃离了

这些飞虫一样的盐粒
整整齐齐地铺在湖底
安静极了
像百年的睡眠
像一场浩浩荡荡的雪

崖壁

有一些水
在崖壁上流淌

直接浇灌人心里的
麦子

有一些寒暄

在狂烈的风中
直击一处
不及其余
像一把刀子
剖开了
肉里的黑

有一些阳光和月色
自己藏起来
很久很久了
在你快要忘记它的时候
它就突然走出来
像融化的金子

这样的崖壁
像一片宽阔的草场
滋养了
万千匹马
万千头牛羊

土垒

没想到，它挡住了一百匹马的冲击
它挡住了
一颗飞翔的种子

它在血泊中
长出了红色的秧苗

后来，谷子
淹没了高高低低的墙

后来，没有人知道

一截暗壁下的呻吟
自有出处

看着，看着
人们说
那是一截多么坚固的田埂啊

弩机

风不放心
一层层风尘
盖住它
生怕生锈的箭矢
穿越黄土

但那个手持弩机的人
看见遍地倒下的人
自己颤抖的手
再也没有扣动扳机

他记住了那个血红的早晨
等他醒来的时候
他的双眼已灌满黄土
无尽的黑暗
包裹了他

谁会知道
他也是一座弩机呢

玉

一种相识的目光

久别重逢的喜悦

可能还有刻骨铭心的恨
凝固的黑血
骨头中的磷
手指上的温度

走在路上的人
被沙子埋了半身的人
毒日头下
只有半口气的人

唤着孩子的乳名
仿佛看见了母亲
慈爱的背影

这一夜，北风呼啸
怀里的念想
温润了

笛音

旷野，这一声笛音
仿佛是春景中
几片柳叶的遗漏

而此刻，飞雪蔽日
西风呼啸
让料峭的山峰
只剩下一段局促的旁白

而那笛音
总是悬浮于风暴之上

像一棵发芽的树

此刻的温暖
只有一半来自炉火

昌马

山把昌马推远了
但是那些雪，堆满了隘口

但是，那些水
将僻远的花草，植于院落
那么，一切都近了

果子的芬芳
麦子、高粱们簇拥着
像稠密的人群

热闹极了

崖壁的石窟

崖壁上悬挂的春天
有稠密的叶子和鲜艳的花朵

只要等到夏天
等到秋天

它们会有
丰收的果实

人们爬上去

仿佛一切都经历了

回来的时候
两手空空
心满意足

特克斯

像一头牦牛一样
喘着粗气

像一头牦牛一样
推翻所有阻挡
狂奔

像一头牦牛一样
走在沙漠上
走在戈壁上

特克斯
最后还是走在
麦子上
苞谷杆子上

一场大雪中
把位置交给一壶酒

琴弦上的特克斯
任何时候弹奏它
都止不住地流淌
奶液和肉香

天鹅

一场雪，是卧着的天鹅
一场雪，抖动羽毛
又收回翅膀

一场雪，栖息于湖面
谁会说
它不是一群天鹅呢
谁会说，它是一片安静的睡眠呢

说不定，一瞬间
它们就飞起来了呢

湖面上的雪

芦苇黄了
霜，压低了天空

一枝芦苇，一片芦苇
霜，像一根鞭子
抽打它们的青涩

后来，一场大雪
盖住了冬天

芦苇一身素缟
回头，再也看不见
远走的秋天

老梨树

那一树梨花
兜着
一整夜的春风

那一树梨子
忍不住露脸
忍不住
抛出了憋在心里的绣球

红柳滩

一滩红柳，安静了
风拍打它们，也安静了

薄薄的雪，也不能叫醒
熟睡的兔子

只有三两只麻雀
不厌其烦地叫着

仿佛唤着它们的孩子
吃午饭

红柳滩，更寂寞了

在西湖

从戈壁到戈壁
没有西湖
牦牛在喘气

从沙漠到沙漠
没有西湖
走丢了一大群羊

看见了
野鸭子乱成一团
它们像兴奋的孩子

呀，广阔的戈壁上
藏了这么多牛羊
无垠的沙漠中
还有一个带面纱的牧羊姑娘

呀，西湖
说来就来了
一大片波光粼粼的水
比梦，还虚幻

渥洼池

红柳送了一程
白杨树送了一程

兔子、狐狸、狼
一棒棒接力
喝上了这清凌凌的水

渥洼、渥洼
像一波波温柔的眼神

嘉峪关下

石头的安静
只在狂暴的风中
有坚硬的棱角

青砖里的火
只在高高的烽火台
有压制不住的火苗

终有一天，你会来嘉峪关

嘉峪关的垛口，虚位以待
它们像一张张椅子，远远超过一百零八
等待英雄们入座

雪山斟满了夕阳
燕子们上下翻飞
像是迎宾的使者

城门洞开
川流不息的晨光
像丝绸的裙裾
而城头的雾霭
更像一幅变换的水墨

单等你气沉丹田，像一股北风
大喝一声：干
整个嘉峪关，就会气壮千里

终有一天，你会来嘉峪关
停下你的马车，卸下你的盔衣
背靠青砖，像一个孩子

回到了故园

终有一天，嘉峪关下的日子
那么恬静
那么闲适
一眼清泉
流过身体
和梦中的情景
一模一样

此刻，我在飞舞的雪花里
放飞我内心的鸟儿
它们飞奔如快乐的童年
为你报告
来年的收成

远处，石头砌筑的房子里
正在酿酒

或者，春天

这些年，风调雨顺
这些年，攒下了几仓谷子

这些年，我在嘉峪关酿酒
我的炉火里
融进了一座关口
最后的夕阳
和最早的晨光

那些夜晚撤离的马队
那些窗花后面隐隐约约的哭泣
都会有足够的辣味

冲淡岁月
绵长的愁绪

我是那间驿馆的守护者
为你打开星盏满天的屋宇
一身的尘土
落在城外

瞧，它们已是一座
高高的山包

九眼泉

九眼，或者更多
它们像遗落的星星

它们像自己的孩子
调皮的眼神

它们聚集在一起
带着鲜花奔跑
一眨眼
就是一个芬芳无比的秋天

它们像一股风
用天生的滋润
把嘉峪关传得很远很远

九眼，无须再多
掬一捧
已是浑身醉意

此生此世

经过了
就再也不能忘掉
那个叫
嘉峪关的地方

高高的城墙
遮挡了一生的风雨

嘉峪关冬雪

还是雪，像攻城的士兵
占领了每一个角落

然后，安静地
像沉落的羽毛

似乎没有厮杀
就完成了一座城池的交接

北风吹来
雪的光
埋住暴露的种子

好像，雪中的嘉峪关
是另外一个城池
像是老旧的仓库
浓缩了大片的秋田

峡谷

戈壁如此扭曲
大地的痛

也无法弥合

如此宽阔的惨烈
用来填补爱和痛恨
也足矣

似有埋葬者的决绝
似有一块铁板的冷峻

站在它的断崖
一阵心悸
之后
整个峡谷
芒刺在背

旱峡

这几年的雨水
一直在头顶上飘着

这几年有几朵云
经过旱峡上空
也只是经过
一阵风就飘远了

挖煤的人
宽板羊皮袄被黑夜染黑
即使在阳光刺眼的正午
也是那么黑
像是没有退却的黑夜

旱峡，赶大车的人默不作声
他们的沉默凝重如煤

离开旱峡很久了
他们才拍一拍身上的尘土

香炉墩

戈壁上，就这一座墩台
显眼
像一尊香炉

谁会点燃一炷香
为前方搁浅的呐喊
报告亲人的消息

谁会将更远的柳枝
高高举起
让鲜嫩的叶片说出
翡翠的秘密

是这墩台
让人们看见了
彼岸的春天

柳河

没有河呀
就一排柳树

它们为羊群遮住
正午的阳光

它们在光秃秃的荒野
让人们看见

春天、夏天和秋天

让大地顶住一层薄薄的雪
好让迷路的种子
筑窝

一排柳树
真的像一条河
翻动着绿色的浪花

玉门

在广阔的戈壁，有一条突起的沙棱
有人说，那是长城
汉代的手，攒起的土
夹杂着芦苇
好像，遇见一场雨
它们就会长大

可它们越来越矮小
像一个奄奄一息的老人

它的手，紧紧地攥着
掰开来，一定有一块
温润的石头
它标注一群奔驰的马
密集的飞矢
和流淌的血

它的名字叫
玉

鸟泉

只有鸟儿能看见
只有鸟儿知道

沙漠，自己把自己包裹得很严
哪怕一棵草
都会隐匿在
绝望的背后

鸟儿飞啊
飞啊

它知道
快到了
就像翅膀下面
存着一滴水

想飞到哪儿
就飞到哪儿

沱沱河

浅浅的水
从白云上流下来

像是一群白羊
走着走着，就少了
走着走着，就又多了

沱沱河
在昆仑山口洗把脸
天就亮了

一夜的水流声
滴破了
阴暗的星空

有一些雪，留在夏天
有一些水，充实到
虚弱的山川

黄花营

铁打的营
铁
被风吹走了一些
被水冲走了一些

还剩下一些
模糊不清

只有那些黄花开得欢实
覆盖了低矮的城垛

黄花多美啊
谁还在意它是一座
积淀了血和泪的废城呢

望杆子

河流把幼小的树苗
带远了
带大了

从村口望出去

灌木丛密密麻麻

鸟儿飞过去后
就再也没有踪影

那年发洪水
沙土里的树根抽打着
成片的玉米地

一年的好收成
在洪水里漂着

河水，像流不尽的眼泪
流到秋天，流到望杆子

一片片胡杨树
积攒着乡亲们的金子

当金山

海拔4000米，汽车在喘气
更高的海拔上
三角帐篷上的牛毛
像高山植物的羽绒
一股炊烟升起来
斜斜的
像一根牦牛绳
挂在半空

那些羊群
在帐篷周边
一动不动

也似乎拴住了我
悬着的心

光秃秃的草原

到处是碎石
羊群在碎石上啃食着

到处都是亮晶晶的雪
牧狗蹦蹦跳跳
在雪上打滚

广阔的草原上
北风呼啸

羊群走过
似乎安静了下来

有帐篷的草原
更加富庶

新河驿

有一辆马车
折断的轮辐
被沙子埋住

没想到，它真的被埋住了
轰隆隆的沙子上
跑着汽车
一辆接一辆

会不会是它
永不停息的
奔驰的魂魄

孤零零的长城

被截断，风像虫子
一点点蚕食

曾经遮挡的
风和雨
穿堂而过

曾经无法逾越的呐喊
沙埋土掩
像微弱的呻吟

曾经的盘龙卧虎
只有半杯虎骨酒
有淡淡的腥味

亭下

可以久久凝视
可以相拥
沉默在四周蔓延

这小小的亭子
错过了
如铁的承诺

只是将眼泪收起

像一个硬汉

瓜州

也曾经是我读过的书
有一页写满了
惊慌和恐惧
可终于能够停泊于河边
一粒粒种子
像无依的航船
靠了岸

也曾经是我的一个初吻
青涩而又甜蜜
走到哪儿
都能想到那动心的一刻

曾经是，棉花盛开的村庄
有这满地的甜瓜
让人惊讶

小南沟

一条条沟
唯有这一条
横过来
向南

泉水一步步向南
堆积着盛夏的草

秋天秋风飞扬

这一群群干净的绵羊
多么像一场
淋漓的大雪

沙枣

沙漠在远处
沙子在眼前

埋掉沙枣的春天
只有半个脑袋从沙砾间钻出
像个调皮的孩子

慢半拍的沙枣
却有了精致的喇叭花
嫩黄嫩黄的，像金子

十里芬芳
压倒了沙子的冲锋

自己像一个苍老的将军
让沙子隐藏在
各自的位置

雪

悬崖上的雪
风中奔跑的雪

静静地坐在房檐上
晒太阳的雪

一路上
看着它们

回到温暖的家
它们冷飕飕的样子
终于有了一脸的笑容

二月

二月，石头足以用来伤心
足以显示黑暗
足以雕琢成玉

站在石头上的麻雀
四周险峻而荒芜

食其俸禄
为其厮守

它可能还要到更远处的草场
捡拾草籽

峡口

风涌来
吹断山口

吹断激淌的溪流
吹断一截院墙
吹开大门

出门喂鸡的人

撒了一地谷子
瘪的
全被风吹走了

红柳

满滩的红柳
它们簇拥在一起

风吹来
只见柳梢摇动

甚至，风
只是一只惊慌的兔子

甚至，一场雨
也会无影无踪
众多的枝条
张大了嘴

甚至，牧人坐在高坡上
也无法判定
他的羊群
是否到了
阳泉

草坡

羊在坡上
像去年冬天的残雪

而一群牦牛在另外的山坡上

又像去年冬天烧荒的灰烬

草坡上，牧人仰面躺着
云彩缓慢地流过
像他的温顺的羊群

这雪，这灰烬
还保留着去年冬天的睡眠

此刻，羊群、牦牛和牧人
共同拥有的夏天
似乎永远不会流逝

一个拐弯

一个拐弯
就有汩汩的泉水

荒芜的戈壁
就有一半儿春天

一个拐弯
帐篷坐落在芦苇的中央

骆驼走远的地方，还是石滩
这小小的泉眼
捧着芦苇

像小小的花瓶里
插满了花

只是一个拐弯
梅朵的眼神

就像泉水四周的草
占据了窄窄的夏天

野马大泉

在戈壁行走，一眼泉
张望着
它会是一匹野马
忽东忽西

在戈壁上行走，带着一个念想
路，就远了
好在，有泉

听说野马大泉，在蜃景中
一直漂着，它真的是一匹野马
在戈壁上撒欢

我们寻找它的时候，它躲着
我们不理它，转过身
它就在我们的身后

汪汪的泉水
在戈壁上，却是春天的身段

鹰窝树

风一直吹着，因而，沙子在半空中
掉不下来，这些没有沙地的沙子
像一只鹰，飘浮着
笼罩着，见谁都会扑上来
庞大的荒芜，一把刀子的恐惧

被谁悄悄挖出
这些沙子
埋住人的脖子了

低矮的蒿草，高一些的梭梭
它们直奔春天的雨水
比沙子，稍稍多出了半个手指头

留出了它们呼吸的嘴

鹰窝树，高举着拳头
攥住锋利的鹰爪

沙丘上的芦苇

与一条河流的对话，必有芦苇
与一条河流的对话，必有一次生死博弈的曝晒

我恰恰就是那摇动的叶片
饱满的嫩叶，已脱胎为
薄薄的利刃，砍杀千百次的风
让它们粉碎为沙，或为平滑的磨刀石

我恰恰处于春天的末端
枯干的胞衣中，有微弱的心跳
直接与远方的绿色相通
像一条航线

沙丘上的芦苇，看见一片流云
如同丝帛

风尘

风吹着夏天
只有这一束骆驼草例外

它围绕着自己的绿
像是整个戈壁的桂冠

阳光像一团火，而它在火中取栗
风像一把刀子，而它在刀刃上舔血

久了，骆驼草把自己当作戈壁的一部分
耐心地等待骆驼

甘草

据说，沙漠上的冷和热
戈壁上的干渴，甚至莫名的孤独和寂寞
凑齐了
是一服药

据说，有一瓣叶片
一直在倾听北风
它在星光下摸索
想找到一条通往绿洲的路

可所有的出口
都有酷烈的阳光把守
它只好退守

这一方天地
它熟悉每一分每一秒的时光
它攥住盐碱的火苗

自己把自己熬成一服药
传说中的甘草，有了越来越粗的根系
有了越来越甜的心思

沙枣

枝头上留着最后一缕阳光
一瓣瓣银子似的碎叶
簇拥着

远处重重叠叠的沙丘
在它的麾下
如忠诚的哨兵

迟疑的霞光
似乎离开了它
就会被整个沙丘所浸没

因而，一棵棵小小的沙枣树
盛装迎迓灿烂的阳光
似沙漠中的王

漂移的湖

我记着那一片湖，一波一波的浪
抱住成片成片的阳光

戈壁上一望无际的酷夏，似乎清凉了一些

没有谁惊讶一片湖的存在
日落时分的羊群，径直而去
它们咩咩的叫声

是在呼应一片湖的召唤

是的，失散的马匹和骆驼
也是很远就嗅到了
一片湖的方位
它们正大踏步赶来

有一片湖的戈壁是喧嚣的

直到有一天，它彻底沉浸
像一只兔子蹿到了别处

这一块戈壁的伤心
是显而易见的

大榆树

在哗啦啦的流水声中它长大了
枯水季，它等来了
夏天的雨水
或在白雪皑皑的峡谷
屏住呼吸，守护这
银装素裹的美

在横扫峡谷的侧风中，它是悄悄长大的
没有人听见它的呻吟

当一条枯枝在风暴中折断
人们说，这棵榆树老了

它浓荫伞盖般的年轻
像飘零的榆钱，被流水带走了

父亲

在沙丘间，像一束芦苇
风吹来，吹走了仅有的水
但他仍然守住自己的春天

在戈壁上，像一棵红柳
带着自己的子孙
在荒芜中突围
总有一天
独木成林

在西部，在广阔的风沙中
我的父亲
是这些英雄的植物

他安于平凡的人生
但从不畏缩于困难与绝境
一直带着我们
看每一个新鲜的黎明

杏林

采摘过后，欢乐消失了
当果实回到秋天的位置
一片片叶子就斟满了一壶壶老酒
满脸通红的果园
渐渐沉寂了
像一个挤满睡眠的夜晚

在这个安静的夜晚
我失眠了
星光中，攥不住

一颗杏子

月夜

为这片刻的安静
引入虫鸣和鸟叫
把头埋得更深
嗅到泥土的芬芳

多少年了
我离开你太久了
行囊里竟没有藏下一片
洁白的月色

沙丘的背后

一座沙丘背后，竟有一根
羸弱的树条

它或许就要被一场风
折断，被翻滚的沙子
掩埋，但此刻
它兴奋地伸展枝条
像沙漠中的公主

这时候，走过来一个
胡须银白的牧羊老人
他神情严肃地对着树条
双手合十，像面对自己的长者

他说，这是一棵古老的树
粗大的枝干埋在沙丘下面

他说，他还将成为一棵粗壮的树
矗立在沙漠上
和沙漠一样长久

半路墩

有一座烽燧，叫半路墩
半路上，有一阵新鲜的笑声丢失了
有一滴水，比泪还咸

而它矗立着，所有的风
都绕过它，躲开它利剑一样的目光

只有几只鸟儿
不厌其烦地垒筑巢穴
仿佛它有千秋万代的子孙

只有那只鹰，站着
出神地看着远方

半路上，后面的沙石
催着
前面的灯
亮着

风

长城上，只有风在瞭望
秋天的草
只有风，吹扬马鬃

长城上，风自己

越来越瘦，像掉渣儿的土

长城上，风说话
让寂寞很久的墩台重拾警惕

像回到了从前
一只野鸡从树丛间蹿出
顿时，风声鹤唳

雪

可以看见雪，高高在上
低处的火热，匍匐着
又突然站起来

可以唤醒心中的寒冷
仍然有止不住的汗水
顺着脖颈，还给干涸的大地

只是，有了这些泉
葡萄就像一缕月光
摇曳枝头
有一种睡梦中的甜蜜
触手可得

这是遥远的阳关
集中了太多，我们曾经丢失的阳光和风

它们的专注与溺爱
足以埋葬剩余的夏天

葡萄园

适合朗诵，也可以低吟
每一颗葡萄都会听见

走了很远的路，想对妻子说的话
忍住了饥饿，面对金黄的麦田
暗夜中的一盏孤灯
正是母亲瞩望的目光

坐在沙丘上
溪水流远

我向每一串葡萄点头
感谢它们赐予我甜蜜的信任

戈壁上的土埂

一直在蔓延，像是急匆匆赶路
在一块标识碑的字里行间
我看见了一个漆黑的夜晚
它们惊恐地回归到各自的笔画

它们是年代久远的驻守者
汉代的马，从来没有越过
这高高低低的土坎
那些文字中的血
一点点滋养了
大漠长空下的英雄气

它们是长城，隐匿在
敦煌以西的黄昏中
像一个旷古的老人

始终有一双警惕的眼睛

一只鹰

常常会有一只鹰从头顶飞过
飞出视野

常常在荒野的荆棘丛中
有惊恐的兔子蹿出

这天空和大地上突如其来的物候
又常常被我们忽略

芦苇荡

戈壁的风
有了自己的披风

从水面上
从春天的枝头
指明了
村庄的方向

沙枣树岗

春天了，它高高矗立着
像一块泥巴

夏天了，它高高矗立着
像一块泥巴

秋天了，它高高矗立着
像一块泥巴

它金黄花瓣中溢出的香味呢
它枝叶间藏着的红丢丢的果子呢

白墩子

那一年，不知道谁喊了一声
就落了一夜的雨
打湿了所有的衣服
惊醒了熟睡的青草

那一夜，不知道谁刚刚走出闸门
满天的箭矢
就射穿了星光

而就在此刻，白墩子
牵了一群悠闲的羊
包揽了所有的宁静和幸福

沙井

往前，是沙子
身后，也是

走吧，好在
身上有一壶水

走着，走着
呀，差点踩住一棵鲜嫩的草

她像刚刚出生的孩子
天真，灵气
全然不知道
沙子，是一具
埋葬春天的棺材

就这样，他停下来
像一棵小草，扎下根来

这里就有了很多很多小草
每一棵小草
都像是一眼泉，一口井

红柳园

戈壁上的石头，在风中呜咽
它想抱住的那棵草
拦腰折断，漂在半空中

谁会念叨那些草呢
谁会在荒芜的春天
抓住枯萎的草根呢

是这一片红柳园
只有几棵红柳
也挺直身子
像有一千棵一万棵一样

野鸽子墩

在这荒野，它落下来
在这光秃秃的戈壁，它觅食

在这狂奔的风中，它似乎飞起来
其实，它是一座墩台
它是一只丢掉春天的野鸽子

当人们看见它
身体里的一块石头
落下了

就像看见了故乡的烟囱
步履明显地轻松了

沙葱

小小的手
小小的眼睛
能看见头顶上的云

仅仅一场雨
仅仅一个上午
它们就把自己
心里的春天
说出了口

看啊
广阔的戈壁
绿油油一片
埋住了丑陋的沙石

沙米

风吹沙
风吹那一茎弱苗

风吹春天
风吹风

吹啊吹啊
这棵幼苗长大了
这棵幼苗结籽了

它们像一粒粒沙子
它们是一粒粒沙子里的
米

酒

陈年的香，还停留在昨天
陈年的路，压在沙子下面

陈年的一个念头
一直埋着
谁会不小心
挖到它

看，汩汩的泉水
有一股酒香

一只羊

在瓜州六工城
在城墙的断崖
一只羊站在上面

你不能说它是一个攀援健将

我看着它
它一动不动
似乎也在看着我

好一阵子了
我疑心那是一个幻影

在断定它是一只羊的时候
我几次要爬上那个地方
都半途而废

日出

第一次，1972年，敦煌
新店湖草原
太阳，从茂密的草间浮出
一下子滚入我的心里

第二次，2005年，罗布泊
湖心，太阳从脚下涌出
像一个蛋黄
馈赠了咸咸淡淡的早餐

第三次，瓜州，锁阳城
太阳镶嵌于断崖间
正好组成完美的城墙

日出，一日一见
这么多年了
怎么就记下了这几次

阿尔金南山

风追逐着阳光
把草搅乱了

雪，追逐着
草根下的尘土
把羊群搅乱了

阿哈拜尔喊着
古丽的名字
把帐篷里的炉火
搅乱了

远远看去
阿尔金山漂浮着
就像一张纸

高高的沙山

低处，有一些草
高处，有稀疏雨水

羊群在低处吃草
黄昏时分
沿着沙湾
归栏

羊的海拔
前蹄下跪
一轮圆月哺乳

有一天

羊群里少了三只羊
牧人在沙湾找了一圈
没有踪迹

后来他偶尔仰望山顶
看见三个小小的黑点
它们是那三只羊吗
一阵长长的呼哨之后
它们飞奔而下

羊的海拔
离月亮
近了些

苏干湖

是说，古丽的笑容
是说，奶液流出的地方

是说，一座山
永远都不结束奔驰的姿态

是说，天上的云彩
就像草间的羊群
时隐时现

是说，　一匹马
追上了另一匹马
身上挨了一鞭子

是说，弦乐从花朵中涌出
而舞蹈如风

是说，闭上眼睛就能做梦
眼睛睁开了
梦还在眼前

苏干，苏干
你是一片湖

冷湖

秋天的盐
秋天的大雁

说来就来了
说走就走了

古丽走进了
阿尔金山
冬牧场堆满了
羊肉和牛粪

看着古丽离去的方向
手里攥着的那半块奶疙瘩
被大雪埋住

天早早冷了

当金山上的雪

斑斑点点的雪
撒在当金山半腰上

像是一头花斑母牛

横卧着

穿越当金山
我们屏住呼吸

生怕惊醒了
这头母牛

在山丹

重重叠叠的草
一直在攀升

它们比一棵树
比一片森林
辛苦

它们擎着雨水和雪
一天天积累脂肪和力气

看啊，从山上下来的羊群
牛和马
在山丹
它们悄悄说出了
每一棵草
丰满的身材

黑草地

为什么，阳光也无法照亮它的黑
为什么，一件斗笠
就兜住了

风雨

黑夜的黑
一直延续

其中有远古的星光
和今夜的眼神

从前

雪总在下
屋里的温暖从内而外

雪一直下
麦香溢出
花儿，在窗户上
从冰碴中伸枝

像长大的姑娘

布隆基

一支响箭
戳穿了
盐碱地的干旱

箭矢打开了泉眼
打开了布隆基的羊圈

半夜，在惊慌中起来
月色没过膝盖

那茂密的草
像水一样
一波一波涌过来

红土湾

唯独这厚厚的红土
没有辜负阳光

在春天，没有
辜负雨水

紧紧抱住
大风中遗落的种子
从不说出
苦涩的青春
但有一长串
美丽的秋天

人们说
红土湾，披红挂绿
今天要出嫁了

五头驴

山间草场
雨来了
雪来了

帐篷在高处
看着它们

草，浮动
正好看见五头驴
安然吃草

它们从哪里来
无人问津
到了这里
这里就叫
五头驴

黑瞎子沟

到处是草
到处是花
到处是泉水

可以安营
扎寨

但听见这个名字
突然间后背发凉
仿佛真有一头黑瞎子

抄了秋天的后路

六户半

悄悄说一句话
花儿就开了

草丛中的鸟儿
留下了一窝鸟蛋

开荒的人
烧掉荒草

火烧开的路
像一片墨迹

六户人家
和一头牛

把僵死的土地
救活了

一年年的收成
堆满了后院

后来，这个地方
叫六户半

马莲

马一脚
把草地踩疼了
马高亢的叫声
把草地叫醒了

草地睁开了眼睛

呀，遍地的马莲花

二墩

能看多远

就看多远
把自己看到的
写在箭矢上
告诉更多的墩台

从此排过去
三、四、五……

更加寂静的日子
守住荒芜背后的开阔地
一点点戳穿
掩覆在每一块石头下的
阴谋
让它们像草一样长起来

用汗或者血
自己的
或者
入侵者的
写下名字
二墩

沙漠中的树

只有一棵
孤零零的

那绿
把沙子
映照得
更黄

走在沙漠上的人

看见这棵树

扑通
跪下

这棵树
在他心里长了
十多年
终于长高了
长大了

靶子营

两座墩台
互相搀扶着
像两个老人
只有它们知道
那一片疼痛难忍的土
那一片醉卧沙场的草
叫靶子营

人走了
盔甲上的明月
凝成老霜
挂在杨柳枝条

两座墩台
手握岁月的风尘
轻轻咳嗽一声
也是寒气凛冽

沙泉

它们在地下被黑暗包裹
像身体中的肠梗阻

它们最终穿越沙海
在沙漠的柔弱处
汩汩涌出

如同经历了一场磨难
身上的光
和阳光
合为一处

谁会是一眼泉的见证
谁会守住早春的清寒
把泉水引入花团锦簇的芳林

一切都是那样从容
它出发了
一路带动了奔跑的小草

那一汪水继续扩大
像一片海子

沙丘之间的夹缝

两座巨大的沙丘
把夏天隔开

一面是成片的骆驼刺
一步步攀上沙丘

一面是流淌的阳光
从下而上
任凭翻滚的沙子
也埋不住它

两座沙丘之间的夹缝
常常有灰色的、白色的兔子
悄悄穿越

后来，从滚烫的沙砾
到清凉的骆驼刺
它们只剩下最后的一对伴侣

多么艰险的旅程
它们差一点丢掉了自己的族种

泛沙泉

沙子和水
都在翻动

沙子和水
都急忙赶赴
命定的春天

不远处的草湖
已经被大片的芦苇覆盖
芦苇的下面
是静悄悄的水和沉默的沙子

它们走到这儿
就安宁了

戈壁上的玛瑙石

尘土盖住的光
分成五色
赤、橙、黄、绿、蓝

它们被尘土埋住
压住
被别的石头拍打

但终究会露出光
它们的脸
灰突突的
稍稍擦拭
就是一个醉人的眼神

或者有人
一脚踢过去
它们翻过身来
就是一团火热的阳光

祁连山南坡

盐巴、绵羊
半山坡上
最白的和最柔软的

盐巴、绵羊
半山坡上
温暖的阳光
和流逝的日月

盐巴、绵羊

半山坡上
一个冬天不会出来
一个春天不会出来
一个夏天不会出来
一个秋天也不会出来

它们一起出来
是在一个幸福的正午

多么喜庆的时刻
可以唱歌
可以跳舞

那一年的雪灾

牛绊倒了
酥油埋在雪坑里

羊和雪搅在一起
羊毛呼呼地乱动
再没有其他温暖的呼吸

从雪坑里找见那块酥油
已是正午

牛粪湿了
太阳包裹在雪雾中

帐篷也像一疙瘩雪
越积越多，越来越大

只有央金和卓玛
穿着红色的袍子

像一团嗞啦啦的火

马驹子来了

雪还没化
马驹子就来了

在毡子上打一个滚
就尝试着站起来
摔一个跟头
又一次，摔一个跟头

几次之后，它居然站起来了
像一匹真正的马

远处，春天的草色
正滚滚而来
像是无数的马驹子

小溪流

阳坡，渐渐潮湿了
水汽和阳光混在一起

阳坡，渗出了水
水一滴一滴聚在一起

一条小溪流
向四方弥漫

草，从枯黄的草甸钻出
嫩嫩的绿

像睁开的小眼睛

而溪水流过的地方
所有的小眼睛
都睁开了

白马

白马是一匹马
白马是一个人

白马一直守着冬牧场
雪像阳光一样堆积着
枯黄的草钻出厚厚的雪
像冬牧场满脸的胡须

有一脸胡须的冬牧场
就这一匹马在山坡上吃草
就这一匹马
它动一动，才能从雪的背景上发现
它是一匹马

从帐篷里走出的白马
他喝了整整一天的酒
但他还能吹响一个悠长的呼哨

那马飞奔而来
他的翻毛皮袄在马背上飘
像是一簇舞动的雪花

四月

三月草发芽
四月草绿杂

三月把草芽交给四月
可四月头一阵子是风
后一阵子是雪

可四月，只把热乎乎的奶茶
喂给小羊羔
母羊卧在草垛下
静静地晒太阳

四月，半夜里听见哗啦啦的声音
掀开帐篷帘子
是草根的清香

所有的草
在夜晚回来了
像一波一波的泉水
像清澈的月色

央金把格桑花别在发梢
已经是四月末的正午

遍地黄

八月草尖黄
九月遍地黄

霜，落在帐篷上
然后落在人们的睡眠里

然后草黄了

从前人们在歌声中唱出来的草原
唱到九月九哽咽了
唱到九月
有一根弦子
就断了

像是遇到了漫长的山路
羊群和牛车被转弯的雪堵住

看见冬牧场的炊烟
已是地冻天寒

回来了

一片片石头
乘着溪流
回到村庄

山顶上的雪
山下的梨树
分不清春天和冬天
春天的梨花像雪
冬天的雪像梨花

夕阳和晨光
堆在山坡
夏天的麦浪
和杏树上的杏子
一样的颜色

还有那越长越高的粮仓

从田野上猛然露头
像是背着金子回家的爷爷

从那一年的大饥荒出门
他一直没有音信

如今，他的衣兜里
装满了风调雨顺的秋天

马莲

紫莹莹的花
配得上马

坚挺的叶子
配得上奔跑的风

一丛一丛
配得上
这漫山遍野的春天

平行于一条河流

汽车在飞驰
司机说，不远处
有一条河流和我们一样
赶路

我要回到
都市喧闹的一角

而河流可能要缔造
更加寂冷的冬天

不然，怎么会有如此茂密的草原
伴它左右
不然，怎么会有如此绚烂的卓玛
在河边梳头

黑河之侧

那一天，在黑河之侧
一个人独自散步

我看着河水
看着河滩上的石头

阳光在水面上奔跑
多么活泼的河流

夕阳西下
当我再次回头
霞光收敛了
水面上的金子

此刻开始
一条河流
要流走多少黑夜

那些河滩上的石头
像是回到了我心里

沉重，黑暗
像猝然来临的夜晚

田野上的芨芨

秋天，泉水漫延的石滩
白色的，是芨芨草

它坚硬的枝干
细腻而绵长

它渴望天空的蓝
它有针的锐利

一丛丛
一簇簇
它能撑起哪颗星星
而又刺破哪一缕星光呢

路过五个庙

马累了
歇在一根枯树桩上

有几块石头
枕着疲惫的风

有一片果树
怀揣了苹果的芬芳

突然敞开的草原
有五个入口
分别是帐篷、牛羊、歌声、美酒和舞蹈

走进去
有一部分春天

有一部分夏天
有一部分秋天
有全部的冬天

转场的路上
风雪弥漫

石头井子

羊群被一场风雪卷着
眼看它们就要成为
淹没的石头

羊群和飞旋的雪
分不清
哪是雪
哪是羊群

可就在这时候
所有的雪
被一鞭子抽碎

石缝里涌出泉水
羊群渴饮一番之后
终于冲出了
垭口

咸泉

微微发苦的泉水
羊群躲开了

微微发苦的泉水
兔子来了三次
第四次才拨开了水面上的浮尘

微微发苦的泉水
骆驼身上的盐
丢掉了一半
又补充了一半

黄墩子

是不是有这样的女孩
在风沙中长大
能采集半空中的鸟羽

她自己像一匹马
只看见带花的草
只看见泉水边的芦苇

只钟情于一丛芨芨草
哪怕它三番五次
扎破她花花绿绿的褡裢

一路上

一路上尽是马匹
只见鬃毛浮动

一路上像一只冲刺的矛枪
只是往前冲
没有来路

一路上自己对自己说话
自己说，前面有更好的草原
前面有更好的琪琪格

一路上，聚集了很多兄弟
可以一起喝酒
一起吃肉

一路上，自己面对升起的太阳
已经是太阳的一部分

岸上的春风

西部河流封冻之后仍然有凝固的波涛
会让一匹勇敢的马冰河梦断

像一道整整齐齐的悬崖
跌破无数风头

西部河流会被一场旷日持久的东风唤醒
捶打歪歪扭扭的大地
让它像平平展展的案板
切碎倒春寒的冰凌

可是有谁看见风中的骆驼
独自在冰面上舔舐
析出的盐硝
因而，没有人知道河流解冻的那一刻
撕心裂肺的啸叫

直到有一天
所有的骆驼在河岸望洋兴叹
就知道它们身体里的脂膏

足以远离所有的春天
背负沉重的荒凉

后坑

埋掉了鞍鞯
一抔土
也有了奔跑的姿势

挖出了青铜
一根草
也有了尖刻的诵读

后坑，只要放得下一张桌子
就会有酒
就会有一柄利刃
临风嗜血

那奔腾的马蹄
那喧嚣的欢歌
接着重来

无边的黑夜
一点点将后坑掩埋

泉

头道泉，二道泉，三道泉
漫漫的戈壁在点将

头道泉，二道泉，三道泉
遇见它们

路短了
命长了

头道泉，二道泉，三道泉
它们是所有的春天、夏天和秋天
它们是所有的应允和所有的答案

头道泉，二道泉，三道泉
像母亲喊了三声
闻见了
饭菜和酒肉的香味

在葡萄园

如果可以停留
像一汪止水

沙子中的风
一直沉睡

阳光不被雪片遮掩
月色透过黑暗
像羽毛一样
彻底覆盖

如果梦中的一部分是真的
那我们就看到了
永世的葡萄园

溪流

从未觉得一条溪水与己有关

从未觉得两条道上的水和人
会突然交叉

是那棵树吗
是那一片芦苇

阳光追赶着沙漠上的风
一片绿色
就是一座安宁的水榭

此刻，做一棵树
正好
长成一株芦苇
正好

又见疏勒河

戈壁上的阳光跑着，像一把屠刀
一直跑着，在碎石上磨刀

听不见声音，但可以看见
刀面上的闪光

谁会想到，这些水
会为它淬火

锻造一把走南闯北的
快刀

沙葱

小小的手，盛接雨水

多数都漏掉了

小小的嘴唇，只有一句话
还没说出
就干枯了

小小的绿
集中在纤细的枝干

哪怕一天，两天
也是春风中唱歌的孩子

枸杞

你这红红的灯笼
你这荒芜偏远的小美女
你这一身鲜艳的花袄

你是谁的夜晚和白天
你是谁的孩子

戈壁上，一场风吹起所有的沙子
追打你浅浅的脚印

戈壁上，从天而降的一滴水
怎么就被你
酿成了蜜和酒呢

黄花

那么，在春天怀揣一棵小草
那么，在春天从沙子中露头

更高的地方
像一缕悠闲的月色

老祖母的牛车装满了种子
父亲背着行囊走出戈壁

这么多年了
你还是一束黄花
想着想着，就能闻到你的香味

峡口

草张望着
草的视角，一直是那些棱角分明的石头

它们高高低低，圈禁着
往日的风

只是，密集的飞矢
夺走了从前的血

那旗杆上的旗
哗啦啦兜风
略显贫血

整个峡口，像是安睡的老人
只有绵绵无期的梦呓
漂在夏天的阳光里

谁是一只飞鸟
几声鸣叫
打断了古老城墙的睡眠

老军乡

一声简单的问候，就看清了这旷野的
积蓄，它们是连续不断的泉水，它们是
温暖的柴火，香喷喷的炊烟

不需要密码，就能领取它们
像是早就约定的聚会
轻松地说起过去的事情

那些过不去的坎儿
那些解不开的疙瘩
都像泉水一样流走了
都像炊烟一样飘散了

一个下午，夕阳笼罩这小小的故土
落下成吨成吨的黄金

沙漠中的树

看见它的人
都没有把它当成一棵树

看见它的人
眼睛一酸
忍不住流泪

如果你是一个独行者

如果你觉得沙漠像一张羊皮
裹着你
像一根鞭子抽打你

一棵树，就是你心里
一座安宁的房子

杏花

一座村庄里
杏花是娇艳的女子

可杏花也是
满树的花

春天
都没怎么留心
杏花就开了
杏花就开败了

母亲说，女大不中留
杏花出嫁的那一天
杏子黄了

酸酸的
甜甜的

白杨树

在荒野的中心
白杨树与蓝天平齐

冲天的枝干
是一支如椽大笔

炊烟升起的时候

它把一座村庄
写在了半空

燕子

旧垒，一直在屋檐下
每一次都忍不住多看一眼

叽叽喳喳的声音黏在一起
像一件精细的手工
不知不觉就是一个安乐窝

春天，大田里的水
像一片海
飞来飞去的燕子
像一艘艘船

羽翼上，绿油油的水雾
一瞬间
就填满了树枝间的空白

在戈壁

倏忽间，卷起一股沙尘
看清了
是一只黄羊
踏破了戈壁的早晨

或者，它是奔向一片湖泊
或者，它有一眼清泉
正被酷热的夏天吞没

它急切地奔跑
带走了
最丰美的水草

汉长城

被我丢弃的轮子
在城市里
被我认定的矛
装在此刻的风车上
它呼啦啦转
刺破蔚蓝的天空

我想，它会是一段睡眠
会是闪电击中的枯木
会是我祖父的一只手臂

就这样，为我
指定了早已荒芜的一亩三分地
但，谁是它最早的耕种者呢

黑鹰山

坚硬的铁
集结了深厚的黑色

它们俯下身子
学习云雀和鹰的技艺
渐渐长成了
丰满的羽翼

采矿的竖井

像是巨大的鸟巢
牵引着拉运矿石的卡车
一辆辆停泊在
山包的一侧

地下的钻机
轰鸣着

运输皮带上
切割均匀的矿石
开始骚动

是整个山峰都要起飞了吗
那座叫黑鹰的山
蹲伏得太久了

北部沙漠

向北，总期待成群的马队
踏破沙漠

总期待，残阳披挂在行旅者的身上
有威武的剪影

而此刻，风吹半截墙壁
风越过半截墙壁
长驱直入

背风处的藏匿者
像占领了十万顷丰盈的土地
在风中瞭望自己的山河

北部沙漠

这一座烽火台
望穿了多少秋水

玉门

在戈壁上
雪埋住的那一块石头
有一部分雪
夏天了
都没有化去

在戈壁上
山流水带来的石头
有一部分水
历经风霜
还是水灵灵的

在戈壁上
有冬天还没有褪去的绿叶
锈蚀的刀锋上
有至今还没有褪去的血

都在这里了
玉门
每一个走过的人
心里都焐热了
这个圆润的名字

阿尔金南山

向着太阳的一面
狂风起处

羊毛翻卷

向着星星的一面
牛粪火忽明忽暗
一点点的温暖
就能点燃
帐篷之外的严寒

阿尔金山之南
一个牧人唱了接羔的歌
另一个牧人
在半山腰
应和了几句

九头驴

一共九头
看清了

从戈壁上跑过
踩翻一堆碎石

沙石如鼓
有连续不断的回响

后来，狂风横扫山谷
也是这样

那一串黑影
与岩壁接近

在那里，一动不动
像是岩石的一部分

后来，它们真是岩石的一部分
这岩石
叫九头驴

西湖

敦煌之西
广阔的戈壁，叫西湖

湖，在哪儿
有人指了指
远处的芦苇

这些芦苇，是戈壁的玉
揣在敦煌的怀里
越焐越润

这些芦苇
叶子上的露珠
根系上捧着的咸水
积攒在一起
它们多想成为
一片绿油油的湖

雨水季
大雨中无数个嘴巴
自己咬到了自己

洪水直冲而下
云雀飞走了
当它再次回来
戈壁上已是泥浆

西湖，还是那片芦苇坚守着
它们心中的湖
一直水波潋滟

一丛黄花

我是在绿洲的末端
在一棵白杨树无所依存的
碎石旁
看见了它

金黄金黄，像金子
但比金子更鲜艳

远处的沙漠，也有这样的黄色
在蜃景中漂浮

多么新鲜的花啊
看得人想流泪

桃花

想念桃花
她看你一眼
千里之外的那个人
就来了

天空一直是阴郁的冷色
这时候就突然亮起了
一盏灯

灯是在灯笼里

灯笼
是桃花

而提着灯笼的人
在春风沉醉的黄昏
与自己面对面
沉默了一夜

冲上城墙的沙子

搁置久了
一段城墙在沙子中
熟睡

马蹄停滞前的惊叫
只一瞬间
就被淹没了
再次从沙堆里挖出
已是微弱的呻吟

那些冲上城墙的沙子
看见以往的风
在城墙上集合

它们一次次撞击着
坚硬的墙壁
像是赴死的戍卒

西土沟

泉水来了
鸟儿告知了

别的鸟儿

草告知了
别的草

白杨树告知了
红柳和芦苇

归牧的羊群
咩咩地叫着
它们在西土沟

有自己的栅栏
宁静的黄昏
饮水之后
它们可以咩咩地叫几声

西草地

先人的灶台
饮风，煮雨

长了多少年的草
此刻的草
送走了奔跑的马和羊群

帐篷掀开早晨的门帘
一束阳光
烤在牛粪火上

有谁，把夜晚的星星
嵌在马鞍上

有谁，把阳坡上的花儿
唱在歌里

在这个香喷喷的夜晚
那束阳光
已经有了
手抓羊肉的香味

城墙下的春天

几棵梨树
时时刷新飘落的尘土

从垛口上看出去
梨花带雨

三两个人从梨树下走过
几棵梨树的春天
像一阵风掠过

古老的城，陈旧的砖
似乎一瞬间
就被这些梨花
翻新了

在黑山峡偶遇一只兔子

其实我们完全可以坐下来聊聊
其实我们完全可以用各自的方式
表达对一条峡谷的熟稔

结果，我来了

你走了
走得像一溜烟

我仔细分辨每一块黑色的石头
结果有一块石头动了动

原来，你是一块石头
漫山遍野的石头啊

在风和日丽的春天
你会是一只只兔子

崖壁上的鹰

你歇下来
在崖壁上

你这一歇
就成了崖壁
钢蓝的那部分
像铁匠
存下的那块铁

一只鹰，歇下来
如炬的目光
却紧盯着
山谷里
成群的兔子和狼

从山谷中走过
连泉水
也蹑手蹑脚

蒲公英

匍匐于地的草
自己扎了头饰

黄灿灿的花瓣
堆满了阳光

她会是谁家的女儿
安静地躲在草丛里

但会时不时地露出笑脸
像一个待嫁的新娘

但时不时地会打开降落伞
飞翔于辽阔的春天

像是从我们的身体里
释放的一个个虚幻的
梦境

长城下的葡萄园

沙子总是压不住
纤嫩的秧苗

沙子总是骑在一截断墙上
像骑在一匹马上

纵横驰骋的马
只剩下一两根骨头

它们埋在沙子下

一点点发芽

它们在春天伸展枝叶
扩张为一座庞大的葡萄园

那一颗颗葡萄
多像它们炯炯有神的眼睛

土大坂

山与山之间的隘口
雪豹敛声静气的地方

曾经的牧人
自己喊了自己一声
那些声音
就摔碎了

几匹骆驼
不小心被一股风牵引
又被猛然间推入山谷

骨头，成了山的骨头
一滩血迹
被云雀舔舐

每一次
爬冰卧雪的人
都怕被土大坂叫醒

近前的缓坡

我一次次辨认自己
在草原上
我好像是另外一个自己

在辽阔的绿色中
我高喊了一声
喊醒了自己

在草地上
我像马一样打滚
我是一头动物吗

我爬在一束鲜花前
嗅了又嗅
这世界，并不多一个花痴

开始，近前的缓坡
遮挡了远方的雪山
后来，一切都敞开胸怀
像一个光明的使者
告诉这草原的美好

我想
我能够把它
带到四面八方

在荒野

如果不是在劳动中获得信仰
欢乐也不会自己回来
在荒芜的戈壁

我找到了村庄残缺的部分
这曾是我内心的财富
在这广阔的荒野
它暴露无遗

犹如这无名的小花
在极度的干旱中
保持了自己
娇美的容颜

刺玫

在草原上看见她
就像看见了卓玛

她在阳坡上
风，梳理她的头发

风，顺便带走了她
一缕缕浓郁的体香

她身上的刺
在羊儿咩咩的叫声中
变得尖利

她的花蕊
照亮了泉水
流到了
更远的地方

卯来泉

这泉，只有采撷满天的星光
才会清冽如酒

这泉，只有采集整个山脉和草原的宁静
才会汩汩流响

这泉，只有安守寂寞
才会永不枯竭

因而，卯时
你才会看见她
神秘的笑脸

后山

人们把看不见的山
叫后山
人们把很远的山
也叫后山

这山上的草
那山的羊
叫一声
互相都知道

这山望着那山高
一望，就望见了
从山上走下来的羊

高高的山顶
羊群挤在一起

白白的
像雪

大红泉

其实，看一眼
就能看见那些堆积的红色
它们像是在草原上
点燃了一只炉子
火呼啦啦地烧着
红红一片

其实，轻轻一嗅
就能嗅到
那淡淡的清香
一眼泉汩汩地流着
把草根上蓄满的
春天，一点点带到大地上

整个草原，春天从
泉水中四处漫延
像是一朵花
在舒展它的花盘

草书

戈壁上，草是一滴墨

一场雨，就会让它
狂舞

一场雨，就会让它

鼓胀起一往无前的笔锋

那个人，那个一辈子
积攒了笔墨的人
扑到了
是一片草原

那一笔，贯穿了
他的一生

饮马

有这样的泉水
能够奔驰千里
滴水不漏

有这样的河流
能够含情凝视
催促所有的草和花
赶赴春天

有这样的风
自带鬃毛
在秋天的苜蓿地
追逐一只只蜜蜂

它的野性和甜，来自自身

旷野

一寸草地，护着一丈荒凉
偶尔的雨水，像回来的亲人

在旷野上走着
看见了，微小的春天
它们还是羸弱的孩子
但终究会长大

在葫芦河

水在戈壁上走
走着走着，总是往身后看

呀，那歪歪斜斜的脚印
拴住了一缕缕炊烟
而那一块块葱郁的土地
像一条条青藤
结满了肥硕的葫芦

山上的牦牛

有积累的雪
有遗留的草
有几头牦牛

白的，黄的，黑的
从山上到山下

牦牛像裸露的黑土
一点一点
扩散
春天的消息

罗布人村寨

塔里木像一条游蛇
闪光的诱人的腹部
挤满了胡杨树

沙漠的金子
小木船一次次运送
波涌浪急
每一次都有惊无险

到了秋天，羊群
只是必不可少的装饰
牧人从大田里背回了玉米
把它们挂在
树杈

大家像一棵树一样开心地喝酒
直到酒香
把浑身的叶子熏醉

敦煌以西

从前，一直以为
绵延的麦田
就是敦煌的边界

从前，一直以为
一条溪水，会流很远很远
一条河流
就更不用说了

从前，跟着马车

一直以为，马车可以碾碎
所有的戈壁

可从戈壁上慢悠悠回来的马车
卸下盐、煤和柴火
自己像喘气的老头
驴马要歇息好几天

敦煌以西，掩埋了
一半的春天
一半的夏天
一半的秋天
一半的冬天

不服气的人走进去了
再也没有回到村庄
成了那一半季节的人

清明

就为了等那一场雨
早就备好了种子

就为了等那一场雨
手在半空中停下
所有的云
都没有看见

如果一场雨可以用来哭泣
那么，这一生积攒的辛酸
都会成为这盐碱地的白霜
风吹过了
卷起一层

风停下来

又是白茫茫一片

盐湖

人世间的真味
总是这么偏僻

你要找到它
非得磨破鞋子

嗓子出血
也唤不回自己的亲人

直到大地的干渴
像一张张血盆大口

这些盐
才像一群羊
从湖水中浮出
如梦如幻

油灯

母亲从旧家具里取出油灯
她说
她要找一件东西

屋里灯火辉煌
可她一直说黑
点上一盏油灯

她就安静下来了

这儿翻翻
那儿瞅瞅

一阵欢喜的样子
像是找见了宝贝

麻雀

麻雀遇上了一个好时代
很多树
很多草籽
都是它们的

早晨的阳光
也是它们的

那它们为什么还
叽叽喳喳地
争吵不休

宕泉

往高处走
往有云彩的地方走

走着走着
身上的东西越来越少
心里的东西越来越多

走着走着

用泉水洗眼

看见了近处的敦煌

桃花

在大地的尽头
或是冰雪的中心
有这虚幻的云雾
如丝帛
款款而来

在夯土的围墙
或是朱门的另一侧
伸展这不安分的一枝
她的微笑
被很多人
带走了

春天就这样蹑手蹑脚
来到我们的后院

芦草井

井，被蓝天安葬
那一夜
阳光在井底喧哗

后来，一座城
枯萎了
那棵树带给远方的消息
走到半道

就落尽了叶子
像一个孤独的老人

救援的人还没有赶到
路标
就被沙子埋住了

新店台

走出敦煌，你相送
最后的雨水

归来的河流
被粗壮的白杨树环抱

村口，被高高的火车路基阻挡
母亲，穿过涵洞
在小树林捡柴火

过路的小汽车
一闪而过

东南西北的风
吹过新店台
只有你停下
看村庄的黄泥小屋
又矮了一截

走进敦煌
榆钱如金
像你的笑脸

锁阳

北地，沙窝子
几丛芦苇

厚厚的一层叶子
枯风
败枝
逆生长的锁阳
头顶雪

只要有一丝丝阳光
它就会把这一小片冬天
焐热

南戈壁

向南，蜃景一页页翻过
最后一页
是戈壁

向南，蜥蜴偷偷地窥视
每一个微小的闯入者
接下来
或者猛烈地厮杀
或者惊恐地逃走

向南，炊烟刚刚融入
就已经消散
一阵寒风
扫尽人间烟火

向南，有狐狸倏然闪过身影

倏然又不见了
人们回头看了看
自家的鸡舍

沙雀子咕咕咕的叫声传来
可能会有几十个接力者

向南，南戈壁
先人的安睡
不可惊扰

在蘑菇滩

稀疏的白刺
在西风中愈发坚硬

红柳的红和紫
举在头顶
远远就看见了

春天的潮水漫过原野
阳光捞出
其中的盐和碱
白花花的
远远也能看见

雨后的人们
低头寻觅
看有没有一朵两朵
新鲜的草菌

找了半天
什么也没有

原来
这是一个香喷喷的名字啊

又见敦煌

在这个戈壁的背景上
有白杨树
麦子、高粱、玉米
还有棉花的温暖
葡萄的甜

还有秋天
层层叠叠的笑脸

还有，沙子
堆起一道环形的城墙
每天埋住
一个太阳

还有，这些太阳
抽叶，拉藤
如蜜瓜
还有，这些太阳
印在母亲的脸上
黝黑黝黑
像一小块沃土

看见你
每一个人
都想发芽
长成一棵树

三跌水

要为这广阔的戈壁献上三跌水
要为这三跌水献上一垄葡萄、一束鲜花
戈壁上的三跌水，一跌被暴烈的阳光吮吸
这样，它们的光焰就不会灼伤野草的根苗
一跌，悄悄隐入厚厚的沙石，像一个侦察兵
寻找春天的种子
一跌，一滴一滴打在石头上
让迷路的人听见这舒缓的琴音
让他们在绝望中一把抓住希望，抓住睡眠和粮食
在飞扬的沙子中品尝到美酒的醇香

三跌水，在戈壁上
它是一次浪漫的重逢
遇见它，这水，一跌，一跌，一跌
在身体里，能流一辈子

库穆塔格

沙子，和沙子在一起，众多的沙子
埋住了南来北往的风

众多的沙子，埋住了一个人的后半句话
他的妻子，他的孩子，把杳无音讯的沙漠
叫库穆塔格

偶尔有驼队回来，他们把库穆塔格的沉默带回了村庄
把那无边无际的干旱从大皮袄里抖开
呛人的沙子和尘土，飘到院子外面的老榆树上
几只嘎嘎嘎乱叫的乌鸦飞走的时候
男人们猛喝一口酒，然后把剩下的酒倒在地上
库穆塔格，就远了

走过库穆塔格的人，在他眼里
一座村庄，就像一块翡翠
是库穆塔格，擦亮了它

杨哥

把你叫哥哥的是一座山，是山上淌下来的溪水
把你叫哥哥的是一顶温柔的帐篷，舞蹈和歌声
像风，吹响四面八方

从隘口过去之后，才是杨哥
穿过厚厚的雪，前面还是雪的草坡
才是杨哥，一大盘肉，一大碗酒
喝着，吃着，在灿烂的星空下
还能找到回家的路，前面，一定是杨哥

我在秋天的草原上看一只盘旋的鹰
它跟着我，走完了最艰险的山路
它会不会是我要在这片草原结识的朋友
它会不会是杨哥

八个家

人们一直在唱，在唱一眼泉
那眼泉的水，没有停过
这歌声就一直唱着，从一座帐篷到另一座帐篷
就像泉水流淌的声音

人们一直不肯离去，牧人的孩子，孙子
他们一个个长大成人，他们要有另外一个山头
要有另外一片草场，可他们还是一次次回来

泉水流过的地方，草越长越高的地方
常常升起炊烟，常常架起篝火

人们唱着，歌着，舞着，就是为了脚下这个地方
就是为了八个家，走到哪里都要记住的地方
可以躺下喝酒的地方，能够在白云下
做梦的地方

新店台消息

早晨，天气预报上说，有一场沙尘暴从敦煌而来
新店台就在敦煌的边上，开着一个口子
让水流进来，当然，沙尘暴也会刮过来

下午，沙尘暴就到嘉峪关了，一座高大的城池
瞬间就淹没在一片尘埃中，无声无息
像是一块麻布的笼罩，但我相信
一定会有急切的呼喊，催促孩子回家
赶上牛羊归栏，关好门和窗户
大块的村庄，被沙子抽打，像是一次考验
所有的人都沉默了

我在一个迟到的电话中沉默，我想大喊一声
让这沉默破碎，却只能让它继续壮大或坚挺

那些高高的红柳，那些麻雀，那些闲散的公鸡和母鸡
再也看不见那个捡柴火的人，那个在冬天的雪堆里
拨出玉米籽的人，麻雀、鸡和红柳都能读懂他眼神里的黄昏
是那样的美，好似每个植物和动物都收到了一匹锦缎

那个人在一阵呻吟中走了，他的咳嗽，他的疼痛
都被一场沙尘暴席卷，仅仅大半天，就疾行八百里
告诉我悲哀的消息，我打开门窗

沙尘占领了我的睡眠，又继续冲撞我的忧郁

我跪倒在地，我想问一声，北风拾捡的旧事
被丢弃到了什么地方

望杆子

应该坐上马车，让马自己找见
喝水的地方，让种子自己找见
泥土，这里有一个温暖的襁褓
可以安睡，可以溢情，可以撒欢和撒泼

河流上的小树叶，是秋天的桅杆
它告诉下游的兔子
沙丘上的胡杨已经黄了，像一位金发公主
正等待出阁，谁会翻越无边的沙漠
如一只勇敢的蜥蜴

看见，一堆篝火在黑暗中书写
楷书、瘦金或者章草
有凛然豪气，有将军纵马的激越

身后的胡杨林跟紧黎明的霞光
它们是不落的彩霞
为望杆子的秋天照路
往回看啊，永远都是湿漉漉的
像是一群羞涩的幼女，像是它们掩饰不住的笑

潮湖

这几天水来了，这几天阳光赶制金箔
这几天等待出嫁的女儿凑齐了五对

她们身着长裙，像是从沙地上长起的花树
胡杨从她们身边簇拥而来，细小的风
还是从林间的空档，抛下几片金黄的叶子
好像是专为她们而来，专为她们撒下了美的请柬与祝福

更多的人成为湖边的倒影，清澈的湖水
抹掉了人们内心的污垢，愁容之上也绽开了清凌凌的笑靥
正好陪衬她们
就像幸福能够传达一场秋风的爱恋，胡杨林自己抛却
那片最灿烂的阳光，聚焦于五对恋人天然的娇柔

淘金者

又是一个春天了
妈妈，我的布口袋磨烂了
那一口袋的麦子，倒在罗布泊的锅里
我的汗水，只煮熟了这几粒金子
妈妈，春天了
我知道了什么是金子
黑夜里敲开家门
油灯下，光明像一群鸽子
一群嘴里衔满黄金的鸽子

故道：车马大店

前世的粮仓，遗散一地谷子
车辐上的裂痕，灌满雨水
几只麻雀啜饮、歌唱
一只老鼠坐在马槽
阳光灿烂的日子
它们各自隐匿
像一段找不见的历史

在古驿站的废墟上

人歇脚，路越来越长
马歇脚，路越来越长
历史歇脚，天地苍茫
鞋走完了路，锈迹斑斑
马走完了路，骨头腐烂
历史坐着，几块简牍
睁开眼睛

黑河下游

蒙古妹妹的驻牧地
秋天的旗袍用叶片做成
被河水湿透的身子
像一条鱼

哥哥走远了
哥哥种下的胡杨树
一天天长大
妹妹沿着哥哥的脚印
插满了树枝
这些树枝，也一天天长大
远远望去，黑河的脖颈上
好大一块黄纱巾啊

哥哥，你何时回来

嘉峪关上的燕子

垛口上，站着燕子
城台上，站着燕子

阁楼上，站着燕子
游击将军的府邸
站满了燕子
黄昏的时候
它们集体鸣叫
从各自的位置起飞
它们是燕子
多么自由

大风中的黑发

大风中失散的叶片，大风中的灵魂与歌声
当我目击，我不再真实，我不在荒凉的戈壁
我拥有人间的花园，我拥有天堂的花园
如果天堂有花园，我深信，我已在她的芳香中
与梦为邻，与一生一世的爱人
耕种，挑水，做饭
用星星编织夜晚，用夜晚编织睡眠

大风中的黑发，你不是我的黑夜
相反，你是我的瞳仁，痛饮光明的泉
像灿烂的壁画，在敦煌，在石头的心脏
跳动难眠的火焰

马车上装满我一生一世的柴，大风
吹走道路，大风让敦煌迷茫
大风穿过嘉峪关，向东
桃树鲜艳，像一群美女
只有我的黑头发，瀑布一样垂下
我逆风的马车，我瘦弱的身体
我干枯的柴，站立如琴，铺开
如滴血的誓言

我深信，此刻，我的肉身全部飞出
极尽完美，极尽醉意
大风中的黑发，你就是修木

透过沙丘看见敦煌

驿站，隔开沙漠，巡夜的灯笼
白天熄灭的大火，白天的寂寞
留给夜晚，夜晚的路标，夜晚睁开的眼睛

夜晚在沙漠上，一只巨兽
夜晚在驿站，温柔的小娘子
透过夜晚，只看见一盏心灯

突然闯入的黎明，像一座村庄
突然出现的父母和姊妹
透过沙丘看见敦煌
一粒盐，瞬间的苦涩
像一座村庄
走出一支吹琐呐的队伍

敦煌，一瞬间把草装满，把树装满
石堡，庙宇，泥塔
谁的述说，像一颗针，一对马掌
钉入潮湿的大地，像一页发黄的信纸

看见敦煌，身穿黄金
如梭的人流中，清凉的峡谷里
举着泥土，缝补梦想和天堂
那颜色，和成熟的果实，一模一样
和一匹马在奔跑中，点燃的火炬，一模一样
看见敦煌，行者像一块冰，透明，洁净
在夏天的阳光里，找见了根

红柳的原野

荒原的长子
如此俊秀
我拜谒它的一瞬间
恍入江南的橘林
脚踏干裂的碱地
才知道，那是我西部狂傲的笔
在平乏的季节
写满火焰，初次见到它
是那不羁的恋人的吻

红柳的原野
羊群在茂密的花海中
只闻咩咩的轻叫
那马头上的彩饰被映红
牧女高悬的发髻也是啊

嘉峪关：一个早晨

可以去看一看，走上去看一看
类似烽火的夕阳，一层层
狼烟垒高
这些青砖、古旧的木头
一次次撞开大漠的黎明

可以想一想，嘉峪关
从每个方位升起的黎明
是不是几把刷子
刷出多少眼睛

可以狂嚎，这样的黎明
四野无声，孤寂的身影

突然冲出，像古代的马队
而黎明的广阔
遍布铁蒺藜
吸收着他们的血、肉和骨头

此刻的嘉峪关上
雄鹰的名字
镌刻在天空
天空空空
巨大石条上的印痕
藏着他们的影子

阳关雪

走远了的那个人，似乎一直在路上
谁也没有他的消息

走远了的那个人，在沙地上埋下的树枝
遇见了一场罕见的雨
那雨下了一天一夜，到处都是雨水
在这一天一夜里，那根枯干的树枝饱满了
青葱了，发芽了

现在，或者很久以前，它就是一棵树，一棵柳树
折柳相赠，很多人手有绿荫
像是那个人的亲戚，在等着他
但一直没有他的消息

走远了的那个人，似乎每年都会回来
像这一场雪，盖住了从前的脚印
像这一场雪，拍打每家每户的窗棂
像那晶莹的雪花，挂在柳树的枝叶上

也许他看见了，听见了
这一年，很多年，人们的安逸和富足

遥远的沙丘

那一年，穿越敦煌西部的大戈壁，罗布泊还远
那一年，渐渐丢掉绿洲上满目的草，直奔荒芜，罗布泊还远
那一年，遇见开锰矿的哈密小伙，他用仅有的两个西红柿
给我做了一锅面片汤，就着一包榨菜，我饱尝了这几天最美味的午餐
从他的地窝子、从他的石头小屋，从他用干树枝搭起的小窝棚看出去
哪一面，都是一望无际的戈壁
小伙子说，再走还是戈壁；走死，还是戈壁
小伙子的语气中，对这茫茫的戈壁充满了愤恨

走着，走着，但我们看见了沙漠，一湾新月形的沙漠
莫非，是昨晚剩余的月光，是我们不曾斩断的梦境
广大的戈壁上，只有这一堆沙子，像昨晚的月亮
像整个黑戈壁上的一盏灯

我们停下来，琢磨着它从哪儿来
到处都没有沙子，我们走过的地方，没有沙子
在没有沙子的地方，看见沙丘

显而易见的寂寞与荒芜
罗布泊不远

岩画

崖壁上的石头静悄悄的，风拍打它们
也静悄悄的，那些风，一瞬间就爬上崖壁

那些风，一瞬间就点亮了篝火

还有满天的星盏和月色

那些风，吹动人们身上的树叶和兽皮
吹动老虎身上的毛
那些风，吹动人们的身体
人们的身体也像一片片树叶，在风中飘动

那些风，紧贴着岩壁
像一幅画，和从前的世界融为一体

阳关以西

一棵柳树，把自己望老了
远天远地
那些漂流的风寒
渐渐回溯

在它的枝干，一系列皲裂的皱纹
春天，也不会被浓郁的绿色掩盖

山坡上那个高高耸立的烽火台
有时候，它像一个人
有时候，它像一匹骆驼
不管是人，还是骆驼
它都死死地盯住远方
哪怕是一阵风
一朵云
它也要看个究竟

阳关以西，一个人说了一句话
很久了
另一个人没有应答
当它成为一块坚硬的石头

捎话的人，才捡起它
把它焐在胸口
泪水和身体的热度
能够翻译它

在阳关，在阳关以西
今天的人
又能说些什么

胡杨

现在，我们看见了胡杨
它一直紧盯着远方的沙丘

现在是冬天，它飘零的叶子
随风而去，化为粉齑

现在是春天，它仍然
头顶着最后一场雪

而在夏天，在那个星光灿烂的夜晚
它悄悄捧出自己的梦
鲜嫩的枝叶
就像戈壁上稀有的玛瑙

而在秋天，它已经满怀沙漠
金黄的发束
俨然娇艳的女郎
让平淡的沙丘浪漫无比

送别

在这里，适合谈及以往
搁浅的木轮车
聚焦着大漠的轮廓
曾经丢失的路
在单只破旧的草鞋上
隐隐约约，比星光更暗淡

在这里，适合畅饮
葡萄酒或者烈性白酒
有一些，就能点燃
浑圆的落日

在这里，也适合倾诉
无垠大野，一个人的眼泪往往被忽视
但有一股风
却会为你拭去
淡淡的忧伤

在这里，瞭望远方
望着望着，就觉得自己被融化
成为天际飘散的一抹云彩

吊古

他们走了
我们无法踩着他们的脚印
走到比他们更远的地方

这些沙子
一瞬间，就掩埋了
那些一往无前的背影

这些沙子
一瞬间，就推远了
村庄的春天

不慎遗落的一枚铜钱
也沾满了沙子
锈蚀着晨光和夕阳

站在一座烽火台下
也不能成为一名戍卒
扛起每一个早晨和夜晚
自己变得越来越矮
越来越瘦

一只云雀飞过
它们所见
也不会比一棵梭梭柴
更多

秋天

葡萄的芬芳四处蔓延，就像那些在沙丘上
伸展的枝叶
而吊在藤蔓上的葡萄，像无数个
小太阳，夜晚，又像
无数个小星星

它们于超级的干旱之中，凝练
晶莹的水珠，并让它们有
自身的光明，不被其他的光
炙烤和压制，以致消亡

芦苇

此刻，它们与沙漠争斗的勇气日益高涨
烈日当头，它们也趾高气扬
尤其是沙丘顶尖的那一棵
比沙丘整整高出一截

遥远的蜃景，渐渐被剥开
虚幻的水景和楼宇仍然是一滩碎石

只有它们，举起手臂
向走来的人
向走远的人
挥动，表示
还有一批同行者
跟在后面

咸泉

阳光在熬制这一滩水
析出的碱
一层层堆积

顽强的草
是最后一批畅饮者
它们满脸通红
像一群激动的讲述者

在这无垠的大漠
在这孤立的烽火台下
敢于大声说话的
也只有它们

渥洼池

那些马，仍在
无垠的草滩
都属于它们

还有那片水
它们子子孙孙的储蓄
一波一波涌来
像风中的马鬃
像蜂拥而来的马

因此，昨天的马
今天的马
未来的马
它们都在

都会
永远在

吊吊水

高处的水
人们叫吊吊水

水流到了高处
然后跌撞下来
人们叫吊吊水

水想看一看山顶上的云
想重新变成一朵云
就不知不觉走到了高处

走到了高处
它就不是一般的水
它就成了吊吊水

归鸟

是那些鸟儿提醒我
该回去了
它们叽叽喳喳一阵
就隐没于草丛中

接着，寂寞像夜晚一样
席卷而来

此刻，我有一种冲动
想把背包里的糕点
分送给草丛里的鸟儿

这么大的草丛
它们在哪儿呢
怎么一点都不出声

西草地

一场雨过后
天，愈发碧蓝

一场雨过后
虹，在饮水

本来，属于那些芨芨草和梭梭柴的水
此刻，所剩不多

因而，虹
愈发多彩
草，愈发
嶙峋

一群鸽子

它们打着呼哨
从树梢上飞过

它们飞过去之后
又飞过来

周而复始几圈
像是飞行表演

每天都这样
人们似乎都忘记了
它们是一群鸽子

风筝

把大地的颜色带到天空
那些驮着云朵的风筝们
自己的翅膀
就像一朵花
颤抖的丝线上
闪耀着阳光

人们专注地看着
就像自己心中的一个念想
突然被举到了天上

有点激动
有点紧张

汉简

有时候，我觉得它们就是一只鸟儿
一只栖息在树枝上的鸟儿
总觉得，它们随时随地
就会扑棱着飞走

此刻，虽然它们一直依附在树枝上
但天生好动的样子
以及一目十行的速度
会让它们飞到时间的一个拐角
谁也找不到

飞檐

此刻，它回到了自己的高度
静静的，成为天空的一部分

但微微上挑着
不安的骚动

曾经，一飞冲天的光
凝结于一钩弯月

曾经，偷偷暗藏的一团火
窝在胸膛
浮出于涣漫的夕阳

所有的行程，在这里

停顿了
所有的停顿，又渐渐
焕发活力

牵驼者

他现在还牵着那匹骆驼
还在探索前行的路

他现在还紧紧攥着那根缰绳
牵扯不断的风和雨
丝丝缕缕

仿佛千钧之力
在一刹那间
传回平淡的人世

他现在还在路上
目光如炬，燃烧掉黏稠的黑暗
他用自己的身体
遇见的坎坷

他的故乡
在那人所不知道的地方

烽火台下

在沙子里
在重重叠叠的黑暗里
一枚木简的胎心
在跳动

在沙子里
所有的语言都开始冰凉
只有它，把自己的命
续在了春风逃逸的木片上

在沙子里
有了它
每一粒沙子都是叮嘱
一把抓起它们
从手心里漏下来的
却是金子一般的诺言

光化

光化者，是让阳光漫延
比风的速度更快

光化者，让诺言镶嵌于石板
铺平通往远方的道路

走进来的人
心怀大草原的广阔
走出去的人
专注麦穗的繁衍
一切都是香喷喷的

光化者，是心与心的碰撞
见面了，像久别的亲人
不由自主地
抱在一起，怎么也分不开
像挤在一起的苞米籽

二墩

横竖，它都是第二
一路数下去，更多的墩台
没有名次
沉寂的日子
都被黄土盖住
高高耸立的岁月
更多的是严寒与风霜

在广阔的戈壁
无数的脚印可能被阻断
但一座墩台传递的信息
却一直畅通

向西

最初和最终的路标
都向着一个方向

躬身向前的方向
在那个滚烫的黎明
就蒸发掉了仅有的水

匍匐于地的求索
不时隐入如深渊的黑暗

只是，看见了一座帐篷
只是，遇见了一汪泉水
只是，听到了鸟儿的叫声

就放声大哭起来
回到从前的生活

随手摸到的
都是幸福

葡萄

偷偷躲过沙子的袭击
后来又偷偷爬出酣睡的沙漠

它等到了第一场雨水
它攥紧自己的小拳头
把一滴滴水，在沙子中打磨
最后，我们看见了
晶莹透亮的珍珠

在阳光下
茂密的藤蔓
全是蜜的脉管

在阳关

招一招手
他们，已经被沙丘挡住

坐下来
看着远处的尘土
渐渐漫过来
成为夜晚的帷幕

在阳关，一个人的絮语
被风吹散
一个人的早晨
就零星的鸟儿带走

找回它们
已是枯萎的柳枝
和呜咽的羌笛

往前走的水

一直往前走的水
走着走着
就没有了

偶尔看见一丛芦苇
或者梭梭柴
就知道
一直往前走的水
也累了

荒漠上，总有一些水
会把自己丢了
能够找见它们的
是牧羊人的鞭子

鞭子响了
荒野上的草
醒了

阳关简史

来来往往的人，歇下了
来来往往的人，看着天上的云
想起了棉花、村庄和家

来来往往的人，眼泪

止不住地流
不小心，滋润了
干渴的种子

来来往往的人
走的人多一些
回来的人
越来越少

那些种子，开始发芽
它的子子孙孙，因为那一份苦涩
酿造了绝世的甜蜜

它们等待的人
一直没来

骆驼

能够装下沙漠的
只有骆驼

从这里走出去
所有的不舍
都积累着
像一层层夯筑的墩台

所有的希望
像一颗种子
深深地埋下来
为了那回眸一笑的甘霖

当一切都隐没在远处的蜃景中
骆驼的身影

也像连绵的沙丘
在微风中蠕动

在阳关

把囤积的水
全部拿出来

把激烈的风
反复搓揉
拧成一股绳

水浸湿了绳子
而绳子拴不住水

该枯萎的枯萎
该生长的生长
干草中的兔子
向东，找见了
无垠沃野
重负下的骆驼
向东，融入
虚幻的蜃景

在阳关，看见的
并不一定真实
像那一片涌动而来的水
看不见的，并不虚无
风啊，真是一根鞭子
抽打万物

一只蜥蜴

它迅速爬动
一眨眼就不见了

当一块花纹独特的石头
猛然间睁开眼睛
整个戈壁
放大了
生命的意义

那些走进戈壁的人
觉得自己也应该像一只蜥蜴
成为石头中的一块
无边无际
而又绝无仅有

阳关一带

那年，阳光炽烈
我在戈壁滩上，学习简单的行走

走一阵，歇息一会儿
所有的道路似乎都已经停滞
平坦坚硬的戈壁
似乎处处都有陷阱

再走一阵
感觉世界的尽头就在脚下
多走一步
都会跌落深渊

再走，就好像腿、身子

全部交给了戈壁
不是自己的了

很多人和戈壁融为一体
是因为还没有学会行走

云彩

天很蓝，白云如棉花
早晨，是彩色的棉花
傍晚，也是彩色的棉花

真想把这些棉花
织成丝绸
交给阳关的夏天

真想把这些棉花
做成棉被
交给阳关的雪

风

你会记下这些风
它拍打你
撕扯你

用尽所有的力气

走到哪儿
你都会认识这样的风
身上是沙子和石子
狂暴脾气

大嗓门
谁都受不了

在阳关，一股风
把所有轻飘飘的东西
都刮走了

棉袄

惊蛰了，我还穿着棉袄
北方的戈壁
风带走了阳光中
一半的热气

后来，看朋友圈
南方的美女们也是穿着棉袄
臃肿的身体
一点儿也不灵魂

她们走在林间小道上
树木的枝杈上
也是光秃秃的

我站在阳关的烽燧下
开阔平淡的视角中
我的棉袄
像一朵花

墩墩烽

就这一座烽火台
站在高处

就这一座烽火台
目光向西
一直向西
它可能看见了
我们看不见的东西
这些东西一直装在它心里
让它在夜晚
也睁着眼睛
让它几千年了
还站直着身子

在一棵胡杨树下

它浓密的叶子
就像我们珍爱的黄金

阳光在叶面上闪光
它本身就是阳光

一阵风吹来
哗啦啦的声音
像是在说
每一个人的黄金
都在自己身上

黄昏

沿着溪流
夕阳四处流淌

沿着夕阳
归途中的鸟儿

翅影沉落于黑暗的夜晚

一刹那间
星河涌岸
所有的光
都崩落在大地上

云雀

我记得那两只云雀
在一条溪流的上空
它们上下翻飞着

一只往前飞
不时回头
另一只紧跟
啾啾啾地叫几声
时间很长了
它们像一对恩爱的夫妻

等它们消失在绿洲的尽头
我突然很想成为
它们中间的一只

独木桥

过去了，回头再看
当时捏着的那把汗
都掉到水里了

过去了，那窄窄的木头
还稳稳地在那儿

就像什么事
都没发生过

过去了，就对排队的人说
世上就没有过不去的坎

其实，说话间
就有好多人
掉沟里了

葡萄园

真想把自己的一生
都浓缩在葡萄园里

真想坐在葡萄藤下
把自己坐成一串葡萄

真想在月光下
以葡萄的名义
与天空对饮

真想躺在软软的沙子上
抚养所有的葡萄树长大
像自己的孩子
看着他们
把甜装在心里
那么自豪，那么美

那么多花

风中，沙土飞扬

昏暗的天空
被大地淹没

只是，我们又看见了花
那么多花
一点点拂去灰尘
一点点交回
洁白的云彩
只是，淡淡的清香
提升着一日三餐的滋味

用溪流擦脸
一切都是那么恬静
充满了启示

初春

回来了，除了燕子
回来了，除了一股暖暖的风

还有那些叶子
突然睁开眼睛
突然说话

还有那些种子
突然睁开眼睛
突然说话

有人跟你说话的季节
多好啊

沙棘

在沙丘上，它们慢慢往上爬
它们捧着一场场雨中的几滴
向着潮湿的戈壁
深深地垂下头颅
沙丘就这样
被它们的谦逊
所淹没
在沙漠，人们看见一堆堆植物
似乎跟沙丘一样多
枝条上缀满了
红色的果子
像一盏盏灯笼

提灯的植物
照亮了整个沙漠

春水

梳洗打扮了
所有的风
让它们像鸟儿一样
翅膀上沾满了
叶子和花

飞到哪里
哪里就是春天

在戈壁的边缘
我看见的春天
是那些徐徐而来的
清凌凌的水

阳关

一步一步，把坑坑洼洼的沙漠
填平，然后
一次次，把平展的沙漠
踩出自己的脚印

戈壁上沉淀的黑暗
都成为疙疙瘩瘩的碎石头
戈壁上积攒的相思
却夜夜入梦，常常回来

那些人，被荒野修正
被冰雪打磨
被干旱锤炼

那些再次回家的人
越来越稀有
越来越像一块晶莹剔透的
玉

落日

在送别中知道相聚的珍贵
因此这一杯酒
一直有着醇香的滋味

在送别中，看见夕阳一点点沉落
又无力挽回眼见为虚的彩帛

一群鸟儿回到巢穴
落日像一个鸟蛋
被黑夜孵化

此刻静悄悄的
秘密——呈现
所有的悄悄话都能听见

一片芦苇

这一片芦苇，摆出一副
浩浩荡荡的样子

戈壁并没有后退
但它绿色的波浪
已经冲在了
荒芜的前面

无论四周的戈壁多么浩瀚
一片芦苇都会把自己
一点点雕琢成航行的船
桅杆、帆与船仓
都是紧紧簇拥在一起的枝叶
勇敢和信念把它们捆绑在一起

在戈壁上航行
它们自己有足够的养料

星空

仿佛戈壁上的宝石
都飞升到了天空

只是看着
就心怀感念
只是在微风中

就能把念念有词的呓语
推送到远方的村庄

我坐在沙丘上
想让自己成为一颗星
白天，在田野劳作
夜晚，在高高的天空
记住村庄的秘密

五月雪

不断刷新柳丝的
是雪

它们拍打着大漠
从烽火台的棱角
吹掉一部分虚弱的尘土

在刚刚泛青的柳叶上
它们一点点黏结
像未曾开化的翡翠

阳春白雪
是洁净的，雅致的
聚焦了零散的
春光

溪流

我一直记着它们
哗啦啦流过戈壁
我一直担心一泓浅浅的水

会走多远

后来，我惊讶了
它们把自己举过沙丘
高高矗立在沙丘上

你看，那些芦苇
清凌凌的
多像一点点上升的水

梭梭

每一次看见梭梭
都有话想说

刚要说出
却突然哽咽

它白如风雨漂洗的骨骼
凛凛然
如举着春天的旗

那干枯枝条上的几片叶子
更是风华绝代
如独对大漠的莞尔一笑

我被它所激励
有流泪的冲动

大雁

看着它们飞过去了
看了很久
直到它们消失在天边

又看了天边很久
觉得像丢了一件东西
好像那件东西永远也不会
找到了

当看到又一队大雁飞过来的时候
终于感觉轻松
直到它们飞到很远
丢掉的东西
才像是失而复得

塞

隐约是一个土棱
走过才看出它的雏形

从前的沙土
埋住了自己

从前的沙土
散落四方

从前的沙土
跟随从前的人
骑马，回到故乡
在麦子金黄的季节
温柔的月色

拍掉风尘

从前的沙土
有一部分
抱在一起
身影模糊
却固守如初

鸽子

突然间看见鸽子
它们咕咕咕咕的声音
像撒下了一地的豆子
低头寻找
那些豆子
仿佛迅速变身为
摇曳的芦苇

在阳关，看见头顶上的鸽子
会下意识地搜寻身边的芦苇
看它们会不会长了翅膀
偷偷飞走

在阳关，所有的草
都会像鸟儿一样
还没看清楚它们
就悄悄溜走了

在这里

这些树，被众多的树
疏离

这些树，与沙漠一起
分捡出四季的脚印
这些树，在风尘中
亭亭玉立
像是久居秀楼的大家闺秀

甜

沙漠上，一泓溪流
把种子与阳光搅拌在一起

沙漠上，一条藤蔓
把叶片和花蕾
隐藏

它们囤积的
是一种味道
要是尝一口
会感觉到，人世间的甜
都在这里了

半弦月

天上，只有半弦月
大地就堆满了银子

此刻，麦苗拔节了
花苞绽放

所有的静
都在睡眠中溢出

植物的眼睛
在星光中
一闪一闪

村庄

一对年轻人
坐在田埂

蛙鸣，叫响了夜晚
它想把两个人的甜蜜
传遍村庄

它一次次叫
整个村庄
就像没有听见一样

那个男孩
向水里扔了一块土
那个女孩说
死青蛙，让你叫，叫，叫

大墩门一带

风吹来的沙子
又被河水带走

一年年，这座墩台
瘦了

一年年，这座墩台
瞅着河水
眼神

模糊了

一年年，清凌凌的河水
因为沙子
愈发浑黄
像一团泥浆

就像一座墩台
在水中看见了
自己的倒影

羊井子

一只羊叫了一声
一群羊跟了过来

一群羊一起叫
那口井
就藏下了
它们的叫声

在月色如银的夜晚
水，亮晶晶的
似乎要从井底溢出

宁静中
隐约有三五只羊的叫声

连绵的沙丘

看见了，阳光被分割
有的跌入阴影

看见了，一束植物
高高举着春天

看见了，牧羊人的帽子
在风中
像一面棕色的
经幡

源头记事

你是有五只眼睛的卡日曲
五只眼睛亮晶晶的
汩汩地渗出
星光，月光，阳光

你是盛着炒面的约古列宗
你这口浅浅的小锅
收纳了所有的泉和溪流

阿尼玛卿，卡里恩尕卓玛
头顶雪冠，高高耸立
穿了银子一样的衣服
又把银子撒向
草原，戈壁和沙漠

三江源，所有微不足道的事物
心里都有一个天和地都盛不下的梦

沙滩上

看见你的风衣，浓重的红色

在风中燃烧
火苗上
是你的笑容

有了你，这河水
舒缓了许多，这河水
像是在孕育
夏天的莲花

有了你，河流上的温柔
滴水不漏
大地上的爱情
一步步
步步生莲

那场雨

还记得，那淅淅沥沥的喧哗
在微弱的茎上
叶子纷纷拍手

这鼓胀的乳液
抱住了
干涩的花蕾

这掘进的根系
追上了
渗漏的雨滴

一切都刚刚好
草木葱绿
万物寂静

烽火台下

很多人站在这里
寻找远处的蜃景
看见了
就说，那些水
那些宫殿
都不是我们的

其实，那些水
那些宫殿
从来没有离开过
潜行者

卤水

一方水土，说的是它
一股子咸味
在风中
在阳光中
在水中
随时随地的问候
偏重的口音
热情而执着

飘来潮湿的气息
有淡淡的咸味
越近，咸味越浓
越近，那些芦苇就涨红着脸
向你招手

在广阔的荒芜中行走
它们绝对是多年不见的亲人

大海道

海丢掉了它
雨水也躲开

这里似乎藏着
一亿年前的水

它的干燥
阳光也无法插足

人走着
石头绑住了脚

风吹来
吹不动细微的沙子

在大海道
到处都是道路
但必须拿到陷阱中的
路标
才能走到终点

箭矢

把没有射准的目标
攥在手上

把沙土中的
一层层黑暗
攥在手上

把月光

阳光
过滤干净
攥在手上

把一场雨水
把一粒一粒的雪
攥在手上

最后，把自己的血
攥在手上
攥出一堆坚硬的
铁锈红

陶碗

揣在怀里的碗
都碎了

只有丢掉的碗
喂饱
戈壁的风尘

走了多少路
空空的碗
都会记下
忍饥挨饿的步履

只有这只碗
等来了雨水
它把雨水和自己的眼泪
酿成了光阴的酒

有人找见了它

说，呀
它竟装着好几个时代

玉

一块石头焐在怀里
久了

一块石头
走在路上
一直惦念着
一棵绿油油的小草
和它茎叶上
滚动的露珠

一块石头，错过了
高高在上的月色
只攥住了
属于自己的雪

冰冷的滋味
侵入肌肤
谁能温暖它
它就属于谁

无垠的沙漠

一直回头
看走过的脚印
此刻，它们还在

后来，知道这是一个幻觉

它们像自己的脚一样
还在，只是此刻
大漠，会淹没人的视角
同样，会淹没
这些深深浅浅的
脚印

回不去了
只要往前走
前面，怎么都能
走出一行
脚印

油菜花

阳光会像一件衣服
穿在人的身上
说的是油菜花

油菜花中间，人是最不起眼的
一朵，阳光披在它们的身上
也披在人的身上
自然，淳朴

谁能想到
它不是一件
衣服呢

一棵胡杨树

在这些金黄树枝的撩拨下
那座烽火台更加残破

它是一个中世纪的勇士
挑战一切向西的蜃景

只有这棵胡杨树
一直在这里
刷新所有的雾霭
让无定的风尘落定

它的叶子
像是远行者储备的
黄金

从前

从前，崎岖的道路
都紧盯着
整齐划一的烽火台

它们居于高山
潜于平原

那些泉水、河流也是
被高处的日光
盯得害羞
又被远处的渴求
一次次呼唤
像是春夜里
那墙头上的猫

从前，守护戈壁的人
只有一座孤零零的
烽火台

鹰

在岩石上，它就像一块
岩石
在岩石上
它还像一片云
将尘世的平淡
猛然一击

天空中，一阵穿云裂帛的叫声
滚落
对于宽阔的人间
像是一种
警醒

路上

只有跌跌撞撞的路
缠绕在茂密的草上

只有断断续续的水
牵着帐篷和牛羊

只有吹来吹去的风
把春天的消息
带到四面八方

骆驼城

当它摇摇晃晃的身影
像一堵墙
填补了城池的豁口

那些曾经的喧闹
彻底消失了

像一阵风
哗啦啦吹过

此刻，一切都归于宁静
宁静中的城垛
像一匹匹骆驼

杏花

沙尘中，杏花
要擦亮自己的世界
沙尘中，杏花
掠过一阵阵寒风
让它们倏忽远去

杏花，在边陲沙域
像一把火炬
点亮了人们
心中的春天

月牙泉

沙子埋住的阳光
此刻，埋得更深

沙子丢掉的月色
此刻，聚拢
像一块宝石

走过沙漠的人知道
它们都回来了
是在午后
所有的风
都延续了梦境中的
春天

骆驼

它们在沙漠中
冲入狂暴的风

它们在沙漠中
藐视沙漠的金黄
将自己一身的枯黄
交给
灿烂的阳光

阳关一带

在一股风中，在全部的风中
在微风中，在刀子一般的风中

骆驼，摇晃着走来
它的黄色
一点点融入天幕
像蠕动的沙丘

谁来分辨，风与骆驼
骆驼与沙丘
沙丘与城墙

在月色中
它们越来越清晰

沙漠之花

在春天，多数的种子还在被
沙子打磨

它已经睁开了眼睛，它已经
伸展臂膀，它的茎、叶、花
微笑而醒目
在一阵风沙之中
稍有萎缩

但很快，它就接住了
大片的晨光
花姿绰约，像娇女子
又像男子汉

沙泉

一湾水，被沙子簇拥
就像丢失在沙漠中的一粒纽扣
一粒水晶纽扣

是谁丢失的呢
许多人来了
许多人在惊讶

谁丢的呢
但谁也拿不走

一个女孩

她在沙子上
她的笑
像花瓣
在风中飘

可是这么冷的天
没有花呀

但仔细看看
她衣袂如花
像一棵坚定的杏树
身上全部是春天

这么冷的天
有一团火
向我们款款而来
又像一朵花

小孩

这个小孩，在戈壁
被风养大

这个小孩，在戈壁
把自己的悄悄话
说给星星、月亮

这个小孩，在戈壁
终于醒来
叫醒他的是
瀑布般的阳光

沙尘暴

沙子在天空盘旋，沙子在天空
抱成一团

沙子在天空堆积
把天空从鸟儿的翅膀上
打开，装上沙子

沙子在天空拍打阳光
掉下来的，仍然是沙子

春天一直在咳嗽
似乎感冒了

遍地高粱

其实，你的长势一直在突破
秋天的边界
雪线以下的牧场
牛羊的身影
被邻近村庄的白杨树遮挡

而在此刻，你饱满的颗粒
目视山巅上的雪

你觉得
它们也看见了
你

泉水

在一片黄草中，有一束
是绿的

在更广阔的荒野里
有一片月光
熠熠生辉

走向它的人
不由自主地加快了步伐

他们像是遇见了
久未谋面的亲人

风

在风中，一个人
先于风
回到家中

一个人，先于马
先于马车
回到河边

清凌凌的河水
把风里的尘土
洗得干干净净

五月雪

柳树绿色的衬底上

挤满了水珠
之后，挤满了冰粒
之后，是雪

它们穿越了整个春天的空间
沾满了春天的羽翼

它们想重新飞起来
回到桃花、杏花和梨花中间

要有桃花

那一阵子，阳光被晕染
像绸纱，隐约间，有一张笑脸
无处不在

春天的身材，由苗条而臃肿
叶片像鸟儿一样飞来
草，蜂拥而起

只有桃花，像腮红
妩媚而动人

这个世上的桃花
实际上就是一群俊女子

花开了

不知道它们的名字
它们也迎接你
一脸灿烂的笑

不知道它们的名字
它们的芬芳，也在风中
四处寻找你
呼喊你

花开了
就像在黑暗中点了一盏灯
眼前的世界
亮了

花喜鹊

一只花喜鹊
又一只

它们叽叽喳喳叫几声
就站在树梢
树叶遮挡住了它们
它们的叫声像是树叶发出来的

一切都好
一切都刚刚好
花喜鹊报告的消息
像水中的涟漪
波及了
远方的春天

梨花之下

还有溃退的雪
还有雪
清寒的光

它们就像月色
背负着丝丝寒气

但在一树梨花之下
它们就彻底隐匿于蜜蜂的
嘤嘤嗡嗡之中
成为风的主题曲

爱，还有一钵要发芽的种子
它们像梨花
攀上所有的树枝

苹果花

紫红色的苹果花，像一束霞光
挂在树枝上
它们还不是苹果，它们还不是一缕
醉人的芬芳

苹果花，苹果花
你会是谁的孩子
这么天真，这么美
让这个世界越来越善良

沙坡上

坐在沙坡上，渐渐地
让自己成为一块石头、一粒沙子

渐渐地，往事如雨
淅淅沥沥
浇湿了心里的种子

坐在沙坡上
阳关以西，从前的朋友
一个个归来

其实，他们早已是一块块石头
一粒粒沙子
撞我满怀

大风

那些拍打过骑手肩膀的风
都扛着无数飞奔的马

那些舔舐了盐和冰硝的风
都是一口巨大的炒锅

那些吹卷屋上三重茅
把草地埋在沙子里的风
都是一根根粗砺的鞭子

阳关以西，更广阔的荒野
它们改变了这个世界

一朵小花

沙漠上，这一朵小花
炽烈的阳光
一瞬间，让它脱水
保持最鲜艳的那一刻

所有看见它的人
都惊讶地说，这么漂亮的一朵花

所有仔细看了它的人
又一声叹息
枝叶都干了

母亲

那个在黄昏之后整理葡萄秧苗的人
没顾上看一眼灿若锦缎的夕阳
夜色越来越深
戈壁漫了过来
沙漠也是

她这才抬头
看见璀璨的星空

从那条弯弯曲曲的沙路
背一捆柴草回家

葡萄熟了

有一片朝霞
落下去了

有一抹夕阳
落下去了

它们都在
沿着茂密的藤蔓
曲折地攀缘

它们都在
一点点剔除

盐碱的苦涩
诗意的色彩和大地的蜜
像微型的气球
悄悄膨胀

像一个奇迹
被阳光和月色
所见证

山顶上的烽火台

你头上的雪，正好照见
河谷里的草

羊，还在冬窝子
泉水，就漫过山坡
一路唤醒熟睡的草原

只有那只鸟儿
在烽火台上
像一堆小小的灰烬
任凭风，怎么吹
也吹不掉

长城地带

风从哪个方向来，都会打旋
就像马奔驰的流线
它一动不动
让风吹

雨的机会来了

它拍打着荒芜的土地
以为它来了
所有的春天就来了
只是，那些种子
淡淡一笑
就错过了发芽

阳光追逐马刀的弧线
它埋掉了那些撕心裂肺的叫
又回到墙与墙的夹角
像一个火炉

路过

一直路过
带铁丝网的草原

感觉丝丝缕缕的风
被切割
有刀子的凌厉

那些被囚禁的草
能养育
风一样的
马吗

那些年

那些年，走到哪里
都担心
身后的麦苗
被戈壁上的风吹走

直到麦子黄了
割下来
堆放在场院
直到颗粒归仓

这样的担心
才像石头子儿
落在戈壁上

一个个村庄有无数个人
而戈壁上的石子儿
更多

泉水

一直觉得
戈壁上的泉水
会像鸟儿一样
落下来
又飞走

走在戈壁上
又觉得身后有一只鸟儿
在泉水边
我歇下来
它也歇下来

在戈壁上
碰见泉水真好
有一只鸟儿跟着
更好

沙漠上

它们，一点点
掩埋了阳光

它们，偷偷
藏起水

它们，有更远的视野
可以看清植物、动物和人
而人、植物和动物
却看不清
脚底下的
沙子

山坡上

这里，是无垠的沙漠
这里，白杨树划开一条界限

这里，风如滚烫的开水
石头内部的凉爽
又像突如其来的冰雹

这里，树叶如翡翠
而翡翠，一直在山谷里沉默

这里，需要仰天长叹
而又必须像一棵小草
匍匐大地，低头沉思

坐在山坡上
突然觉得应该到帐篷里去了

芦苇泉

是那个夏天的阳光
打湿了芦苇

是那一次焦渴的旅行
遇见了一场酣畅淋漓的雨

如果可以在微小的草丛中乘凉
那戈壁也会缩小在
一只蜥蜴的体内

可惜，我走丢了
所有的草
和那些动若脱兔的活物

疏勒河一带

其实，可以回到雨水稠密的季节
撒下骚动不安的种子

然后，在随波逐流中
寻找土壤

其实，在身体里
它也有翻卷的波涛
冲刷尽荒芜的尘埃

其实，即使我们与它并排行走
也浑然不知
前方，有一个生机盎然的未来

桥湾

因为河流，桥看见了自己的往昔
河道里的巨石，为一座桥驻防
风来雨走
它只看守好身边的芦苇

是的，它们都没有走
只是，少了
穿桥而过的人

那些柳树

每次，都会认真盯住它
雾岚中，它像一幅经年的山水画
那些飘零的树叶一直都在

每次，牛羊的安静
和整个草地的安静
似乎都在你的枝杈上
没有季节的区别

每次，都想在你的对面
坐下来
一直坐着
和你一样，坐成一幅
静静的山水画

锁阳城一带

只记住了四处奔跑的阳光
只记住了一堆一堆

绿油油的骆驼刺

从来也没有想起过
那些残垣断壁之内
曾经的炊烟
曾经光鲜的生活

那一棵柳树
听说已经繁育一千年
它所看到的
我们全然不知

山水坝

高高地矗立着
泛滥的阳光
也不能逾越

高高地矗立着
远处的草
向这里拥挤
走到坝底
就停止了

高高地矗立着
抵挡着想象中的水

所有的草木
都渴极了

阳关

沙漠是一道门槛
从此门走进去
其实是一次生命的轮回

安静的沙漠
像一个高速运转的砂轮
不知不觉中，所有的一切
都被重新塑造

——题记

1. 柳枝

一束柳枝并不能代表春天
折下一束柳枝的人
内心的春天一直很遥远
需要去一次天边
才能把它找回来

出发了
前面和后面，是春天的剪影
上面和下面，是阳光、土壤和雨水

出发了，那一束柳枝
知道自己不可能回到
春天的村庄
只好为短暂的行程
埋下一行绿油油的伏笔

2. 亲人

没有回头，也知道
那一双火辣辣的眼睛

如芒在背

这时候，谁的眼神
都是一条鞭子
抽打着前方的路

每一次日出都很珍贵
像是一次蜕变

那些焦渴的日子
所有的人都快成为一根干柴的时候
你心里怀揣着的亲人
像瀑布般的甘霖
带你走出无边的火焰

3. 沙尘暴

一点点沉落
那些沙子，仿佛永远都在沉落
要把整个天空
都沉落下来

四面八方收缩为一个人
一匹马
一头骆驼

从哪儿来，到哪儿去
所有的旅途都丢掉了方向
只有向上或者向下
是明确的

心里的那个故乡
那棵托举炊烟的白杨树
此刻，越来越模糊了

一呼一吸之间
沙漠的存在
是那样地真切
像是无数潜在的敌人
同时出现

眼前的黑暗无边无际
像是沙子下面
还有另外一个世界

4. 喊号子的人

一声声，撞击微小的沙粒
沙粒的摩擦声
渐渐汇拢、收集

人在沙漠上
沙漠开始跟人说话

很多时候，人没有与沙漠对话的
理由，人没有看见沙漠的面孔
沙漠的嘴、鼻子和血盆大口

喊号子的人
走在最前面
沙漠第一个看见他
就开口说话了

一群人，一链子骆驼
他们像是沙漠的
朋友

5. 驼铃

沙漠是一块巨大的铜
而铃铛是一块小小的铜

铃铛的声音，像一个健步的后生
而驼队和拉驼人
越来越疲惫了

沉落的夕阳，消失在地平线
篝火舔舐
黑夜中的铜
他们的睡眠
无边无际

朝霞漫天的时刻
又一次出发
使一小块铜和整片的铜
开始锻造

金黄的沙漠啊
回馈给每一个人
金黄的人生

6. 泉

像是一双眼睛
突然间，得到了亲人的抚慰

像是一道闪电
猛然间，劈开钢铁一般的黑暗

沙漠中，这一眼泉
隐秘在绝望的深渊

插种希望的秧苗

在所有的阳光中
它是阳光的婴儿
天真无邪的微笑
荡漾清凌凌的涟漪

7. 烽火台

它一直在说话，说一句话
谁来了
干吗来了
它一一记在心里
然后，告诉下一座
烽火台

也许，一部分箭矢
已经插入它的身体

也许，它没有等来一只
停歇的鸟

也许，它自己就是一只鸟
翅膀埋入戈壁和沙丘
星光下孤单的身影
蜷曲一个起飞的梦想

那天，在戈壁沙漠上
看见，我真的觉得
你是一只鸟

8. 梭梭

看见它了

一身嶙峋的白骨
点缀稀疏的嫩叶

看见这嫩叶
能够直接进入那一片片
叶子的内部

走远了
还要回头看它

这么多的风
这么多的阳光
这么少的雨水

它们还会坚持多久

9. 天空

天，一直蓝
云，有几片
在漫游

如果心情愉悦
可以看它们一个上午
或者整整一个
白天

可是，许多的职业行走者
把一路上的天空
都走丢了

10. 月色

如果没有风

如果没有沙尘

如果，如果不是有很多的如果
那这月色
就太美了

它像银子
能把你想象中的所有容器
都装满

11. 回到阳关

可是，我真的回来了
好像丢掉了很多
原来的东西

好像，身体
也不是原来的身体

好像，从前的想法
都有了改变

可是，那些平常的事物
像袅袅升起的炊烟
像一日三餐
像亲人围聚在一起
说话，寒暄
或者沉默、微笑
这都是很好的

至于那些绫罗绸缎
至于那些黄金美人
至于那些功名权力

一路上已经丢得差不多了
只有怀里的一块玉
焐热了
随手送给了偷偷擦掉眼泪的妻子

在阳关

一直觉得葡萄隐匿的语言
看见了
就知道它在说什么

看见了
就知道，人这一辈子
活成一串葡萄
哪怕一颗葡萄
也很好

在阳关，走进一座葡萄园
就像是找见了
自己的矿

独木桥

这一座独木桥
孤零零的
无人走

现实的世界里
也是很多人
走在阳关大道上
一群一群人
人的丑恶

尽在其中

而这座独木桥
通往幽静之处
山水俱佳
太好
太好

汉长城

小小的土埂
也在挺直身躯

马的啸叫
融入风中
在这低矮的土埂上下
徘徊

守卫者和冲击者
拧成一股力量
即使这土埂消失了
它们还在

就仿佛
从前的那些人
还活着

古董滩

是谁，把自己的脚印抹掉
千年之后
又重返故里

这些铜钱，锈迹斑斑的眼神
没有带来从前的阳光

只是，月色
把它们紧紧包裹起来

像一群人的睡眠
让夜，越来越安静

鸟儿

我一直记住那几只鸟
它们急匆匆飞过
之后，就再没了消息

之后一直挂记它们
这么大的戈壁
这么小的水
这么脆弱的芦苇

哪儿会是鸟的巢穴呢

直到第二天
看到成群的鸟儿飞来
就觉得它们是大漠和戈壁的精灵

夕阳

火烧云像一把火
在芦苇的背面
燃烧，但很快就熄灭了

这一刻，戈壁的寂寞像
黑色的铁

这一刻，黑色的铁
会裹在身上

身上的夕阳
像一件冰冷的衣服
让人渐渐陷入沉重的绝望

在古董滩

匆匆丢弃的
除了难舍的情谊
就只有这钱币了

它们在那一夜的月光中
浸入了太多的期待的眼神

它们在漫长的风沙中
模糊了温柔的身影

现在，它们从时空之海浮出
人们捡到的
多半是人世的沧桑

阳关三叠

那些缠绕在树上的风
那些飘在半空中
落不下来的沙子

那些嫩绿的叶子
那些甜蜜的果实

它们集合于阳关
都可以成为音乐的材料
都可以成为漫漫长夜中
突围的路径

骆驼

今天的骆驼，早已丢掉了
它们先祖的忍耐

狂风四起，静卧于
严实的窝棚
一日三餐无忧的日子
让所有的道路都重复而短暂

对于那些付出生命的旅行
在远方的蜃景中漂浮
它们只是多看了一眼

寿昌城

被沙子埋掉的城
其中的喧嚣，已经高高堆砌
或许在一声凌厉的尖叫中
才能唤醒从前的睡眠

几株梭梭或者红柳
像是前朝的臣子
沉默于沙丘

已经有半截身子陷入荒芜的深渊
但仍旧处变不惊

这一座城，没有在时光中老去
一具傲骨
挺立在瀑布般的阳光中

回来了

自从他走了
心就硬了

心里的他
像一块石头
坑坑洼洼的日月
一直磨着自己
也磨着他

像是越来越模糊了
又像是越来越清晰了
像前半夜的月光
又像后半夜的乌云

这会儿，听说他回来了
远处的沙丘上传来叮当叮当的驼铃声

她的心，一下子酥了
碎了

蠕动的沙丘

看，那是一座蠕动的沙丘

一直在前方
一直在既定的目标上

空空的戈壁
因为这蠕动的沙丘
画出了自己微弱的曲线
它们一直在与星光、月光和阳光
连接成一个优美的闪光的轮辐
照耀未来的路

它们的颜色
精致而高贵
它们的步履
稳健而持久

它们是走向戈壁深处的骆驼

那一年的春天

燕子来了
叽叽喳喳的叫声
传遍村子

每家每户的燕子
都兴奋得上下翻飞

村庄的天空
每一朵云都俯下身子
瞅着这些燕子
从这里飞来
从那里飞去

树枝上的叶子

仿佛是它们带来的

沙丘上的芦苇

它们一次次在春天的位置上
面临死亡
也一次次在死亡的位置
获得新生

它们原本是浩浩荡荡的一群
这时候都掉队了

它们原本是追逐制高点的风信旗
这时候，它们只为自己指路
成为自己的制高点

沙丘上芦苇
拍打着犀利的阳光
皲裂的枝叶
在每粒沙子下面
埋上自己的胎衣
兴高采烈地出发
却在夕阳沉落的时刻

每天清晨
芦苇的叶子上
都会接到一两滴
新鲜的露水

野鸭

嘎嘎嘎的几声，推开空旷的四野

这几只鸭子
这一汪水
在西部戈壁
有着靓丽的倩影

可以说它们是戈壁的宠儿
自己独有华贵的池塘
独有自豪的叫声

而在羌笛的独奏中
一行人已在极度的疲惫中
没有来得及卸下行囊
就突然倒地了

那些野鸭的快乐
没有越过水池

跌倒的烽燧

一路数过来的烽燧
越来越老了

而它，在一场大雨中
轰然倒塌

从来没有见过这么大的雨
把自己彻底淋湿
把所有的念想
彻底淋掉

此刻和雨水在一起
像是漂浮在河流上的鸭子
越漂越远

所有的信息
到此中断

渥洼池

这些水，是两千年前的水吗
水边的芦苇
年年换一茬

风一天天刮过
干旱，贪婪地舔舐
水面上的阳光

只是，几匹马
安静地吃草
它们是今天的马
但可以看见
往日的
身影

柳树

折柳，只为了
那一缕羞涩

折柳，只为了
半路上丢掉的早晨与黄昏
那个人，一直在遥望
西天的云彩

折柳，那些柳树一直都在
就像屋顶上的炊烟

溪流

只要一点点水，就好
只要一丝丝绿色，就好

沙子奔跑着
像一把镰刀
割掉了
人们内心
催生的春天

而这一条溪流
让人们又重新
看见了它

一只兔子

一直能想到它
在荒芜的沙滩上
独自奔跑

它要去哪儿
远处是无垠的沙子

看着那一棵空洞的草
真想让它也像一只兔子
往前跑
一直往前跑
追上你那只
跑远了的兔子

感觉到这辈子
永远丢掉了

一只兔子

泉

夏天，所有的风
在找那一眼泉

只有一股柔弱的微风
有自己湿漉漉的头发

在夏天，在无垠的沙漠
守住一眼泉
就像守住了
一堆
白花花的
银子

几只云雀

看见几只云雀
在戈壁上飞来飞去

它们的目标
可能是不远的绿洲

在那儿，有村庄
有田野
有无垠的草地

可它们一直在这儿
在这光秃秃的戈壁
上下翻飞

有一阵子了
还听见它们
叽叽喳喳的叫声

一条溪流

它一直流着
像是要去很远的地方

它流过的地方
是一片草地
是麦田
是葡萄园

可它还要流向很远的地方
头也不回

而很远的地方
是沙漠

墩墩烽

它的名字，被风吹得
模糊了
像一块枯黄的泥巴

它占据了一座山头
高处的视野
一直是空的

戈壁，沙漠
驱使着松软的地平线

你注视着这一切
像一个骨瘦如柴的老者
眼含无限的苍茫

独木桥

其实，它的窄
是表面的
它与宽阔的戈壁成正比例

其实，它的目标
是空洞的
它与桥下的水
相依为命
那淙淙的溪流
在走向戈壁的那一刻
就注定了它的命运

后来

身影模糊了
被一阵风尘
抹掉

隐约的铃声
时断时续
几经中断

一场雪过后
大地还是原来的样子

只是，那一链子骆驼

去了哪里
那个喊号子的拉驼人去了哪里

后来，村子里起了几堆新坟
人们说，那是衣冠冢

从前

那是一个春天，麦子出头
从村庄里出来
那微弱的绿色
越来越淡了
后来，彻底被一座巨大的沙丘
挡住了

一场风又一场风
埋住了前行的道路
埋没了人的脚印

难得的一片月色
人们把它装进褡裢
久而久之
它们成为白花花的银子

远远地看见

只是，远远地看见
风就吹走了它

那一年的春天
柳枝轻拂眼神里的残雪
一行骆驼

就远了

只是，葡萄苗已扎下了根
阳关下，葡萄成行
期待的秋天正一点点充蜜

只是，那个身影
在沙尘中消失了很久
至今没有消息

晾晒的葡萄一茬又一茬
第一场霜降落

没有一匹骆驼回来

星空

一直不觉得头顶上有一座庞大的宫殿
是属于我的
一直坚守着自己漫无边际的平庸
而此刻，我震撼了
原来我是一个王子

在抬起头的那一刻
星河灿烂，我猛然丢掉了
凡俗的负重，像是一片羽毛
漂游于稠密的光线之中

这时候的戈壁，静谧填充了
荒凉，人生的境界
无限拓展，超越了种植与收割
可以赞美，甚至可以抒情

我躺在戈壁中央
月色向我聚集
我是与天空相对应的
光源

黄昏

就是那一次，我有了自己的黄昏
一群麻雀飞入芦苇
一瞬间，所有的芦苇
都沉默了

几只野鸽子，在天空中
上下翻飞
也很快落入红柳丛中

阳光如纱绸
整个包裹了我
如新婚的那一刻

张望的蜥蜴
也不忍打扰我
倏忽消失于乱石之中

那个黄昏
溪水长流
戈壁静谧

沙漠上的烽火台

从一座沙丘上，看见
另一座沙丘

从一座沙丘，再也看不见
另一座沙丘上的芦苇

从此，那个早晨
一直飘摇于沙尘之中

从一座沙丘，看见一座
烽火台，慌乱的视野
才开始收敛、平静

路上

因为身后的麦子一直葱绿
前方的路上
就有这些麦子的影子

前方的路上，砾石
露着牙齿，沙子
精心地布置自己柔弱的陷阱

但是，有了那束麦子
人们就可以踩着它
度过荒芜

等那些麦子黄了
回头看看
来时的路
铺满了黄沙啊

梨

在风中，阳光扑打着
叶子，让所有的香
无处躲藏

在风中，多余的阳光
开始坠落、腐烂

在风中，刀子一样的阳光
收割着，万物

梨的甜，收敛在一起
像一张隐藏起来的笑脸

风中

吹过田野的风
回归谷仓

炉中的火，越烧越旺
灶头上的香味
从窗花的枝叶间溢出
聚集在小小的炕桌

一家人围坐在一起
说着一座村庄的早晨和黄昏

拐角的风
吹出来
呼呼地响

简牍

旧事如尘，越积越多
这沙子，看起来
和别处一样

这些木片，从一棵树上
获得了新生
文字的铁
一直没有生锈

彻夜的黑暗中
它还藏着适量火种
以便辨认从前的天空

那些明媚的日子
那些阴湿的日子
谷子、柴火、酒、肉食
仍有自己的光和
香味

几千年了，亲人们
你们可好

土河

草上的土，蚂蚁身上的土
人脸上的土
风把它们带回来

当一只箭镞
突破了自己的疆界
浑浊的血

渐渐成为夕阳的背景

夕阳西下，黑夜的偷袭
悄悄布阵
黑云压城
处处惊弓

破城子

芨芨草下面，几只兔子
慌不择路

残墙上，几只鸟
悠闲自得
蹦蹦跳跳几下
又叫几声

断绝了炊烟的灶头
风栖息着

这些泉水，这些
种子
从前和你相依为命的那些人
可曾安好

朔气

如果一个人的孤单
可以靠在墙边

如果正好是阳光灿烂的午后
墙上的阳光

像灰尘一样落下

一个人的温暖
就像突然袭来的睡眠

北风破门
一阵霜雪

城墙上的人
睁开了眼睛
箭矢移向
星光的昏暗处

暗门

踉踉跄跄闯进来的风
在墙角尖叫
像马一样的风
瞬间破碎

沿着平坦的戈壁
横扫而过的荒凉
被沙子掩埋

高高的沙丘啊
张望着
哪扇门能打开

让装满粮食的牛车
鱼贯而入

燕子

还是燕子
在城墙上，在楼阁的檐角
在烽火台
在女儿墙

它们守着自己的领地
一声不吭地蹲着
或者飞起来

当它们啾啾啾地叫起来
互相应和
整个长城都似乎跟着
拔出了
枪、矛

关下

前一阵，我在阳关的夕阳中
眺望，实际上
远处的沙漠更美
像一堆红绸子
可以用大车拉运

只是，我既没有马车
也没有牛车
只有靠自己的体力
挣回自己的吃穿用度

我觉得，这样
刚刚好
在没有打开一瓶酒之前

这样的醉意
也刚刚好

几匹马

草，格外茂盛
几匹马
低头，吃草
格外静

箭镞上的时光
已经生锈
草上的时光
滴着露水

所有的时光
此刻，古旧而新鲜

水库

养马人的水库，树枝上
挂着马鞍和马镫

风吹阳光，风吹水面
波光粼粼
水边上的芦苇
一直延伸到了
远方的沙丘

养马人静静地等待着
从草里跑出的马驹
一天天长大

总有一天
它们会配上这些马鞍和马镫

泉

戈壁上，遇见这些水
像遇见亲人

蹲下来，喝一口
才看见雪山

在泉水边的草甸上坐下
很久了
没有回过神

揉了揉眼睛
又舔了舔嘴唇
那真是一眼泉

行者

沿着山走
有零星的坟地

被沙石半埋的纸花
基本上腐朽了

人无千日好，躺在山下
就好了，再也没有俗事缠身
花无百日红，寄托哀思的花
在心里，会像一把刀子
剜心，剜肉

行路者，谢过每一个永恒宁静的占用者
义无反顾地走向前方

秋天了

树叶黄了
跟沙漠一个颜色

从远处的沙漠上
一下子就能看见一棵棵
金黄的树

比如，很多阳光
是在树枝间
悬浮的

不像沙漠上的阳光
是阳光僵硬的
尸首

雪

雪落在残留的葡萄上
那些形单影只的葡萄
像一只只小手
被冻得血红

雪落在戈壁上
风滚草顶着一头雪
被风追赶着
然后，冲过
雪的界限

而在沙漠上
背风的洼地
会把雪紧紧搂住
直到第二年春天
它们还在

胡杨树

沙漠的秋天，迟滞于
沙丘的陡坡

只有一棵胡杨树
把它们抬高
这棵胡杨，沿着沙丘的天际线
拓展自己的领地

人们远远地
就能看见它
惊奇地说
呀，秋天

戈壁实录

砾石排列着，它们的位置
被一场洪水打乱
但在漫长的寂寞中
雨水只能清洗它们的面孔

风，一直穿着戈壁的衣服
一会儿躺倒
一会儿疯跑
看不清它的真面目

走在戈壁上
一个人，一群人
与庞大的砾石阵相比
都是孤单的

在戈壁

大地空旷，每一个人
都会像石头
只不过，在风中
我的棱角还在
我身上的血
比风更凶猛

你看，那一块玛瑙
那一块玉
多像一个人
前世的笑容

一坡马莲

春天的阳光像一群蚂蚁
后来，像一群蝴蝶
后来，是这一坡的马莲

它们不慌不忙
从草坡上
融入
原野的春天

黄昏

落日的光
被一块小小的石头保留

它的色泽，一点点集中
后来又被风吹散
后来又被沙子聚拢

这样的过程一直重复
当人们发现它的时候
它，已经是一块玛瑙

沙葱

悄悄说话的种子
突然间闭嘴了

似乎是那轰隆隆的雷声
吓到了它们

一阵雨雾
让它们渐渐饱满

之后的阳光
顺着它们的藤蔓
愁肠百结
像待嫁的闺秀
盛装可人

尽管，几天之后
它们就会枯萎
但此刻，它们的鲜绿

让戈壁捧出了
醉人的甘露

山中

只是，雪没过了草
牦牛还在刨食

牦牛的黑
在雪原上像一滴墨

或许，草的幽绿
就是从这里渗出
把春天弥漫到
草原的角落

松林、雪山、帐篷
草原上，所有的色彩
都有缘由

山下的高粱

山上的雪
被一口大锅
焚烧着

每一年的秋天
都是这样

这些火焰一直举着
直到它们的醇香
弥漫所有的帐篷和村庄

我们才看清
那是一片片
高粱

雪泉

又下雪了
整个大地萎缩成一团

野草隐没
道路藏起它笔直的身子

烟筒里的烟
像一根鞭子
让散落的羊群匆匆回家

此刻，黄泥小屋的窗户上
聚焦了闪亮的阳光

戈壁

只有稀疏的草，只有红柳
只有山水冲开的沟壑

只有裸露的岩原
只有匆匆逃窜的兔子

只有沙子
只有辽阔的蜃景

所有的风都在找水
哪怕它们吹过

蓝莹莹的海子

沙漠里的树

树，已经枯萎
风吹散的枝条
一节节
戳在沙子里

它们还像树一样
挺直身子
在沙子的打磨中
闪耀着
春天里的光

马莲井

没有马莲
没有一坡一坡的草

只有石头
堆在所有的路上

只有荆棘
披满风尘
留下尖利的刺

说是骑马的人
走进了山里

守在戈壁上的鄂博
一直没见他回来

照壁山

谁的庭院
有如此的照壁

路上的风
被它一一拦住

雨水，滋润它
透亮的肌理

阳光，一直被搁置在河岸
但却被它轻轻捞起

看到它，就觉得
所有的亲人
都要回来了
像从前
聚在一起
热热闹闹过年

山中

玉是山里的狐狸
它会绕过路
躲过人
藏在偏僻处

一个老人说
一个人见到阳光一样纯净的玉
就见到了山神

一个人积累的福

玉会还给他
在山中，飘渺的蜃景弥漫开来
老人的话，落地成玉
如透闪的神示

风

风像一个打呼噜的人
一直沉睡不醒

风在戈壁上
一次次掀翻戈壁
那些草，一次次摔倒
又一次次站起来

石头，从这儿到那儿
更大的石头
被磨掉棱角

多少往事都被改变
只有风
像往常一样
呼呼呼地吹

一只狗

戈壁小站，汽车来往
汽车只是扬起一阵尘土
而小狗却要守着
所有的寂寞道路
和孤僻的营房

它向过路的人问好
偶尔会有投食者的善意
让它有一顿可口的午餐

因为早晨和黄昏
盛满了寂寞
这些寂寞
比戈壁更大

雪山

头顶上的雪，一直都在
哪怕，戈壁上的阳光
像烧红的刀子

遇到泉水
所有的风
都停了下来

遇到雨，所有的石头
都张大嘴巴

只有那些雪
安静地凝视
脚下的芸芸众生
告诉它们：冷静
是万物之源

水上雅丹

只需要悄悄藏起一面镜子
只需要告诉寂寞的大地

守住，就有春天

那些土，被吹掉
剩下的部分
一直坚守着

那些阳光，漫无边际地
流浪，遇见种子
就亲吻它们
一场瓢泼大雨
让它们成为禾苗

水，守住一个完整的夏天
冬天了，人们看到的
还是夏天的情景

白草

像雪一样
或者是雪的遗存

可大批的牦牛已经出栏
山谷里漫出的雾岚
湿漉漉的，缠绕在所有的草尖

只有那一簇草
抖掉露水
浑身雪白

像是一群绵羊的脊背
融入
碧绿的草原

可可西里来电

冷空气频繁活动
就像聚集起来的牦牛
吃饱了
撒欢

来自可可西里的电话
信号清晰
能听见呼呼的风声
这零下三十度的气流
只通过可可西里四个字
传递着尖利的
寒冷

羚羊

远远地，看着
又突然间奔向
低洼的沟壑

远远地，它们在
蜃景中飘
像是一片羽毛

在可可西里
要么你是一块石头
要么你是一片羽毛

泉水

冒着热气

就像一个微小的旋风

牦牛走向它
野驴走向它

它们渐次离开之后
小小的旋风
又像是凝固的冰块
冻住了
迅速消失的黄昏

杏树

山上，一排排杏树
沐浴着阳光

春天的花，开败之后
纷纷落入
佛堂

山上，修行的人
想着未来的事
低于天空的杏树

他们
视而不见

而杏花的香味
四处弥漫

沙漠上的树

那一棵树，独自在沙漠的
背景上

那一棵树，独自
把身上的风
抖落下来
除了满地的沙子
还有一片茂密的
草

那棵树，人们看见了
就惊讶地说
看，一棵树
仿佛它不是一棵树
而是想象中的
一块缎子
落在了沙地上

沙泉

泉水集聚在沙地上
很快，就消失在沙子里

它哗啦啦的声音
清脆、有力
像是一个信心十足的小伙子
赶往娶亲的路上

只是，它前方的路
全是沙子

大多数春天
都被沙子
埋掉

没有被挖出来过

沙枣树

村东头三里，沙枣树
只能看清
村里的炊烟

它一身的沙枣
在北风中战栗
不一会儿，就落满树沟

这个冬天，雪来得早
埋住了一树沟的沙枣

孩子们，挖开雪
亮晶晶的沙枣
像是昨夜的梦

在戈壁

村庄越来越远
一棵树，就像一个点

村庄越来越模糊
望一眼，就好像需要
一百年的时间

村庄飘在蜃景里
一个人像是走进了
他的前世

突然间出现的一颗玛瑙石
像是一句问候
他想起来了

母亲
也是在那个早晨
埋进戈壁的

梭梭

一直不懂，一棵梭梭
会守住
一片戈壁

一直觉得，它会悄悄撤退
把风沙抛在身后

一直记得，它骨瘦如柴
却有着直刺天空的韧性

酷热和寒冷的天气
仍是戈壁的路标

长城地带

下雪了，每一片雪
都像攻城略地士兵

后来，它们冲进了城池
后来，它们越过了长城
再后来，一片白茫茫
分不清戈壁和绿洲
分不清长城和村庄

像一块布
盖住了熟睡的大地

一座烽火台

最高的山峰上
一座烽火台张望着

风从高处吹下来
跌入山谷

山谷里的溪水
一点点上升
它们汇合了一场雨
像箭矢一般
击打模糊的黄昏

在长久的沉默中
黎明悄悄降临

土庄子

黄土的夯层，一部分已经开裂
灌进了雨水

飞翔的种子

盲目地跟进
秋天了，才爬上来一条藤蔓

树上的鸟巢
把一代代的鸟儿
送给这座废弃的庭院
数世同堂
荒芜的日子
多么快乐

月色

月色会不会像水
一点点渗入地下
不然，这样的洞穴里
怎么会复制一个同样明亮的夜晚

静悄悄的庄园
静悄悄的树
呼吸均匀的睡眠

这样的夜
适合于沉思

溪流

我见过的溪流
会一直跟着夕阳的影子

我见过的沙丘
举着前世的翡翠

我见过的城池
有一杯酒
一直储备着一万亩葡萄

西部戈壁
凡是溪水流过的地方
都有一间酿造琼浆玉液的
作坊

黄昏

记得那个黄昏
一只鸟飞走了
后面又有几只鸟飞过来
它们很快，一起
消失在一片芦苇中

此刻，黄昏华丽转身
黑夜的幕布悄悄覆盖

有没有迷路的鸟儿
误入歧途

桑林

从前的桑林
根扎在深深的地下

而初夏的果实
在高高的枝头
举着一片紫红色

沿着长长的墓道
仿佛走进了绿荫密布的桑林
果然，墙面上
仍有郁郁葱葱的桑树

一些人，在耕种
另一些人，在射猎
最后，他们都回到了
桑树下

穹隆

我们从来没有过这样的天空
我们从来没有过这样的花园

它没有黑夜，只有白昼
它没有冬天，只有春天

我们一只脚踏入光明四射的花丛
另一只脚就没入了
果实累累的巴扎

没有交易
也没有阴谋

有一些笑容
像开不败的花

也像溪水
流进每一个人的心里

藻井

那是另一个天空
它把大地上美好的东西
全部嫁接到了
天空
让人有了仰望的习惯

原本是大块大块凝结的黑暗
却在人们的梦想中不断掘进
如花的四季
聚拢在一起
比任何春天都绚丽
比任何夏天都繁华
比任何秋天都芬芳
需要一场雪
也可以随时随地飘落

今天，我们看见它的时候
也能把自己融入
那个醉人的时刻

隆起的沙埂

在戈壁上
有一条隆起的沙埂

看到它，就觉得
它在顽强地挣扎
一点一点
突出于戈壁

后来，我知道了

它挡住过南来北往的马
西去东进的风

持矛的人
早已倒下
它仍然佝偻着身子
把一千年的寂静
揽入怀中

白杨树之外的沙漠

一排白杨树，就隔开了沙漠
从沙漠上回来的人
抱住一棵树
就像抱住自己的亲人

出塞的队伍
常常一步三回头
常常记下那些白杨树的模样

后来，那些走远的人
心里的白杨树越长越高
走到哪里
都有一片
永不落叶的绿荫

东水沟

水，一滴一滴从石头上渗出
石润如水

水，一滴一滴

叩，戈壁的门

光秃秃的戈壁上
有一线草
缠着阳光
嫩绿嫩绿的

人们说，那是水
那是
东水沟的水

乡村二月

雪一次次光临喜鹊的窝
喜鹊的叫声
特别悦耳

在门口张望的人
把自己的眼睛
挂在白杨树梢上
远方的春天
越来越清晰

吹笛子的人
声音在夕阳里搅动
像一团火

这时候，回归的羊群
叫着，牛和毛驴
也叫着

淹没了笛子的声音

早晨

结霜的晨光
在玻璃窗的冰花上滑倒

一夜的梦
退却了星光

所有的早晨
不只是千篇一律的鸡叫
也有怀里焐热的一个小心思

就像二小子
偷偷塞给杏花一个温热的鸡蛋

社火

是结冰的大地上的一个火星
啪的一声，就像一串鞭炮
一座村庄的快乐
此起彼伏地炸响

所有的人都能通过社火
回到自己的过去
那是一段没有烦恼的时光

冰雪上的阳光
像绸子一样
裹住了四面漏风的人生

草丛中的石头

那些石头，已经锈迹斑斑
石头上的文字，却像
一双双眼睛
拨开荒草
比杂花明亮

当风吹瘦了莽原
跌倒的山脉
又重新站起来

看见它们
好像它从来都屹立大地
在人心的险要位置
像压舱石
巍然不动

阳关一带

风打磨的石头
阳光漂洗的石头

一地的石头
没有挡住
从前的马

一地的石头
知道从前有多少人
被石头绊倒
又有多少人
怀揣一块浸血的石头
把自己走成一地尸骨

当一场雪，掩埋沙漠
所有的石头
就沉没于沙子里了

溪流

从山顶上来
在戈壁上，形成一条
银线，又被四季染色
形成一条绿线，黄线，紫线
它们似乎可以织成一件毛衣
穿在戈壁的身上

人们看见了芦苇
梭梭柴
看见了红柳、风滚草

溪流飞快地下流
那些植物，也飞快地
簇拥在一起

像一群奔跑的
羚羊

马

在火里
在泥土里

把春天
把一望无际的道路
把穿云裂帛的嘶鸣

融在一起

时间，是一层安宁的胞浆
空间，包裹了一盏油灯

但我们已驾驭了自己
冲进了过去
飞奔于未来

庄园

错过你，已经很久了
现在，隔着薄如锡纸的
时光，还能看见田野、树木、牛羊

那些面带微笑的人
一直面带微笑
劳动是画面的一部分
音乐却像一泓流水
能流入人的身体

这样的庄园，住着
一群鸟儿
它们背负着爱美的灵魂
在长势旺盛的花蕊和果实间
飞舞
就像身边的春天和秋天

铜

在一个黄昏
铜汁，在倾泻

在一个早晨
飞翔的鸟儿
身上的铜
全部是羽毛和翅膀

在一个夜晚
把自己埋起来
没想到
那些铜
早早就醒了

日出

每一天，荷叶上的露珠
都会变成
珍珠

每一天，阳光洒在阴暗的角落
都会埋下闪光的
金子

从早晨开始
人在大地上
每一个人
都是自然的
宠儿

鸟

它们的身子，涂抹了过多
不属于它们的东西

金、银、铜、玉
把它们的翅膀
装饰得像一个光源

它们早已把辽阔的天空
忘得一干二净

它们在自己的阴影里
沉淀了许多
光阴的霉斑

面具

它是游离于空气中的动物
牙齿在面孔之后

它是飞翔的刀子
割开沉重的雾障

前行的路，被密密麻麻的
植物覆盖
山顶上的太阳
在一棵芭蕉树上陨落了

黑夜，蜷曲在
一间茅草屋里

像一个巨大的面具

戈壁上

蜃景，淹没了

村庄的影子

一个人的脚步
淹没了自己

当沙砾，堆垒
短暂的未来
此刻，午后的太阳
像一把火
烧尽所有的道路

当信念，一点点被涌埋
身上的金子
也和沙砾一样
铺陈在辽阔的
戈壁上

冬雪

又是一场雪
占据了所有的山头
隐匿于所有僻背的洼地

它们把自己短暂的白
献给灰蒙蒙的大地

或者衔着一粒草籽
抱住即将被风吹散的梦

顶着一头雪的柳树
狂喜中抖了抖身子
枝条上的雪
窸窸窣窣地落在了地上

从这里出发
留给赶路人的雪
不多了

阳关

只是抬头，将目光越过沙丘
只是躺平，把目光全部融入天空

只是，对着空旷的戈壁大喊几声
回音被风吹远

只是，悄悄攥起一块石头
在汗津津的午后浑然如梦

只是那个梦突然亮晶晶的
像一盏灯

原来，远在千里之外的母亲
端着油灯
从柜子里取出了
一块油润的白玉

高处

房顶是高处
树梢是高处
沙漠的峰顶，是高处

在绿洲上，鸟飞翔的地方是高处
在戈壁，人的视野是高处

夜晚，星星是高处
睡梦中，故乡的炊烟是高处

人往高处走
最想看见的是
长势旺盛的庄稼

山中

在一簇灌木中，或许
有奇迹，或许会蹿出
一只兔子

在漆黑的山洞，或许
有平缓的呼吸，打动
僵硬的石头

在崎岖的山路上，或许
有一只鸟儿
把翅膀借给迷路的旅人

吹出山谷的风
把无数的叶子
挂在枝条上

无论是低矮
还是高大
没有差别

泉

一直走，直到遇见它

这是一颗种子执拗的一生

一直走，直到遇见它
这是一棵草坚韧的旅程

一直走，直到遇见它
这是一匹野骆驼
无法更改的宿命

其实，水边的鸟儿
早已把湿漉漉的消息
传得很远很远

即景

从前的马，退去
风中，仍有无数的马蹄
擂，草原这面鼓

从前的牧人，穿皮袄的那个
跟现在的牧人，一模一样
只是，他们已经没有了
身上的盔甲和手上的
马刀

草根下的喧嚣
延续着，用血浇灌过的土地
仍有血性

一个牧人

他喊了几声

声音传在草地上
越来越弱

而远处的松林
不断滚来的松涛
却像潮水，在加码

他仔细地听着
当看到他的羊群
拐过对面的山坳

他突然间甩起手中的鞭子
唱了谁也听不清楚的调子

此刻，黄昏来临
没有过多的抒情
夕阳、羊群、牧人
就成了一首自然分行的
诗

雪山

穿过戈壁，没有看见它
走进沙漠，没有看见它

在大草原上
坐下来，风中的青草
落在身上
一个人，会像青草
深深地扎根

地下的泉，争相
拥抱阳光

一群牛羊
从山谷涌出
突如其来的雪崩

这时候，苍老的牧人
站在帐篷前，头发、胡须
雪白
像一座雪山

鱼儿红

溪水在流
寒霜在草尖上
滚动

正午的阳光
在每一只羊身上
越发雪白

只是陡峭的山路
更加逼仄
夕阳只有一部分映红海子

广阔而荒芜的牧场
只有这小小的海子
无比生动

像一群鱼
在悠闲地游弋

黑松林

密不透风的阴暗
被山坡上的松树占领

所有的雨水
都隐匿不出

所有的阳光
都被俘掠

只是，那一丛野草莓
伸出枝脉
捧出一滴血红的果实
所有的目光
都不忍触及

村庄的春天

大水漫灌，田野汪洋
一艘纸船，载着
北方少年

浅浅的水
风吹瘦的鱼鳞纹
都被乘风破浪的纸船犁过

少年内心的种子
一瞬间被滋润

多么辽阔的春天啊
把干旱戈壁上的水
都邀请到家门口

像是一个奢侈的盛宴

沙漠中的树

一次次与季节分离
像一只鸟儿
栖息在枝条上
耐心地做窝
然后不声不息地飞走

一次次在沙砾的打磨中
像一片片翡翠
凝着一滴滴
鲜绿的水

看见它，就像是一面
春天的大纛
矗立在沙漠上

即景

拉骆驼的人
在颠簸的沙漠中
像一只小船

风，漂流着
阳光，漂流着

这只小船
没有一滴水
可以拍打它的
船舷

鸣沙

风滚草，在滚
它们停下来的时候
聚在一起

沙丘，一波一波的沙子
推涌起一座浪头
被埋葬的风
保存下
短暂的睡眠

当闲适的阳光
踩在松软的沙子上

沉睡的风
醒了

春风

刚刚走出大山
开阔的视野中
就有一棵柳树

只有一棵

在戈壁上
在稀疏的小草中间

它的枝叶
高挂于蓝天

一团徐徐展开的风

吹绿人们焦渴的眼神

一片芨芨草

白色的草，白色的针刺
在一场雪中
其实，它们比雪
更白

在春天，在夏天，在秋天
它们嫩绿的枝叶
仍然包裹着
这尖利的白

穿越凛冽的风
自己像一位矗立的英雄

羊群

在任何季节
它们眼中的草
都会把它们引到
泉水的四周

即使它们的叫声
被风吹远

那些草
仍然会收拢
一群羊的影子

让它们成为

草原上
悠闲的云

安宁

风在经幡上
风在马鬃上

风在草尖上
风在泉水的波纹上

风在耳朵边
风在嘴唇上

风传来，渐行渐近的脚步声
风传来，一张越来越清晰的脸

躺在帐篷里
草原归一

清水

山谷里的泉水
流到滩上
就流出一座村庄

山谷里的风
把一缕缕炊烟
缠绕在了
高高的白杨树上

鸟儿们从山里回来

粪便里的草籽
发芽了
哗啦啦的声音
在夜晚，格外清澈

安远寨

烽火的灰尘
落了一地

埋住了
疼痛的呻吟

安静的夜晚
会有人披衣而起
坐在一片高粱地边
向并未成熟的高粱
鞠躬

他把它们当成了
一次又一次的冲锋者

它们还站着
就说明
身后
是一片安宁的日子

悬泉

高高的山上
一条绿藤垂下来的地方

一只鸟儿每天饮水的地方
虫子带着孩子
闲逛的地方

埋下的誓言
挖出之后
却变成了
一条根

石头堵死的路
被一棵树
搭上了梯子

总之，那些丢掉的字
像一片亮晶晶的水
被太阳晒着

车马

已经锈蚀了
骨架上的力
用完了

已经停泊在彼岸
回忆的嘴唇
也已板结

那个赶车人
那个坐车人
那一段路
被风吹着
像风一样
只是吹

幽暗的灯光下
它像刚刚睡着的样子

那一段土垒

站起来的土
风中的脸庞
仍然是砾石的模样

那些曾经飞驰的马
被它拴住了

那些曾经在空气中炸裂的箭矢
嵌入它的身体
这么多年了
它还没有忘记
自己的来处

远远看去
它愈发低矮
就像一个佝偻的老人
踯躅地前行

桥湾

有一条河谷
鸟儿都会去溪水边歇息

有一条河谷
只有断断续续的水

当满河谷的水

淹没了草和树木
它们可以从河谷拐弯的地方
爬上来

你看，那片洼地里
到处都是草
还有几棵高大的胡杨树

谷子

这是戈壁的边缘
这是盐碱地
它们却红红火火地聚在一起

胖乎乎的穗子
在风中摇曳
担心它会折断

低着头
抖落满身的阳光

有这样的谷子
顿时觉得自己也
壮实了起来

照壁山

它们是戈壁的照壁

它们是一群人
庭院里的照壁

可它们只是一座山
遮挡了更多的山
和更广阔的戈壁

一开始，人们看见它
就想坐一坐
就想和一个人一起
终老一生

这样的地方
不多见

照壁山，可以
算一个

玛瑙

一块石头，一直在戈壁上
它挽留了一部分夕阳
它恒久地梳理戈壁上的霞光

一场场粗粝的风
打磨着
冲刺而来的爆裂的阳光
捶打着

但它心里的霞光
一直都在

沙枣林

银色的，红色的

棕色的

皲裂的，带刺的
枯萎的

在戈壁和沙漠的前沿
沙枣林矗立着
它是沙子里的银子
它是砾石中的玛瑙

那些花，也有金子的品质
十里花香
全部送给出门劳作的人

冬雪

有人在回乡的路上
马车上装满了粮食和猪肉

有人在门口瞭望
眼睛里的雪
和心里的雪
不一样

有些雪，落在房顶上
有些雪融化在了茶缸里

灶头上的铁锅冒着热气
从门口跑回来的人说
来了，来了

那些雪，在睫毛边
迅速融化

与眼泪混合在一起

有点咸
有点甜

社火

大地上的冷清
结满了冰

刚出锅的馒头
大家一人吃一个

锣鼓敲起来
穿花衣服的人
跳起来

每一个人
都像刚出锅的馒头
热乎乎的
大地
也就热乎乎的了

弱水

在沙漠里
草一点点够着雨水，草
穿越一块石头
就会用尽一生

而更多的河水
艰难地掘进

它们喘粗气
像一头老黄牛

当你看见那清凌凌的河水
它们已载不起一根鸿毛

雪中胡杨

它们等待这场雪已经很久了
它们身披着这一场雪
像披了一件银甲

身后的沙漠，捧着雪
奔跑
只有胡杨树，拥挤在一块儿
为了一场雪
它们要守住
风的隘口

一场风吹过
雪像一只鸟
又飞走了

此刻

一匹枣红马飞奔而来
穿羊皮袄的人，身上像
背了一层雪

迁移的帐篷，自己在河岸上
饮水，只有
百灵鸟跟随它

在它附近的草丛里
筑窝

此刻，停下来的大卡车
让翅膀上的风
静止下来

一切都像原来的样子
春天再次返回

沙漠上

从沙漠上回来
身上的金子
在漆黑的夜晚
惊起一阵狗叫

点亮油灯
一家人围坐在一起
喝茶，嗑瓜子
相互看着
笑着

一夜无语

山里

一群羊回来了
原来是几十只
它们带着山里的泉水
和牧草，回来了

马
还是那匹马
自己认得路

只是，风更粗粝一些
只是，有无数条路
可以通往更加广阔的牧场

桑

戈壁上的阳光
在树叶间弥漫

戈壁上的阳光
在树枝间凝结

戈壁上的阳光
像一只只小小的蜜蜂
把自己的蜜罐
缀满枝条

戈壁上的阳光
在这一片绿荫中
格外甜蜜

从前

在沙漠上
在芦苇密集的低洼处

有一眼泉
一直流着

有一棵桃树
一直长着

有一朵桃花
开了败
败了开

有一枚桃子
一点点着色
白里透红
像羞涩的红晕
等待一双纤纤素手

两棵树

所有的沙丘向它们看齐
沙丘越来越低了

迎面扑来的砾石越来越多
打在主干上
打在枝条上
打在树叶上

哗啦啦，枝条落满一地
树叶随风飘

可来年的春天
生发了更密的枝条
更密的树叶

哗啦啦，生机勃发
像一对英俊的少年

车马店

夕阳都破碎在了这里
车马店以外的世界
一片昏暗
大地缄口不言，保持沉默
这人，关好大门、吹灭灯
隐没在深沉的夜晚
没有人知道他的名字
但只要喊一声谢
他就会从车马店的某个角落
抱着一捆干草或者青草
一瘸一拐地出来
这店，像戈壁上的一盏灯
路上的车马，循着越来越亮的光明
都来了
这店，冷冷清清，热热闹闹
一直跟着他
就跟着他姓了

人们叫他老谢
叫店，老谢店

几十年了，十几间土坯房
一口水井
两条水槽
四处马厩，一个牛圈
来客了，车卸在院子里
人洗脸、洗身子
牛马饮水
草料、精料铺好
像是一层薄薄的月光

伙房里热气腾腾

粗瓷大碗里，面条、辣子、醋、大肉
拌在一起，嘹咋咧
就像生活，五味杂陈
就像日月，滋味绵长

拉煤的胶轮大车
运盐的木轮大车
割草的牛车
贩运皮货的马车
捡柴火的驴车

它们都把一身的汗渍、油渍、疲惫
留在老谢店
张三、李四、王二麻子把各自的苦水
都倒出来，夹杂着一股冲头的烈酒气味
脏话连篇、笑话连天
戈壁边缘，一盏灯火
点燃无边无际黑黢黢的寂寞

一座车马店的喧嚣
传出一百米之后，就若隐若现了
走过的路，压下的辙印
被狂躁的风一一抹平
铁板一块的沙漠，柔软、细腻
到处都是金子一样的陷阱
有些马车一直没有回来

老谢店，遮风挡雨的黄昏
风和日丽的早晨
所有的出发和归来
都有无限的期待和惊喜

有酒就醉，有炕就睡
一阵鼾声，把流哈喇子的梦

送到村口

有一天，老谢店里长满了荒草
黄沙拥堵了店门
有人说，老谢走了
在人们眼里，一座老店
立刻成了坟墓

五个墩

戈壁上，五座烽火台
像五个兄弟

风吹过来
有一部分被它们挡住
雨落下来
冲刷尽它们身上的沙尘

一年又一年
人们早已看不见它们身上的烽火
越长越高的树
一棵棵高过了它们
风雨剥蚀
也让它们越来越瘦弱

它们的孤寂
是整个戈壁的孤寂
它们的衰老
是博物馆里的聚光灯下
生锈的箭镞

西河槽子

向西的洼地
积累了雨水

风吹来
沙子落了一层

鸟儿叽叽喳喳地叫
叫醒熟睡的种子

坝上的春天改道了
也没告诉身后的夏天和秋天

西河槽子里的蒲公英
空降到了下游的村庄

一夜的星星
照亮了小白菜的脸

石头上的霜越积越多
一部分石头成了寒气森森的霜

只是刚一回头
就看见了白发苍苍的母亲

杂咏

从此门出去
戈壁，一个巨人
像一座山脉
难以攀登

心如骏马
顺风或者逆风
都会成为一股
没有方向的风

只是，从此门出去
回头，想起村庄
醇香的炊烟
缠绕的生活
前方的路就迷惑了
头上的云有没有雨
脚下的土能不能埋人

夜不收
——明朝边境，有一种侦察兵，名叫"夜不收"……

夜的黑
雪也染不白

夜的冷
柴火也不能温暖

夜的静
风也不能吹散

而这些铁板一样沉重的黑
扛在夜不收的肩膀上
而这些冰块一样顽疾的冷
焐在夜不收的肚子上
而这些崩断神经的静
在夜不收的眸子里
一眨不眨

当偷袭的马队踩过荒芜的夜晚
夜不收
悄悄收割了
它们疾驰的蹄印

冬夜

和雪一样
爬在雪地上

和风一样
挂在树梢上

黎明，草地上
多了一堆堆雪
树梢上
挂满了一条条冰凌

霞光涂抹着它们
怎么涂抹
都像是一滩
新鲜的血迹

桃花引

这春天的尾巴上还有雪
阳光照在雪上
雪就黑了

这春天的脸上还有腮红
枝条上，一瓣瓣
像勾魂的眼神

树林里
一声声唤着桃花
从桃树间走出来的那个女子
笑容如花

沙枣墩

有人指了指远处的戈壁
那是沙枣墩
那戈壁上确乎有一座墩台
在戈壁广阔的视野中
容易忽略

一刹那，如同被闪电击中
沙枣墩，刻写在了我的心里

我没有抵达
只是目视
那枯黄的泥土
在戈壁上层层叠叠地垒起
用自己的视线
构筑方圆几十里戈壁的视线
不让一丝丝风遗漏

我想，此刻
我肯定在它的射程之内
只是，沙枣呢
光秃秃的戈壁上
没有一棵树

千秋燧

像是一座土丘
淹没在众多的土丘之内

风的嚎叫中
仍有马的嘶鸣

夯土层里
镶嵌着生锈的箭矢
一枚木简
一直在说话

许多脚印
埋在沙子里
晴空之下
能听见咚咚咚的赶路声

沙漠中的枸杞

一直记住了那嶙峋枝条上的一串玛瑙
一直觉得它就是玛瑙
可以用阳光的丝线
织成珠串

一直记住了那个火炉般的正午
一个戴红头巾的女孩
端了一盆鲜嫩的枸杞

那个正午
立刻有一泓清凉的溪水
流过我的身心

每次，极度的烦躁中
那串红玛瑙般的珠串
就会挂在我的脖间
让我渐渐回到百花盛开的春天

沙山下的杏树

它的甜
一直被风沙惦记着

它的苦
一直埋在沙子下面

它的阳光
一直像一只蜜蜂
保存下花的笑脸

它的果实
一直是那个早晨的霞光
一抹腮红
足以让人忘记回家

骆驼刺

戈壁上
有骆驼的地方
它都在

戈壁上
仅有的雨水
被它抱在怀里

戈壁上
那些细碎的石头
都悄悄躲开它
它的刺
匍匐着
被它扎痛的风
叫喊着
溜走了

穹顶上的炊烟

山坡上，断裂的雪
轰然滚下

一次次，山坡下的泉
张望着

阳光灿烂
羊群饮水的时刻
马歇息的时刻
穹顶上的炊烟
斜斜地挂在悬崖上

像是召唤
鸟儿们
山谷里的兔子、狐狸、狼
从不同的方向
露出了脑袋和身子

乌鸦

成群结队地飞过来

越过城墙

阴影落在城墙上
像是加了
一层又一层的砖

它们从哪里来
要到哪里去
没有人问这些
只是，它们一会儿就飞来了
一会儿就飞走了
一会儿就无影无踪

就像从烽火台里飞出来的
飘起一缕急促的青烟
就像又飞回了烽火台
燃烧的烽火又迅速熄灭
牵动了一座城池的神经

磨子沟

从前的车马都回去了
生活的喧嚣
有一部分落在石壁上

更多的石壁已被运走
把春种秋收碾磨成粉剂
劳动的芬芳
在茎叶、花朵和果实中播撒
这些转动的石板
是最后的炼狱

这沟里的泉水

养育的动物
在静静的月色中
爬上了石壁

它们的凝视和奔跑
埋伏了几千年

饮马

聚集在一起的白杨树
分散在渠沟边的柳树
站在荒野边缘的沙枣树

它们，叫饮马

还有一些胡杨树
在盐碱地上
夏天的阳光泛碱
秋天的泉水析盐

一排排土坯房
一口口地窝子

它们，叫饮马

在树荫中
苜蓿紫莹莹的花
开了败，败了开
那些马呢
虚度了苜蓿的时光

小景

那年，沿着石子路
去寻找一条河

我们把石子碾成了沙子
所有的小草都被风吹跑

那年，拐过狼行湾
说是拖着尾巴的狼
刚刚进山

我们停了下来
泉水的四周
全是杂乱的蹄印

几天之后
那些蹄印仍然踩在我们的身上
它们或许是一只兔子
一匹狼
或者一头岩羊

天鹅湖

西部戈壁上
地图上标注的天鹅湖
只是一汪水

蓝蓝的水
就像一片天空坠落在沙石上

茂密的芦苇
飘飘荡荡的苇花

就像一场雪

有人说，天鹅还没有回来
它们已经迷失于夏天的山脉
因为那里正堆满冰雪

西湖

戈壁上，有人一指
说，这里是西湖

放眼看去
全是沙石
风吹着
吹到沙石上
积攒了更多的风
又把沙石吹到半空

我们一直走
丢掉了一座又一座村庄
被一片片沙漠拦住

一丛丛芦苇
像是迎宾的礼仪
把我们迎上最高的沙丘
沙丘下面
果然有一片蓝莹莹的海子

沙漠里的水
堪比西湖啊

宕泉

上游的水
在石隙间渗出

嫩绿的芽苞
悄悄伸展
这些绿色的藤蔓
弥漫河谷

那是一眼泉
一滴一滴的水
渗进沙子
沙子里的水
涌向石滩

在宕泉
一滴滴水
就是一片绿洲啊

毛目

一场细雨
湿透了沙漠

柳树的细叶
在狂风中飘落
引来觅食的羊群

这里有细小的眼睛
植物的，动物的，阳光的，水的
它们认真地观察着这个世界
让自己像一片安宁的夜晚

这些细小的眼睛
是戈壁上的路

鹰窝树

只是连绵的沙丘
也没有树

只是，隐秘的泉水
悄悄流出

一个个沙丘
爬满了绿色的藤蔓

兔子来了
占据了这绿色的堡垒

狐狸来了
守候着得意忘形的兔子

天空中盘旋的鹰
会不会把一座座绿色的沙丘
当作一棵棵树

泛沙泉

水，冲开沙子
浸润了冰凉的月色

水，流进沙子
找出深埋的种子
水，一点点突围

绕过沙丘
又绕过最险峻的干旱

水的耳语
先是水草
然后是一片又一片的芦苇

从前

一条河道干枯了
人们并不知道从前的水
流着流着就流丢了
只有河道自己张望着
误以为风
就是那些川流不息的水

如果那些水还在
戈壁就会是一片绿色
苜蓿上，就会有马
麦子和玉米上，有会有一座
殷实的村庄
白杨树上
就会有缠绕的炊烟

如今，水流向哪儿
它们就跟着水
去了哪儿

黄花

这儿的名字叫黄花
它的地界

沙枣树围起了
大片的盐碱滩

春天一直被雪掩埋着
沙枣花的芽苞只有在夏天
才悄悄怒放

而，黄花呢
一场大雨之后
荒草蓬勃而起
期间，有零星的野花
如此娇艳
如此嫩红
鲜有金黄或者姜黄

夜晚

听见渠沟里的水哗啦啦地流
听见蛙声此起彼伏

它们的喧嚣
仿佛是返回到大地上的月色
溅起的

因而，它们的喧嚣
是月色的一部分
纯净、安宁
像一片雾纱

坐在月色里的人
像是天堂里的婴儿
又渐渐回归人世的幸福

天上的湖

海拔一步步攀登
越来越像一个巨人

看见那些纯洁的水
它也要低头
渴饮自己的琼浆

高高的雪山
默默赞颂的
是这一片湖

碧绿的草地
鲜艳的野花
是读不完的诗歌

还有那些风
吹动敖包上的经幡
日夜祈祷的
也是这片湖

天上的湖
有一双属望人间的眼睛

冷湖

感觉，风把整个夜晚都吹跑了
把整个戈壁都吹跑了
我死死抓住自己的睡眠

那一夜，炉子里的火
也应和着屋外的狂风

呼呼呼地响
告诉我温暖和寒冷
只隔了薄薄的铁皮

一个被铁皮裹住的人
可以想象一片冰封的湖
无数的风被摔倒、摔残
惨烈的叫声
捶打着这坚固的铁皮房

一片湖越来越近
它的呻吟
就在耳旁

在月牙泉

这么大的沙漠
会不会有自己的眼睛和腿

这么大的沙漠
会不会看见迷失的驼队
就上前拉一把

这么大的沙漠
真的，有一盏灯
亮着，照见沙漠和人的面容

这么大的沙漠
真的，有一双眼睛
水灵灵的，盯着你
打湿你干旱的脚印

这么大的沙漠

真的，会走到你的身边
拍拍你的肩膀
说，老伙计，该歇歇了

多好的月牙泉啊
它就是沙漠的一盏灯
亮着一双蓝莹莹的眼睛

安远沟

一场又一场的雨水
催促了这些禾苗

所有的烽火台
有一部分停在了这里

所有的烽火
一部分化为炊烟

所有的马
一部分驮运

所有的铁
有一部分化作了铁水
铸造了犁铧

所有的恨
压在土里
长出了鲜花和粮食

戈壁上的湖

每一个峡谷里的水
每一个山头上的雪

每一片飘过的云
每一场落下的雨

它们都在戈壁上集合
像是一个冲向荒芜的集团军

羊羔跪地畅饮
骏马仰天长啸
蚂蚁返回高处的蚁穴
兔子慌张地四面察看

这些水，一次次回到
生活的石槽

夜行者

引路的七颗星星
像勺子
舀水

铺路的月色
像银子
装进空空的褡裢里

马车和马都很累了
赶车的人
却一直在灯里加油

那灯
是亮在心里
那油
是夜行者
身上的血

擂鼓

一鼓，一鼓
又一鼓
箭在风上
蓄势待发
风在弦上
一鼓作气

在戈壁
这鼓声
一瞬间就融入了血液

在戈壁
这鼓声
催生一场淋漓的雨水
冲刷掉冲锋者
身上的汗水

纪念

在一座烽火台下
埋下一瓶矿泉水
让疲惫的风
解渴

在一座烽火台下
挖出千年的阳光
暴晒此刻的阴暗

在一座烽火台下
闭上眼睛
安享宁静中的休眠
不让夯层中的箭矢
突然挣脱身上的锈蚀
飞向春暖花开的村庄

胡女

婉约的女子
在桑树下，像一片桑叶
夜晚，又像一绺月色

在草原上骑着马
追赶风雪的女子

野花丛中
她就是一股春风
春风撩人
她就是一段音乐

此刻，她的眼神
像一根绳索
拴住了马
拴住了那个即将远行的
男人的心

望柳

它一直没有被忽略
顶着一头雪
在雪中，像是一个站岗的哨兵

它一直被欣赏
鲜嫩的芽苞
有着美人的眉眼

它一直被膜拜
看见它，就仿佛看见了
故乡，就仿佛看见了
母亲

多么熟悉的身影啊
急切地喊着
饭熟喽
回家喽

草原上的树

每次路过山丹草原
那一排树，也像一列火车
在深草中穿梭

总是想，它会把一片草地
运往何处
总是想，它会把怎样的春天
像卸下驼子一样
卸在帐篷和帐篷之间

直到有一天

踩着落叶，窸窸窣窣的声音中
我也成了一棵树
其实，只要走进树林
所有的植物
都想成为一棵树

你相信不相信
一个小小的愿望
就像一颗种子
会成就一片森林

夕阳

再熟悉不过的景致
却感动到了我

如此的宏大
像一块真实的幕布
为我搭建了舞台

我要说些什么
我要唱些什么
我要跳些什么

此刻，都胸有成竹
不像现实的表演中
战战兢兢地出场
把世界都颠倒了

红柳滩

夕阳落下去之后

就再也没有收回

一望无际的红柳
爱着寸草不生的盐碱地
爱着那些羊群、牛和马
它们啃食着夕阳
身体枣红、青紫或者纯白
亦有七色

春天或者夏天
酷热的正午
它们照样把夕阳高高举起

告诉世俗的人间
只要是美的
来了，就不会走

沙枣树下

我们走过漫长的戈壁
进入祁连山

我们走过祁连山干旱的草场
来到广阔的绿洲

我们在沙枣树下扎好帐篷
我们在泉水旁边安放灶台

有沙枣花的地方
就有我们的牛羊
就有我们的歌声

葡萄

我记住了一串葡萄
在整个沙漠中
只有这一串葡萄
留下了月光

像风吹尽沙子
露出一堆玛瑙

像阳光的尽头
一眼泉熠熠生辉

像干旱的春天
把仅有的青草
献给牛羊

这一串葡萄
拿在手上
不忍品尝

腰泉

山坡上的村庄
上半身是雪山
就像白发苍苍的老人

山坡上的村庄
肚脐眼是泉
泉水汩汩流淌
就像母亲的乳液

山坡上的村庄

下半身是牧草
就像一件绿色的裙子
轻轻掀开
就是一群壮硕的牛羊

山坡上的村庄
摇摇欲坠的样子
但一直在山坡上
看着人们喝酒
看着人们唱歌
看着人们跳舞

雪

那场雪太大了
大过了每一匹马
大过了每一座山
大过了每一个人

我们能看见的
都是雪
我们能听见的叫声
也是雪

跟我们说话的
是雪
跟雪的浩渺比起来
我们似乎是更多的
雪替我们走向了
我们不曾去过的地方

五个庙

在山崖上
在风中
人们说着五个庙

骑马的人
赶骆驼的人
走亲戚的人
来到五个庙

那些河流的涛声
那些飞翔的鸟
那些漂泊的种子
都相聚在五个庙

它们组成了阳光
土壤和水分
让所有的植物在大地
和人心里生长

对岸

平行的五棵柳树
它们的前景是湿润的草滩

它们更像是五束平行的阳光
均匀地洒在干旱的沙滩

沙漠的黄金之上
春风雕刻的翡翠
全部挂在它们的枝上

它们本身的光
在水汽迷蒙之中
在阳光之中
在沙漠的返照之中
幻化为七色
照着绝壁

黄羊川

只有草了
只有黄羊了

只有那些灰烬
只有那些雪和雨水
只有稀疏的杂草
和在杂草中做窝的鸟儿
只有风
吹在风上

羊群越走越远了
像是走进了棉花一样的云层

黄羊滩的寂静
裸露在河床的大石头上

戈壁记忆

时光跑在了前面
悬崖上的树
树梢上的果子
只能看着，让时光说话
成熟的成熟

衰老的衰老

或许，能乘着风
回到茂密的果园
或者，跟着骆驼
会找见一眼泉

戈壁那么大
山峰那么高

时光总是跑着
把人远远地
丢在后面

青羊

西部戈壁
总能看见一两只青羊
搅乱一丛梭梭的宁静

远处扬起尘沙
像一股旋风
冲锋的青羊
一直在那旋风的潮头
让无垠的戈壁
裂开一道缝隙

这道缝隙
填进去亘古的寂寞
又重新跃起一片
雄性的戈壁

杏园

远处是沙山
脚底下是沙子

原以为这一切就结束了
却有首蓿拾掇了春天的脚印
而一片杏树
又为春神张目

可以留下了
可以挖一个地窝子
可以撒下种子
等待第一场雨水
等待阳光从沙山上滑下来
像灯笼
挂在一棵棵杏树上
为饥渴的人
引路

那么蓝

水流下来
高山上的雪
向它招手
像送自己的孩子去学校

水流下来
一直流
当它冲入山下的绿洲
就立刻汇入了孩子们的欢笑

它再也不能回头

它知道
那个让它皓首穷经的老人
一直目视着它

静下来之后，那么蓝
像一座村庄的肤色

狼尾山

一个小小的车站
被一座山挤压
又被轰隆隆的火车追赶
深夜，山的夹缝间
储满了月色
山，就鲜活了起来
它会呻吟
它会哞叫
它会偷偷地敲门

在我们的梦中
它奔跑向广阔的戈壁
眼前的景色
一下子开朗起来

当清晨的阳光从山顶上滑下
它却是一副沉睡的样子

野牛沟

雾霭从山腰漫下来
从早晨到中午

羊群悄悄隐入深草
不知不觉中，那些雾霭消散

山坡上的牧人
站起来又坐下
身边的油菜花开得正旺
牧草，把珍藏的绿
泼洒开来，沉静的光
从未化开
如果有野牛悄悄闯入
这些光
会稀释它们

土风

鸡叫了
狗也叫
牛和羊
静静地吃草

清明断雪
雪却又悄悄来了
谷雨无霜
霜却无意中落在了心上

走在路上的春天
在田野里长高了
长在田野里的春天
在阳光中熟透了

这样的时刻
激烈的锣鼓声
叫醒了一座又一座村庄

许三湾

那些瓦砾反射着阳光
也拍打着风头上的尘土

它原来的颜色被阳光盖住
又落了一层尘土

所有的一切都要归于尘土
而这个庄子却高高耸立
黄土夯墙，夯层里
是汉唐的风云
明洪武五年的号子声
一直都在
号子声里，墙越打越高

所有要埋葬的必定被埋葬
他们的姓氏在泥土中腐朽
他们的姓氏也像庄稼一样
年年生长，枝繁叶茂

在许三湾，问一问
谁姓许
四围的庄子静默无语

骆驼城一带

几株向日葵迎着太阳
不是所有的阳光都渗入泥土
然后成为种子

雨水中，残破的高墙
渴饮陈年的阳光

几匹骆驼绕过城池
在戈壁滩上悠闲地吃草
它们身上的黄色
像是一堵浮动的墙

那些皲裂的砖瓦
如果不是用于怀念
它们肯定构筑了一座微型的宫殿
从前的高贵的生活
悄悄延续

草稿

这是季节的话语
就像雪不会说出雨的话

好像我们一直在修改一份草稿
大自然的
我们自己的
我们小小的村庄
村庄尽头的城市

什么时候是一封完整的手稿呢
可能是连这份手稿也毁灭的那一刻
就像我们身上的血
既是在耕地里
也是在草原上酿成的

那些石头

只是躲开喧闹的争吵
只是在最偏僻的一隅

悄悄地砸伤自己
压住人世间的一部分霜雪

这些石头
把丢失的字
放在自己胸口捂热

这些石头
把风的声音传给另一块石头
另一块石头再传给其他石头
风的声音因此走得很远很远

而在一座村庄和一座城市
人们并不知道
风为什么会源源不断地吹来

马

就是因为那些马
把一片草和另一片草连接起来
甚至把天上的云和地上的溪流
连接起来

一座座帐篷，因为马
就像相邻的客厅

马把风集合在一起
系在自己的尾巴上
因而，每一匹马
都是一股风

没有陈词滥调和繁文缛节
它们的奔驰

就像灵魂出窍

太阳出来

所有的人都跟着太阳
马是，牛羊也是
牧草和溪流也是

在石头上
人们刻下太阳
在兽皮上
全是笑脸和花朵

在夜晚，人们歌唱太阳
享受阳光的酿造

朝霞初露的时候
用劳动的节奏紧跟上
春天的脚步

一驿又一驿

只见尘土
拍打眼前的光

只见那些人的背影
若隐若现

只见一棵树上的果实
一点点积累
梦中的蜜

只见衣服上的泪痕
聚成了心形

一驿又一驿
错过了耳濡目染的村庄

峡谷

一边，是雪山
一边，是草地

哗啦啦的流水声
总是一次次漫上来

那声音中的水分
一直被骆驼草记着

直到有一天
一场滂沱大雨
打湿了戈壁
草，翻跟头式的
涌向远方

一条峡谷
就像一道伤口
源源不断的绿色
在缝合它

马兰

她长着长着
就长成了一个

亭亭玉立的少女

在所有的乡村
那些叫马兰的女孩子
天性纯真
就像阳光一样
和田野里的庄稼一起生长

在草坡
在绿洲的边缘
在炊烟袅袅的房前屋后
马兰在割草
马兰在放羊
马兰在背柴火
马兰在静静地盛开

乌鞘岭上

山顶上的雪
山坡上的雪
烽火台上的雪

有些一直都在
有些长成草了
有些漂浮在风中
像稠密的箭镞
射向荒芜的牧场

角墩

如果仍挺直了身子
它就不老

如果仍沉浸在月色中
它就年轻

如果它还有一双眼睛
洞察天象
它就是一个智者

一座城池的角墩
穿越它的半月型门洞
就是它的眼睛

锁阳

真的有一把锁子
把戈壁锁住
真的有一把锁子
把冰雪锁住

呼啸的北风中
植物们陷入黑暗的轮回

在广阔的沙漠
只有它
在黑暗中擦亮
属于自己的火柴

你看，抛开尘沙
它的粉红色的小帽
像是一根火苗
还冒着热气呢

合水

这里的水
那里的水
都悄悄爬在树上

树上的水
和树叶的月色
和树枝上的阳光
黏合在一起
像无数的花蕾
开无数的花
结无数的果
仿佛采集了天下的蜜

在敦煌
那样的蜜
橙黄橙黄的
挂在合水的枝头

转场

在夜晚
催促星光

在早晨
催促朝霞

在暴风雪中
催促遗漏的阳光

走啊走啊
甩掉那些疼痛的夜晚

走啊走啊
拾掇好那个明媚的早晨

走啊走啊
追赶上那些雪
牵住它们的鼻子
拴在寂寞的羊圈

马衔山下

山上的雪
马鼻子下含盐

山下的雪
盐溶入溪流中

马衔的是一片云
这片云里有雨

这片云
反复带来
天上的青草

马牙雪山

可能山就是一匹马
可能山在奔跑中
找到了泉水和草地

这些雪
才被留住
这些雪

才像一排
洁净的牙齿
抬头啃食着
飘飞的云
低头啃食着
茂密的青草

属望

坐在老柳树下
正好可以看见村庄之外的小路

常常有尘土升起
那些尘土落下之后
就有摩托车拐进村里

多少次了
没有熟悉的面孔

自己告诉自己
总会有的

只要盯住
那条小路
只要那些尘土不落下来

旧马车

曾经的力气
都蜷缩在仓库的角落

曾经的马

都消失在了紫莹莹的苜蓿地里
这些苜蓿
喂养了一匹匹
后来的马

马车
把一个村庄拉到另一个村庄
一些村庄渐渐荒芜
把许多人运到戈壁
那些人再也没有回来

如今，它像一个苦思冥想的老人
占有着自己的孤僻
所有碾压过的辙印
都缠绕在裂迹斑斑的轮辐上
无法像一根线锤
徐徐展开

苁蓉

远离拥挤的植物
远离争芳斗艳的喧嚣

它走自己的路
越走越远
走到了戈壁
丢掉了众多的兄弟

它并没有放弃自己的孤傲
而偷偷返回
一场雨
一条溪流
它招招手

就避开了

它把手里的那滴水
攥成了金子

泉

在戈壁上
在水的绝域

在一行脚印的尽头
在一声叫喊的嘶哑处

在持久的黑暗中
在一瞬间的眩晕里

这一眼泉
让人流泪
因而，它的滋味是咸的

何家渠

仅仅是一条渠
它的姓氏就见底了

有了水
那些尖利的笔划
就融入泥土
像种子一样
成为更多的种子

一条渠，因为水

一个独占的姓氏
拔节散枝
占据了百家姓的好几页

一座村庄，被一条渠
捆绑为一个或几个家族
源源不断的水
滋润着风调雨顺的血脉

土塔

说是埋人的地方
让他的骨头
像一棵树
一直生长

说是敬人的地方
还要让那个人站直
像从前，在黑暗中
做一盏油灯

好像是一座村庄的路标
站在村头
眼观四方
不让人们的脚印
踩住皎洁的月光

莫高

人心里的高
是莫高

人心里装着的事
人心里念着的人
刻在石头上
就交给了石头

一块石头落地
心，宽敞了
也轻了

但它们占据了
人心里
最高的位置

草坡上

两个人，坐下
抽烟

两个人，不说话
应和着
草原上的沉默

两个人，一个从远路上来
一个在草原上放牧

两个不认识的人
拍掉身上的风尘
凑在一起

一个赶着羊
一个跟着
走向了远处的帐篷

鄂博店

风停下来
雨跟在后面
湿漉漉的一行脚印

把路上的石头捡起来
把路边的石头捡起来

高高垒起的石头
很多人都看见了

过夜的人
把整夜整夜积攒的月光
也垒起来
那座鄂博
就照亮了
人们的心

一顶帐篷

月光下的帐篷
是熟睡的雪
静静的
像一座山峰
保持着一万年的沉默

阳光下的帐篷
是融化的雪
淙淙的流水越走越远
就像走向戈壁的草原

歌声里的帐篷

是肿胀的奶腺
纯洁的奶液
奔腾而出
像接踵而来的春天
像生生不息的骏马和牛羊

畅饮之后的牧人
在帐篷前的草地上
翩翩起舞

一坡一坡的阳光

阳光照在哪里
就寄存在哪里
自己生长
自己发光
产生更多的阳光

你看那些草
它们是不是阳光
你看那些溪流
它们是不是阳光
你看那些马和牛羊
它们是不是阳光

是的，包括那些帐篷
满脸笑容的牧人
他们都是灿烂的阳光

松林

它们是走路的树

一棵走在前面
后面的，一棵棵跟上

它们在山坡上
它们在半山腰上
它们想看看
山的后面是什么

一场暴风雪埋住了一切
山上是雪
山后面是雪
它们浑身都是雪

抖擞了精神
继续往上走
它们就像一根巨大的鞭子
赶出了大雪中的
羊群

北山羊

向北，被山挡住
那些草
那些羊
都留了下来

那条溪水
也没有软碰硬
在石头面前
低下了头
拐了个弯
把春天
带到了另外的洼地

石头，也会在湿润的风中怀孕
也会在阳光灿烂的正午分娩
草滩上的碣石
就像一群吃草的山羊

山顶上的骆驼

那一年，一夜的颠簸
穿过了那些顶着星光的苦豆子
微风中的苦涩
让人清醒：夜晚并不是最黑暗的

那一年，沙漠上的梭梭林枯死了不少
雨水还在半路上
它们就撑不下去了
许多骆驼没有了踪影

牧人们四散寻找
几天之后
从不同的路线返回

后来他们发现
高高的山崖上
有一匹骆驼
月色中，也有一双明亮的眼睛

从此，许多骆驼都聚集到了这里
像是被一种神力所召唤

梭梭墙

一捆又一捆梭梭

把这小小的院落围起来

戈壁深处的风
就绕道而行
吹向了更远的戈壁

那个冬天
梭梭柴举起一场又一场的雪
撒向干旱的草地
也把小院里暖融融的阳光
埋进雪里

那一年的春天格外肥硕
就像一群牛羊
颤巍巍地从深草中走出来

蒲公英

戈壁上的蒲公英
在一场雨中就长高了
在一片阳光中就开花了

更多的日子
它像无所不在的阳光
在半空中飞

被一匹马带到草原深处
被一头母羊嵌进蹄甲

满山坡的蒲公英
向它们频频点头

原来，它们是相互认识的

五个墩

一个，两个……
数到五个的时候
看见一辆驴车了
慢慢地，它消失在
一片尘埃中

这时候，人们的步伐明显加快了
赶在那片尘埃落地之前
他们已经走进
浓重的绿荫之中
把一身的酷热
抛在了远处的戈壁

蜃景

只要走在戈壁
走久了
走累了
它就会扶你一把

你需要水
它就是水
你需要房子
它就是宫殿
你需要一座村庄
它就是麦子、高粱和玉米

但它们距离真正的水
距离真正的房子
距离真正的村庄
还很远

甚至你越走向它
越南辕北辙

高湾

一直往山坡上走
那些高处的房子

云一次次遮挡住鳞次栉比的瓦
瓦上的雨
正好像丝线一样
拴住梯田里的麦苗

秋天自上而下
打开一扇扇房门
每一个窗口
都占据着一片阳光

那些成熟了的阳光
浓郁的香味
自下而上
飘向了高湾

大柴旦

水说来就来了
没有踪影

水说走就走了
留下了盐

正午的阳光

被盐紧紧抱住

生活中缺少的盐
在雪山下堆放着

越走越远的草
越追越近的月色

骆驼身上的盐
一多半撒在了路上

夕阳

一滴酒
就迷醉了夕阳

那些草
头也不回

那些帐篷
紧盯着垭口

不紧不慢的风
不远不近的雪

牛羊的哞叫声
拾捡了
暮归的脚印

那天

马路孤零零的

带走了所有的喧嚣

坐在山坡上
用一块石头
敲击自己的寂寞

如果我是一片夕阳
那我的心里
必定有无数颗星星
和一颗皎洁的月亮

除此之外
是那些此起彼伏的昆虫声
为我点亮了一盏光芒四射的油灯

敦煌沙漠

那个走夜路的人
拍打掉一身的星光

那些星光
掩埋了
他歪歪斜斜的脚印

他像一个孤岛
在沙漠中漂移

当又一个黎明打翻
半空中的露水
你必须相信
走着走着
就会有一眼泉

飞天

所有的花朵都在大地上
唯有它在天空中生根

所有的笑容都在春天里
唯有它在漫天飞舞的雪片中

所有的爱都在血脉中一代代延续
唯有它毫不吝啬地抛撒向人间

所有的飞翔都会有一个支点
唯有它始终是天空的一部分
引导人们摆脱自身的庸俗
像飘飘欲仙的神

山下的村庄

早晨的寂静
沉底了

打鸣的公鸡
站在树枝上
煽动了几下翅膀
就回窝了

霞光，铺满了村庄

有羊群出村
尘土升起

有人扛着铁锹，哼着小调
惊起熟睡的昆虫

此起彼伏的叫声
扯开霞光的帷幕

寻草

从这一面山坡到那一面山坡
一群群的羊
从不同的方向
爬上又爬下

山坡上光秃秃的
布满了阳光

山坡上的羊群
身披阳光
又把阳光
带到背阴的地方

躺在山坡上的牧人
睡了一觉
梦见雪山上走下来成群的山羊

骑马的人

公路上，几个骑马的人
晃悠着走进小巷
他们的影子
拉得很长很长

小酒馆的门前
那些马拴在石头上
安心地吃草

夕阳在巷子里停留了一阵
像倾泼了无数瓶石榴酒

骑马的人像一匹马
搂着马脖子说个不停

天黑透了

随着街角的石板上
哒哒的蹄声由近及远
骑马的人融入了深沉的夜色

博罗转井

斜斜的山坡上
房子是正的
但看起来是斜斜的

街心花园有几十棵杨柳
六月才开始冒出绿芽

山坡上光秃秃的
除了一排又一排的平房
还有几栋屈指可数的楼房

有时候，一群羊从街上穿过
留下滚动的羊粪蛋儿
有时候，骑马的人走向夕阳
形单影只的老人抱住马头就哭了起来

回家的路上
如果有跌跌撞撞的人喊你老王
你就说：一切安好

悬泉

一念之下，放弃了雨水
执念之下，自己成为自己的天空
自己成为从天而降的雨水

所有的戈壁，都喊着水
这里的水，就往高处走
让低处的等待
结满蛛网似的裂纹

让过路的车马
停下来仰望
让沁人心脾的感动
涌出珍珠般的泪水

戈壁上的阳光
悄悄蛰伏在细碎的石头上
一滴一滴的水
让它们醒来

杏子

一直觉得沙漠的黄是抹布一样的黄
它擦过的地方
阳光又来擦拭

一直觉得，沙漠的黄遥不可及
脚下的沙子，脸上、身上的沙子
它们和皮肤一个颜色
老人说，一个人埋进沙子里
后来就渐渐成了沙子

一棵树埋进沙子
却找见了沙子中的水
水是黍粟的源泉
接连不断地爬上树梢的各个角落
那些亮晶晶的杏子啊
谁看了
都不会想起沙漠

坟冢

只是一个个土包
一年年被风削平

只是一点点与星光相映衬的磷火
飘在半空中

他们的后人四散而去了
只有他们守着寂寞的戈壁

田里种着别人的庄稼
祖宅在一次次翻修后
换了主人

此刻的坟冢
顽皮的孩子们只当它是一个土包
只当它是一个个萤火虫
在土包和土包的空隙间嬉戏
追逐那些飘忽不定的冷冷的小火苗

现世的老人们
都埋在了更远的戈壁

野牦牛

沙漠在颤抖
沙漠下的小溪流
溅在半空

是一股飓风
摧毁所有虚弱的、不稳固的
是一堵墙
挡住迎面而来的阳光或者
像骏马一样奔跑的牧草

山高
月小
静悄悄的荒野
野牦牛是另外一座山
或者是堆积的雪
或者是凝固的墨

过炒面庄

一路上的雪
山上的雪，山坡上的雪
山下的雪，房顶上的雪
羊身上的雪
都会被这一锅炒面融化

攀上山顶的人
从山顶下山的人
骑马的人
坐汽车的人

他们都要停在炒面庄

满头的雪
一脸的雪

就像闻到了久违的面香
就像背负了浑身的炒面

扁都口

众多的大石头
把季节堵在二月

高高的海拔
把雪，举向了星群

过路的人
怀揣火热的七月
触摸了冰雹和雪

过路的人
回到了时光的源头
——细数雪莲、松林、灌木丛和草原的距离
它们一步步
都踏着雪的脚印

你看，那一丛油菜花
多像一双双张望的眼睛

桥子

只有无垠的荒野
只有零星的泉

羊群和马把它们分开
奔跑的溪水，各自占有
如花般的领地

那些羊群
每次从青草中返回
都要带回没有来得及收敛的夕阳

那些光里的桥
度噩为顺
别人指了指说：多好的彩虹
村里的人说，看
桥子

瞬间

火车拖走了黄昏
那些羊群也被抛弃在山坳的草滩上

山顶上的雪像烧着一团火
火苗趁势滚下来
笼罩了牧人和草原

沿途看到过一排排玻璃暖房
一只狗的叫声犹在耳旁

眼看霞光从山峰上消失
黑暗猛然间压下来

那些马，那些羊群
它们躲避风寒的地方
在哪里

锁阳城

一次次错过雨水
看斜风细雨中
那些骆驼草怎样带领自己的族群
向着潮湿的洼地过渡

高高的墙
苦苦支撑着
仿佛一朵云
就能压碎它

沙子，埋掉了一个又一个时代
他们的功勋，被酷烈的阳光清算
干涸的泉眼，堆满千年月色
像一只无神的眼睛
所有的往事都被飓风撕碎、吹远

一座城池的骨架
在寒冷的雪花里
窜出殷红的苗枪

沙枣树下的破城子

四周是田野
只有向着戈壁的一面
开满了沙枣花

杂草中的一场雨
是迅速出落的秧苗
在漫长的干旱中
没有等来另一场雨
它们同样干枯了

断壁上的夕阳
像一部书
每一个观览者
都是其中的文字

在后退的时光中
你是一片月色
还是一缕星光

那些杂草
看得最清楚

兔子

心里一直有一只兔子
在一个短暂的黄昏
它惊慌，在无人区
像一缕尘烟
消失在空旷的戈壁

本来兔子是在草丛中栖息的
因为我的闯入
让它丢下了一片灿烂的夕阳

它去哪儿了
它活得怎么样
我一直惦念它

沙子湖

我只看见你
几天的行程中

你一直在幻觉中

看见你
我脸上的沙子渐渐被冲开
像沙子上的一棵植物
聚拢了分散的阳光

看见你
我解开了沙漠的绳子
可以自由地向前奔跑
前面，是我的世界

再往前走
还是我的世界

青羊

突然间看见你
戈壁上扬起一条弧形的尘雾

尘雾飘落
你站在远处
目不转睛地盯着我们

更远的远处
砾石飘渺

我们悄悄离开一只青羊的领地
我们没有带来一场雨
也没有带来一束青草
只给你带来了一片迷眼的尘雾

赴酒泉西沟观唐墓砖雕

路上的春风举在麦子上
苞米的秧苗上也是

黄土的裂隙一直等待一场雨
之后，它们就被野草填埋

而向着土地一步步深入下去
渐渐稀释了阳光的砖
突兀的部分，棱角分明
显然缺少世事的打磨
那十二个兽面，认真地排列
讲述人生的轮回

只有读懂地里的庄稼
只有像庄稼一样把根扎在土壤里
砖上的世界
才会悄悄走向人间

桑园

把昨夜丢失的那颗星星
寄存在桑园里

承诺像开败的花
吹落一地

阳光透过树叶
亮晶晶的，像宝石

桑园里的清凉
如一杯茶水

喝着，喝着
就有一颗颗成熟的桑葚掉下来

那些宫殿

永恒的阴暗里
那些宫殿
已渐渐逃离虚幻

它们的门虚掩着
门前的树木
有花的，一直开着花
有果实的，一直挂着果实

大堂里，喝酒的人
一直举着杯子
吃肉的人
拿着一块肥肉

跳舞的人
留着自己最舒心的那个动作

你什么时候去看他们
都是这样

草滩上的长城

只有它高高耸立
只有它，躲过了四处漂溢的泉水

尽管一场场大雨冲刷过
在雪中，它仍然是从前的那个样子

它压住的那一颗种子
成为蔓延的灌木
似乎要要把它围起来

羊群一次次从它身边走过
啃食掉灌木多余的枝叶
生长的艰辛与毁灭的残忍
都会一层层埋在黄土里
埋在所有人都挖不到的地方

沙漠中的葡萄

它的藤蔓就像一根枯树枝条
叶子伸展开来

它的果实一点点膨胀
今天是昨天的奇迹
而未来是一个谜语
即使一颗颗品尝
也无法准确地说出

静静的夜晚
星光从沙子里浮出
浇灌了整个葡萄园

此刻，葡萄的甜
就像月色下的情侣
密密麻麻地挤在架下

陶罐

是它发现了泥土里的火

是它，让水回到胎盘中

走在远路上的人
坐在树荫下
树叶上掉下来的露水
滋润了它的嘴唇

回到草棚里的人
把粮食放在最醒目的地方
伸手取出一把
把滴滴答答的甘泉蒸熟

这一口陶罐
照出了自己的脸
原来，在野兽出没的草地
自己就是那个勇武的人

火石

轻轻一擦
火星就落在了棉花上

火星又找见了
棉花上的火

从此，干柴上火
麦草上的火
都在这一块石头上

我捡到它
黑黝黝的
简直就是一块顽固不化的黑暗
它的光明是从哪儿来的呢

楼兰

盐碱滩，沙子
沉睡的风
隔开了楼兰

一模一样的盐碱滩
一模一样的沙子
一模一样的风
藏着一个兔子一样的楼兰
有一点小小的动静
它都会跑得无影无踪

不知道埋掉了多少脚印
木轮车的辙印

当你挖出它们的时候
就像那些人刚刚经过
就像那些货物
刚刚卸下

三间房
——楼兰最著名的标志之一

一间，两间，三间
没有更多

房顶去了哪里
不知道
窗户去了哪里
不知道
门去了哪里
不知道

窄窄的，一眼看透的生活
浅浅的，伸手可触的风物

后来，我回到村庄
看到那些整齐的房子
突然觉得
楼兰，从沙漠里回来了

佛塔

佛塔高高耸立
人们把它叫楼兰

风诵经
阳光一次次为它镀金

沙子打磨它
让它成为真神

我左三圈，右三圈
仔细端详它，发现
它跟周边的雅丹土丘没什么两样

只是，周身
有不少的伤痕

沙子湖

那一年，在阿尔金山
遇见沙子湖

看起来是一条干滩

看着看着
就看出了水

就像我走近它
走着走着
地就软了
水就一点点渗出来

原来，那些沉重的沙子
都漂在水上

谷地

一辆车，又一辆车
谷地里就充满了尘土

车走过很久了
尘土一直不落

黄羊和兔子
从谷地的草丛中跑出来
它们无法拨开这厚重的尘土
也找不见从前的泉水

它们等着，等着
低下头
哗啦啦的水
竟然涌到了嘴边

很快，高原的寂静
又连成了一片

向南

瀑布一般的阳光
躺在戈壁上

高高的雪，挂在山上
像一面镜子
照见戈壁上火热的夏天

那些溪流从南而来
泉水汇入其中

我的马一直回头南望
那些铺向天涯的砾石
向南，就越长越高
像一群马的模样

旅途中的人
向南而坐
就有了靠山

一顶帐篷

它在背风的山坳
它占据了丰盈的泉水

它的羊群
黄昏的时候会回来找它
那些泉水
就像一根绳子
拴住了牧草和马

帐篷则是长长的鞭子

抽打着北风
让寒冷的风浑身冒汗
把跌倒的植物悄悄扶起来

在草原，每一顶帐篷
都是从青草中长出来的

半山

只为看清天边的云
只为触摸山顶的风

走着走着
就看清了自己的脚印
埋了多少种子

走着走着
就知道了自己的心里
能放下多少东西

坐下来，让自己像一尊泥像
逃离世世代代的种植
长成金刚不老之身

后来的人都说
你看，这些佛
就像一个慈祥的老人

山坡上的青稞

种子撒下了
心愿就被风吹

被雨淋

秋天来了
念经的种子会抓住你
做它的倾听者

一个上午
一杯茶
一碗糌粑

草地上的羊群
就回来了

出门数数
山坡上挤满了
一堆青稞

河边青青草

为谁而来的河
只在戈壁

炊烟袅袅的村庄
人们依次出门
打捞晨光
一条河流
激起了无数的浪花

河边劳动的人们
只要看见宽阔的河面
像镜子一样照亮荒野
心里的花就开了
心里的粮食就饱满了

河边劳动的人们
会顺着河流走很远很远
但最终会回到自己的村庄
守护好那些飘落在河流里的星光

枸杞

打着灯笼也找不见
没想到，它自己就打着灯笼
照亮自己

在这辽阔的戈壁
它记下了一场雨水
在沙丘的背影中
它默念着飘过河流的风

苦涩的沙土中
想象中的甜蜜一点点积累
和那些雨水一起到来

阳光灿烂的日子
它邀请了更多的阳光
在低矮的枝条上舞蹈

石洞

一半有阳光
更深的地方
是阳光的阴影

一半有雨水
更多的地方黑乎乎的

仿佛全部是雨水

经年的渴
悄悄爬上石壁
张开小小的嘴巴
但它们却说出了
往事中的江南

那里的楼阁隐隐约约
那里的河流哗啦啦
浇灌了崖壁上的灌木

爬上去
顿觉轻松和清凉
像是淋了一身的花香和鸟叫

大草滩

那些水，一直在流
野花和草
都是它带来的

羊群奔着它们而来
一次次来
一次次踩碎
红红火火的夕阳

而在新颖的朝霞中
又蹦蹦跳跳地追逐
早起饮水的野兔子

大草滩静悄悄的
让那些小溪流向青草稀疏的地方

夕阳

从车窗看出去
整个大地都是春天

那些奔驰的戈壁
也是春天

一座座村庄闪过去
炊烟连接在柳树和榆树之间

偶尔路过一条河流
树木密集
庄稼茂盛

乡间小路上，一个老人
背着一捆草
猛然间就被大玉米田遮掩了

我想起了我的母亲

顿悟

后来，我知道了
更多的铁在大地上

更多的铁
不是镰刀、斧头
饮食中的铁锅、菜刀
一次次清洗，一次次磨砺
它们的火
它们的锋刃
也在淬炼着

我们的身体

看见我们挖出的石头
就像挖出了千年的黑夜
但从来没有感觉到
它们中间的月色和星光

此刻，铁的传说
穿插在生活中
速度，就像一道光

芦苇

河谷里的芦苇
一直往上爬

那些年
一直没来水
它们的爬行
被拽住了脚

雨也悄悄绕道
很多芦苇都守着
谷底的淤泥

西部戈壁，每一束芦苇
都坚守着一片明亮的阳光
被那些游荡在半空中的雨水
悄悄接住

玉门关的风

风如马
在找从前的骑士

越过长城
查验寥寥可数的关口
翻开沙子
一堆骨头，突然散架
一声尖利的啸叫
像是扎疼了戈壁

其实，那些骑手一直都在
他们像一只只云雀
有着雨滴一样的鸣啭
却不肯随风奔驰一番

骆驼刺

在生活的疆界
在雨水的边缘
骆驼刺用自己的刺
刺疼干旱

这匍匐于地的植物
像天真的婴儿
无论多么残忍的戈壁
它都会抓一把灿烂的阳光
抹在身上
它披挂的绿
比阳光更明媚

当一群骆驼找到它

它的眼神
温柔如月色

山下

炊烟从山坳升起
山坡下的黄泥小屋
与雪岭平齐
躬耕着一畦一畦的薄田

抗锄头的人
跟风打交道
果木、田苗
都为风让路
让风走在风的路上
把收获悄悄揽入粮仓

就这样
他们先是把泥土捏在手心
攥出汗
攥出果实的香味

接着，抬头看见高高的山
就像他们自己

梨花

梨花如雪
此刻的雪
和山顶上的雪

都会在春天

回到碧绿的枝条上

从石头房子里出来的人
赶着羊
向深山里去了
远远看去
他们像一场淋漓的雪

这漫山遍野的梨花
这悬而未决的雪
随风而来的幽香
弥漫山坳

马

很少看见马了
很少看见奔跑的马了

到处都是羊
从草坡漫向草原
像一片滑动的雪

似乎一切都缓慢了下来
溪流和草
在一年年的轮回中
渗透到更多的干旱中
发芽、生叶、抽穗
突然间，一阵风吹来
激烈而莽撞
像从前的那些马
又回来了

日出

在一座山头
晨光渐渐漫上来

村庄的鸡叫渐渐散开
虫子们一个个醒来
高高低低应和着

每一个夜晚的沉落
都与辉煌的日出衔接
就像所有的禾苗
对自己的成长一无所知
但都在每天的朝霞中
默念自己的果实
让它们越来越饱满

瞭望

一棵树能看见的地方
房顶能看见的地方
就是村庄的远方

一匹马
一天的路程
一阵风的速度
一袋烟的功夫
一座村庄就走远了

木轮车上的村庄
载着一片月色
路过香喷喷的七月
它的孩子陆续回家

打理回乡的盘缠
多余的部分
悄悄埋进堂屋的地窖
它们像陈年的星光
照亮了白花花的银子

沙枣花

像是久别重逢
一下子就抓住了你的手
而后，一下子
灌注一桶一桶的蜜

像是曾经的预约
也像是攥在手心里的誓言

像一匹，像无数匹马
一溜烟跑出几十里
闻香驻足
一座村庄的泉水
有了酒的味道

车前草

默默送别急匆匆的路
路走远了
它就站在路边

如果有一辆马车停下来
仕女们慌忙寻找丢失的春天
她们踩着它
直奔最鲜艳的那一朵花

大路朝天
一丛连片的植物却能平视

一场大雨之后
它又竖起耳朵
倾听自己
穗子上的种子
一点点饱满

路上

有一些草是红色的
它们像绣在戈壁上的旗
所有的汽车都向它们奔跑

有一些路是迟滞的
它们左右摇摆
也被无数的沙丘阻拦

有一些水是慌张的
像一只只兔子
看见有谁接近它们
就急忙逃走

有一些目标是漂移的
它们是湖泊
它们是盐碱地
它们是一片片漂浮的云
雨到哪里
就把春天带到哪里

龙城

在罗布泊的深处
它们是漂泊的宫殿

所有的风
只能缠绕在断壁上
又被一场大雨淋湿

所有的道路
都被阳光埋葬
但有无数个出口
流淌着月色

沙子悄悄扑在故人的鞋子里
让他成为一个孤独的看门人

从这里走进去
仿佛能找见曾经丢失的那个夜晚

桥湾

是河拐了一个弯
草就跟着拐弯

夯墙仍然是风的靶子
一次次瞄准它们
又一次次跑偏

从一条大道上走过去
瓮城在诱惑你
而通往粮仓的路又很窄

只是，河
越来越远了
丢下了平静的水
守在一座城池的四周

瓜州

说话的是戈壁
那些黑色的石头
那些飞翔的尘土
看见谁，都要凑上去
告诉你，它是戈壁

盐碱滩也会时不时发声
用稀疏的红柳和骆驼草
召唤牛羊和骆驼
这些植物不停地打扫阳光
却一点点磨砺了
自己的锋芒

只有瓜是沉默的
它要从泉水中萃取甜
它要从月色中收敛安静与清凉
还要从时光的寂寞中
幻化出花朵、果实和惊讶

昌马

石头缝隙里的水
山谷里涌出的阳光

一股风吹来寂寞的种子

一场雪像是一件衣服
轻轻披在每一棵树上

就这样，水越积越多
阳光像一层厚厚的腐殖土
举起茂密的草

就这样，一匹马的诞生
像一场风暴
踩碎了一条河谷的平静

就这样，所有的马
回到故乡的那一刻
它们像一座起伏的山峦

砂石碑

沙子在流逝
被一场又一场的大雨
冲刷掉
还原成沙漠中的沙子

石头的沉默
不是一段文字所能表达的
一滴血，一行泪
文字的温度渐渐冰凉
需要一场大雪
才能阅读

杂草网结了成长的时序
记述开始变得复杂
断章取义的风
吹过一座荒芜的庭院

原来，在一张石头桌子上
丢失的字句
就像残缺的棋子
杂乱地摆放着

树窝井

更远的戈壁
却被一片树铭记

这一棵是胡杨
那一棵是柳树
它们挣脱绿洲
在无垠的荒野中
写下自己的名字

只是，几只野兔子
渴饮沙漠中的清泉
在它们的树荫下
唤来更多的兔子

阳光打在溪流上
反射的光
是绿油油的

石板井

石头，石头，还是石头
大大小小的石头

它们，不停地敲打阳光
不停地缠住

匆匆而过的风

广袤的戈壁
那些坚强的脚印
在石板四周转了几圈之后
渴死了

谁会想到
一块落满尘土的石板
轻轻地压住了
哗啦啦的流水声

篝火

几个人围住一堆火
不让那扑向黑暗的光散漏

几个人把故乡放在身后
想靠一靠
想取取暖
仍然是冷飕飕的
他们和故乡之间
隔着厚厚的雪

几个人继续追赶剩余的沙漠
结果沙漠才刚刚起步
就把他们丢进了一望无际的沙丘里

那年的春天
几个人爬在草坪上哭泣
像一堆熊熊燃烧的篝火

瀚海行脚

小河、沙子里的人
抱紧一块块木头

阳光在渠沟里流淌
灌满了低洼的槽地
就漫上了沙丘

而水，是许多人喊出的名字
就像那个失踪的人
一直没有回来
哪怕是一场雨
仅仅瞧一眼
就纷纷逃离

如果说，有一行脚印
踩疼了闲散的日子
那么那里一定埋下了
无边无际的睡眠

最中间的

在小河，五号墓地
风吹出了一座圆形的胡杨木桩
很多人说，它们应和了太阳
它们在探索天空

而我觉得，它们是一双双
伸向天空的手
盛接稀有的雨水

在圆形的木桩中间

最粗大的一根，爬着
男人身体里的蛇
这皲裂的蛇
还是向着春天的方向
睁大眼睛

广大的沙漠
枯干的欲望
仍在观察着寡情的世界

玻璃

沙漠上的一块玻璃
反射着刺眼的阳光

从远处看
是一滴水

在沙漠中，一滴水
就能照彻闲适的云
让它成为淅淅沥沥的雨

只有行路人
用它割破手指
与眼泪和解

一步步踩碎
堆积如山的焦虑

回到家里的人
都是伤痕累累的人

那一片胡杨树

背倚沙山
墙上的丹青
像飘浮的月光
埋在沙子里

谁会想到
寻找水源的根系
碰到了它们

一棵幼苗在沙漠中成长
在秋天
石窟里的敦煌
在蓬勃的叶片上
回到了盛唐

在莫高窟的南侧
人们说那是一片胡杨树
走近它们
每一片叶子上
都有会说话的眼睛

梨花

一直记得莫高窟崖壁下的梨花
在它的花季里
所有的沙尘暴统统止步

就像石窟里的那些梨花
一直在树枝上
一直在春天

现实的河川里
一条溪流会打扫所有败落的花瓣
鸽子飞来飞去
早晨的霞光和午夜的星光
同时浇灌纤嫩的植物
让它们长成参天大树

而成长中的痛苦
都是窝好的肥料

夏天的雪

朋友发来照片，说
山里下雪了

那些雪，从山顶上
一直漫延到山坡上
覆盖了帐篷

旗杆上的经幡
哗啦啦地翻动
书本一样的雪

夏天，被噼里啪啦的雪片
打得喘不过气
躲进山崖上的松树林

眼下，只有松树林
被风吹掉了枝条上的雪
绿油油的

松鸣岩

这里的花儿想什么时候开
就什么时候开
只要它们在

这里的花儿可以揪下来天上的云
扯开嗓门
就是一场雨

这里的花儿你看一眼
它就开
你再看一眼
它就怒放
你一直看
它就是满山坡的春天

在松林里若隐若现的一双双人
一个追着一个
像春风中的花儿

还是那些雪

越过青草，它们来了
六月的阳光
一瞬间凝结在一起

夏天，像一夜白头的少年
站在隘口
鼻子、眼睛都看不清楚了

那些白牦牛
一动不动地站在山坡下

为陡峭的山坡增加了
缓缓地坡度

还是那些雪
来了之后，又悄悄地来了
连鸟儿们都没有想到

小宛

轻轻一叫
她就从大田里出来了
一头的高粱花子

轻轻一叫
溪流就打开了闸门
融化了石头一样
凝固的阳光

轻轻一叫
那些树木在答应
那些麦子也在答应

原来，广阔的戈壁
这小小的绿洲
有一个待嫁的名字
小宛

干沟

它，挖断了
马的路

它在漆黑的夜晚
偷偷地笑

多少月光
都无法盛满它

当一只蚂蚁爬上又摔下
那些躺在沟底的肩胛骨
就再也没有翻身起来

草原石城

草原上的石头
都堆在这里

它们像很多桩子
拴住了乱窜的风

它们像从前丢失的羊群
更大的像一匹马
一头骆驼

它们一动不动
把草举到更高的地方
让它们够着雨

草原石城
筑巢的鸟儿
把自己的鸟蛋
整整齐齐地摆放在城堡的王座
它想让它们飞起来

营盘

前面是水
后面是沙子
都会悄悄地灌进鞋子
只有几棵沙枣树
守着自己的阴影

在沙漠上，只有沙丘的影子
懒懒的，搬起石头
修自己的营盘

如果丢掉一条河流
那地下的泉水也会走失
营盘，就真正枯萎了

汉简

曾经走过的一段路
曾经说过一句话
曾经的心思
曾经的笑脸与愁容
都深深地埋在沙子里

它们只有无尽的黑暗
它们甚至无法与
埋在沙子里的月色星光相遇

只是有一天
风拉起它们的手
回到从前的灶台和窝棚
有些东西已经老得掉渣
有些东西回归泥土

它们突然哭了
它们所有的东西都在它们的身上
它们如此年轻
没有一点点一千年的样子

草原上的白杨树

只有一排
在羊群之下

骑马的人远远地就看见了
一座巨大的绿毡房

把马拴在树上
把衣服晾在书上
把肉挂在树上

过路的人
渴了，就坐下来喝奶茶
饿了，就进帐篷吃牛肉

这一排白杨树
看见了
就像到了家

砖

不断地踩它
它自己的世界也没有被磨平

让风来吹
让雨来淋

它关紧窗子
或者将门开一个小缝

多少次，它都对自己说
只做一块砖就好了

其实，一块砖能装得下多少东西
谁也不知道

苦苦菜

在最荒僻的土地
只要轻轻喊一声
它就从杂草中出来了

老奶奶的篮子里
全部是苦苦菜
餐桌上，春天的味道
苦苦的，鲜鲜的
是那种经久不息的回味
在古老的乡村
只要有一碗苦苦菜
就能挡住人生路上的风寒

你看
所有的草
都藏不住一棵苦苦菜

沙葱

只是为了等待一场雨水
一次相约

就在手心里
攥住了种子

只是为了兑现一场雨水的承诺
才一天天守住戈壁的荒野
把月色星光揽入怀中

只是所有的碎石一直错过春天
它才让一部分犀利的风
从茎叶间滑落
一滴滴滑落
还原成阳光般的雨水

牧场

你说，你一直在梦境中
而我，只看到了
雪山
草地
溪流
杂花
和
遍野的牛羊

春风

真没想到
这里是春风

只有一棵柳树
柳树下的戈壁
一直漫延到山麓

细细分辨
柳树上的叶子刚刚嫩黄
戈壁上就有
星星点点的草了

草色遥看
与柳树连成一线

一个小小的火车站
它的名字
真是春风浩荡啊

眺望

它一直是这样的姿势
扬着头
也没有甩掉头上
厚厚的雪

它一直是雪的雕塑
盛接星群的光、月光、阳光
提取它们的七色

蘸上雪，轻轻抹在
松树上
灌木丛
草坡上

溪流就来了
鲜花上的蜜蜂就来了

从高处眺望
那些雪，就像一方织锦

斜斜的，铺在草原上
然后，又铺到绿洲上

老风口

风一脚踢开的门
堆满了沙子
沙子又被风踢开
露出了
风的牙齿

这些牙齿
一次次梳理刚刚发芽的种子
有的被咬碎
有的从缝隙中逃离

老风口
春天的山门上
拴着的一只狼狗

冰大坂

一面斜坡
通往山下的草原

鹰站在山顶上
豹子卧在雪中
几匹狼，窥视着
南来北往的风

那些羊
那些马

那些牦牛和骆驼
小心翼翼地走过
生怕叫醒它们

矿洞

我们用钢钎撬开石缝
凿出炮眼

炸裂的亘古的寂静
重又复合
只能一次次爆破
让空气中的硝烟
拥抱墨汁一样的铁

从矿洞里出来
我们的身上都是这大山的尘埃
像背负了一座山
皮衣、皮裤、安全帽、矿灯、水鞋，一一脱去

小火车一路铿锵
走远了
它的声音仍然如撕裂霞光的冲击波
把我们带入
清新的早晨

月光

听得见哗啦啦的声音
它似乎一下子就流过了身体

还有草上的露水

晶亮晶亮的
一把抓起来
瞬间破灭

还有密集的悄悄话
一直没有说完
羞涩的月光
赶忙躲到
一棵老柳树的阴影里

向西

葡萄已经在月光中苏醒
泉水一次次路过
撩拨它的枝条和叶子

此刻的风
翻过一座又一座沙包
在这里停下了
缠绕在弯弯曲曲的藤蔓上

阳光的七色
找见了紫葡萄、红葡萄、黑葡萄
也找见了葡萄架下
一对青年男女
一瓶葡萄酒

磨盘

晒太阳的寂寞
积攒了无数的风尘
埋掉它

需要挺起半个身子

呆滞的目光
在西风中破碎
就像从前
把无数的日子剥壳脱皮
那些金黄的颗粒渐渐堆到了
它的额头

不停地滚动
所有的煎熬
都在一场大雪中
悄悄淹没
但愿所有的种子
都有一个饱满的春天

胡 杨 ——— 著

长城志

下卷

燕山大学出版社
·秦皇岛·

长城地带

目　录

胡杨创作年表

长城地带

风在回旋
浓烈的青草味
一次次抹在
枯萎的城墙

这些种子
被干旱清洗
一直在天苍苍和野茫茫中
等待雷雨和暴雪

湖面上，柳丝舒缓的弹拨
让骑在马上的人
回到春天的花丛

看见蜿蜒伸展的黄土
所有的人
都一次性抵达秋天
交换明媚的笑脸

遥望南山

山顶上的雪
会像一片云，飘过来

山顶上的雪
会像鸟儿，飞过来

在戈壁上
在沙漠里
这些云
这些鸟儿

会像突然间冒出的泉水
照见你疲惫的眼睛

你抬头仰望
蓝天如海
那高耸的雪峰
正缓缓向你驶来

在敦煌

一直觉得有些人还会回来
把他们埋在戈壁
就是让他们休息休息
如果在一场大雪之后
围炉喝酒的
肯定有他们

或者在一个月色如醉的夜晚
他们会在村庄的瓜田
看护好那亮晶晶的星光

家家杀猪宰羊
户户灶头的香味交织在一起
他们可能已经品尝了
最鲜嫩的那一块熟肉

大戏开锣
前面留下的位子
他们不坐
永远都是空着的

雁滩

草由绿变黄，阳光
在青草上
收取了锋芒

阳光，在青草上
涂抹秋天的颜色

仿佛一声问候之后
就要离开

而那些雁子
铺开羽毛
重新找回
飞走的阳光

好美的景色啊
那些雁子
就像春天的花朵

垛口

流云也要被切割
一阵风，又一阵风
一年，又一年
被切割
那些垛口
钝了，老了

那些期盼的目光
一次次，撞落于城下
破碎如细砂

那些攀援的目光
一次也没有翻越垛口
因而，从垛口上看过去
向西，一片苍茫
像弥漫着一场沙尘暴

扑打那些急切的行程
淹没那些有明确方向的脚印

而雨雪的积累
只留下零星植物的叶片
脆弱的鲜绿的叶片
像大地上仅存的
一滴水

这时候，垛口们
远了
模糊了

楼台

光明之源
从早晨
霞光在你的翼翅上
分蘖

光明之源
从雪山
走下纯洁的羊群
簇拥着
反穿皮袄的
牧人

光明之源
从高处看出去
所有的荒芜
都自觉退让

一条大路
曲曲折折地延伸开来

远处的雪山

那些雪，一直都在
那些雪，像一句话
说着，一直说着

春天，草长高了
玉米、高粱
抽穗了
它们一点点接近那些
湿润的云彩
让自己在
灿烂阳光中
像一片雪

天门关

高入云端的山峰
雪守着

望断天涯的路
风沙守着

一匹骆驼的眼神

一眼泉，用细长的流水
牵着

一个人的行程
被一行眼泪
带远

所有的行囊
都在半路上
在风尘中漂浮

祁连山下

几棵杏树，从杏花开始
就一直惦念，雪山上
一朵寂寞的雪莲花
守望的春天

就一直把一条溪流
像梦一样
注入星光灿烂的夜晚

几棵杏树，从杏子开始
就一直惦念，被沙漠埋住的阳光
当夕阳唤醒深埋其中的金黄
夏天，每一个叶片
都在分辨，花丛中的蜜糖

是那个早晨
露水点亮
一颗颗杏子的光芒

那个早晨

有几滴露水
掉在脸上

有几滴，在眼眶
转圈

那个早晨
杏子熟了
那个叫杏子的姑娘
走了

踩落了一片草丛中的露水
落入我的心肺

许多年
杏子的滋味
越来越淡了

再回草原

黎明仍旧是静悄悄的
仿佛在等你来拨动
草原这硕大的琴箱

夜晚仍旧是静悄悄的
星光不时探门
仿佛你刚刚离开

坐在细微的风中
只要睁开眼睛
从前的草原就迅速飞逝

像一只寻找草籽的鸟儿

我是那只鸟儿
回来了
再也没看见母亲
背草的身影

远方的云
像一座冰山
还没有归还
草原上的春天

回乡

小小的四合院装满了冬天的冷
而春天的草
也挤进门缝

西瓜的蜜汁
一筐篮的红枣
把时光之线
拴在了秋天的门框上

这里给我的温暖
我从来没丢失

直到母亲手握几枚干瘪的杏干
寻找弟弟
在夕阳浑浊的光线里
弟弟的形象越来越暗淡
最后成为戈壁的一部分

每天，母亲都在桌子上

多放一双筷子
我看见它的时候
眼神里彻骨的寒冷
并不多余

葵花

低头想自己的事
阴天和晴天是太阳的事
它并没有告诉一场雨
春天是多么短暂

抬头采集阳光中的金黄
大地的寂寞一直锤炼它
它并没有告诉喧闹的秋天
它的花盘
比黄金鲜嫩一百倍

这是一株向日葵
像一颗灯泡
接续了
落日的余晖

胡杨

如果天空有一支画笔
那它最先画出的
就是胡杨

如果湖水有一支画笔
那它最先画出的
也是胡杨

如果大地有自己独特的画笔
那么，它本身就是胡杨
把阳光中的黄金
成吨成吨地抛洒

沉淀在人们心中的
是那个永恒的
秋天

几头牦牛

道路沿着草坡的曲线
像一条油亮的绸带
闪耀着黝黑的光

其他的部分
是白色的

所有的雪
不仅仅是雪
还有几头雪中的牦牛

只有那一部分的白
偶尔闪动

公路上的汽车
真的不能拉动
那仿佛清浅的白纱

它披在草原身上
像一万头牦牛
阻挡着
寒冷的风

嘉峪关下

再一次回来
你廊檐下的风
像是亲切的拥抱

再一次回来，长墙下的阴影
是一张床
可以安睡，可以打呼噜，可以说梦话
不会突然间
惊醒

再一次回来
骆驼知道去哪儿喝水
到哪儿吃草
回哪儿歇息

一切都刚刚好
麦子收仓
蒸了一笼白馍
焰了一碗红辣子
坐在田野边
庄稼们涌来
像自己的孩子
奔跑着
喊叫着

他赶紧掏出了
口袋里的糖

北海子

向北，戈壁撒欢似的跑
向北，一树梭梭
就是一面旗帜
纤细的绿色
就能举起
沉重的荒凉

后来，所有的梭梭、芦苇、芨芨草
都遇见了水

后来，这些水
叫醒了熟睡的春天
一些羞涩的花
偷偷地开了

高耸的汉长城

它们已经站了两千年
还站着

它们心里的那些事
它们身上的那些伤痕
都还在
只是，凌乱的风中
我们还无法解读
其中的絮语

它们望着远方
曾经走远的驼队
此刻，越走越远了
只有它，在原地

等待那些无家可归的
骆驼和拉骆驼的驼客

小调

我想跟你说话
小麦、玉米、高粱

我想跟你说话
梨树、杏树、桃树

我想跟你说话
冰草、芨芨草、狗尾巴草

我想跟你说话
茄子、辣子、西红柿

说起来
就停不下来

长城地带

一群羊，刷新了
整个戈壁

一群羊，像是一群纤夫
牵引戈壁上的城

一群羊，在长城的一侧
咩咩地叫几声
回到自己原来的位置

它未来的位置
是几场如期而至的雨

干枯的梭梭

它们退出季节的序列
已经很久了，它们的骨骼
被一场雨水清洗
干净而光滑

它们在戈壁深处
悄悄守住自己的孤单

像一匹无人认领的马
在西风中
沉默

黑山

一直看你割草
一直看你从草丛中起身

背着一捆草
走出山谷

一直看你摇摇晃晃地
踩碎满地的夕阳

一直看你走进
黄昏的村庄

炊烟升起来了

融入黑夜的天空

一只山羊

你在岩石上
一声声蹄音
踩出岩石的血

你在岩石上
把一万年的月光
一层层堆叠

你在岩石上
像岩石一样
把自己举在半空

远离春天和秋天
远离大地上的草

因此，在很多个夜晚
你都没有长大

几声鸟叫

几声鸟叫
跌落于峡谷

像这清凌凌的水
流向草地

像这绿油油的草
一点点漫向沙漠

几声鸟叫
爬上峡谷
在桃树上歇脚

瞧，多么鲜艳的桃花啊

大戈壁

桃树下的村庄，一瓣桃花
就是一块幕布
一树桃花，就是人生的
每个瞬间

虽然，人总是在
苦海中漂泊
但，遇到一个温馨的驿站
有一两棵桃树
有满树的桃花
就足以装点
平凡的人生

活一次，灿烂一次
这桃花
和命运联系在一起
就更灿烂了

雨中戈壁

又一次，为一束草高兴
它们等待得太久了

当浓雾淹没了戈壁

石头的戾气收敛于
它们光滑的表面
而植物的绿
就像永恒的玛瑙
吸收着阳光、月光和星光

雨中戈壁
一滴滴雨
在它的大嘴巴里
连润喉都谈不上
但对于一棵棵小草
对于望眼欲穿的沙葱
却是生命的接续

它们像走在半道上的骆驼
看见了天边的绿洲

大车

这里的尘土和那里的尘土
淹没了前方的道路

这大车，艰难地挪步
像一个气喘吁吁的老人
在尘土中
走一步，咳嗽一声

正好可以看看
这一带的春天
怎样从残雪中
挣脱出来

远方的绿色

一点点聚集
几天之后，就会像潮水
淹没这辆
高大的木轮车

小牧人

这么大的荒野
只有几十只羊

只有一个未成年的牧羊人
他坐在沙丘上
用芦苇的卷筒
吹奏着模糊不清的调子

在没有看见他时
这世界是安静的
看见他之后
突然觉得某一座沙丘之后
会有一间阴暗的房子

孩子的未来
怎样走出无垠的荒野

想着想着
身上的行李
越来越沉重了

水泉

一直念叨这个名字
走完的路
在身后铺排成
清晰的蜃景
也没有回头

一直想象着
大口喝水
喝到实在喝不下去了
再把剩下的水
浇在头发上
让水，顺着脖子
流到脚上
熄灭夏天的火焰

戈壁无垠
水泉引路
不日就会走到尽头

水磨坊

泉水一点点汇集
溪流也一条条汇集

这才有了水磨坊
它占据河流的上游
让无拘无束的水
成为牵肠挂肚的水

似乎和长城无关
城墙守卫着的绿洲

早早就把磨坊的吱吱声
拍写于生活的节奏

夕阳消失的那一刻
磨盘还在转动

黑泉

缺少雨水的土地
都有一张苍白的脸

而这里有几棵杨树
有茂盛的草

而这里裸露的石块
丛生了苔藓
苔藓一次次枯干
一次次滋润
是一大片深黑色的堆积

人们知道，这里是有水的
这里曾经有大片的水

像一只毛茸茸的黑眼睛
谁看了
会说，它仅仅是一团黑色呢

山丹县西十里的大佛寺

它安静极了
像一只卧着的兔子

小广场上的草
被一场雨水催生

它也没有移步
啃食鲜嫩的茎叶
如今，它们都枯萎了
在风中
成为粉齑

这里的尘土
那里的尘土
甚至一滴眼泪
一个浅浅的微笑
它都记下了

当黄昏来临
一只鸟儿的叫声
才把大佛寺一带的苍生
叫醒

牧人的营帐

夏季草场，牧人的营帐
往往会是一个光阴的集散地

早晨羊群以营帐为原点
散落在阳坡
像一片片未消融的雪

中午，松林里的鸟儿
此起彼伏的鸣叫
被阵阵松涛淹没
听不到鸟儿们的踪迹

而此刻，羊群进入深草

更多的地方
只有漂浮的草

隐秘的泉水
在黄昏，像那些无微不至的光彩
召唤羊群们回来

营帐下的热闹，就像是在
举办一个盛会

而此刻，肉食冒着热气
奶茶也是
酒杯盛满，但静静的

它们所荡起的涟漪
向草原的夜晚扩散

火烧沟

只要回到秋天
那些壮硕的草茎
就会指出
走向村庄的路

那些茅草屋
被一场大火举起
融入那个铭刻于心的黄昏

那些石头工具
被一场泥石流保存

从泥汤里爬出来的青蛙
叫了几声
就唤醒了一批
突然晕倒的人们

牵牛花

那些花，开在僻静处
有一朵
突然说话了

她说，过来
拉着我的手
去我家做客

很多人都去了
还去了一头牛

它们悄悄走进了
春天的后院

回头

到处都是风的残骸
一脚，踩回
那个喧哗的年代

来往的商队，驼铃
把单一的调子
唱成流行曲

而守望者，只期待

安静的黄昏
他们掏出怀里的羌笛
把浓稠的思念吹出去
能走多远算多远

如果烽烟点燃
所有的一切
就都是那枚大苣
一瞬间的辉煌
全部融入沉沉的黑夜

干海子

只有水，被大写在一棵
干枯的树上

只有水，蜷曲在
枯萎的草根下

只有水，一次次后退
退无可退
等到了那场酣畅淋漓的雨

每次，绝境之下
它都能回到原点
回归于那个水灵灵的名字
干海子

壕堑

像一个特种兵
悄悄埋伏在那里

一动不动
已经几百年了

曾经喧嚣、嚎叫和呻吟
早就被月色淹没
有几丛野草
搁浅于春天之外

如今，只有跌倒的风沙
把岁月的年轮
植入
大地的边缘

黄昏

荒野里，黄昏
像归来的孩子

荒野里，每一条河流
都坐满了这样的孩子

那些孤零零的村庄
风吹炊烟
孩子们很快就嗅到了
秋天的滋味

田野

很久了，田野的风
吹到戈壁
就被滚烫的石头烤焦

很久了，穿过戈壁的人
再也没有回到
田野环绕的村庄

看到飞来飞去的燕子
他们摸了摸自己
身上没有一根羽毛

父亲

父亲彻底躺倒了
他说，躺倒了
土就埋到脖子上了

他有时剧烈地咳嗽
有时喘着粗气
就像真的
土埋到了脖子上

我抱住他的身体
轻轻的，像一张纸
才突然感觉到
心里恩重如山的父亲
有很多，已经埋在了土里
已经给了我们

转过身
不由得眼睛湿润

星夜

一次赶赴，惊醒熟睡的星光
但那一阵阵的呻吟
分明是利剑

这夜的宁静，这野的空寂
都来了
它们能让几片树叶的拍打
像擂鼓

此刻，你听到了
亲人的呼唤

玉米地

四周是玉米地，中间也是
父亲的居室
在这田野中，像一艘船

只有夏天，它是盛水中的船
其余的季节
它有可能被搁浅

村庄洗头的坟包
一直在月色中漂浮

静下心来，它基本上是
我们一直要找的路标

乱坟岗

磷火在飘
这无根之火
一直在捕捉
夜晚不安的心跳

此刻，轮到我了
不知道如麻的往事
从哪儿理
不知道如夜的未来
多少路
被沙子埋掉

磷火照着
也看不出
究竟

草地

那时候躺下来，只看天
只想早晨去那块草地

只想一只瘸腿的羊
怎么熬过盛夏

只想，中午少喝点开水
下午装满西瓜的马车
已停在羊圈

只想，夏天一天天过去了
冬天烤着火炉
也是舒服的

盐池

盐池是一口锅
在大太阳下
熬盐

羊群在盐池的边上
细细品尝卤水

之后，它们走向青草地
草，淹没了羊群
也听不见咩咩的叫声

可能，饮水食盐
这里的草
特别可口

芦草

在沙丘上
在低洼的坑里

芦苇长着
让一阵风拍打
让鸟儿筑窝
让蛇隐蔽挣脱的皮

越来越高
没有风的声响
也没有鸟儿的叫声

骆驼草

有没有骆驼
它都耐心地站在
夏天的中央

有没有骆驼
它都有一朵
紫莹莹的花

有没有骆驼
它都昂着头
像一匹骆驼

河水

浇玉米的
浇白杨树的
浇茄子、辣椒、西红柿的

把夏天浇透
所有的果实
才会坐在
水的肩膀上

枸杞

红红的，像一盏盏灯笼
夜晚，也能想象出
它们的红

熟睡中，也偷偷抿抿嘴唇

有掩饰不住的羞涩

看见了它们
真的
就像吻了
一直想着的那个人

玫瑰沟

只是，低洼的沟壑
积攒了雨水
只是，遮风的崖壁
积攒了阳光

只是，更遥远的戈壁
遮挡了，角落里
一丝一缕的春光

这几朵玫瑰花
这一簇簇玫瑰花
才开得舒展

花海

说是那些砂石下
埋着夏天的蜜瓜
没人相信

说是那些砂石下
冷不丁会有一眼清泉
你会看见

说是一朵花在酿蜜
告诉了所有的花

微风吹拂中
花朵的芬芳飘逸四方

向西

或许，可以改变方向
错过玛瑙
捡到一支腐朽的木简

上面的文字跟风一样模糊
吹在石头上的风
却有明显的纹路

轻轻地，从沙子里
遗漏，火石擦亮的夜晚

那么黑
像是烽烟
又像是谁谁谁的头发

在这样的墩台下
只要轻轻挖下去
都有想象中的东西

沙漠中的湖

蓝蓝的一汪水，可以称作
宝石，在沙漠里
幸运者，可捡到玛瑙

但遇见湖，却更加幸运
凉爽的风中
几声鸟叫

滴进耳朵里的
是几滴露水

这酷热的午后
脚下踩实的种子
突然发芽了

身后，还有一点点长大的
芦苇

垛口

警惕的目光，往往隐藏在
一片树叶之后

坚硬的砖，在雪中滑行
一块块垒砌之后
放着一簇生锈的
箭矢

阳光滑落，一万个黄昏
堆积在沙丘下面
此刻，狂风之后

所有的骨头
开始说话

梭梭

看见了，就觉得
它是我身体的一部分
看见了，疲惫的身子
就突然间挺直
在这空阔的大漠
也只有它
像一个伟丈夫

看见了
自己从一个蚂蚁返回到
沙漠的主人

大墩门

门开着，但风不能入
门开着，水流汤汤

怎样才能关上这一扇门
怎样才能回到埋葬身体的屋里

这里的马夺路而出
这里的星星透过缝隙
挤进飘飞的雪

站在这里
看逝者如斯
看着看着
自己也被浓稠的阳光
融化了

沙枣园子

戈壁上，蜃景漂浮
只有高楼大厦，而没有沙枣园子
戈壁上，风一路横行
只有呼呼呼的叫声
却没有叫醒
任何一块石头

当我停下步伐
踩住脚下的沙子
地图上标注着
这里，正是
沙枣园子

低窝铺

从哪个方向看
都是戈壁

那么，泉呢
偷偷长在沟壑里的杏树呢

那么，那只早晨出门之后
咩咩叫唤的小羊羔呢

那么，那座低矮的黄泥小屋呢
黄昏，夕阳印在墙壁上
像一幅刚刚贴好的窗花

低窝铺，低窝铺
打水的叫铁蛋
做饭的叫金花

夹边沟

四面是沙丘和戈壁
远远的，只能看见戈壁

而从沙丘的夹缝中
流窜的兔子
品尝了初春的青草

在安静的沟壑
泉水往根上汇集
一棵小树长成大树
挤走了夏天的热风

而此刻，坐在溪流边
洗脸的兔子
旁若无人

雨

有雨，戈壁就绿了
所有的草籽
在等待着

就像漫无边际的月色
只为酝酿一场
甜蜜的约会，就像
一朵花，只为
秋天，那一缕绵长的芬芳

雨，在戈壁上
就像急匆匆赶来赴约的
亲戚

多坝沟

海拔在攀升
大部分草
搁浅了

只有胡杨树，爬在高处
挺直腰，喘着粗气
但它英俊的表情
还是阳光的暖色

因为那场雪
因为流泻的月光
都曾在一棵树的旅途中
搀扶过它

它浑身披满了想象中的金子
回报沉默的大地

夏牧场

当春风在石头上打旋
吹起呜呜呜的口哨

那些羊，那些骆驼，那些马匹
集合起来了

巨大的石头
闪现它们活泼的影子

夏天，正从远方的雪山
踯躅而来
领着无数的草

九眼泉

一、二、三，暂时就这样吧
九眼，水晶石般的眼睛
九眼，众多的水
合成一片汪洋

行路的人，放下包袱
身上的包袱和心里的
包袱，像是被流水冲荡过的
绸子

愈发轻松
愈发鲜艳

像挂在天际的
一片春天

桑葚

戈壁上，奔跑着阳光
它们的巢穴
却在一片桑林里

戈壁上，一串一串的桑葚
紫红而透亮
像是阳光的血
在酿酒

戈壁上，风中的喧哗
其实是果实的静默
它们随风而去的香味
回到散落的砾石

远离桑林
戈壁的寂寞
漫无边际

天边的云

一直走着，像是把
整个戈壁
背在了身上

一直走着，阳光如幕布
屬景变换着
世界的位置

只有行走的人
在脚板上
固定了自己的方向
比那些天边的云
更自由，更坚定

海子

我一生的水
我遇见的水
只为我而碧蓝的水

看见你，我有一种跪倒的冲动
是那种向天地
向父母
敬拜的
心情

浮动的沙丘

它们在阳光中浮动
沙丘与沙丘之间
渐渐长高的芦苇
像是一把刷子
拍掉浮尘

它们把沙粒反射的光
串在一起
远处看，那些芦苇
像一滴滴
亮晶晶的水

近处，它们坚定的枝叶
一天比一天
丰满

夜晚

这时候，所有的星星
都可以被念念有词的数字
囊括

所有的星星
都会有一双回到从前的
眼睛

所有的星星，都是明亮的
秘密，人生的相遇
多一点，少一点
都会被亮晶晶的风
吹散

在新店台

戈壁以下，风中的红柳
围着村庄

风中的大田玉米
围着村庄

之后，大雨倾盆
洗净村庄

之后，一场雪
盖住村庄

旭日一样的窗花
爬在早晨的阳光中

一年四季的轮回
忘掉的梦
又渐渐清醒

微弱的光

在心里一直藏着一个秋天
阳光在孵化黄金
人们看见的黄色
渐渐沉淀

在心里，一直有一缕暗香
随着月光浮动
在所有的村庄
幻化为提灯的萤火虫

在那微弱的光里
能够看见从前的自己

牛头湾

只是这隆起的沙丘不知道
它像是牛的肚子

只是这样茂盛的草不知道
它像是牛的皮毛

只是这一汪一汪的泉水不知道
它像是牛的眼睛

只是那些耿直的白杨树不知道
它像是牛的犄角

只是整个村庄不知道
它就是一头牛啊

牛头正向着朝霞初升的
东方

桥湾一带

只听见河水的声音
只看见芦苇
遮挡了四射的夕阳

在戈壁，在长城留守的
洼地

在荒凉的盐碱滩
在血红的盐草上
看不出一丝丝的苦涩

在河流的一侧
给自己留下一个
可以记述的黄昏

一个人孤僻的剪影
被啾啾的鸟鸣
唤醒

六分

到处是葵花地
不止六分

到处是芦苇
到处是水
远远大于六分

后来，看见一段长城
在葵花的背景上
在芦苇和水的背景上

它像一座残破的庄园
大约不到一亩
或者恰巧只有六分

六分，六分
六分地可以养活一个人
真想在这里住下来
把空闲的地

种上麦子、玉米和土豆
在地老天荒中
点缀些许诗情画意

向北

北连沙漠，向北
北通草原，向北

一直向北，穿过村庄
越过沙漠
抵达草原

向北，喊一嗓子
就像把自己也喊了出去

许久许久
仿佛还在回声中漂泊
走过的脚步
都被草上的露水
打湿

锁阳

三九三，挖锁阳
走在沙漠上
找见一两株梭梭
或者红柳

锁阳，是寄生植物

三九三，雪

像沙丘一样
堆积着
像沙子一样
铺展着

锁阳，是一团火
可以融化
三九三的雪

寒风中，梭梭和红柳
冻得瑟瑟发抖
锁阳，穿着小背心
浑身冒热气

月牙泉

天上一轮明月
地上一汪水

天上的明月
只有十五十六
是明月，遇见云
被云遮住
明月也是一片黑

地上的水，只在此时
是水，过几天
几个月
几年
水就走了

而月牙泉不走
它一直等十五的月亮

月月等
年年等
等不枯
等不干

赛什腾

敦煌以西，它挡住了一部分
风
挡住了一部分雪

有些草，在风中折腰
有些种子
在雪中酣睡

来年的春天
还是有雪
来年的夏天
还是风大

但那些草，悄悄直起腰来
比赛什腾稍高一点
它把那些雨水饱满的种子
带到了敦煌

墓区

那年在敦煌
穿过一片葡萄林

那年在敦煌，葡萄林之后
风沙漫起

无数的土丘
在风沙中漂浮

我小心翼翼地走向
土丘的深处

每一座土丘
都会有一堆骨头
它们埋葬了
对这个世界的最后留恋

我看见它们
觉得他们还活着
看守着这
无边的宁静

西晋墓

我们早已远离了那个时代
但它又把我们拉近
那个清晰的片段

那个追逐兔子的人
那个反身射箭的人
那个耕作的人

在一簇鲜艳的油菜花下
春天，正从所有的草里
起身
回到平凡的生活中

那里，鸡鸣
狗盗

炊烟
风吹
雨打
阳光，月色

永远
都是那样

祁连山下

我为断断续续的溪流
再添一滴汗水

我为一阵一阵松林中
夺路而出的涛声
再添一声呐喊

我为茂密的草
我为碧蓝的天
我为偷偷藏在叶子下面的野草莓
我为山岗上的黑牦牛帐篷
我为放牧归来的父亲
我为织羊毛褐子的母亲

说声
谢谢
谢谢你们

梧桐坝

打进水里的木桩
在一个星光灿烂的夜晚

突然被一滴水
惊醒

从此，它手里
一直攥着一片叶子
后来，那片叶子
也从梦中醒来
带来自己的兄弟姐妹

从此，这里的水
由一匹狼
变成了一只兔子

乖乖地窝在树荫下
孵育春夏秋冬

大马营

这么多的草
这么茂密的草

还有一些花
不知名的花
它们，都在这里

只听见哗啦啦的声音
看不见溪流

草越来越嫩
在风中，拥挤着
也就是水，越积越多

就这样

马来了
一匹，两匹
一群

一望无际的草滩上
所有的草
就像马一样
奔腾着
涌向天际

泛沙泉

其实，沙子上的阳光
一部分埋在沙子里
一部分像风一样
四处跑

当泉水，一次次冲开黑暗
与头顶上的阳光不谋而合
那些沙子
就被泉水托起了
又托起了
兴奋得像个孩子

孩子

他喜欢沙子
用小小的铲子
把沙子堆起来
然后，又用小手
四散沙子
这样来来回回

好多次
乐此不疲

有一次，我带他到鸣沙山
刚入山门
他就跳了起来
他说，姥爷
你真好
给了我
这么多沙子

村庄

在敦煌
在新店湖
在草滩和绿洲之间

我把自己当成一只麻雀
只能在这里飞来飞去
看见颤巍巍的母亲
叫几声
看见重病的父亲
拄着拐杖晒太阳
也叫几声

看见故知、好友
叫几声

时间久了
他们就说
这村里
怎么有这么多麻雀

经幡

他们是风
他们是长在半空中的草
他们是一群
赶路的人

他们是一片鲜花盛开的草场
他们是一泓流出山谷的泉水

他们是自己身体里的暴风雪
他们是自己心里的千里马

他们哗啦啦飘荡
像吃饱了的羊儿
回来了

离别

在碧蓝的海水中沐浴
在沙漠中的圆顶帐篷里
喝酒吃肉

两天之后，我们就在火车站离别
想起这几天尘土飞扬的日子
只有大海和帐篷
记忆犹新

火车走远了

走过的地方
还在脑子里回转

塔克拉玛干

想好了，走一年
两年，很多年
也在所不惜

所有的都想好了
骆驼
行囊
衣服
还有鞋子

在胡杨树下
沙漠的黄昏堆满前世的金子
灿烂的夕阳里
太阳，如同饱满的梦想
却匆匆垂落

在每一座沙丘
所有想好的事情
都忘了

只想畅饮一条大河
甚全整个太平洋

马车

马车带来的
都在尘封的文字里

马车缓慢地驶向另外一个村庄
那个村庄被沙漠包围
那些泉水

偷偷抱住了
沙丘下的月色

马车走了
再也不会回来
坐在村口的人
却能听见它
陷入深坑的断裂声

马队

他们像一座山
压在平坦的草地上

他们像一排帐篷
连接着草原和星空

他们像月色一样轻盈
潜伏在每一棵草上

他们像花一样绽放
溪流边的花，泉水边的花
杂花、野花、格桑花
都是他们袍子上的装饰

他们像风一样席卷而来
草原上的快乐
久久难平

迁移

从这里到那里

这里的风
那里的雨
这里的山谷
那里的冰沟

草在招手
每一头羊
都在草根下栖息

风一吹
它们就出来了

走着走着
就找见它们了

喜娘

骑着马
在草地上
像一团火
谁看见了
都会被撩拨

骑着马
走了很远的路
还在走

到底是哪一座帐篷
要被这一团火
点着

夕阳西下
仅有的霞光

罩上了喜娘

花园

有鸟的地方
是飞翔的花园

有兔子的地方
是奔跑的花园

有溪流的地方
是透明的花园

有奶酪的地方
是香甜的花园

有你的地方
我也是一座小小的花园

石榴树下

我们都坐下
坐在花草鲜艳的毯子上

我们都坐下
琴声才能飞起来
飞到我们的头顶
像是我们身体的
一部分

我们都坐下
眼前的瓜果和葡萄

油馓子和奶茶
神和我们一起享用

我们都坐下
像一座山一样
盘着腿
轻轻抖落
身上的星星和月色

沙漠中的一座砖砌堡垒

它的一部分伸进了沙漠
另一部分，翘首蓝天

很多日子，沙尘
弥天蔽日
人们看不见它

很多日子
天长地远
人们看不见它

很多日子
被埋在沙子里
一点一点挖出来之后
这座砖砌的堡垒
就像一艘军舰
在茫茫的沙丘间
浮出来

山里的磨盘

这石头，穿过丰收的年景
这石头，在雨水中
看清了自己的纹路

这石头，把玉米、小米、麦子
走过的路
又走一遍

看清了
唯有崎岖
才能通达香甜

村庄

向南的村庄
由葡萄藤覆盖着

只有一张花毡
就铺在葡萄的下面

看着这一点点漏下来的
黄昏的霞光

感觉是一颗颗葡萄熟了
先把自己的颜色
双手奉上

一个人自身以外的蜜
用舞蹈和音乐采集

那天，你跳起来

唱起来
醉倒在茂密的葡萄藤下

白杨树

戈壁上，白杨树看得更远
戈壁上，白杨树俯首每一座小小的庭院
看人们日出而作日入而息
看人们的喜悦和焦躁
看年年燕子归来寻旧垒

一直看，也看不腻
老人们走了
再也没有回来
一些年轻人闯天下
一些年轻人成家守业

它都默默陪伴
它哗啦啦的树叶
说着俗常的话
人生的剧目
一直上演
没有停歇过

陶质骆驼

这个骆驼，在桌子上
在寺庙的檐角

在倒塌的废墟上
在沙子里

它可能只是小小的残片
只是骆驼肢体的一部分
只是一个眼神

但看见它
就觉得
它是一匹真正的骆驼

绣袍

有这样一件绣袍
每一天都会成为节日

走在石板路上
好奇的眼神都滑下来
掉了一地板

那些黄泥小屋
雨水打湿的街道

燕子的报春
布谷鸟的催种
都会暂时停下来

甚至他走过的河岸
路过的村庄

都在说这件袍子
把他们看到过的所有的好东西
都绣上了

这多年了
人们再也没有见过这样的袍子

流沙河

沙子在水上漂
后来，水越走越远
把自己都走丢了

沙子不走
沙子在河床上

原来所有的沙子
当一场雨水席卷而来
它跟随着老虎一样的水
自己也像是一头
豺或者狼

碎石更多

碎石更多
道路更长

一直在走
又好像一直在原地打转

所有的景色
是一个景色

碎石更多
不知道碎石的尽头
有没有一棵小草

两扇窗户开向花园

草上的蝴蝶
树上的花喜鹊

从一扇窗户上看过去
一只蝴蝶在追另一只蝴蝶
最后它们落在草上
它们似乎在交谈
又似乎在耳鬓厮磨

从另一扇窗户看过去
一只喜鹊飞来
落在核桃树上

一个下午
蝴蝶和喜鹊
会把一个人
带到很远很远的地方

经文

念念有词的那个人
从寺庙里出来
他像一阵风
絮絮叨叨的

其实他就是一阵风
吹过玉米
小麦和
羊群

其实他更像一匹马

如风而来
如风而去

那些经文
也似饮了酒
香喷喷的

醒着，也醉如梦中

去村庄的路上

这里是戈壁
一开始是戈壁
后来是钉子
再后来是一把刀

走戈壁的人
心里要有一座村庄
有一片麦子
有旺旺的灶火
有热炕头
有一桌香喷喷的饭菜

这样，他才能把戈壁
走出阳关大道的样子

骆驼

没有一匹骆驼是一堆孤独的沙丘
它棕色的毛发
在阳光下染上金黄
它融入沙子的那一刻

就像一堆游动的沙子
从沙漠的这一头到那一头

直到天边浮动一片清澈的绿洲
人们才看清楚
那些移动的沙丘
是沙漠中的消息树

酒泉

泉，一直都在
当它抬头看见
远处山上的雪
它的浪花，就如同破碎的阳光

泉，一直都在
当它突然间顿悟
为长久的沉醉
铺设神秘的路径
那些泉，就开始
在所有的村庄流行
比一队一队骆驼
带来的消息
更加动人，更加奇妙，更加醇香

石马

你只能在这里了
你只能看着眼前的
晨光和夕阳

你只能沉默，而不能

踏雪远行
你只能静观，而不能
咴咴嘶鸣

黑云压城的沉寂，在你的脊梁上
驮着
只有回到春天的苜蓿地
在众多的苜蓿花中
期待另一匹马的到来
卸下你身上的重负

雪山

还是雪
在蜃景中，还是那些雪

恍惚间，在半空中漂浮
没有多少改变

还是那些雪，把自己铺开
像一面镜子
里面，可以看见
来年的收成

在绿洲的春天，相爱的人
天真的孩子
都会抓起一把雪
扔给自己的
未来，走在雪地上
就会走在
风和日丽、风调雨顺的路上

火烧沟

那一场大火
等来了
一场雨

雨和火
像一群真情的舞者
它们的身影
像一道闪电
刻印在
辽阔的天空

有血
有身体的温度
有沉甸甸的笑容
有喜悦的抽泣

雨和火
冶炼的一炉赤铁
熔铸了一个地名：
火烧沟

沙葱

沙里
石砾中
它的种子和根
蓄势待发

当一场雨
把戈壁的期待
举起

它就乘势
挺直身子
向沙，向石砾
说出最美的春天

当我们看见它们一簇簇
把戈壁的美
悄悄揽入怀中

那些名为沙葱的植物
就远离了我们
像黄昏的一抹夕阳

夕阳

当夕阳回到城池
那些栖息的鸟儿
飞走了

残垣断壁突然开始说话
它说
我所看见的
必须由你们说出
也必须让你们看见

榆树泉墩

它守着一眼泉
它守着一棵树

然而，它还是一抔土
它还是一座墩台

把往事
化为一缕青烟
但人们还是固执地认为
它是一眼泉
它是一棵树

驴子

沙漠上，一头驴子
知道哪儿有水
有水的地方
就有草

它会加快步伐
在沙漠地带
找到歇息的地方

一头驴子
高昂地叫几声
村庄就到了

人们轻轻地在驴背上拍两下
一天的行程
就这样结束了

困倦

沙漠总是让人感到困倦
好像那些沙子
是一个巨大的磨盘
而所有进入沙漠的人
都是拉磨者

沙子在堆积
阳光也在堆积
走着走着
身上真的像拴了一根绳子
绳子的那头
是沉重的磨盘

花布

整个绿洲，就是一块
花布

而真正的花布
在姑娘们的手上
一丝丝成型
春天的颜色
夏天的颜色
秋天的颜色
还有冬天的颜色
就都来了

冬天的景色

一场雪，一直下着
整个村庄，晃晃悠悠的

那条小路，被雪淹没
可那匹儿马
仍然找到了
山坳下，那座简陋的马厩

雪一直下着

像是一缸酒
在等待归来的人

西天山

次松林在雪中
更近的山坡上
一匹马，仰望山顶上的雪

所有的羊群
都被阳光覆盖
毛茸茸的
就像阳光本身

越来越缓的草坡上
沐浴着青草的
牧人和羊群
都很惬意

宿营地

牦牛回来了
围住一眼旺盛的泉水

凶狠的狗，站在
山坡上
牧人，宰了一只羯羊

荒草中的灶头
跳荡的火焰中
有木头噼里啪啦的声音

很快，营地上弥漫着肉香
很快，弦子的声音扩散开来
人们聚在一起
跳锅庄舞

山口

到处都是雪
山口却独自干净

把守山口的
是呼啦啦的风
它是一把扫帚

在这把扫帚下
羊群是雪粒
马是大一些的雪粒
一扫帚过去
就是大坂
吊大坂
就是深渊，就是悬着的
深渊

山口，风尖利地吟唱
更是一把刀子
割肉
割开山上的石头

骑马的人
赶羊的人
谁会轻松走过山口呢

毡房前的妇女

有时候，她出门看天气
有时候，她背着一筐牛粪
为毡房里的炉子续火

更多的时候，她一直站在毡房前
看着远处的山口
一直看
直到有一匹马疾驰而来
她才轻松地撩起毡帘

毡房里，酥油茶
早已经凉了

河流上的磨坊

在高处，可以看见磨坊
走进磨坊，可以看见
水拍打着轮子
石磨慢悠悠地转

水被石头碾轧
却变得温柔和细腻

当阳光一缕缕洒在麦子上
真的，人们能够
一把抓起它

三道沟

对面的花开了

是苜蓿花

那匹马绕了几个弯子
从早晨到下午
看清那是一片苜蓿花

自古就有
苜蓿配好马

在所有的马看来
站在苜蓿地里的马
都是好马

它在苜蓿花的簇拥下
在等另一匹好马

阿克苏一带的八角形塔楼遗址

八面临风，比东南西北
多四个角

它的方向，是河流的方向
一匹马走到天昏地暗
这里，有一盏灯

广大的戈壁，所有的牛羊
向着有草的地方
八角形塔楼
昂头看着雪山

村庄，村庄
多远的路
都逃不过八角塔的目光

烟尘

在戈壁上
烟尘是人一生的路径

向南的山峰
缓缓的坡度
躺下一堆土

那是你前世的土
取出来
然后，把你放进去

那些土
在天空飞舞一会儿
看着自己曾经留恋过的
大地

然后，静静地落下来
就像一季草木
回到从前

逆时光

把时光化为灰烬
那些灰烬
又成为春天的肥

所谓周而复始
就是把手上的撒出去
又成倍地
回到手上

田野

安静的田野
有几只不安静的鸽子

它们飞来飞去
然后消失在
稠密的树叶中

安静的田野
人们再次回来的时候
坐在田埂

听到了玉米拔节的声音

燕子

屋檐下，它叽叽喳喳地叫
完全没有寄居的逼仄

它和这一家人
它和这一院房子
度过燕子的快乐
和人生的艰难

后来，大家都向这些燕子学习
像燕子一样
忙忙碌碌而
无忧无虑

八月的乡村

回到植物中间
土壤、水和阳光
都是有形的，有味的

都有自己的语言

在它们中间
亦师亦友

这座课堂啊
会有多少学生和老师

又上南戈壁

近处的山，沉默
想说的话，像一块块石头
坚硬而凌厉

其实，当人回到沉默
就能够和大山一样
古老了

人回到沉默
所有的风雨
也不会找到
你的破绽

台地

河流离开河岸台地的时候
有了一个村子

就好像，这个村子
是河流这条藤上的西瓜或者
葫芦

风吹芦苇
风吹河水
风吹村庄

那颗西瓜或葫芦
越来越大

名字

一个人走着走着
遇见了梭梭
就大喊一声：梭梭
在这里安营扎寨
这里，就叫梭梭

时间长了
这里就叫梭梭村
如果恰巧那一年生了孩子
也叫梭梭

有时候，一个村子和一个人
叫一个名字
难以分开

这里

这里有一片黑土地
有一条河流

麦子的收成
是所播种子的八倍
玉米是三十倍
棉花是三倍

适合种麦子的地方
种麦子
适合种玉米的地方
种玉米
适合种棉花的地方
种棉花

到处都是麦子
玉米和棉花

这里是一个
人生活的地方

风暴

这些年，一直有风暴
风暴，埋掉了
很多东西
带走了很多东西

比如说，骑手活蹦乱跳的
大拇指头
比如说，栏杆里的种公牛

这一年，风暴频频光临
夏天七次
秋天三次

它带走的东西
一直在草原流传
就好像它们一直没有走远
从来都在

白毛风

如果它来了
山脉就是一头巨大的魔鬼

如果它来了
所有的帐篷
都会是它的坐骑
而所有的坐骑
又都是它踮脚的
石头

如果它来了
就压过来一座山
如果它走了
活着的人，就是走过白毛风的人
腰杆儿也像一座山
挺得更直

南岸

穿过湿地，就是南岸
芦苇遮挡了

戈壁的缓坡
那些缓缓延伸的荒芜
被一条河流悄悄带走

我人生的南岸
所有的伤疤
就集聚于内心

能够说出来的
都是春天和果实

那么好看
那么醇香

在破城子

城在好的时候
就叫破城子
现在，一片废墟
也叫破城子
人们说
一座城
是被人们喊破的

可是，我喊了几声
那些残垣断壁岿然不动
我想，即使一千个人
一起喊
城，还是如此破旧

回不到
原来

隐蔽的光明

我在古城的杂草下
捡到一张纸

是孩子写的
大小日月

字迹已经很淡了
但还是稚气满满
一下子冲淡了
一座古城的老气横秋

当我走出杂草
古城的老
还是时时跟着我

那些孩子的字迹
早已抛却很远
像远在天边的一朵云
很快就被风吹跑了

垦区

一排排玉米倒下，黄色的
收割机，让背后的荒野
衬托出胡杨的孤傲

这时候，那匹马出现了
它站在田埂
默不作声
一直遥望西天的火烧云

此刻，黄昏将尽
它的身影
渐渐模糊于消失的夕阳

天完全黑了
我好像还是能够看见
那匹遥望西天的马

几棵柳树

隔着一条河
那几棵柳树
一直在氤氲的水汽中漂浮

它们的线条更加简洁
它们的叶片更加唯美
所有的阳光
都被它们轻轻点缀

像是一幅早年的画
可以把它收起来
卷好，拿走

大雪

雪，一直在下
帐篷前的经幡
激烈地波动

雪片稠密
一点点打乱人的心

远方越来越模糊了
山峰已经看不见

只有帐篷前的经幡
哗啦啦波动

把凌乱的心思
一点点收回来

片刻的休息

山上的冰像一面镜子
脚底下的冰
却是一把
未开刃的刀子

海拔喘着粗气
马背上的雪
一步步攀上了顶峰

那些雪
就像梦里的银子
堆满了每个峰峦

这时候，坐下来
盘点一辈子的光阴
竟然比这些雪
还要细密

沟壑被磨得发亮

多么拥挤的风
多么坎坷的路

马肚子上的血印
染红了山谷
一座座山峰
都有了马的血性

在高处行走
前方的每一个路标
都是一盏灯

那些倒毙的骆驼和毛驴
把自己的骨头
放在每一个拐弯处
危险在骨质中风化
而平安的呼啸
一直都很尖利

很多年了
沟壑被磨得发亮

冰川

这里的冰，一直是冰
它会把夏天封冻在冰层中
因此，我们看见
那些冰，包裹了
一层又一层的
阳光

只有那一朵雪莲
在裸露的崖壁
向雪的舞台
奉献了一束
紫色的花

看着它
像是误入神画

月光下的山谷

月光也像一块冰
砸下来

山谷里的月光
一直有噼里啪啦的声音

走着走着
栽倒了
骆驼客说
有人被月光绊倒了
成了一缕月光

在平原上
人们在月光下浪漫
而对于骆驼客来说
明亮的月光
仿佛是一件祭品
催人流泪

早晨

黎明的宁静
被一只瓦罐摔碎了

太阳还没有出来之前
鸟鸣一直是哀伤的调子

一队人走向戈壁
沿途煨着烟火

随风而散的纸钱
是戈壁上开不败的花

戈壁上没有四季
因而走向戈壁的人不用耕种
他们最后成为戈壁的一部分

站在村庄
远望戈壁
只想流泪

棉花

阳光像瀑布一样倾泻
阳光像风一样缠绕在
棉花的枝枝杈杈

阳光像拳头一样紧紧握住
秋天的时光
阳光像鞭炮一样
花蕊炸裂

轻轻抓一把棉花
暖暖的
像母亲的问候

土大坂

高高的山丘
有很多草在赶路
只有鲜艳的野花
在低洼的河滩
挤成一团

草越来越稀疏
高高的山丘上
只有几棵灰蓬草
风吹着，吹走了
灰蓬草的叶子

土大坂
羊群和马默默地走过
走向高高的山丘

它们咩咩地
哝哝地
叫了

这里

他们从很远的地方来
走到了大地的边边上

再也没有力气走回去

只能住下来

这里的天空，成了自己的
大地也是

可以用多余的粮食酿酒
把多余的白菜腌制存放
把牛肉和羊肉晾干

歌声能传多远传多远
让走出去的子孙
都能听到

你看，从这里
到那里
到处都是我们的孩子

大陶缸

它又回到了土里
在重见天日的那一刻
在那黑暗的缸腹
我们看见了自己的影子

仿佛那里有深不可测的水
有深藏不露的火

一个年代过去了
又一个年代过去了
这个陶缸
储满了
那些年代的背影

古老的壁画

那些树木还在
那些河流还在
那些庄稼还在

那些房子高高矗立在原野上
劳动的人们在春天的秧苗间
他们似乎在歌唱
却已经找不到相应的歌词和音调

似乎一切都在
我们在他们的面前
想说的事情很多
但一句也说不出来

集市

即使岁月重重阻隔
也能闻见它的香味
即使透过密密层层的树木
也能听见
它的喧嚣和嘈杂

发黄的底片
他们的笑容依然新鲜

只看一眼
就能各取所需：
布匹、粮食、被褥、水果、农具
茶叶、皮革、衣服、鞋帽
锅、碗、瓢、盆

足够我们生活一辈子
甚至更久

我们的马队

像这样出行，似乎绝无仅有
已经过去很长时间了
那些草绿了又黄，黄了又枯
周而复始，可我们的马队
一直精神抖擞

在草原，在绿洲
在冰川

在所有的路口
为你们运送
远路上的
传奇

山口

风打着呼哨
集合起更多的风

雪从山崖上砸下来
又被风碾碎

更多的马帮
小心翼翼，每一步
都踩在弦上

山口，交错的锋刃

被风雪砥砺

可能会有很多失意者
成为山谷的祭品

嘉峪关下的水磨坊

两匹马在吃草
它们驮来的麦子
搬进了水磨坊

两匹马在吃草
泉水从坡上流下来
汇集成溪流

两匹马在吃草
它们抬头望见夕阳的时候
麦子的香味已经越来越浓

它们走在崎岖的石子路上
前方的纸窗
透露出星星点点的灯光

缝补衣服的母亲

在草地上
阳光聚焦在她的那一颗银针上

在草地上
所有的温暖不抵一块布
一团棉花

在草地上
母亲用穿梭的银针
串起鲜花和风

草地上
有了母亲
一年四季
都会是春天

站在石凳上的猎鹰

它眼睛微闭
一只腿翘起来

它的羽毛收敛
身体缩成一团

更多的时候
它像一块石凳一样
沉默

当鹰笛吹响
它的翅膀
一次比一次债张
迅速占领蓝天中
冲刺的位置

这时候，我们能够感受到
它是一只鹰

山羊

很容易把它当作一块岩石
在别的岩石上跳荡

在最危险的绝壁
它有自己最平坦的道路

即使风，也没有那样轻巧
即使壁虎，也没有那样稳固

一只山羊
它的草
在目光也无法攀援的
峰顶

猎手

在山峦间
在草丛
在戈壁的开阔地带

隐蔽着
一双眼睛

奔跑着无数觅食者的
狡黠与残忍

草原上的风
在猎物和猎人间
驰骋，它们像极了
饥饿的狼
和尾随的狐狸

套马杆

这是草原的手臂
这是一股奔驰的风

给你自由
也会收回自由

草在大地上生长
它捧出的花
一直寂寞地盛开
当尖锐的马蹄
踩碎鲜嫩的花瓣

那些马
就回到了空空荡荡的栅栏
像一根草
固定在了
原地

草原的手臂抚摸你
草原的风
叫你回家休息

刮大风

把柴草吹起来
把尘土吹向尘土

呼啦啦作响
拍打窗户叫人早起

赶路的人

顺风，骑着风
逆风，捶打着风

风吹花开
大风，树折枝
花折腰

刮大风
刮向四方
刮向村庄

种子被风带回来
根扎在风口
越来越深
越来越结实

盐湖

阳光一次次跌入湖中
最后一次
突然起身

阳光在风中飘
带着湖水

当阳光融入湖水的时候
一切就开始有滋有味

当阳光从水中析出
成为光明的晶粒

它的名字
就叫盐

挤奶的女人

或许，奶牛的乳头
连接着泉眼

或许，万事万物的根
都会与乳头
相连

挤奶的女人
穿着最漂亮的花裙子
与奶牛身上的花纹
浑然一体

只听得牛奶哗啦啦落入奶桶
就像春天的泉水
流入草原

吃草的马

它们三五成群
有的饮水
有的吃草

它们很快又分开
各自占有
自己的领地

在草原上
一匹马
一群马
就可以在草上擦出
大地的火花

送亲的队伍

是一匹头马
领着很多匹马

它们要去另一个帐篷
它们要跨过
另一条河流
翻过另一座山

当那些马回到自己的栅栏
当新娘回到自己的帐篷

已经是黄昏时分
夕阳把新娘的红裙子
涂得更红

一条漫长的路

马走了一天，摩托车
又走了半天

崎岖的山道
是马的路

羊肠小道
是摩托车的路

当所有的路都敞开臂膀
就看见了草原

站在草坡上的女子
迅速回到帐篷

满脸胡茬的男人
猛然抱起她

她的脸上
多了一点腮红

此刻

锅里的羊肉
有香味了

香味像一匹马
跑出了山坳

桌上的杯子
倒满酒了
酒伸出手臂
抱住了你

而那些夕阳下赶过来的姑娘
她们在帐篷前翩翩起舞

看着看着
都忘了吃肉了
都忘了喝酒了

在高高的山坡上

像一棵草一样，在高高的山坡上
像一片雪一样，守住余生的银子

有一匹马在坡下

有一片云在头顶

像一棵草一样活着
没什么不好

卯时

只有星空，早起的人
为它嵌满宝石

只有哗啦啦的流水
穿过人的身体

这时候，身披月色的人
都是一个个泉眼
把草原的光阴
汇聚到了卯时

大红泉

山坡上的红土
被雨水冲下来
大片的红色
像牺牲者的血

茂密的草
跟着这些血
跑

莽撞的阳光
举着这些血
跑

只有风中的梭梭柴
继承了
大红泉的血性

刺玫花

只是一朵花
存了几滴露水
只是早晨的阳光
突然落在了心里

只是夏天过去了
那朵花凋谢了
枝条在风中凌乱

但总是想去看看
因为心里的光没有熄灭
心里的花
还在花季

山谷

风被隔离了
山谷的巨石
阻挡了顺山而下的泉水

离人越来越远
离天越来越近

离人远的地方
心被泉水
洗得干干净净

落日

在大河之侧，在一群鸟回归的瞬间
落日，追回了
跑远的兔子

坐在沙丘上
怀揣这只兔子
不舍一天的消失
再把它撒出去

故事

一个人走进往事
再没有回来

一个人换了衣服
像一棵树
浑身披满树叶
像一只果子

这件事被一个远行的人说起
后来，被更多的人说起
这个人就变成了另外一个人
一个人就变成了很多人

嘉峪关下

从一块砖上取火
从火上取一缕烟

从一堵墙上取风

从风中取一声叹息

远处，骆驼走来
越来越近
仿佛是它拉动了
一座庞大的城池

在戈壁

有一丛沙葱，问雨
雨，在路上

戈壁上没有路
雨跌跌撞撞地回来
只剩下嶙峋的骨头

轻轻地喊一声
哎呀，我的妈呀
它们就成了
一丝丝春风
那柔弱的春风
就是雨中的沙葱

西湖

最西边的沙子
最西边的石头
被一层层阳光淹没

最西边的湖
抓住一层层芦苇
无数的鸟儿把自己的叫声

抛向天空
水灵灵的
像突如其来的一场
小雨

九个泉

比九个更多
它们聚集起来
流向泉湖

整个戈壁伸出了舌头
舔着身边
干燥的石头

风吹来
一部分泉
飞了起来
走向更远的戈壁

它们在戈壁上的足迹
长满了
芦苇和青草

雁子

雁子飞起来
仿佛那些草也飞起来
仿佛看见它的人
也有了一双翅膀

雁子落在城墙上

人们看不见它了
只看见城墙

这时候的城墙，轻飘飘的
仿佛它的一部分重量
被雁子带走了

祈祷地

这里的草和别处一样茂盛
这里的马
却更加安静

这里的泉水和别处一样旺盛
这里的鸟
却更加安宁

这里的灶头堆满了灰烬
无名之花居于高处

像一个圣者
说出来日的
雨水

穿越平原

这是难得的好日子
马队走在平原上
一些马，还咴咴地叫着

这是一股柔和的风
脚下的路明显地松软

洼地里的青草
像一双双眼睛

看见的，是这些马
带回了全部的
春天

草越来越稀疏

骆驼走过的地方
羊走过的地方
两只牧羊犬
互相追逐着

草越来越稀疏
阳光越来越浓烈

该上哪儿去呢
两只牧羊犬的快乐
把人们引向了
山谷

驿站

从一个驿站出发
戈壁已经很远了

到下一个驿站
沿途有新月形沙丘
火焰山
这些名字
在整个夏季

就是一团火

而前方的驿站
永远是清凌凌的溪水

废墟

作为一个城市，它消失了
作为一个居留地
它丢掉了睡眠
作为一条河流的冲积扇
它的浪花
搁浅在了
山谷的悬崖

作为一个废墟
它淹没了
那些尚有呼吸的足迹

风暴

其实它一直都在
只不过，它一直都很平静

当有太多的寒冷
有太多的炎热
聚集在一起
拍打戈壁
摧毁戈壁
它就愤怒了

它隐天蔽日

极尽摔打及冲撞的力量
哎呀，它就是
戈壁的王

古石碑

风吹着
即使很少、很小的雨
也擦拭它的每一个笔画

久了，等待就成了一种姿态
它昂首挺立
把阳光
铸成自己的碑
把月色
铸成文字

灌木丛

多么激动啊
这是一丛灌木

它一直在睡梦中成长
一直绿着
看见它
竟然有点虚幻

这是一丛灌木
从戈壁上走来
它把我们揽入
光与种子的传奇

是的
我们会成为这传奇的一部分

坎儿井

坎儿井不是井
在干燥的戈壁下面
坎儿井是一条河

它把人想象中的水
搜集起来
在人想象不到的地方
突然间
蓬勃而出

当你在戈壁上
看见真正的水
那些水会告诉你
什么是珠宝
什么是奇迹

水磨沟

草挤在沟里
水也是

四乡八邻的人
忙着收割麦子
然后忙着去水磨沟

实际上，所有的麦子
都要去水磨沟

人们从水磨沟回来
都说
今年的麦子
真香啊

开阔的平原

在一片开阔的平原上
没有树木
房屋周围也没有

当夜色渐渐笼罩平原
草丛中的兔子和狐狸
都出来了
它们像一棵棵移动的小树
在平原上
影影绰绰地
飘动

松树岗

密密麻麻的松树
一直爬到了山顶

这座山包
是松树抬起来的

松树摇晃着
山包就摇晃

在雨水冲出的小河沟
挤满了储满水分的植物

它们饱满的叶子，在松涛的
微颤中，掉下了露水

采松茸和蘑菇的姑娘
意外地碰到了
草莓

碾子沟

麦子熟了
那些石头开始松动

麦子熟了
那些石头
伸出双手
抚摸那些黄澄澄的麦子
就像找到了
自己身体里的金子

当它一次次碾碎酷烈的阳光
它才真切地感觉到
其实，它就是一粒粒麦子

白杨河

一片白杨树
人就贴近了大地

一片白杨树
哗啦啦的风吹过
叶子就披在了人的身上

一片白杨树
追逐一条河流的浪花

那些戈壁上的绿色
那些星星点点的野花
走向白杨河的时候
三叩九拜
如一群卑谦的臣子

这片草原

这片草原，绵羊和山羊
一万五千只，马
五百匹
毛驴三百头
骆驼七百峰

这里的溪水
这里的草
这里的山谷

这里的帐篷和歌舞
都是它们的

高塔

那个时候，大地都很低矮
那个时候，泉水都很清冽
那个时候，路上的人们
心里都有一个果园
一座村庄

只是，看见高塔
才知道自己低了
像一块石头
常年在戈壁滩上
跟别的石头
没有两样

库木塔格

沙子的穹隆
一滴水
就是一颗钻石

在沙子的边界
微小的颗粒
也会像巨石一样
轰隆隆滚动

走着，走着
一粒粒沙子
会跟着你
直到越过你
埋葬你

而走在沙子前面的那个人
回头才会看见
一个熟睡的狮子
——库木塔格

峡谷

峡谷里的水

在翻越
崖壁上
那棵草
爬满了哗啦啦的声音
这些声音
湿漉漉的

峡谷里有金子
大浪淘沙
还是沙子

金子需要用血
来换

刚刚抬出峡谷的那个人
被一块巨石砸中

那块巨石含有的金子
足足能养活他几辈子

梧桐泉

山崖下，泉水溢出
种子漂在四周
有些已经发芽
更多的
是芦苇、冰草和梧桐树
它们的种子
又在泉水中漂泊

只是，当阳光淹没了泉水
那些种子
又重新回到了

砂砾中间
成为它们的一部分

肋巴泉

两条里的分叉
一边是戈壁
一边是草原

处于草原的丰腴处
处于戈壁的软肋处

水一点点溢出
每一天都向前流淌几米

水一点点蔓延
它的领地越来越宽阔

然后，它却是草原和戈壁的
一根
肋巴

叫肋巴泉

山口的庙宇

过山，人们把裤带勒紧一圈
过山，人们总是探望那深深的山谷
听一听河水的回响

过山，人们更需要凝神静气
坐下，紧闭双眼

当山口的庙宇
把内心的沟壑填平

所有的驼队
才悄悄出发

即景

有一间废弃的磨坊
石头碾子，落了一层土
像是遗落的面粉

再往南，就是戈壁了
人们计算里程是以井为单位
一个井，两个井，一直到无数个井
只要有井
就有生存的路

有的井是半天的路
有的井是一天的路
超过两天，就没路了

视力所及
荒芜无涯
但有两个人从前面
走了过来

大泉子

在戈壁上走着
走着，走着
就把自己丢了

在戈壁上
一个人，一群人
一链子骆驼
走着，走着
就把路走完了
而戈壁仍远

大泉子，像一声呼唤
找到人们
丢掉的路

当人们回到清凉的睡眠中
感动人生的奇妙
莫过于一眼泉

高低起伏的草地

高低起伏的草地
只有等着雨水
把低洼处积攒的草
一点点赶到沙丘上

看起来，它们像是一片
平平展展的草地

看起来
这些草，绿油油的
像是耕种的庄稼

高低起伏的草地
在干旱的季节
一片黄，一片绿
像一幅色彩凌乱的画

甜水井子

戈壁在漫延
其间，甜水井子
盖着一层厚厚的木板

很多人找到了它
在这里扎下了帐篷
三块石头垒砌灶台

一日，井水苦涩
难以下咽

又一日，井水稍有碱味
入口尚可

再一日，井水微甜
品尝了滋味

后来，灌了满满的一大缸
路上，一口一口
竟然像酒一样醇香

一只黄羊

它在戈壁上奔跑
速度极快

后来，给戈壁上
留下了一绺尘土

再后来，尘土散尽
好像那只黄羊还没有消失

在我的身体里
没命地奔跑
好像我要特意去
抓住它

六工

墙，越来越高了
人，显得低矮

墙遮挡了田野和村庄
敞开的一面
是荒野上的梭梭和红柳

一工，二工，都埋在土里了
只有六工，被一截城墙拥立

像一个孤独的王
坐拥眼前的戈壁

疙瘩井

只看见一个接一个的沙丘
沙丘和沙丘之间的缝隙
伸出一丛丛芦苇

人们把这些沙丘叫
疙瘩

人们把这些芦苇
叫疙瘩井

绿色

有人预测了这块绿洲的幅员：
东南西北，分别是四十里、十里、三十里、八十里

有人踏查了一部分道路
它们很多都淹没在沙子里
戈壁的碎石间，也有一些
从前的路

有人喜欢把这里的春天种在裙褂里
又把夏天装在毛线口袋里
却把整个秋天
摆放在桌子上

在这里，没有一天是清醒的
都被鲜花和果实簇拥
一杯接一杯的酒
喝不完，也喝不够

谁会是这片绿洲的主人呢

庙宇里的壁画

大地上没有的
把它画下来，装在心里

心里装不下的
种在土里

春天发芽的
就在夏天收割了它

十几年才发芽的
老了攥在手心里
死了，放在棺木里

几百年发芽的
就干脆供在这庙里

让后来的人看
让世世代代的人
看不够

糟糕的天气

把路埋掉的
还有天气

这糟糕的天气
一直缠绕在路上
蒙住骆驼的眼，马的眼
蒙住阳光，捆住人们的
双腿

看看，远方已经淹没
接下来，商队和人
也一点点被淹没

南山

从南山里拉来的羊毛、驼绒和羊皮
像一群羊、一群骆驼
颠簸在黑戈壁上

它们一会儿像南山上的雪
冰冷冰冷的
一会儿像南山下的篝火
滚烫滚烫的

但它们只要到了黑戈壁上
就是一块一块的石头疙瘩

脱掉几层皮
磨掉几层茧
就是流行在街巷的
精致的地毯和衣衫了

赤金峡

阳光照在峡谷
阳光照在崖壁

一部分阳光
永远留在了峡谷
永远留在了崖壁

那些阳光
凝固成型
像一块燃烧的石头

人们把它从石头的心脏挖出来
一声惊叫
赤金

砾石路

只有一辆马车，我们在
史册上找到了它
留下的尘土

只有一辆马车，从砾石上
踏过，大概的方向
是在通往花海的白云下面

我们现在能够看见它
我们知道车上的那个老人
已经很老了
但他似乎仍然活着

因为那辆马车还行进在
砾石路上

那段艰难的路
一直被重提
因而有了我们今天宽广的高速路

沙尘弥漫的天空
那个老人的忧虑犹如
坎坷的砾石路
时时让我们回看
提醒我们走好今天的路

玉门

所有的荒野
都要从此门进出

所有的春天、秋天、夏天和冬天
也是

所有的行程，到此
都会逼仄
都会挑选

就像一种急切的心情
在墙角打旋
比风暴更猛烈

一个人，一群人
走了很远的路
停了下来

手里握紧的一块石头
有了汗湿的温润
有了呼吸中涨红的脸色

它，和一个人，一群人
说过的悄悄话
现在，可以再一次回放了

营盘

风吹走了
留下了沙子

一年几场雪，几场雨
人们扳着手指头
一算再算

雪中的脚印

雨中的身影
也都历数

记在心里的
丢在脑后的

都像枯枝败叶
越积越多
一场大火之后
只剩下灰烬

几百年之后
只剩下这
营盘

临水

水从睡梦中流出
一直流

这里的春天，就长了
这里的夏天，就长了
这里的秋天，就流出了
蜜的汁液

几个人在小雨中奔跑
笑声像雨点一样
落在西瓜地里

噼里啪啦，淹没了
大地说话的声音

马桩子村

草长高了
当草被雪压住的时候
那些身上背着雪的马
也来了

这时候，所有的炊烟
都缠绕在一起
像很多条鞭子
抽打着村庄

这时候，那些马
沐浴着月光
闭目养神

雪山

时不时就会看见雪山
只要抬头，那些雪
就会一点点落在心上
越积越多
最后，融化为一眼清泉

戈壁上，这样的清泉
一直在心里
它汩汩流淌的时候
是烈日暴晒的正午

南山

赶出来的羊

一直回望

从山口流出的水
却从不回头
牧人坐在山坡上
冬天的暴雪
堆满衣襟
他抖了抖，又抖了抖

后来，那些雪
隐藏在漫山遍野的草丛中

牧人怎么找
都找不到它们了

向北

一群羊的方向
一匹马的逆旅

只因为那些沙子
只因为从前藏下的一句话

找啊找啊
只找见一行歪歪斜斜的脚印
只找见一群失联的骆驼

好在，有一眼泉水等着
等了那么多年
积攒了那么多草

让定居下来的人
想起母亲的草原

沙漠地带

阳光流淌
所有的风，吹累了
就卧在沙子上
被沙子一层层埋住

有时候，我们会从沙子里
挖出清凉清凉的风
也会挖出
清凉清凉的泉水

在沙漠地带
要么成为一股风
带走沙漠里的沙子
要么像一泓泉水
在沙子里
默默流淌

山口

风，进进出出
雪，留在高处

风，越积越多
雪，四处流淌
像一群马
冲向绿洲

花开的时候
麦黄的时候
苹果飘香的时候

山口的风
吹来每一个季节的香味
山上的雪
在一大片海子中
铺满了荷叶

花庄子

早早起来
戈壁还未苏醒

露水一滴滴掉下来
又被热浪推向天空

曙光里，牛群在吃草
更远的视野
被玉米地遮挡

就这样，树木之下的村庄
像绿色之中的花蕊

炊烟升起之后
一直是春天

宣化

一个地名背后，那段残垣
是它的身影

仿佛是一个老人
在灿烂的夕阳中
熟睡了

风，猛烈地拍打着它
仍然盖不住它的呼噜声

我抚慰一朵快要枯萎的黄花
一个人走过的路
一个时代的轨迹
也似乎在雨水和等待雨水中
消失或成长

六坝

有多少水
就有多少坝

有时候，这些坝
一道，两道，三道……六道
只拦住了
奔涌的阳光

有时候，坝下的
玉米、高粱、小麦、蔬菜……
一次次喊水
那些阳光
就顺流而下
一座村庄
就像庞大的宫殿
在蜃景中漂浮

葱岭

一直觉得它会渐渐绿起来
长满勾起食欲的葱

一直觉得，人站在高处
招一招手
绿色就会从下面攀升

一直觉得，人生的远方
在一个个地平线上
可这里，是堆垒的
无数的地平线

一直觉得，在峰顶
会有一块石头遮挡风
而在积雪之上
所有的石头
都是风

而葱在想象中的绿洲
才刚刚发芽

八个家

这一块草场和那一块草场
互相瞭望着

山脚下的帐篷
也互相瞭望着

望着，望着
几家人走在了一起

因为一股风吹过了
两块草地
一匹马穿过了
两块草地

风中的歌舞
被骑手带到了
很远很远的地方

很远很远的地方
都知道了
有两块草场
叫八个家

水泉子

斜斜的山坡
每年都会滚下来许多石头

斜斜的山坡
堆满了石头

当有一块石头
不小心砸开了一个泉眼
所有的草
就跟上来了

淹没了夏天白花花的阳光
像一座秘密的花园

人们说，你看
那是水泉子

北坡

舒缓，早晨的阳光
悄悄滑落

汇集于洼地的青草中

再往上，次松林
把阵阵松涛波及远方
剩下的风
已是微风

再往上，雪峰
在八月的天空
一次次刷新浩瀚的蔚蓝
这蓝色，在溪流的调色盘中
全部涂在了
起伏的草原上

我们的牛羊
我们的帐篷
都是雪山的颜色啊

山顶上的树

孤零零的，它像是一个人
一直在等
另一个人

山不是很高
有了那棵树
山就有了很高的样子

山下的老人常说
别干孬事
山上有人看着呢

看久了

山顶上的树
真的
是一个人

甜水井子

又一次路过
井已经被风沙淹没

风打着口哨
翻越钢质的高速公路护栏
抵达烽火台下
它已经虚弱了
烽火台细高的身腰
像是风的雕塑

每一次路过
都觉得那座烽火台
是守护甜水井子的老人

每一次路过
都下意识地抿抿嘴
有一种喝水的冲动

群山

前面是高高的山峰
爬上一座山峰
后面还有无数座山峰

一场风刮过来
就好像一座山

压过来

纷繁的雨滴
到了夜晚
就成了雪片

火盆一直燃烧着
火苗舔舐的黑夜
持续不断地回来

几个人坐在帐篷里
说着秋天的事
说着说着
就睡着了

从口袋里滑落的苹果
很快就
冻僵了

山下

走啊走啊，找见了
那些草

走啊走啊，找见了
突然消失的泉水

马桩拴过的儿马
早已子孙满山
当它回到故地
马厩已经被深草淹没

走啊走啊

山下的夕阳
很快就涂抹了
荒芜的草场

溪流边的野花开得正旺
像一脸灿烂的微笑

那个姑娘

一首古歌里的姑娘
一直美貌、一直年轻

一代一代的人唱着
她的眼睛、她的身材、她的眉毛

草原上的女人们
听到那首歌就脸红

她们都觉得
那是在赞美自己

月光下的岩壁

那些简单的笔画
只有渗透了月光
它们就会像一只狗熊一样
吼叫起来

它们就会像一只山羊
默默地吃草

它们就会像一匹狼

等待篝火熄灭
然后偷袭夜色的缺口

那些简单的笔画
只要它们动起来
这个世界的古今就像一条线一样
被连接起来

夹山

两边是戈壁
两边是沙丘

两边是苜蓿和葵花地
两边是牛羊的叫声和公鸡的打鸣

一直走路的人
穿过夹山
常常左顾右盼

总觉得走过去
或者走过来
都不妥

大盘羊

它和石头
分不清，只有它的头
抬起来或者低下
岩石的背面
才有一只羊的阴影

它似乎是荒野的王者
盘旋的犄角
比王冠更加绝世

站在哪里
哪里都有一股
雄性的高傲

奔驰在崖壁上的兽群

它们一直奔跑着
从一面崖壁到另一面崖壁

它们畅饮月光
而在白昼
却隐藏于
阳光的阴影之中

当春天升起活泼的藤蔓
触及一群山羊和老虎的时候
所有的夜晚
都是喧嚣的

也许点燃火把的人
就是你

云

一直跟随着
困的时候觉得你是一只鸟
冷的时候觉得你是一团棉花

只是越走越远
路上，遇到了更多的云

只是，鸟儿越来越少
只是，记不清棉花是白云的模样
还是，白云是棉花的模样

只是，最期盼的那场雨
一直没来
但只要一抬头
就觉得
它快来了

果园

四周是沙漠
果园像一块水晶

那些桃子、梨、葡萄
是水晶的核

一个人的困难
似乎可以在这里止步

一个人的幸福
似乎可以从这里开始

风起阳关

是的，风卷起了沙子
甚至卷起了碎石

王维的那杯酒
已经浑浊不堪
从前的那些骆驼
也止步于沙丘之间
或许成为沙丘的一部分

是的，风在不断改变方向
似乎所有的目标都不顺风
只有迎着风
才会像一只鸟儿
回到自己的天空

葡萄园

架上的葡萄
一串一串
像是从沙漠中
浮出的玛瑙、翡翠

从沙漠回来的那个
九死一生的人
葡萄，点亮了他
命运的灯

北斗星之下的驼队
正好与一眼清泉相遇

这个夜晚
他们终于开口唱歌了

而在葡萄园
人们都沉默了

有灵性的石头

它真的说话了
按照它的指点
附近有一眼泉

听说，这里还有一眼
枯井
埋葬了宝石和金币

我们在沙漠中徘徊
我们在野外没有找见
那些能够认路的石头

因而，那些宝藏
永远在传说中

北山羊

人迹罕至的沟壑
一直延伸到
北山
阳光下的峭壁
反射着猛兽的
眼神

草互相缠绕
只有少数动物
有自己神秘的通道

就是这只山羊
一直住在北山
带领自己的子孙

看守岩壁下的草地

有多么广阔的草地
就有多少北山羊
有多么险峻的绝壁
就有多少灵巧的
北山羊

岩壁上的车轮

它碾出了时间的微尘
它的笔画已经很淡

它开辟了自己的道路
只有向上或者风中

它在盘羊的脊背上
也可能是一只鸟儿的翅膀

这个车轮
被整个岩壁扛着
像是岩壁的一部分

牛

月光下
它是很久很久以前的牛

像月光本身
能够栖息在
任何一棵草尖上

而此刻，它在一面岩壁上
浑身堆满了月光

在更高的峭壁上
看着我们
蹑手蹑脚的样子

牧人

这可能是最早的牧人
他们坐在崖壁上
所有的风
吹向他们

所有的雨，顺着崖壁而下
崖下的草
一次次攀缘到了
崖壁之间的缝隙

他们只需站在自己的对面
只需自己心里有数

山下的草场
羊多着呢，牛、马
也多着呢

山上的城

目光所及
可能就是河流的边界

山上的风

磨掉山上的石头
而山上的风
吹到草场里
就是咩叫的羊
就是奔跑的马

站在山顶上的人
坐在城门口的人
当他们手里的鞭子
挥动着雨水

所有牧群
就都回来了

夕照

视野愈发悠远
落日点燃了整个大漠
唯独烽火台沉寂如干柴

也许，它已经把自己烧掉了
在一个风急月黑的夜晚
也许它已经是一堆灰烬
埋掉了过去的消息

此刻，风息，安静极了
仿佛一句话
就能撕裂
一座高大的烽火台

冬牧场

到处都是雪
阳光也融在雪里

黑帐篷上的雪
刚刚清扫完
又落了一层霜

喝一口，呼出的酒气
也是白白的一团

眼看剩下的干草已经不多了
被雪堵住的隘口
还是严严实实

这冬牧场
像是被丢弃的一堆雪

盐池

所有的阳光都在集聚
水蒸气互相碰撞着

空气里的咸味
又回到水中

而水，一次次被酷热的夏天
蒸煮
一直延续到秋天

当一阵凉风吹来
荒野在这一片浅水中

留下了自己的果实

骆驼石

在庞大的荒野
一块苦思冥想石头
像一匹骆驼
停在了
荒芜中

没有雨水
没有泉

它第一次遇见我们惊讶的目光
也没有恐惧和喜悦

它是一块石头
但它已经有了一匹骆驼的
雏形，让它张口鸣叫
似乎还得经过漫长的修行

下马崖

似乎猛然间就会有一声
激烈的嘶叫

似乎，它瞬间就会
轰然崩塌

似乎，世间所有平坦的路
都要经过坎坷的修剪

似乎，前方水草正旺
它的行程没有停止

似乎，它正在等待一个勇士
也在期盼远方的苜蓿

海拔

高处的草和低处的草
不一样
高处的云，还是缠绕在山腰
而山顶上
始终是雪

一棵坚硬的灌木往山上跑
跑着跑着
就瘦了

只有那一朵野花哪儿也不去
只在积雪和积雨的洼地

有人采和没人采
它都开得鲜艳

前山

山是一群兄弟
一座挨着一座

看山跑死马
马站着
只看，不跑

松树，像一个集团军
簇拥着攻击每一个山头
可它们永远止步于山腰

山前面，还是山
山下面，却有几顶帐篷
一群牛羊
还有马和骆驼

一条溪水流下来
山下，堆满了
野花

干沟

难道就没有一丝丝水吗
那些泉呢
石头上的雪呢

在干沟的石头缝隙间
羊迅速穿过

骑着马，也只是与大石头
平齐
看见的，仍然是石头

穿过干沟
向上或向下
都会抓住一把
青草

世界

它们的世界，局限在
这一块岩石上
一直有摇摇欲坠的
紧迫

它们忽视了所有的天气
甚至春夏秋冬
它们的猎物一直都在
那些草，也一直都在
因而，它们的永恒
就像栖息在崖壁上的风
古老而新鲜

用一个世界交换另一个世界
我们的先祖
仅仅用一块尖利的石头
就做到了

在山峰上奔驰的马
——观呼图壁康家石门子岩画

它们是一群沐浴出水的马
后来经过花朵盛开的草原
后来，它们攀上一座座岩壁
后来，我们看见了它们

山峰已经很小
它们的奔腾像轻盈的云彩

我们宁愿相信它们就是云彩
就是从草原上出发

栖息在山峰上的云彩

牧羊图

其实，底色从雪山上滑落
就一直在晕染
广阔的大地，它们时而如风
时而像草

溪流追逐着几只蝴蝶
骏马却站在高冈上
瞭望山顶上的云

牧人躺在草坡上
嘴角捻着一棵酥油草
他的目光
已融入深蓝的天空

我在草原

河流围绕着我的帐篷
牧草围绕着我的帐篷
牛羊围绕着我的帐篷

你看
我是一个多么受尊敬的
王

大雪

那一场大雪

所有的风
都被雪挟裹

路，被雪压得横七竖八
高大的山脉
也从雪的背景上后撤

只有我的暖棚
只有我的帐篷
像雪中的孤岛

这是藏獒的领地
风雪像被一根绳子牵着
匍匐于灯光的四周

回来了

我回来了

草场、河流
依稀还是原来的模样

我回来了
那条狗异常凶狠地狂叫
落日下的花，收拢
更多的胭脂

我和帐篷
始终有一条春天的小溪
隔离着

我已忘却了
蹦蹦跳跳的技艺

那一片尘土

霞光刚刚退去
那片尘土
就被黄羊的四蹄敲起

黄羊奔跑的弧形
由那些尘土填补
又渐渐退去

看着远去的黄羊
不由得担心
荒野的尽头
会有一眼泉水
会有一片草原吗

一座城池

在荒野的深处
它的一部分站着
一部分坐着
还有一部分躺着

所有的回忆
都无法填补
残垣断壁包围着的
巨大的空洞

只有风，拍打着
让它清醒

可一会儿
它又睡着了

像一个晒太阳的老人

黄花

这几朵黄花
在戈壁上

更广阔的戈壁上
一片荒芜

这几朵黄花
像一盏盏灯
黄色的光
像点缀在枝条上的
金子

它吮吸着阳光
也极力地托举着
沉重的
大地

夜间的仰望

不只是星星
还有更多的启示

是在扬起头颅的那一刻
才知道自己手里的灯
一直在天空

玉米的气息
高粱和萝卜都有自己的呼吸

人占有大地的土壤、水分和种子
占有更多的春天、夏天和秋天
而只在大雪封山的僻静中
搜集柴火，修复粮仓

坐下来，喝酒
说往昔的事
出门，仰头看天
禁不住泪满眼眶

这个夜晚值得好好沉思和存留

回头

很多时候，不曾回头
就像走向戈壁的那一刻

亲人们沿途烧纸
没有人说话
只是往前走

戈壁深处的那一座座土丘
越来越近了

留下来的
将把自己归于永远的安睡

其实，对于一个村庄
每一个人最终都会在这里的
只是这次，我们还要回去

秋天

一个人的果园
是一个人秘密的一部分

它或者是一颗梨
或者是一颗桃子

苹果好一些
葡萄也是

人一生能摘到的东西
都会在记忆中一次次流转

它们或许一辈子只谋面一次
但就这一次
就记清楚了
它的面容

沙海

有波涛
也有浪花
一波一波
风的纹路
一堆一堆
沙的峰峦

与大海相比
它的溺亡率由水决定
有了水
就永远居于生存的制高点
有了水

就可以像一个富翁
让每一颗种子
都羡慕你

在大海，水会淹没所有的人
而在沙漠
水会举起所有的人
让他们像
高高在上的
领袖

泉与泉之间

可以来回自由
可以跳舞
可以唱歌

从这一眼泉
到那一眼泉
羊肉刚好煮熟
奶茶也刚刚有了香味

来吧，来吧
夜晚，这一眼泉
盛满了星星
那一眼泉
同样飘扬着月光

一眼泉和另一泉之间
一个牧场往返一次
需要整个春天
而秋天，则需要
一匹骆驼驼着它们

回到温暖的冬窝子

执念

一个人在戈壁上
他看见的草
越来越少

这个夏天，他赶着羊在戈壁上走
希望找到一个草肥水美的地方

他几乎每天都在奔波中
他的羊儿日渐消瘦

有一天夜晚
他突然惊醒
想要抓住黑夜中的什么东西
后来，他说
他真的找到了一个
溪流遍野的地方
那地方，他的牛羊
有五六百只
现在，他的牛羊
只有八十多只

沙枣树

只注意了它皲裂的皮肤
只注意了它银色的叶子
也只看见了它的金质的喇叭一样的花

十里闻香

只有它会在空中
像一艘直升机
把自己运送到很远很远的地方
而自己的身体
还留在原地

沙枣树，你看它一眼
呼吸了它的香气

你就会一直记住它
即使忘记了
你也会突然强迫自己想它的名字
一次次念叨：它叫什么来着

碑石

它在黄草中
一直说着从前的事

它在黄昏，一直说着
黑夜的事

它在冬天，头顶白雪
却像一棵春天的树

它在无边的寂寞中
把文字越藏越深
像一颗星星，钉在苍穹
有一闪一闪的眼睛

青稞

从高处看，它像一棵麦子
而真正的麦子
走到半路上
都回去了

真正的麦子
在夏天的阳光中
它的黄色，像流水
往低处流

而它一直仰望高处
也一步步
走向了高处

它是一棵有信仰的植物
在微风中
它的样子
美极了

芨芨

它是草，却比草更合群
一簇簇，簇拥在一起
尖利的枝条
刺向天空

它是草，由绿而黄
由黄而白
它们手挽手
坚守在北风的旷野
像摇曳在半空中的雪

它是草
却仿佛草的精灵
为草代言
为草挺直脊梁

长城地带

人在走
城墙也在走

走着走着
人送了城墙一程
城墙也不吱声
也不回头
还是一直走

人只好站在自家的院落前
望着走远的城墙
回过头来
发现
自家院落
也是一座微缩版的城池

崖壁上的烽火台

本来，就已经很陡峭了
本来，就把摇摇欲坠的风
砸下来
声音中
透着疼痛

本来，从上而下

所有的风尘
都回到了原来的位置
却又被它抬举到了高处

人们抬头仰望
就觉得有一把刀子
在半空悬着
随时追击
心不在焉的人

土木沟

水，还在路上
但给养已经用完

水的路，走走停停
或者像一棵树
长在半路
或者，像一只鸟儿
飞着，飞着
就找不见了

这里，每一个正午
阳光都像一把刀子
割肉，割每一个人心中的韧劲

只是在那奄奄一息的时刻
有人喊了一声：土木沟
泉水就来了
就像见到了自己的亲人

雨水

马车停了下来
马车上的辎重
却一直压在心上

有一片云
一直跟着
后来，被一阵风
吹远了

旅程如雨
像一块石头
悬在头顶上

每一步，都开始变得
沉重

塞

一半儿是点点滴滴的雨水
一半儿是汪洋的孤岛

一半儿在追赶云彩
一半儿歇息着
等待花开、等待果实成熟

一半儿的炊烟缠绕在白杨树上
一半儿的酒
灌醉干旱的草地

风埋不住它们身体里的铜和铁
塞上，从前的马、戍卒和将军

他们的血，像撒落在戈壁上的
五彩缤纷的石头

五墩烽

五座，排成一行
像哨兵

五座，像五个晒太阳的老人
一直说着
车轱辘话

五座，把每一个夜晚
都悄悄藏在自己的阴影里
往事像一块风化的木头
越来越破旧

葡萄园

走出沙漠，仿佛高远的天空
也被踏在脚下
愈发踏实了

走进葡萄园
阳光全部上升为糖和蜜
而沙粒全部下沉为
根和种子

那个早晨，传来布谷鸟的叫声
水灵灵的
在茂密的枝条下
它们像一串串葡萄

大漠之北

向北，海子的光
与阳光、月光
一起捧出芦苇

向北，一步一个脚印
这些脚印互相辨认着
谁是谁
谁是那个拉了一辈子骆驼的人
谁是那个走了一辈子戈壁的骆驼

站在沙丘上
一眼就看见了

梨

在风中，阳光扑打着
叶子，让所有的香
无处躲藏

在风中，长大的植物
开始堕落、腐烂

在风中，所有的梨子
都在收割秋天的蜜
星光下的炊烟
是它们返回的路径

柳条墩

把春风存起来

储在根里

堆起来的土
越堆越高
所有的云
都飘过去了
没有拽下来一滴雨

当枯萎的柳条
并排，压在岁月的额头
该出生的，已经出生
该腐朽的，早已腐朽

黄昏

像一列火车
突然甩掉了轨道
像一幅素描
猛然间上了色

零星的杂草，散开
又收拢
它们跟随
那群隆起的土
走进黄昏

黄金铺地
走着走着
人全部走进
往昔沉浸的日子

野麻湾

从荒草中伸出
自己的手

一直在泉水的浪花间
翻滚自己的花

在秋天的原野
它的眼神
早已点缀了
一片小小的花海

胡杨

秋风吹尽
沙子上的金子
回来了

它们像一双双小手
捧着阳光

那些阳光所能看见的
它们都看见了

原野、河流
微小的人们

沙枣园子

戈壁一直跟着人的脚步
一直像一块铁板

拖着人的脚脖

那些在戈壁上行走的人
一天比一天憔悴

沙枣园子，就像一泓泉水
流入疲惫的身体
那些红彤彤的沙枣
立刻解开了
戈壁的束缚

人们奔跑着前往
那一片银色的森林

秋天

把秋天交给沙漠
就像把一盒颜料交给画笔

红柳，把黄昏的霞光
悄悄保存下来

芦苇，也把阳光最鲜艳的部分
举在自己的头顶

风堆起的沙子
像浪花的波纹

它们一起嵌入
秋天的画框

每一个走进去的人
都是其中的一部分

马面

迎着箭矢，像雨一样的箭矢
展开奔驰的姿势
铁一样的意志
与它们撞出
火花

春天，在一场又一场风中
流逝了
种子和根
渐渐浮出
无垠的荒芜

吞咽了所有的风寒
把阳光像床单一样
铺在戈壁上
那些耕作的人
回头望见烽烟散尽的城堡
他们看不见
捂着伤口的马面
正喘息着
呻吟着

沙棘

第一次看见
觉得它是一串玛瑙

再一次看见
觉得它是一串灯盏

每一次看见

都像一个节日
把它们其中的部分
采摘下来
品读
大漠的滋味

它让你在绝望的荒芜中
收下这点点滴滴的温情

骆驼

风在石头上吹
在骆驼身上吹

骆驼一直在那里
低头觅食

戈壁上光秃秃的
它还是低头觅食

戈壁之外的春天
正四处漫延
它还是守着戈壁

那一场雨
带着一捆一捆的青草
来看它了

它抬起头来
舔舐那些雨滴
许多雨滴进了眼帘

它的眼睛

湿润了

河谷

总觉得会有一个马队
踩碎所有的石头
携来更猛烈的风

总觉得会突然蹿出一股水
让你的惊讶
无处躲藏

总觉得会有一个姑娘
可还没有看清面容
她就淹没在了无数的牛羊中间

一个人走在河谷
我该到哪儿去找到
那些马队
泉水
和姑娘

致疏勒河

那一年，只知道荒芜
却碰见了一条河

那一年，只知道向西
与一个个形单影只的烽火台
相遇，它们已是老态龙钟
却依然碎步前行

那一年，一个人在戈壁
丢掉了很多东西
稚嫩、娇柔、软弱
也捡回了很多东西
坚强、忍耐、梦想

一条河流或者舒缓
或者急切
都会让人跟上它的步伐

那些春天，夏天，秋天，冬天
在河流的两岸
目送它走向更远的地方

在草原

此刻，松枝的香味
正从火焰的缝隙中溢出

此刻，一个骑马的人
走远了

他的酒，我们一杯一杯
喝着

他留下的日子
像空阔的草原
足够我们走半辈子

此刻，在草原
我们在自己的人生中
像一棵草一样
在一年一度的秋风中

学习死亡和再生

额吉

草原上的家
在泉水流淌的地方

一个人骑马走多远
都会悄悄回来
当他掀起帐篷的那一刻
一股酥油茶的浓香
径直袭来

草原上的家
在勒勒车深深的辙印里
一代代人走过的路
都被勒勒车深深地
压在草原上了

额吉在门口张望
那片云始终飘在山口
似乎在等一个人
像极了
白头的额吉

松林

走出帐篷，远处的松林
像一群马
从山上跑下来

跑到河沿

就停了下来

羊群在河边的草滩上吃草
牧人在草坡上躺着
看一会儿天
又看一会儿松林

天上的白云
像一群绵羊
正从松林里穿过来
融入他的羊群

一年年，他的羊
越来越多了

河岸

河设置了自己的卧榻
草拥挤在一起
一部分，酣睡着
一部分像河流一样
漂向远处

戈壁上的河
一直寻找着
大地之美

它把一万个春天集合在一起
建造了一个花的仓库
和果实的仓库

人们只要找到打开它的钥匙
就能分享

秋天的收获

戈壁地带

突然间与一条河相遇
心头的暗区
亮了

风苍，明显地软下来
飘在水上
就和水
融合在一起

吹在脸上
就像雨

和一条河流相遇
感觉找见了
亲人

又见长城

断断续续的
高处山峰上的那座烽燧
一直守望着
它没来集合的兄弟

像一张褶皱的脸
一肚子的往事
最后只是山脚下
流淌的苦水

荒芜的戈壁上
只有它们像一链子
从容的骆驼
能够回到最初的
宿营地

马鬃山一带

没有一头牛
也没有羊群

所有的风
都在追赶那一丛
芨芨草

所有的戈壁
都蜷曲在
一汪
断断续续的泉水中

那匹马一直没有低头饮水
它的脖颈上
缠绕着云彩
高处的风寒
在它铁青色的鬃毛上
堆积了些许的纯白

这一半黑一半白的马
世间少有

草原的聚会

这里的树，那里的树
都举着自己的云彩

而南面的骆驼，北面的骆驼
都背来了
自己的山脉

草原的聚会
一瓶酒
就打翻了
一条河流的走向

那些马，那些牛羊
在风中
像飞奔的花和雪片

扎起帐篷的地方
都有音乐和舞蹈

西沟

秋天在大片的高粱地
睁开眼睛

而我们走入地下
收割盛唐的庄稼

印模上的马
已挣脱了
千年的束缚

风中的田野
一直是颗粒饱满的样子
十二生肖
对应了人世的喧嚣
和生命的延续

一个时代在黄土下
还有掩饰不住的光泽

走出来，阳光灿烂
大地上的一切
是那么刺眼

当金山口

那年的雪，一直飘着
它穿过整个冬天
降落在蝉鸣不已的柳梢上

汗如雨下的正午
梦寐中的当金山
笼罩在雾霭中
它像一群羊
从山上的杂草中漫下来

一座山，会像一块布
包裹一个人
让它的思绪像铁一样
钉在当金山上

冷湖

风的声音，大过了
所有的建筑

一棵树被连根拔起
这些建筑也似乎
摇摇欲坠

风，喊每一个人出门
但却在这片湖泊上
跌倒了

在每一个清晨
那些凸起的冰块
都像一把刀子
刺向这个
尖利的世界

旧址

站在城墙上，才能看见田野
站在城墙上，一个人的小
和世界的大，相互映衬

一粒石子
一块砖
摔碎的碗
遗弃的筷子

唯独不见了
吃饭的人

偌大一个庄园
只有风
在絮絮叨叨地说话

骆驼城

城外的玉米越长越高
收玉米的人
本身就是一把镰刀

放骆驼的人
在山坡上唱一段曲子
越唱越激动
那曲子本身就是一根鞭子
抽打着不听话的骆驼
和蔓延不止的戈壁

沙尘暴袭来的那个正午
骆驼们回到城里
收玉米的人关好大门

墙下的骆驼
像从前的骆驼
刚刚卸下驼子
安静地卧着

整个城池，整个玉米地
整个戈壁
一片枯黄

墓穴

要打开所有的黑暗
仅仅靠一只手电筒是不够的

那个人的眸子
已经是一个黑洞
容纳了一千多年的夜晚
面对突如其来的光明
它只有步入深渊

一个时代从清晰到模糊
只是一瞬间
而一座城池从模糊到清晰
却需要几代人的血

瞧，尘土里的骨头
多么像沉寂的种子

马神

风代替不了
它的速度

风却一直跟随着它
用无数的雪
尘土
花蕾、水蒸气
塑造它

但它们一直没有
灵魂

只有那一片苜蓿
一步步爬上
干旱的山岗
擎着一朵朵
憔悴的花
遥望远方

马的眼神里
才有了更加辽阔的草原

皮硝

盐碱滩上的水
抛却了夏天的草

它们在那个月色清澈的晚上
悄悄离开

连人们的梦
也没有触及它诡秘的眼神

只是,水洼中的晶体
愈发光亮
它们像是夜晚的灯

羯羊带血的皮
在它的浸泡中
像一片柔软的月光

任何人
都可以把它
披在身上

过往

那些风还在吹
只不过，已经是无数茬的芦苇

那些风还在吹
一些人的光头
早已成了枯骨

那些风还在吹
遮阳的衣裳
保暖的裤子
全部撕成了碎片
飘扬在尘土里

那些风还在吹
似乎熟悉
但更多的是陌生

它拉着你的手
在所有的方向
都找不见自己的亲人

南山

向南，一面缓坡
被山的阴影
笼罩着

阳光灿烂的部分
水汽氤氲
高粱、苞米、麦子、白菜……
依次展开它们的羽翼

那些飞翔的种子
在人们的目光中
凝结于汗水
固定于泥土

这些美好的景象，据说
会被南山下的一个个土包看见
人们说，那是先人们的眼睛

忧愁、痛苦、欢乐、幸福，都在
田野上繁衍
就像一日三餐的炊烟
耕种着无垠而高远的天空
人们面对南山
都会抹掉眼泪
露出开心的笑容

锅盖梁

梁下，是玉米，高粱
之前的麦子，麦茬上又长起了
白菜和萝卜

它们滋养着一座村庄
一辈子又一辈子的生活

梁下，黄泥小屋浸透了
月色和阳光
屋梁下挂着的辣椒、干菜
被苦涩的日子采撷

解开这庞大的锅盖
有些果实熟了

有些还很生涩

临水

一排白杨树挡住了
河流边的村庄
流水的声音不绝于耳

其实所有的植物都有耳朵
它们偏向河流的一方

肥硕的果实
鲜艳的色彩
被一条河流映照着
那些湿漉漉的鸟鸣
袅娜着
依附河流而来

没有人记住一场雨的犀利
没有人迷失于一片雪花的狂乱

守住一条河流
日子被滋润
人们的笑脸像开不败的
向日葵

哗啦啦的河流
被一座村庄
认真地倾听着

细腰墩

不知道前面的路口
宛若细腰
还是一座墩台有了温润的母性
让千年的黄土蠢蠢欲动

高处的风
缠绕在细腰
像无数的蛇

尘土一点点飞到半空
与墩台上的碎屑
渐渐聚拢
因而，一座墩台的消瘦由来已久
它们守望的
是无数不归的身影
和无解的消息

夜摸墩

把夜晚用黄土包起来
黄土一层层剥蚀
呀，全是鲜活的眼神

它们专注地瞭望
它们在四周的风水中
寻找回家的路径

把所有的艰险剔除出来
用自己的骨头
直到那些骨头
成为黄土的一部分

在整个宁静的夜晚
在无数寒冷的夜晚
它站直身子
让星星的光
流入庭院

大沙窝

沙漠也是一步一个脚印往前走
那些不长草的地方
是它睡觉的地方
一旦苏醒
就开始狂风大作

大沙窝埋了好多风
也埋了泉眼

人的脚印和泉水重合的地方
就有芦苇、枸杞、芨芨和锁阳
后来有了高粱、麦子和苞米

人的脚印陷下去的地方
就是一堆沙丘

隐隐约约的沙尘中
就像一排排瞭望的头颅

小青羊沟

雨水流下来
那些青羊像雨水一样
囤积了更多的青草

在夏天的阳光里
每一只青羊
都像一丛草
相互依偎在沟底
不被酷烈的南方啃食

后来，人们看见那些草
越长越高，被一场鹅毛大雪
赶进了
空旷的戈壁

似乎那一条长长的沟谷
是乳房和脐带
哺育了小小的青羊

丢失

在路上，到处都是
丢失的语言

你看，此刻
用语言
我们已经无法唤醒
泉水和沉睡的石头

在戈壁上
我们已经无法辨识
前方的路
从前，我们是唱着歌儿走过的

回过头去
弥漫着的尘埃
像是一面纱布

看不清世界的表情

青稞地

这时候，青稞熟了
风吹着
它的一些籽粒掉在地下
成为来年的种子

这些青稞一直没有收割者
只有山野的风
猛烈地击打它们
或者轻轻地抚摸它们

就这样
它们在山坡上
被雪埋住
又被几场逢时的雨清洗
它们是断崖上
傲然矗立的青稞

红色的山崖

我一直以为那是晚霞驻留的山崖
在阴雨中
它仍然是通红的面孔

所有的沟壑
都会被阳光遮蔽
只有它，永远是那份天真
比阳光更灿烂

坐在山崖的对面
我一直以为
自己是从前一往无前的那个少年
但低下头来
抖搂一身的沧桑
如脚下坚硬的石块

山上的雪

草芽已经从石隙间舔舐阳光
而阴坡的残雪仍然顽固地坚守

不由得担心那一股硬风
会将脆弱的幼苗拦腰斩断

只是看了一眼
那些雪，就留在了
我的身上

在一阵阵寒冷中
我像是那棵草
一分一秒地坚持着

下雪了

下雪了
天空在摇晃

牛羊越来越模糊
当它们回到眼前
咩咩咩地叫
虚幻的雪片

才越来越真实

追赶一片片微小的雪
直到所有的景色
成为它的一部分

长城上的雪

此刻的雪
越来越多的雪
落在墙上
落在楼上
落在沉默的箭矢上

后来，它们都模糊了
只是一片
厚厚的雪

河谷

在戈壁上
听见这哗啦啦的响声
一点点从河谷里
漫上来

走过去，果然有很多
绿植，爬在石缝中

河谷的崖壁上
也有无数的小草
做冒险的攀缘

一切都似乎来得及
虽然春天刚刚走远

倒伏的胡杨

在大河之侧，一些浪花
不时飞奔上岸

它们就再也没有回去
成为黑戈壁的一部分

年年如此
那些倒下的胡杨树也累积成丘
与陈腐的浪花一起
成为风的堤坝

让所有的青草
不能过河牧马

看见它，就像看见自己的先祖
正坐在河流的对岸
看守一望无际的秋粮

木头

一片黄昏，一直存留着
月光下
那些草，仍然有
亮晶晶的红色

其实，它们也会像虫子一样
偷偷上岸

它们也会像鸟儿一样
栖息在树枝上

现在，河流走远了
一片黄昏，飘在水上
也走远了

一堆木头，捆扎在一起
遮挡深深的河谷

骆驼

几百只在一起
把戈壁上的路
踏开

几百只此起彼伏地叫
把戈壁上的寂寞
踩碎

几百只奔跑起来
把戈壁上的蜃景
一点点淹没

当尘土散开
所有的骆驼
已经散开在广阔的草场

火烧沟

一片火，埋在土里
轻轻挖开

还有密集的火焰

几千年了
火红的土
烧制了无数的陶罐
融化了无数的铜

它们装满了
从前的泉水与江河

如今，它们的面孔
依然熟稔
像刚刚睡醒一样

秋深了

沙丘上的芦苇漂浮着
像河流上的稻草

沙丘上的鸟
一声声叫
看不见它们在哪儿

母亲的身影
在崎岖的乡间小路上
颠簸着

她身上的草垛
遮挡了秋天的村庄

骆驼

在所有的戈壁和沙漠
都有骆驼的路径

它踩碎朝霞中的黄金
踢开碎石子和柔弱的细沙

把无时不在的陷阱
——填平

它是
寒冷中的篝火
酷热中的弯月

在所有的戈壁和沙漠中
只要看见骆驼
只要有骆驼
就有生存的路
就像一眼清泉
在脚下涌动

一种永恒的奇迹
只有戈壁和大漠能够解释

骆驼刺

与骆驼同行
一路上撒下春天的种子

它们守望着
一条条凶险的旅途

把身上的负重
悄悄卸给星光

当夕阳铺满戈壁
荒野像无垠的花海
它挺直矮小的身子
仿佛春天的巨人

而在戈壁和沙漠
是没有春天的

地平线

不断推远地平线
像一座沙丘
混迹于其他的沙丘间
当它踏平所有的沙丘之后
沙漠才回过神来

在沙漠，它是主宰者

不断拉近一棵树与另一棵树之间的距离
不断接近苹果和葡萄的芬芳

它是希望的地方线

戈壁上

走着，石子在磨炼你
走着，阳光在炙烤你

走着，到处是平坦的陷阱

走着，有一半是阴影中的黑暗

走着，所有的路都是走出来的
所有的秋天
都是在田野和果园里
发现的

它就是这样一个发现者
善于在戈壁深处
发现泉水和绿洲

发现仁爱之光

苜蓿

苜蓿爱骏马
碰见骆驼也很惬意

蓝莹莹的花儿
照见了戈壁的前身
它们或者是大海
或者从一堆腐烂的贝壳中走出
进入茂密的森林

它们是来生的见证者
必须历经磨难
把自己磨得像一把刀
才能隔开
板结的荒凉

苜蓿如浪
刷新了
戈壁的视野

戈壁之侧

冬天，树木的空隙间
戈壁，扑面而来

南墙根下，阳光抱团
老人们坐在晒热了的木头上
眯着眼睛
不让抱团的阳光迸溅到别处

仿佛恒久的岁月
把人们的欢乐
也融进去了

盐湖

阳光全部沉落了
它们最后
是层层叠叠的盐

草，回到了
秋风之后
沙子回到了
沙丘

季节在轮回之前
学会了结晶技术
它捧着无数的盐
让人们品尝
岁月的滋味

早晨

常常想起那个早晨
霞光只被广阔的草原享用

清冽的风中
芦苇捧着秋天的花
沙枣树，则有满枝的玛瑙

那个早晨，一条歪歪斜斜的路
就能把人们领进
春天的大门

而此刻，已是收获的季节
坐在沙丘上
看见远处的村庄
包围在一片高粱丛中

嘉峪关下

天上的云，飘过城头
有几次差一点落下来

人们就是在这样的期盼中
割掉麦子和苞米

一年的收成装进木头粮仓
眼看只是去年的一半
但还是又拿出了一半
酿酒

秋天了，挖出白菜和萝卜
就让腾空的大田晒太阳

就着酸菜咸菜喝酒
别有一番滋味

几匹骆驼

它们一直等着人们牵着它
沿着沙丘转几圈

它们在沙漠中，眼含蜃景
却又回到低矮的畜棚

更远的沙漠对它们来说
只是天边的一朵云彩

它们啃食的青草
茂盛地生长在不远处的
沙湾

命运

在断头路的崖岸
有一颗宝石
亮了眼睛
你回去了

在即将溺水的一刻
被一条大鱼托起
赠你珍珠

屋漏，连阴雨
墙上长出了蘑菇

夜晚的星星入梦
一摸
全是白花花的银子

河流

我一直觉得它会流进我的身体
它会冲刷掉我身上的泥浆

我总能听见我身体里
哗啦哗啦的声音

后来，在戈壁上
在沙漠上
我遇见了一条河流
感觉它就是我身体里的那条河流
在我最需要它的时候
它就出现在最需要它的地方

蘑菇滩

它们是一片盐碱滩
隆起的盐碱疙瘩
像一块块铁
阻挡了流畅的
风、水和阳光

但人们还是相信这一切
都是最好的
人们还是叫它蘑菇滩
仿佛长满了鲜嫩的蘑菇

听见这个名字
就能流口水

每次路过这里
我都觉得
这里一定会有蘑菇
而且是世界上最美味的蘑菇

柳河

仅仅是一行柳树
仅仅是几眼泉

它们在戈壁上
像一艘船

它们在荒芜的砂石间
像一块水头十足的翡翠

人们看见它
明显地加快步伐
像是去捡自己丢失的东西

赤金河

把沙子洗干净
把风洗干净

剩下的
就是众人漂浮的目光

它们在河流上

像无数捉摸不定的野狐
不停地抓伤
漆黑的夜空

当星光、月光和阳光
回到激越的浪花之上
梦中的金银
才被无意的经由者所捕获

玉门

只有风
只有飘飞的砂石

那些骆驼回来的时候
下了一场罕见的雪

那些骆驼走的时候
许多种子就发芽了

现在是秋天
芦苇黄了
天际线上
仍然是一团团云彩

一直守望的人
心中的石头
化成了水

捧着它
还能看清楚
它们是一块块温润的
石头

北风

有很多沙子飞到了另外的地方
有很多人
把自己的念想
攥在手心

风吹着
手攥得更紧
那些在远处等他的沙子
让他坐在月光中
整理风中凌乱的
信纸
手心里的汗
湿透了一小片沙子

向西

向西，戈壁无沿
也无骆驼与马车
那个叫鄂博店的地方
只有一堆石头
所有的陈迹，被风吹尽

向西，要学会
自己跟自己说话
学会咬紧牙关，像咬住一块
猪蹄筋

向西，心里的念想越来越重
很多人被沙子埋住了
也不知道谁拖累了自己

旧迹

戈壁上的沙子从这儿吹到那儿
只有那些土坯散落一地

在这儿住过的人
房子倒了
像一夜凌乱的梦
采金子的人
在山崖掏心挖肺
结果自己成了没心没肺的人

一只蜥蜴紧张地张望
倏忽，就消失在一片
瓦砾之中

远天远地

那一年，走出亲人的视野很久了
喊一声，回音
从戈壁，从沙山
从崖壁
从鹰的巢穴
从岩羊觅食的小径
……
砸回来

像一根棍子
驱赶着疲惫的旅程

在一片海子中
照见自己的面容
是自己从前的模样

也是自己剩下的
一把骨头

昌马

四处漫延的水，像马
高高挺拔的树，像马
那些炊烟，在天空散开
像马

春天的苜蓿，等马
沙粒间的泉，饮马

一切都是马的样子
像山谷里的风
一溜烟不见了
一溜烟回来了

山上的雪

羊群，在草色间浮动
它们与山上的雪
相互照应

溪流，一点点散开
扩充草的世界
再看满草滩的羊群
像是一个个从山上下来的
而山上的雪，一直堆积着
从春到冬
它们的奶腺
孵育了无数的羊群

山坡上

一匹枣红马
站在山坡上

山坡下
有亮晶晶的泉水
有牛羊
还有云雀
还有飞来飞去的鹰

只有它，在山坡上
像一朵菊花
守着秋天的阳光和自己

风凉了

刮过白菜的风
从冬果梨上滑落的风
都聚集在院子里
舔舐灶火

母亲扫干净渠沟里的树叶
装进背篓
风盘结的枯草，缠绕着
摇摇晃晃的小路

从田野到村落
有一朵小花开着
像是一张笑脸
迎接母亲

大榆树

它在村头
高出所有的树

树上的老鸦
高出所有的老鸦

树上有各种各样的声音
鸟儿的声音
虫子的声音
树自己的声音
还有母亲的絮絮叨叨

去年冬天的事情
前年春天的事情
好多年前的事情
分不清春夏秋冬的事情
树都记在身上

人窝在心里，不想说出的
坐在树下，就随风
飘走了

窗花

整个村庄
缩小在一张窗纸上

一年的收成
装在仓里，这种殷实
像茶水一样
猛然溢出

红彤彤的炉火
映在窗户上
就是一幅画

热炕上盘腿而坐的人
望见外面的世界
永远是收获的季节

沙山上的骆驼

它走一圈就回来了
沙子越踩越碎

它一圈圈地走
一圈圈地回来

开始的时候，它会
怒吼几声

一年之后
几年之后
它开始迈着懒洋洋的步伐
跟随着更多的骆驼
在沙漠的风景中
充当另外的风景

远处的沙丘

我怀疑它们的金黄
是阳光筛下来的

我怀疑它们的银色

是月光撕碎的

每次走过沙漠
都想躺一会儿
可躺一会儿
身上就像背着一座沙丘
怎么也走不动了

看着远处的沙丘
像一艘载满了棺材的船
从蜃景中飘来

戍楼

它一直在看守
寂寞的月光

它紧盯着
白花花的月光
它怕它们一瞬间
变成刀子

当大门关住了
最后的夕阳

戍楼，就像一个靶心
被无数箭矢瞄准

两棵胡杨树

只有两棵，似乎枝叶
可以挽在一起

它们长在山坡上
像两只鸟儿
在春天的时候
它们像是起飞了
到了夏天，它们一直展开着翅膀
秋天，红红火火的样子
觉得它们一定要走了

可是，它们仍然守在山坡
一身艳丽的衣服

其实，它们可能就是要
像两只鸟儿一样
依偎在一起

在榆林河一带

一条河甩开了风的喧嚣
误入峡谷

静静地，它回旋着
突围着
竟然像巨大的铁犁
离开了一条曲曲弯弯的垄沟

它要种什么呢
它的种子呢
几千年来
它一直呢喃着

只有那些胡杨
犁沟边，歇着
把一条河流的遗憾

写入自己金色的年轮

湖水

湖水的波纹一直能漂到
很远的沙丘

沙丘上，那些芦苇
也一波一波推进

更远的地方
沙漠的光
与蔚蓝色的地平线相接

那里，会是另外一片湖水
复制着
湖水的波纹

无人区

走着，走着
走远了
把人走丢了
就剩下自己

就剩下这些山
剩下这戈壁
还有零零星星的草
还有这飘呀飘
永远都飘在半空中的
水

敖伦布拉格

记得是夜晚，被星星引路
记得一次次被撞在车窗上的虫子
惊醒

记得在那个早晨
看见了敖伦布拉格的眼睛
是一只蝴蝶
落在了狗尾巴草上

所有的正午都被阳光晒焦
唯有梭梭柴光着身子
享受日光浴

一顶帐篷

高高的山坡上
鄂博高高地矗立
高高的山坡下
有一顶帐篷
经幡，哗啦啦地飘

从远处看它
心一下子开阔了
像是听见了亲人的召唤

草原上

你要把它们当作朋友
它们一直在你身边
像各种各样的草

一年年枯萎
一年年生长

春天还是小羔羊
秋天就壮实了

河水缓缓地流
最后汇入茂密的草中

虫子高一声低一声地叫
久而久之，你能准确地知道
它们的藏身之地

所有的这一切都在你身边
它们毫无怨言地陪着你
哪儿也不去

月色下的泉

它不急不慢
一点点散开
所有的月光都依附着
像是孩子
找见了母亲

我坐在草坡上
看泉水一直漫下山坡
我躺在草坡上
感觉泉水漫过了
我的身体

其实，我是载了一片月光
漂浮在自己的想象中

葵花地

向阳的一面
全部砍倒了

它们的太阳
堆在饱满的颗粒中

只是尖利的枝干
仍然挺立
只是北风的阴寒
拍打着枯萎的叶子

秋天的葵花地
堆放着大地的荒凉

河流之侧

对面就是河流
闪着太阳的光

芦苇，抢种在浅滩
有些盖住了
平缓的水流

围在一起的沙枣树
一直向着河流伸展枝叶
它们像是沟头饮水的动物
年年的新枝
都品尝了大漠的甘霖

从戈壁上走过
看见一条河流

羡慕那些草和树
有不离不弃的守候

芦草井

只看见几丛芦苇
拉骆驼的人就说
那是一口井

后来走了很多的路
看见了很多的芦苇
我也跟着说
那是一口井
但很多时候
我都错了

那里还是戈壁
往前走
似乎
永远是戈壁

戈壁深处的古堡

几截残垣
独对西风

西风携沙
在四面围墙下
歇坐

越来越老的阳光
照在沙子上

照在黄土的褶皱上

看着看着
就觉得
那座城堡是一个人
是一个老态龙钟的
老人

黄花

地上的黄花
像一个个灯泡
亮晶晶的

谁看了
都说，多好的黄花

想摘一朵
插在女孩的发髻上

手伸过去了
又缩了回来

还是让它长在大地上
这荒凉的戈壁
更需要它

花儿坝

把水存起来
这些水
就会想天上的云

想大地上的种子

想着想着
就把自己想成了一朵花

在坝上，一阵风吹过
那些花儿真的长起来了
像阳光
把自己所有的色彩
都铺在了水面上

兔儿坝

连那些石头
也忍不住饥渴
纷纷爬上了兔儿坝

石隙间，草已棵棵伸出头
草一棵棵拥挤在一起

只有大水漫过坝顶
那些兔子才急匆匆跑出来
窜向高处的山坡

那里，也有一片巨大的石头
和茂密的草

老鸦窝坝

四处光秃秃的
这些水
从高山上流下

一直流
到了这里
就像水
倒进了锅里

可这里没有烧水的柴火
水，一直凉着

偶尔传来
老鸦的叫声

也不知道老鸦在哪儿
人们就说
这里，肯定有一个老鸦窝

至少，寂寞中有了声音

光景

燕子飞走了
院落里冷冷清清

出门看见别处的燕子
从天空飞过
天空，冷冷清清

坐在门口
风吹过
心里冷冷清清

鹰

总能看见它
在广阔的天空
形单影只

总能看见它
孤傲地盘旋

或者站在电线杆上
一动不动

每次走过西部戈壁
我都会发问
我看见的
是我曾经看见的那只吗

更多的时候
翻越书写戈壁和草原的文字
我都会期盼
突然间出现
一只鹰

鹰窟

在西部干旱草原上
隔一段
就有一处人工搭建的土塔

不高，也足够丑陋
阳光炙烤着
朔风夹雪
扑打着

但它总能盯住
最细微的风吹草动
猛然间扑上去
抓住它

那些探头探脑的目光
在它如炬的视野中
全部焚毁

人们说，那是鹰窟

是神的巢穴

祁连山下

羊群往回走
山上的夕阳
紧随其后

天，完全黑下来之后
只听见稠密的叫声

它们让一座村庄
热闹起来

最先点亮灯火的
是一处圈舍

这盏灯
一直亮着
黑夜里
像是村庄的眼睛

老军

守着这座山的
是一座城堡

几户人家的炊烟
每天升起来

他们习惯
早晨在城堡四周走一走
在城墙之上看一看

就像从前
他们的先祖
背着大刀
抗了一城的风寒

高高垒起的石头

山里的石头，沿路垒起来
向南来北往的风
问话

山里的石头，隐蔽着
所有的玄机
让过路的人
踩在弦上

现在，这些石头都老了
它们晒着太阳
眯着眼睛
一句话也不说

新河驿

常常会在这里停下
看看一截一截的城墙
拐弯去了荒野

它们像是去追赶
那些渐渐丢失的草
渐渐稀疏的树

后来，我一直沿着它走
遇见了一条河流
那里有一大片的苜蓿地

蓝莹莹的苜蓿花
静静的
城墙，像是饮水食草的马

罗布泊的月亮

那一年，心里装了一颗月亮
后来，所有的夜晚
都亮堂堂的

那一年，一个人坐在帐篷前
喝茶，月色
一点点融入茶中
那一年，把最古老的寂寞
最遥远的风尘
带回来
悄悄一个人品尝

那一年，把自己陈旧的脚步

丢掉，在城市的灯红酒绿中
毅然走开

那一年，我像换了个人似的
重新学习耕种的技术

一块砖

从来没有把它当作孤单的一块
它是一面墙，或者
一座房子

从火焰中走出来
它就再也没有了
自己的声音和面孔

把所有的季节挡在门外
而自己把守着通往大门的
每一座关口

踩它，攀附它
都是一样的平淡
像刚刚喝过的一碗水

沙丘上的芦苇

看见它，就觉得
哪一天它会倒下来

先是在酷烈的阳光下枯萎
然后倒下来

走远了，还是回头看它
觉得，此刻它就会倒下来

咸泉

戈壁上，有一眼泉
每天冒出来的水
大半被阳光舔舐掉
只留下了它穿越地层
带来的矿物质

它一直被阳光所钟爱
双手合十的人
捧着它
就像捧了
明晃晃的阳光

看久了
会刺眼

麦子

在戈壁上开荒
在沙丘下打井

这一年，有麦子黄了
它们挽住浪潮般的夕阳
不肯放手

我坐在沙丘上
一口一口喝着开水
觉得，它像酒一样

醇香
只是，缺少一道
下酒的菜

城池之上

远方，远山
收于眼底

居高临下之威
四面合围之危
都会在顷刻间攻破城门

占领或者败退
回头深深地一望
才记住
那些雉堞、楼宇、高墙……

北部沙漠

我以为，走过芦苇就是沙漠了
后来，还有海子、胡杨林

我以为，远离人境就是沙漠了
后来，还有牧人、羊群和骏马

我以为，陈腐的白骨就是沙漠了
后来，埋掉白骨
却长出一棵梭梭
像白骨一样的身体
挂满嶙峋的绿叶
譬如翡翠

我以为，沙子会淹没阳光
后来，阳光之波从沙漠上流出
温暖了绿洲上
无数个夜晚

沙子泉

埋住的水
忍不住露头

很快，就被暴烈的阳光
压下去了

因而，沙漠里的泉
总是变换着方式
出现在意想不到的地方

那里写着绝望和死亡
但又是绝地重生

昌马一带

水在河谷里漫延
水冲出河谷之后
又在戈壁上漫延

阳光中，马起伏的身影
在深草中时隐时现
像水一样
在河谷里漫延
在戈壁上漫延

只听见一阵阵马啸
像水一样
漫过来

仿佛，在这里
它们是主人

从前

大路上，马车扬起的风尘
像云彩一样
被很多人看见

从前，马车上带来的消息
像鸟儿一样
迅速飞往四面八方

在每一座村庄
白杨树梢缠绕的炊烟
都会降落在
远道而来的马车上

村口的老榆树下
那辆马车走远了
人们还在说着马车上的一切
人们说，所有的马车
都会停留在一座座村庄

野麻

紫莹莹的，在河滩
被风推涌

淡淡的香味，似乎
永无倦意
在河滩上漂泊，抵达最远的村庄

当秋天的收割者
唯独留下它们

那些紫莹莹的颜色
就像云朵
在人们的视野之外
飘荡，像是一群
兴致勃勃的母兽

沙枣园子的冬天

羊群穿行其中，它们觅食树沟里的荒草
沙枣被秋风
一竿子一竿子打下
哗啦啦落满一地
羊群偶尔品尝了沙枣的酸甜
就一发不可收，树沟里就到处都是沙枣核

在没有羊群的时候，有人对着这些沙枣核说
这是谁呀，吃了这么多沙枣

野火

在冬季的原野上
孩子们喜欢在背风的地方
点燃野火

那里往往是干草聚集的地方

再加上一些干树枝以及遗弃的玉米杆
熊熊的火焰能把人的好奇心燃烧到最高值

其实，火一直烧在人们的血管里
它让生活有了热度

冰湖

风清扫着荒草
又从冰面上滑过
尖利的声音
像是磕破了身子

孩子们的笑声
突破着刺骨的寒冷
在那些凄厉的风声中穿行

他们像是笨拙的燕子
低空飞行于冰面
看见他们，就觉得
寒冷已经远去

站在城墙上

站在城墙上，正面山峰上的雪
扑面而来，以前没有感受过它的
生猛，此刻
挟裹着一阵风
它的扑打，坚硬而执着
感觉到是它全部的力量

砖石的高度，似乎也无法阻挡

来自山峰的雪
女儿墙、烽燧、敌楼，所有的建筑
都显得木讷

此刻，历史中的冷
由远及近
伤口的战栗和疼痛的呻吟
传递着

谁会有温暖一座城池的热度呢

在极荒漠地区

沙地，盐碱地，偶尔的一场雨
积攒了一簇草
偶尔的一声大喊
唤起了一阵接一阵的风

一个人的脚印，一瞬间就被
流窜的沙子抹掉
而一个人对一棵草的审视
却刻骨铭心

坐着，躺着，站着
或者不停地走
用各种各样的方式
对一块充满伤疤的土地
说出最用情的怜悯
都是无益的

黑鹰山

山的一切
被风雕琢

慢慢地
它有了羽毛
有了翅膀
有了可以凝视寂寞的眼神

慢慢地
它成为一只鹰
蹲守在无垠的戈壁上
等待永无归期的春天

壁画

以石为墙，以墙为地
种下前世的缘

以黑为底色
画出阳光

扔一根针于大海
然后去打捞
用尽自己的一生和所有
同道者的一生

从不同的石洞里出来
我们还是不是张三李四和王二麻子
如果是，何必多此一举
如果不是，那我们此刻又在哪里

蔬菜

秋天了，蔬菜仍在延续大地的美
白菜的整齐划一
萝卜的粗壮，都让人
充满食欲

一阵风，会在什么时候
为这些蔬菜留下
恰当的定义

等一场霜落下之后
我们就看清了
是一支名叫冬天的笔
又在描画大地

黑河河沿地带

一条河流像一个创始者，自己一次次
脱茧，留下一座座村庄

人们光着脚丫在河岸上玩耍
在河里戏水
河流看着他们，抱着他们
掀起了一簇簇浪花

庄稼蜂拥而起，只有秋天
所有的宁静，聚集为河流的力量
那些饱满的颜色，像不像金子

河流地带，高高的拦河坝
低低的村庄，像是父亲、母亲
领着他的孩子们

沙丘

一片一片的沙丘，高举着芦苇
芦花飞起来
就像沙丘飞起来了一样

兔子、狐狸和青羊
各自占据自己的地盘
它们就像一群
奔跑的芦苇

在沙丘上
只有芦苇
为宁静的生活
站岗、放哨

大墩门

河水过去了
沙子过去了
风却在回旋

风尖叫着
像一群马
守着大墩门

人们看见一座奔跑的烽火台
就说那是大墩门
驮着无数的箭矢
劈开沙漠与河流的鸿沟

让鸟蛋
在寒冷的冬天

孵化羽毛

祁连山下

所有的草，都像羽毛
那些羊
那些马
甚至笨拙的牦牛
归牧的时候
整个山坡
都像是它们的羽毛

阳光下的自由
像溪水一样四处漫流

雪中的牦牛

拱开厚厚的雪，枯草已经
浸润了水分

在那一刻，一片黑
像是一滴墨

一头牦牛，两头
几十头
在草原的宣纸上
泼墨

那一幅画，是流动的
比寒冷，更具冲击力

长城地带

晒太阳的老人，坐在墙根
眯着眼睛
一动不动
像是墙的一部分

很久很久以前
那些墙就这样蹒跚地走到尽头
实在太累了
就坐下来
晒太阳
太阳真好啊
晒着晒着
就不想起来

有鸟儿飞过
扔下一串急促的叫声
恐怕是要下雨了
老人急匆匆站起来
往家走

屯庄

很多夯土庄子都废弃了
从前它们是平原上的地标

很多夯土庄子长满了草
从前，它们是从草上
一层层垒起来的
就像草的一部分
后来，庄子的四周种了麦子
庄子又像是麦子的一面旗帜

后来，麦子黄了
跟庄子一个颜色

几百年了
几千年了
庄子越来越破旧
麦子越来越新鲜

从前

只是说今天的苞谷被阳光晒焦了
只是说，雨迟迟没来

人们的脸越来越黑
他们盼着
天上的云也越来越黑

只是，一天天过去
所有的种子和秧苗
都没有找到潮湿的水气

土地活不成
人只有远走他乡

一年之后回来
呀，全是草
赶回来的羊
钻进去就不见了

看见

看见穿花棉袄的女子

从田埂上走过，看见她的身材
跟苞米杆子一样

看见，她像一朵花
就忍不住去摘

但，她很快就走远了
此刻，田野上跑过一只兔子
那只兔子蹿入了他的心里
狂奔乱跳

他几乎不能自制

红柳

它远离人境
想怎么长就怎么长，只有远离人境
才能这样

所有的枝条挤在一起
身体里的盐和碱
附在叶面
风一吹
落满草地

这样的巡回
让它像一团火
燃烧了一半的旷野

沙子坝

沙子很高，比一座沙丘高

沙子又很低
怎样也埋不住
人的脚印

一直走路的沙子
看见一座村庄
就想跟着村庄的孩子、老人和庄稼
就想成为人们离不开的东西

可人们总是躲避着它
沙子坝上
沙子的眼神
像是一只被关押的狡黠的狐狸

山上的庙

庙一直瞩望着人间烟火
深山之中的荒芜与宁静
并没有种下亲情、爱与未来
一眼泉水的寡淡
往下流，积水为潭

人往庙上走
走着走着，把人间的东西丢掉一半
又回头捡回一些
在高高的塑像下，说出自己的
苦涩
心里似乎一下子
甜多了

红土湾

山坡上，裸露的土
被阳光点燃

其实，那些火
一直都在

其实，那些火
已经烧制好了陶、瓷、铜、铁
它们以各种各样的形器
盛装这个世界

其实，所有的一切
还要回到火
熔炼的核心
已经悄悄聚集了力量

厂房间的烽火台

它已经被厂房包围
除了它
四周全是烟火

它的烟火，反而
早早熄灭

只有它
守住，一小块儿宁静
远处的喧哗
滚滚而来

只有它，显得低矮

从前的高
被此刻的高炉淹没

它现在看见的
是它所不懂的
它心里藏着的
是这个世界早早就抛却了的

葵花

整个秋天，它都在说话
整个秋天，它饱满的身体
储满了
精致的颗粒
像古老的箱子里
压低的存货

整个秋天
大地的金子
在打造项链、耳环、手镯
而它，在记述生活的甜与美
让抽象的概念成为
可以品尝的瓜子

河湾

河拐弯的地方
秋天也拐了个弯

枯黄的草，抹在河湾
像是沉落的夕阳
一直没有退却

那些残垣断壁也是一样
久久站立，久久回望
它们所看见的河流
没有改变冲锋的力度
就像一座城堡丢失的马
一匹一匹
源源不断地回来

看啊，河湾
多么像一个马厩
盛得下更多嘶鸣

敦煌大地

在广大的沙漠中，土地是钻石
它有亮晶晶的绿色
它有夺人眼球的果实
它有足以覆盖田野的形容词
赞美它的胸襟、乳房和奶液

从沙漠上走过，那一眼泉
流进村庄
这个村庄就是神话

从戈壁上走过
怀揣几块石头
这些石头，在胸口
已经滚烫滚烫的了

它不是玉石
会是什么

沙枣东梁

是一个土坡
风吹到坡顶
就又从四面滑下

尘土在坡下堆积
埋掉了
跌落的风

时常有车轮破碎
车轴断裂
它们在沙枣东梁
是命运之轮，再也不能丈量道路
是死亡的黑暗
彻底告别了生命的欢乐

永久的沉寂
只有风
能翻出
沙子中的书

野火

一直记得那像烈马一样的火
从干枯的草丛中
一路奔腾

一直记得那阵阵扑来的温暖
甚至还有点炙烤

整个荒野像是被掀翻
又像是被驱使

有一面红色的旗帜
滚滚向前

我一直记得，有一股力量
把我举起
融入神秘的天空

后来，它们就一直存放于
我的身体
我一直没有将它们点燃

夕阳

荒野就这样捧着夕阳
用连绵的沙丘
无垠的砾石

零星的植物
在静静的荒野
畅饮阳光的甘露

此刻，它们在舞台上
穿行于曼妙的光线
并将这些光线缝制成
眼花缭乱的时装

它们的裙子
也实在太好看了

风滚草

长大了，就被风所有

它的根系
仅存的雨水
也被风
一口口，咂尽

长大了，就随着风
巡游戈壁
让所有的荒芜，都滚过这
春天的草
直到自己消失
也没有忘记
呼喊自己的名字

卤水

走过盐碱地
它就摔倒了

走过重重的坎坷
它自己，就成了
坎坷的一部分

人们看见它
说它是一滩死水

要想活
就得抛开身边的阳光、星光和月光
抛开相遇者的目光
悄悄回到
欢快奔跑的姿势

羊头泉

一只羊，两只羊，很多羊
都消失在戈壁
有人指着天上的云彩
说那是一群羊
正在寻找肥沃的草地

只是，那些雨水
再也没有回来

只是，续命的水
一点点涌出后
还是不见，那一只羊
两只羊
很多羊

也许，它们都在路上
在那些沙丘的后面
不然，泉水中
怎么会有汩汩汩的声音
就像众多羊儿的叫声

火石梁

轻轻地走过去
羊是这样
牛是这样
牧人也是这样

轻轻地咳嗽一声
不说话

在沙丘上坐了一上午的牧人
只是抽烟
烟雾弥漫在沙丘四周
也渐渐弥漫他的脸

他不想让火石梁看见
他擦火柴点烟的那一刻

整个火石梁静悄悄的
就像一堆干柴

弱水

沙子沉底
风沉底
燕子的叫声
沉底

但众多的动物们不经意
抛飞的鸿毛
也要沉底

一座座村庄
一棵棵树
它们，从地层浮出
有戳破天空的势头

与一条河流相比
所有的爱，必须揽入怀抱
所有的珍视，必须
高高举起

黑鹰山

整个戈壁，把自己最广阔的胸肌
给了它

整个戈壁，撕下一块天空
守护它

铁一样的目光
一直盯着
四面的风与风尘

其实，那些风和风尘
从它身上抖落

就像无尽的狂潮
席卷戈壁

胡杨

在戈壁上，只有你
不时擦亮眼睛

在沙丘间，只有你
把沙丘的金黄
俯身捡起
奉送给寂寥的秋天

在人心的荒芜中
只有你，占据了
最葱翠的一页

山口

风鱼贯而入
树叶归于树枝

山上的洞穴，迎风流泪
抹掉眼泪
第一层，就挖出了魏晋
那细微的眼神，飘动的衣袂
泥墙无法禁锢

第二层，是经久不衰的微笑
黄昏的光以及晨光
都被它一一归纳
像是一匹薄薄的绸纱

最后一层，是你我的面容
藏不住私下里的嘀咕
被这无限的宁静所滋养

人，也可以久坐成佛

草场

回来了，夕阳架在高墙的豁口间
那个栅栏在关闭的一刻
太阳也收回了它的帷幔

在帐篷里，茶的芬芳
一点点溢出

草原上看到的
羊群带回来的

都会放在帐篷里

看见了
就想跳舞
就想歌唱

棉花

跌落的阳光，一直没有熄灭
犹如反光的雪

戈壁从四面退去
这一片棉花
戍守着
原野上相拥的挚爱

在奔涌而来的蜃景中
母亲站在田野里
手上的棉花
如浪花般翻滚
一瞬间，眼睛模糊了
那是我们永远不曾丢失的温暖啊

星空

都走了
只有这些
残垣、断壁
只有这些沙丘
只有零星的梭梭、红柳

没有世俗，这里就空了

没有争斗，这里就静了

只剩下我和你
我说，你听
这漫天的星星
只为我们闪耀

我说了很多
你怎么不出声呢
这些
残垣、断壁
这些沙丘
这些梭梭、红柳

双塔

在高岗上，一个塔和另一个塔
一样的高，一样的细长
它们从不同的角度
看到的河流、湖泊、山峰、草原
是一样的

它们，所经受的风寒和酷暑
所坚守的高度
也都是一样的

雅丹

水回头的那一刻
土地回到了戈壁

秋天，在一望无际的阳光中

一片荒芜

种子在沉默中
接受更加漫长的沉默

风穿行在尘土中
没有一行植物
说出曾经见过的春天和夏天

在荒野

为了一场雨的到来
几粒种子
早已翘首期盼

为了一次激烈的相遇
几粒种子
紧紧抱住
潮湿的泥土

在荒野，一个人遥望
只看见
视野里的几棵绿草

它们是坚守者的脚印
所抵达的最远的地方

残迹

从前的土墩，没有了
雨水一年年来

老人说，那些土墩
跟随从前的马队
走了

风里，还有尘土
风里，还有
马叫的声音

有时候，好像看见它回来了
上面站满了
刀枪长矛
后来，在一片月光下
它们就渐渐消失了

沙枣树

此刻，树枝上的沙枣
像一双双
红彤彤的眼睛
盯死了
世间的冷

此刻，风吹草动
都会是一颗沙枣的归属

回到沙枣树下
像头顶了充满荆棘的皇冠
那些沙枣
显得格外醒目

石磨

在沙土里埋着的
在墙角沉默的

在阳光下熟睡的
在月色下苏醒的

在大雪中扬起麦粉的
在暴雨中搓洗身子的

你看着少了磨难的世道
悄悄收起
自己的寂寞

在戈壁

一个人的豪爽，有些是戈壁给的
一个人的小心，是铁和铜磨砺的

一个人的安静，是一棵草给的
一个人的富足，是一块地给的

一个人的自由，是一条溪流给的
一个人的浪漫，是一朵花给的

可是在戈壁，它们不在一起
它们摇晃在
蜃景的中心

山谷

凌乱的石头，可以看出
水的凌厉

往山下走的羊，可以看出
青草的长势

来来回回冲击的风，可以看出
山形的陡峭

站在崖壁上的牧人
一嗓子喊出去
马就从巨石的缝隙中走出来

他看见了更加宽广的草原

草原上

我看见了一朵刺玫花
它在草坡上
高高扬起枝头
有几朵花
开得越来越鲜艳

它能看见远处的帐篷
它能看见奔跑的马

但它还在等着
直到它的花瓣
一片片凋谢

此刻

躺在草地上看云的那个中午
再也没有了

看见的云
再也没有了

沙丘上的芦苇，还在
摇曳着

怎么看，跟从前
都隔着遥远的距离

盐

捞盐的喊声，一直咸
嗓音，就像一粒粒盐
落下来

所有的苦，都被过滤
一袋子一袋子
背负了更多的阳光
又像是阳光的晶粒

被腌制的时辰，如平淡岁月中的
咸菜，吃着，吃着
就到了春天

你看那满地
新鲜的蔬菜

骆驼草

在荒野，它们一路游荡
醒目的绿色
一直提醒奔跑者停下来

只有骆驼，在那浅浅的草窠中
驻足，遥望
只有骆驼，安心地守候
从嫩绿到枯黄，串起了
生的感悟和
死的尊严

沙丘地带

春天的气流回旋着
只有一部分在芦苇间摇荡

春天的阳光飞啊飞
有一部分在沙子上反光

一只兔子探头探脑
在沙地上觅食
又回到自己的巢穴

一头花牛
啃食着沙丘间的碎草
一直没有抬头

此刻，一阵悠长的调子传来
牧羊人唤回了
自己的羊群

搏克手

在阿巴嘎，牛的蹄子把草皮踩坏了
春风一点点修复
搏克手把山扳倒
风，把它们扶起来
推高
半夜的呻吟惊醒了马
有几匹挣脱栅栏
跑了
第二天黎明，它们驮着霞光
又回来了

搏克手的中午，阳光油亮油亮的
每一个动作，都像一块块落地的石头
掷地有声

夜晚的雪，比白昼
更猛烈，让阿巴嘎
像一张白纸

敖包记事

把一块放下，就等于把心思放下
把心思放下
身子就轻了
可以像风一样漂
漂在任何一株草上

锅里咕嘟嘟的羊肋巴
溢出香味
把酒倒上
把奶茶斟满

围着敖包
告诉天，告诉地
告诉祖宗
幸福的欢笑
是草原的节日

套马杆

每一个套马杆上
都缠绕着白毛风

轻轻一甩
它们就是一群奔驰的烈马

如今，在冬牧场的地窝子边
它静静地躺着
雪淹没了它大半个身子

在那个草原如鼓的时刻
套马杆上飞舞的
是草原的魂魄

万物生

只听见哗啦啦的声音
第二天早晨
草长起来了
花盛开了
更多的花蕾
还在等待
物候的絮语

回到夜晚
听见月光一丝丝飘落
淹没在更深的草中

晨曦

崖壁上
鹰巢，有几只雏鹰

霞光从崖壁滑落
那些雏鹰尖叫着
撞向峡谷

又被一阵暴戾的回音提升
这些雏鹰
在一个安静的早晨
获得了天空

回到草原

这些马，并没有挤作一团
它们三两成群
各自回到幽静的处所

可以看出
它们是开心的一对

另一对，也是

我远远地观察着
那些草
那些花

那些溪流
似乎都是情谊的装饰物

奔驰的马
停下来
侍弄自己的新房

丰年

水一直流
远处的草，越来越绿了

风一直吹
人们的想法写在经幡上
由它告诉天、地

羊群从深草里出来
骏马赶着随风波动的草
像一幅油画

好日子

天气暖和了
鲜艳的裙子
照亮草原

溪流上漂着的雪屑
一瞬间就变成了浪花

人们走出帐篷
灶头里的牛粪
有无数

火辣辣的眼神

一壶酒
让整个草原从雪山上回来
重新领有
草窠上飘荡的阳光

山上

层层叠叠的洞
早晨，是霞光
中午，是刺眼的阳光和阴影
下午，有一部分夕阳
涂抹在墙上
古旧的壁画
洗浴一新

一些洞，很久没有人迹
另一些洞，人进去看看
又出来
带走了那些年代的手工

我看见那些与信仰有关的爱怜
像一双手臂
抱住我
温暖了我
就消失了

枣树

有几颗枣
在风中摇晃

眼看就要掉下来

一个下午，我在雪地里晒太阳
光秃秃的枣树上
那几颗枣
像凝固的夕阳

我离开的时候
它们还在

夜晚风大
呼呼作响
我想，它们大概被风吹走了

泉

山间的泉水
汇入山谷

它一点点长高
草尖上闪耀着阳光

它一点点粗粝
风中哗啦啦作响

那些枝条上的叶子
越来越密
几乎覆盖了
狭窄的山谷

看不见水
但很多人都说
多旺的泉水啊

挖石头的人

石头在石头之下
找见那个能够跟你说话的一块

你一直说话
河滩里的风
知道你的心思
一场雨，把你的汗
从脊梁上
刷下来
一场雪，把所有的石头
都变成你希望的样子

这样的日子
你一直在做梦

人在梦里
所有的石头都是玉

人在梦里
真好

古城

一个人去了古城，一地瓦砾
让我辨认
曾经的风、雨、雪

我在它们中间
呼喊熟悉的故人
他们的马都在
他们的衣服和书案也在

他们却不在

古城背后的山峦
叠嶂
多像他们骑马的样子

废墟中的柳树

它像一个披头散发的女人
细嫩的枝条在沙丘绽放

它的枝条，稠密而茂盛
在阳光炽烈的夏天
坐定春天的位置

有人试探过
它硕大的根系，可能深入地下十多米
比一座沙丘更粗壮

一棵树，是一片废墟的语言
它的底气
是金碧辉煌的宫殿

梭梭

原来是一棵，现在
它们挤作一团

凄厉的风窜入
削掉了它的锋芒

梭梭成林，像是绿洲上的

某一片森林
戈壁的残忍，一下子抛远

看着看着
想起了戈壁上放羊的母亲

眼睛湿润了
眼前的梭梭
模糊了

苁蓉

像一条游蛇
在沙土中沉湎

错过春天
蹚过夏天的火

只有在大雪飘飞的季节
它才能完成生命的轮回
成为植物中
健壮的少年

看见它
戈壁上强劲的风
绕过矗立的梭梭
吹向沙丘

从前

从前的窗台，被秋风吹破的
那盆菊花

早早枯萎

海拔像一棵树
一层层丢掉
多余的枝叶

海拔更像一个梯子
爬上去
还能看见
去年冬天的雪

从窗台上看出去
一个人的昨天、今天和未来
像山坡上的草
在风中跌打
一瞬间就黄了

西湖

在戈壁上，向西的绝境
有一片湖泊，叫西湖

鸟儿们的天堂
它们叽叽喳喳
在水面上划出一条条弧线

所有的植物，都集中在水边
簇拥着这珍贵的湖

一个西行者
跪倒在西湖边
说，这是上帝之湖

但此刻，它确确实实
飘荡在辽阔的戈壁上

祁连山下

牛粪块越堆越高
风吹黄了草叶
冬天来了

第一场雪，在牛粪火的舔舐下
在帐篷边一点点
滴落
暖棚里，绵羊的叫声
阴湿而寒冷

从夏牧场回来
那条曲曲弯弯的幽径
被后来的几场雪藏起来

山上的棱角被雪抹平
草原上的沟壑
也是

戈壁上的羊群

它们一点点前移
向更深的戈壁

黑色的砾石上
它们是积攒的阳光

一棵小小的草

一团小小的草
它们拾捡着
像捡到了金币

戈壁上的羊群
在泉水的四周
咩咩地叫着

它们的金币
全都奉献给了
明媚的黄昏

那个冬天

风呼呼地吹着
背风的渠沟里却填满了阳光

我记得那个在渠沟里冥想的正午
闭上眼睛
就能看到楼阁与美食

后来，燃烧的柴火
被一阵风吹灭
似乎还夹杂了
残留的雪屑

那个冬天
一个消瘦的村庄
存留了一个壮硕的梦

梨园

叶子金黄，也带有部分的深红
一切都安静了下来
包括地上的昆虫
也急急忙忙押运过冬的粮草

走进去，这深红，这金黄
像是曾经的珍藏
此刻，都一点点展露

其实，它们一直为丰收后的梨园
所拥有

初冬：南戈壁

风在吹，从山顶上
拍打所有的石头

一直是这样，风在石头上
呼啸
像是一句证词，为戈壁的寂寞
留下一往无前的声音

我不想加入这样的声音
我的亲人，已经有几个
埋在南戈壁
我想让他们
独自拥有
戈壁的宁静

我用单薄的身体
挡住风

不让它一点点削平
高耸的土包

悬泉

从头顶上
一滴一滴掉下来的水

很多人，扬着头
把干渴驱散

骑马者，持戟者
横刀者，赶着火一样的风
把山顶上的水
团团围住

我一直不了解他们的吃穿用度
这些泉水
用什么样的方式
养活他们

他们还是出发了
把一眼泉的名声
传得很远很远

此刻，他们都抬着头
像被泉水滋润

棉花

已经有雪了
棉花的白和雪

混杂着

初冬的太阳
白花花的，但已十分微弱
但棉花，却能用一整片的温暖
把人心里的雪
悄悄融化

在这个黄昏
在静悄悄的绿洲
我愿做一个摘棉花的人

暴雪

雪，一直拍打着帐篷
一夜的拍打声
终于停了

早晨，帐篷只是雪野中的小岛
经幡，是一顶桅杆

雪山通透，草原茫然
羊群，像漂在雪上的冰块

一切都在等待
让阳光融化
草上的雪
山上的雪
心里的雪

在戈壁

所有的爱都无处附着
等待，是一股尘土
吹到哪里，就是哪里

只是，一两棵骆驼草
一树红柳
就足以支撑起
辽阔的天空

在戈壁上行走
所有的力量
都来自它们

空旷的果园

收获之后的果园，归我所有
每次，我都会像一个国王
把金黄树叶，当作我的金子
把簇拥的小草，当作我的士兵

偶尔，树枝间
暴露熟透的梨
我会想方设法，摘到它

整个果园，果木密匝
树叶蔽日
色彩繁杂而辉煌
如同一个宫殿

一切都静悄悄的
包括这安静

也为我所有

黑河某地：听风

只是觉得距离一条河流越近
就会有璀璨的色谱
但，这里
是单色调的

只是一味的黄，是那种
带有阳光底色的黄
甚至超越阳光本身

只是，风卷残云
雨水稠密
河水激流

那些叶片却一直坚守到冬季
风在鸟翼上打滑
一些干枯的树枝折断
声音异常响亮

在河流的一侧
听风，风是一条鞭子
赶着季节的老牛
身上背满了玉米、谷子和高粱

看见

走到哪里，都能看见
尤其是坐在草坡上

看着，看着
他就在眼前
拥着你的脸颊
亲你

你羞涩地扭头
发现四周空无一人
但你仍然知道
他很快就会到来
拥你，亲你

你趴在草丛里
嗅着无数的杂花
就像在他的怀里
数夜晚的星星

那么多的星星
都在你的眼睛里

岔道口

怎么走
才能找见那眼泉

怎么走
才能遇见一群牛羊
一顶帐篷

怎么走
才能走进你的帐篷

怎么走
才能走进你的眼神

让我的手臂
像一坡野花一样
把你团团围住

高高的山上

四周是荒地
高高的山上，是雪

一匹马在寻找泉水
它会不会碰见背水的姑娘

一匹骆驼在戈壁上寻找骆驼草
它会不会遇见
欢乐之海那达慕

高高的山上
一个人的目光可以很远
也没有一匹马和一匹骆驼的
幸福和幸运

路上的人

一个向东，一个向西
正好遇见了

老远就相互看见了黑影
两个人的步伐明显加快

面对面，却哽咽了
只是摆着手势

相向而过
突然间泪如泉涌

趴在地下
相互听见了
号啕大哭的声音

走马岭

从草原，到高高的云端
马走过去了

从高高的云端，到残雪滴沥的马厩
马回来了

那个牵马的人
悠长调子的后半句
从高崖上跌落

那盏黄泥小屋里的油灯
一直亮着
走夜路的人都知道
那是走马岭的月亮

风

烟火烧起来
催促，五里以外，三十里以外
同样紧张地铺柴，点火

寂静的戈壁，其实是
一面鼓，多少马蹄擂响它

又有多少剑戟戳破它

烽燧墩台，一路奔向城堡
所有的风，都挟裹着
如雨的箭矢
击碎，春天的种子

还好，从罗布麻上吹来的风
有丝丝缕缕的清香

那一阵狗叫

月色敲门
也会惊起一阵狗叫

那一年，罗布泊一带挖金子的人
回来了

一路上，嘴里念叨的
心里想的
都在脚下
腾起一片一片的灰尘

褡裢中漏出的光
跟月光一样
沉甸甸的
放在炕桌上

一屋子的眼睛
都亮了

麦场

在麦场上看星星
星星一粒一粒
是天空的麦子

一堆又一堆的麦子
在场上晾晒着
一家人碾场、扬场
麦香，随风而去
丰收之后的夜晚
每家每户，都向月亮
献上了白馍

那个晚上，我抱着一堆麦子
入梦，母亲说
我是年画里的那个
胖娃娃

屯堡

烟火气，还留在墙上
生长中的植物：杂草、柳树、杨树、榆树
饱满的粮食：麦子、苞谷、高粱
从四季
从田野上
回到屯堡
它们已经是活蹦乱跳的鸣叫
已经是源源不断的芬芳

如今，它们再也没有回来
他们的子孙再也没有回来

一场雪，一场雨
它们的寂寞
遥遥无期

老杏树

几个老人坐在树下
他们是栽树的人
他们说着杏树之外
杏子之外的事情

他们的神情中
所透露的甜蜜
就像一簇簇杏子
挂在枝头

后来人们摘着杏子
在杏树下有说有笑

再后来，杏子掉在地上
无人拾捡
聚集了一地的麻雀

风吹杏树，哗啦啦的声音
就像一群又一群的人
又回来了

苜蓿

在戈壁的前沿
有一片蓝莹莹的苜蓿

所有的马
都要停下来

风中的苜蓿
像栖息了很多鸟儿
那些蓝莹莹的花
似乎很快就要飞走

风中的马
驮着一地苜蓿
越跑越快
越跑越远

青稞地

半山坡上，几把枯草
掩埋了春风

但有一束青稞
顽强地爬起来
像一头幼兽
逐渐站直身子

它的怒吼
就是它播下了种子

满山坡的夕阳
为它沉甸甸的头颅加冕

当走遍天涯的牧草
重新回来
它们的领地
已被青稞独占

山坳

突然间的开阔
像拉开的一道天幕

星光流泻
而月色在发酵

在那一道土墙上
长满了葵花

村庄的宁静
不仅仅属于夜晚

在庄稼拔节的喧嚣中
它仍然酣睡如婴孩

黎明之光
像是一块琥珀
装在村庄的油脂里

野花

不知名的花，它们
像一群孩子
叽叽喳喳地说话

不知名的野花
是荒野的裙子
连荒野自己也不清楚
它有多美

不知名的野花

在情窦初开的少年的眼中
它已经拥有了一个
春天和几万个春天

美，永远在不知名的地方
隐藏着自己的名字

戈壁上的夜晚

一个人只有星星、月亮和大地
只要普照的光
和身边的微光

一个人的寂寞和喧哗
都在一起了
一个人的富有和贫穷
都在一起了

此刻
一个人的身体
像一朵花一样舒展
像一条虫子一样蜷曲

戈壁的夜晚
全世界的黑和亮
轮番交替着

大草原上

是谁的手把浓雾拨开
是揭开帐篷门帘的那只手吗

是谁的肩膀扛起了高高山坡上的雪
是码了草垛的勒勒车吗

是谁的脚步把源源不断的云彩打包
是那一场湿透草根的雨吗

大草原上，时序如水
渐渐漫过了
春夏秋冬的门槛

河的臂弯

河的臂弯
聚散的黎明和黄昏
把一丛丛芦苇
引到了荒野的深处

河的臂弯
隐藏的霞光和夕阳
一次次嬗变
像一块硕大的绸子
铺在戈壁的前沿

河的臂弯
有一群野羊
像河的孩子
每天奔跑着隐入
夜晚的尘埃

夕阳

一座帐篷和另一座帐篷

一条河流和另一条河流
那些柔润的光
把它们拉近了

一匹马和另一匹马
一群羊的咩叫
分清了其中的山羊和绵羊
它们同时走进了栅栏

所有的牧草开始慵懒
泉水被吮吸
那些绸子一样的光
把它们盖住了

狗，拼命地叫
骑手回来了
拉水的木轮车
停在帐篷前

过祁连山

横过祁连山的那只鹰
留在一个无名的山头了

只有吹过山前的风
仍在吹着山后的榆树

正是初冬，第一场雪没有融化
第二场雪又盖在上面
听说还下过好几场雪
好像，整个山谷
一直都有雪

牧人们在阳坡上支起帐篷
而牦牛、绵羊散布在各处
星星点点的黑色、灰色
在雪地上
拼画了鲜艳的图画

阳光正浓
与洁白的雪互动
有一种强烈的感觉
春天快来了

在敦煌沙漠上

四周是沙子，比围墙高
四周是风，蜷曲在一望无际的
根、茎、叶、果上
惠风带香

四周是红柳、梭梭、白杨
黄泥小屋的炊烟
一圈圈，拴住了
敦煌的春天

在更广阔的戈壁
牧人拥有了
一眼眼水汽旺盛的泉

敦煌沙漠上
夕阳和晨光
不断涌出
一波一波的金子

田野上的父亲

新店台的早晨
一直有一个背影
他的正面
被茂密的庄稼和草掩盖

新店台的黄昏
一直有一个剪影
他的特写
是一捆青草
在他的脊背上颠簸

新店台的夜晚
一直有一颗星明明灭灭
那是一杆纸烟
它抽着父亲
最闪亮的一面
和最灰暗的一面

在新店台
人生的况味
父亲把它走成了
门前的小路

一滴一滴的水

从崖上，一滴一滴的水
跌落

它们的勇猛，唤醒了
崖下羸弱的根

一条小溪，左突右突
没有路的地方，把坎坷填平
让种子走出暗夜的困局

看啊，野草的聚集
它们的口号，冲向了
所有的荒芜

打头阵的
是那一滴一滴的水

九眼泉

所有的墙，都向着它
所有的墙，阻挡如风的渴望

而它，是一个多棱镜
一点一点聚集阳光
波光粼粼的刀子
打通了黑夜的隧道

而它，灌注于瘦弱的芦苇
让芨芨草有铁一样的身躯
用它们，填补墙的缺漏

九眼泉，这样的眼睛
是与星空，是与闪烁的星
相对应的神祇

溪流的边上

浣纱者的裙裾

是那流水之上的波纹
或从更远的戈壁
吸纳了蜃景的线条

是这晨光
晕染了砾石的欲望
那尖利的刺
变得圆润

是这哗啦啦的细响
为寂寞的时光
演奏了
爱与欢乐的圆舞曲

石头册页

这些凝固的旧时光，类似于苔藓
一场大雨，它们就会扩大自己的地盘
一些已经坚固的部分，继续加固
而流失的部分，又占据了新的领地

那些在阳光下奔跑的羚羊、兔子、马匹、骆驼
以及狼、虫、虎、豹
在宁静的夜晚
各自抱住一团温柔的月光

那些风声，从石头上直冲而下
撵着稠密的草，一路飘摇
在荒野上，它们又集体成为石头

那些雪，一直下，一直飘
像一个世纪的光，在聚散，在融化
在寻找自己的诗句和世界

一切孕育着新生，一切又面临死亡

看着它们，来时的路
越来越清晰了
未来的方向，却更加模糊

初冬

枯竭的枝条，像一团凝固的火
仍然寒冷异常，路上的尘土
飘起来，又落下
重复着单调的节律，像艰难前行的土拨鼠

如果，一个人的上辈子
走过一片冬天的树林
那么，那一层薄薄的雪，会被他带回来世
如果有来世，那场雪
必定铺天盖地

那只兔子

突然间，一块石头
飞奔而去
广阔的戈壁
激起涟漪般的惊讶

突然间，那丛草
聚焦于酷烈的阳光下
像一滴水，像一滴滴水
滴在张大嘴巴的砾石上

我目视那飞奔的石头

看清了，它是一只兔子
它的三窟在哪里
它的狡黠
在空荡荡的戈壁
一览无余

两只燕子

一只燕子，飞过了城墙
另一只燕子，还在路上

一只燕子，站在城墙上
另一只燕子，翅膀折断，看着城墙

一只燕子，啾啾啾地叫，眼泪汪汪
另一只燕子，不停地应和
一声声撞击着石头和戈壁，声声泣血

一只燕子，被黑夜淹没
另一只燕子，像微弱的星盏
城墙上，它们一直都在

左公杨

苦难的襁褓里遗落了一粒种子
它哇哇哭一阵，就擦净了眼泪

身上是风
身上是沙
身上是雪
就这样，它一点点长大了

脸上全是皱纹
它看见的人
它经历的事
都像一朵浮云一样飘过
就这样，它一点点老了

就这样，我们看见了它
树叶哗啦啦响
像是在说
来了，坐下
乘凉

西望

多少云，化作了雨水
多少雨水，化作了石头
多少石头，化作了风

风吹石头跑
像匆忙赶路的人

各自回到故乡

车辙

夕阳的上半部分
是裙裾
下半部分
却是围巾

走完了黄昏
一辆车

彻底歇息了
它深深的辙印
像是一声声叹息

写进了道路的
年轮

雪山之下

只有奔跑的阳光
能够拾捡这细碎的种子

只有从巅峰突袭的风
才能唤醒严寒之后的草场

当它们一次次睁开眼睛
当它们在泉水中看清
自己的身子

当它们跟在羊群后面
卸下蹄甲里的种子
帐篷里的歌声和器乐
像草丛里飞起了一千只鸣啭的百灵

号子

一声声在沙丘上颠簸
一声声
穿云裂帛

走在最前面的那个
长长地喊了一声

后面的开始应和
众多的声音
合成一个声音
像一股一股力量的集合

一匹骆驼
脚趾重重地踩向沙漠
所有的骆驼
亦向着远方昂首

它们的号子
已经唱响，穿越起伏的沙漠
抵达春天的村庄

白杨树

它们集合在一起，踮着脚
看远处的戈壁

其实，它们是被一条溪流
带到这里的

其实，它们一直在戈壁上流浪
像一丛风滚草

站直了，长高了
它们才知道
它们只有像一条河流
才能把脚下的小溪
带到远方

母亲

母亲一直说，杏子熟了
一直说，桃子熟了
一直说，枣也红了

母亲说着说着
就停顿了下来
像被那些杏子、桃子、枣
卡住了嗓子

我也是
哽咽中
我已经差不多忘记故乡的
滋味了

悬泉记

1

高处的水
有自己的流向

它或许是一缕星光
由上而下
充盈所有的阴暗
更可能是期盼的眼神
永远占据
理想的制高点

每一个遇到它的人
都填补了
人生的一段奇迹

2

从前的马，都在这里集合
像这一汪水
安静、明了、澄澈

从前的马，把琐碎的事情
把一年四季的草料
把蹄子下面的路
都封存在秘密的信札里
就像密密麻麻的石子
看起来普通
却藏着几千年的哭泣与欢笑

俯首倾听
石缝间
有哗啦啦的声响

从前的那些马
整装待发
就像这一丛芦苇
有飞翔的长势

3

只因那些水
脚步越来越快了
坑坑洼洼的路
被急切的思念
一点点抹平

所有的人
在酷烈的阳光中
呼啦啦燃烧自己

所有的人
在刺骨的北风中
像刀子，刮尽身上的沙尘
和赘肉

前方，冰与火
构建了一个
晶莹剔透、光焰万丈的
敦煌

4

只有在这里
在一滴滴水的陪伴下
深沉的夜晚，才会有一个
脱胎换骨的梦

只有在这里
可以兑现一个又一个
崭新的黎明，可以让
贫瘠的衣兜
装满五彩的晨光

包袱里的锦缎
越来越美

5

见字如面
字像跳动的月光
握住、抱住，却空空如也

木头会朽掉
它们是这些文字的骨头

任何时候
都会唤起你的血性

慷慨激昂的那一段人生
绝对是在这里度过的

6

高处的水
悬着
我们未了的心愿

山顶上的云

像一条河流
从山上漫下

像一条丝带
缠绕在山腰

像一场雨
淋湿所有的灌木和草

当人们一次次沐浴
这潮湿的阳光
抬头看见
山顶上的云
还在

归牧

从黑松林的豁口

从河流的对岸
夕阳，夺路而出

在颠簸的羊脊背上
那些跳跃的霞光
就像草丛中隐藏的
野草莓

此刻，在羊群的咩叫声中
黑夜，正悄悄向河流的方向
泅渡

几只麻雀

在戈壁上，落下
啾啾啾的叫声
一次次落下
那叫声
像细密的雨

在戈壁上，终于看见了
它们是麻雀
它们渐行渐远
目能所及的地方
是一座葡萄园

溪流

冲开戈壁上的盐碱
那些蒿草一直跟着
一丛丛芦苇
爬到了沙山上

哗啦啦的声音
到哪里
哪里就是
再生与复活

源源不断的水
弥漫开来
像翻滚的油彩
冲在最前面的水
则是一支恣意挥毫的画笔

断壁

一截断壁，打断了
风的絮语
瞭望的柳树
吹碎了自己的叶子

碎石飘浮在半空
来了，又走了
所有的团聚
似乎都在柳色的新旧中
轮回

树梢间梳理的风
踉踉跄跄，像一个拄杖的老人
渐渐走远
身影融入茫茫的沙雾

后来，万里晴空
向西的人
再也没有回来

碱泉子

阳光举起自己的杯子
盛水，如果这只杯子
是一片草叶
神秘的雨水
也只有浅浅的一杯

涌过来的绿色的风
争相啜饮

其他流逝的风
渐渐聚拢
而那些聚拢的春天
又悄悄散开

我们看见
一眼泉水
集中了大地上的翡翠
把它们撒在戈壁上

破城子

晨钟暮鼓早已噤声
那些该来的早晨
及时地来了
该来的夜晚
也有一块漆黑的幕布
盖在自己残破的身子上

有多少双眼睛
就有多少灿烂的霞光

地窖里的粮食
把一场大雨
酿成了酒
一地破碎的瓷片
仍有醇香的酒渍

风在草丛中打旋
枯干的草叶
从城墙的豁口飘过
似乎刚刚冲进来一批
兴高采烈的占领者

废城

在还没有落尽的尘埃中
有一些尘埃像亮晶晶的眼神

它们守着北斗七星撒下的宁静
又用一声嘹亮的鸡鸣
打开每家每户的窗栏

当一场雪打断了刺耳的咳嗽
这座城，就更加沉默了
高高低低的断墙
梳理着阳光、月光和星光
让那些不曾闭眼的人
有长久的睡眠

嘉峪关下

在夕阳的堆垒中
取出火栗的手

又重新打造了土坯

一炉火
一直在他的胸中
燃烧，直到
那些砖，像匕首一样
发着蓝光

黑暗的黑，一点点积累
举高单薄的檐角
孤冷的星星
送别着进进出出的人

衣衫褴褛的人
赶马车的人
在沙子中埋伏的人
闪过的剑
飞过的矢
热的血
染红天空

每一块石条
每一个垛口
风、花、雪、月中的面容
都有喜悦和悲伤的啜泣

在花海

一直把最好的春天留在那里
一直把风和日丽的时光留在那里
一直把坐下来喝杯茶的桌子
留在那里

一直没有抵达花丛中
隐秘的蕊

就像一瓶酒
加持了美与蜜的勾兑
愈加醇香

白杨河

去一座安静的村庄
去饮水的河坝
去热闹的娶亲宴席
去呜咽的送葬队伍

沙丘堆垒的荒野
被它悄悄开垦
沙枣树投下的阴影
全部是沙枣花的香味和沙枣的蜜饯
梭梭柴的苍穹之下
仅有的腐殖土
却是再生的动力

那些白杨树越长越高
像一条河流
攀上了纤细的树梢

黄昏

那些羊，拾捡着
草地上的夕阳

那些羊，像是夕阳乐谱中的

音符
奏响山川和草原的
音乐

牧羊人甩动着鞭子
像是一个潇洒的指挥者

残雪处处
看见它们
就觉得
春天已经来了

暮归

一群羊,在山麓踯躅
一览无余的草原
看不见围栏和暖棚

夕阳沉落
似乎山顶上的雪
都铺在了
羊的脊背上
牧人的羊皮袄
也像一团
晃动的雪

天气渐冷
寒风刺骨
火车走远了
那群羊和牧人
是否找到了
避风的港湾

大草原

还有一些雪没化
还有一群毛驴在觅食
还有独行的牦牛
占着一座山岗

而背风的山坡上
一栋玻璃房反射着夕阳
像玛尼堆上的彩绸

门口的小轿车
围栏里的羊
或许它们一下子就
有了可以啃食的春天
或者，它们像歇息的爬虫
等待着阳光的问候

记忆中的草原
迅速退去

缓坡

山顶上是雪
接下来是山岗和沟壑
接下来，青草撒下来
颜色越来越重

一群羊和另一群羊，身上
分别涂着黄色和红色
像一块块绸缎
在绿色的草原上
飘移，又恰似鲜艳的旗帜

让寂寞的草原像酒一样
温暖而热烈

无论从哪个方向看
这些移动的花
都比春天本身更绚烂

山口

有一匹骆驼，穿过山口
它漫不经心地占有了
山口一侧的大片草滩

它以极缓慢的速度
追赶着零星的草
半晌之后
再次经过山口的人
惊讶那匹骆驼
还在原地

更多的时候
一匹骆驼的悠闲
让所有看见它的人
心生羡慕

眺望

其实，一个人的疆域
一点点在心中拓展

在戈壁，平坦的道路
其实有很多内心的陷阱

在沙漠，柔软的
其实是最坚硬的

在高山，所有的高度
都低于人的视野

当微风吹拂
内心的郁结随之散开

看啊，无限江山
在荒野的一朵小花之上绽放

高高的山岗上

那里有一群羊在爬坡
山岗上的草，似乎更加稀少

那里有嶙峋的石头，像暴怒的
猛兽，似乎一不留神就会
扑下来

那里有清风明月
有傲寒的雪莲

一群山羊爬上去干吗

杏花

杏花在麦地里
像一棵杏树

杏树的花棉袄

在雪地里
像春天的杏花

在那个寒风刺骨的日子
杏花出嫁了
花轿从村头走过
喜庆的锣鼓一直
敲了一个上午

从那以后
杏花盛开的时候
再也没看见过杏花

酒

从戈壁回来的人
远远看见白杨树上缠绕的炊烟
远远看见拖拉机、摩托车、小轿车
出入村庄
就忍不住掏出怀里的
酒瓶，猛烈地晃动
却没有一丝声响
仅剩的一口酒
在半路上
就喝干了

此刻，他却烂醉如泥
匍匐于地
原来，故乡就是一瓶
醇香的酒啊

油菜花

先是绿了
区别于四周遒劲的牧草

她的绿，纤细而柔弱
阳光被她包裹，然后迅速反射
如同一个虚拟的景致
绝非人间所有

后来，突然有一天
她捧出深藏已久的黄金
让草原，成为一座宫殿

许多次，看见她
我都觉得
她，不是油菜花

黄泥堡

白白的碱，有时候飘起来
有时候，落在地上
落在地上的更多
到处都是白花花的

风卷残云，也卷起地上的碱

一群羊，绕过沙丘
在红柳丛中
聚集在一起

我记住了这个地方
黄泥鳞次栉比，像一座城堡

左公柳

那些树，都在
戈壁上粗粝的风，也在
那个把戈壁装扮得像翡翠一样的
春天，也在

只是，那些人走远了
就再也没有回来
只是，那个在沙丘上
插下马鞭的人
把春天像马一样
赶回故土的人
被历史的尘埃一点点淹没

那些树不甘心
它们挺立起一个个春天
使一个人
成为岁月的雕塑

酒泉

有没有这样的水
在浑浊的沙尘中
甘甜如饴

有没有这样的水
从戈壁最荒芜的砾石中
喷涌而出，每一朵浪花
都是完美的诗句

当我看见酒泉，我相信了
这世间醉人的醇香

都来自平凡的泉水

双泉

它们汩汩而流
这儿，那儿

不在乎相伴的旅程有多远
不在乎身边有多少草木相拥

只是，绿色越来越远
它们一步步追过去
从山麓到平原
筋疲力尽的身影
像一棵摇摇摆摆的树

两眼泉，牵着手
逼平了大地上飞速奔跑的
春天

榆林河上的雪

只有河谷，夏天的水
走远了

只有雪，没有被风带走的雪
躲在河谷的背风处
像等待写字的信笺
似乎，有一点点思念
需要写上去

在榆林河，香火的香

淡淡的，参拜者的虔诚
却像一片厚重的云
随时会落下
淋漓的雪

塔

几座塔，细数
是五座

有一座圆形的巨塔
有几座小塔，依次排列
像行走在荒野中的一家人
互相照看，互相掖住衣襟

它们身上的油彩，大部分剥落
露出泥皮、草筋和砖石

它们五个，守着戈壁的酷暑与严寒
像坚定的哨兵
使这座废弃的城堡
如同一个旧宫殿

草原上的树

偌大的草原上
只有一棵树

牧人说，曾经
它是一眼泉

寺庙里的喇嘛说

它是流浪者的拐棍

也许，它是风中的一颗种子
悄悄落下
与小草模样无二
却在一场场雨雪中
脱颖而出

这么高的树
没有一只鸟儿
也没有一个牧人
在树下乘凉

芦苇

水中的芦苇
河流中的芦苇
像是荒野中
巨人的头发

荒野中，一座大山
是站起来的巨人
而一条河流
是匍匐的巨人

在耕种者的眼中
只有一场酣畅淋漓的雨
能够洗净它们头发里的尘埃

长城上的雪

烈焰中飞出的雪

每一粒
都如同箭矢的种子

烽烟中飘落的雪
每一粒
都有亲人倒下的消息

而城墙上的雪
静静地躺着
就像熟睡的婴儿
抱住一座庞大的城池
吮吸和平的奶液

骆驼城一带

葵花把更多的阳光转化为
亮晶晶的黄
与黄土垒高的墙相映成趣

这一带羊群渐渐增多
在收割后的麦田
在低洼的草滩
羊儿们埋头吃草
牧人时不时呼喊几声

城墙的里面和外面
都静悄悄的
没有一匹马
也没有一头骆驼

擂石

它们静静地聚在一起
没有了从前的呐喊声和啜泣声
它们像一堆煤球
等待着火炉和冬天

雪，一点点覆盖了
它们的冲动
雨，清洗了
它们的伤痕

偶尔有杂草
从它们的缝隙间伸出脑袋
春天的每一寸时光
都很美好

骆驼草

只有在戈壁
只有在最酷热的夏天
只有遇见三三两两的骆驼
它们才肯把自己
郁郁葱葱的样子
展现给清澈的雨水

时隔几个月
它们在急切的等待中
几经憔悴
枯萎的身材
被一阵风吹散

但它们还会在另一场雨中

英姿勃发
找到更多的骆驼

黄花

荒芜的原野
捧起一场雨
这些黄花
开了

在暴烈的阳光下
它们仍然像一滴滴雨一样
水灵灵的

在焦渴的砂石上
它们的水源枯竭了
早已没有了生命的体征
却还像一朵花一样
惊艳的黄色
像一盏盏灯泡

乌鞘岭上的长城

向西的风
都在这里驻留

向西的雪，都把自己举高
举到乌鞘岭上

向西的马
把一声声凄厉的嘶鸣
丢在石头的缝隙间

几十年、几百年、几千年
这些石头
仿佛羁押了无数匹
奔腾的骏马

乌鞘岭上的长城
看见了这一切

峡谷

一定是有过撕心裂肺的呐喊
一定是有过海枯石烂的分别

这里，每一条裂隙
都储满了
老鹰的叫声
细弱的流水的哗哗声
一直顺着峭壁
一点点攀爬
岸上的春天
一直都在路上
一只鸟儿在峡谷饮水
却在意外的干渴中
折断了翅膀

一切都不说了
你看看我的
皮开肉绽的伤口

裸子植物

小小的一株，方圆几十里内

只有它，独立于
那些匍匐的植物

那一次，和一个植物工程师
走遍了极荒漠地区的无数个监测点
找到它的时候
已是黄昏时刻

工程师绯红的面孔，因激动
而更加绯红
他大声对一株植物说话
仿佛我也是一株植物
这样的情绪持续了十几分钟
直到他拍照、采集标本、坐标打点都完成之后
才憨笑地对我说

"这是植物界的黄金，
被我找到了"

夕阳下，他高大的身材
比一株裸子植物
更骄傲

山顶上的烽火台

总觉得被一种穿透力很强的目光所注视
总觉得一不小心就会被一张网罩住
总觉得对面山坳会突然发出一枚响箭
刺入麻木的土层

一个夏天没下一滴雨
种子在耀眼的阳光中熟睡
哪怕是利剑

也无法唤醒它

但是，只要稍稍抬头
就能看见它坚定的眼神
仿佛在说，等待不会落空

果不其然，在一场大雨中
只有它，淋湿了
其余的，都在畅饮

赤金

往往杂乱的石头
会埋住阳光
而坚硬的石层
却能留下夕阳

金黄的，不只是葵花
麦子，小米
还有睡梦中的笑
还有这石头里的霞光

蘑菇滩

一望无际的盐碱地
阳光，曲曲弯弯地奔跑

一望无际的沙丘
几丛芦苇，刷新了
一场雪的前锋

蘑菇滩，那些蘑菇呢

很多人都心存疑惑
只有牧人坐在高高的草坡上

疑虑

坐在一座沙丘
看远处的蜃景

背靠着村庄
心里的楼宇、殿堂
都在

有时候，走远了
村庄看不见了

一切都似乎
那么模糊
前方的路
都似乎只有
石砾和沙子

只有戈壁

没有墙，没有树木
没有路
规定好了的
在这里，都被一一抹掉

没有谩骂，没有埋怨
没有小心翼翼的讨好
设计好了的
在这里，都被风吹走

你想大喊几声，就大喊几声
你想说什么，就说什么
你想躺着，坐着
随便

当想起这里是戈壁的时候
人生又回到了
原来的位置

痕迹

有一行小小的脚印
在两面墙的夹角
印在雪上

没有风
阳光反射在雪上
雪更白
脚印更深

几十年了
那些雪，那些阳光
都在

再回到那个地方
一切都反而
模糊不清

罗布麻

跻身于杂草之中
分辨不出它的韧劲

据说它的纤维
可以追赶一匹奔跑的骆驼
甚至马

据说，它抽打过的风
都像一把利剑
直接冲向对面的罗布泊

只是，在初夏的骄阳中
它的花，就像一群
列队而行的少女
那样美，让人把荒野
认作故乡

二月

雪在阳光的角落
风，仍然捶打着光秃秃的枝条

戈壁上的砾石
仍然滚动着
碾压温柔的月光

谁家的院门早早打开
吱扭扭一声
就叫醒了月光

二月，家家户户贴窗花
放鞭炮的时候
日子
就热了

地蹦子

让天看
这五彩缤纷的
火焰
敲响大地
这面
铜锣

当根，一点点苏醒
种子也开始冲破
自己的坚壁

一切，就有了
起点

当这些色彩越来越艳丽
当这些声音越来越响亮
它们就传向大地深处
成为大地固有的色彩和喧嚣

卯来泉

正好，把最亮的星光
截屏

正好，让早起的人
品尝雪山的甘露

正好，骆驼来了
马来了

一眼泉

可有搭乘
走向四方

铧尖

浓重的雾霭中
利刃已经锈蚀

犁开晨雾的阳光
均匀地洒在每一棵禾苗上

一座炊烟缭绕的村庄
在荒芜的土地
像一柄耕耘的犁铧
所有的玉米和高粱
都在犁铧的锋刃中
一拨又一拨地
发起冲锋

马蹄寺

哪儿的马
留下这一串蹄印

东南西北的风
盘踞在这里

一片云和另一片云，悄悄融合
种子的语言
歌谣一样传遍草原

临近的绿洲上

远行的驼队停下来了
他们默念着心中的爱
让它像茂盛的庄稼一样

果真，一切应验了
今年又是个丰年

胡麻

像一个人的脸
又看不清面容

像一场轰轰烈烈的相遇
又匆匆错过

像不肯散去的梦
又可以抚摸其中的花瓣

像说出的一句话
又未曾应允过

像回头看见过的
又决绝地走过

她的美与醇香
早已流布很远

山峡

河窄，水急，山高
山坳里的人家
只看见一缕炊烟

汽车在山路上小心地拐弯
不时地摁响喇叭

只有车和车回应着
刺眼的阳光
和哗啦啦的流水

回头张望
那些炊烟
早已没了踪影

五个墩

每个人都会好奇地数一次
每一次都只是数出三个或者四个

有两个只是遗迹
甚至有一个
只剩下大概的轮廓
不仔细看
真的看不出来

所以很多人都在数过之后
说一句
明明是三个墩
怎么就成了五个墩

还有的说，差一个啊
去哪儿了

一堆羊

空旷的原野上
羊群，填充了
大地的空白

这个季节，它们找到了
残存的叶片和
枯萎的草

它们像一堆雪
藏着来年的种子

北风吹过
它们挤得更紧了

草原上

牦牛占据画轴的边缘
还有一处
玻璃暖房
还有几只羊
还有开拖拉机运送干草的
牧羊人

它们，与心中的草原扭打在一起
像把一桶颜料
打翻在了画布上

当金山口

风滚草聚在一起

汽车转弯的一刻
正好一只羚羊也在转弯
它惊异于汽车的凶猛
想也没想，就攀上了悬崖

我们停下了车
它更加慌张

最后，我们悄悄回到车上
走远了
那只羚羊的身影
还在心里晃动

黑松林

雪落了又落
这黝黑的叶子却依旧黝黑

雪把羊群赶回了冬窝子
雪把牧人的羊皮大衣穿在身上
雪把一座座帐篷攒成一堆雪

那些高高的松树
在风中抖抖身子
叶子反而更加碧绿
像大山的一顶黑毡帽

白马塔

梨树和杏树下
仍然有古老敦煌的影子

芨芨草编织的篮子里
放着杏干和冻梨
老人掖紧大棉袄
在北风中缩成一团

从前的那个骑白马的人
也是在这样的天气里
卸下行囊
用杂草和树枝
点燃了一堆火

后来，这火
在人们心里一直烧着
度过了一个又一个冬天

大泉河

高耸的雪山上
有它亮晶晶的眼睛

宽阔的河流里
有它掘进的力量

碧绿的麦田中
有它灵魂的滋养

它，是一眼泉
从雪山出发
一路上带了很多泉
回到一座座村庄

玉门一带

少雨
有些石头
就把自己扮作雨
在众多的石头里
润润的
真的像一滴雨

水乡的人
走过了万千条水路
梅雨浸泡的视野
一点点发霉
这些石头，就像一道闪电
真正让他们解渴

戈壁上，从干渴中爬出来的人
怀里揣的
就是这些石头

黑河一带

它一头扎向沙漠
像狮子，有猛烈的冲刺

所有的草都涌向它
那些根脉
在黑暗的地层
沿着潮湿的气息
渐渐跟上了河流的步伐

它越来越迟缓
像一头垂危的牦牛

卧在沙丘的一侧
看见那些绿莹莹的草滩
它的眼睛湿润了

沙枣树

它只与沙漠为伍
与最酷烈的日头顶撞

粗黑的皮肤
粗粝的身材
却有一树银子一般的叶片
却有金质的喇叭花

风吹大漠
天下花香

花灯

雪里的花
北风里的灯

过年了
母亲站在村头
直到天黑透了
人们都走进了自家的院落
母亲还站在那里

每次看见这些花灯
都会想起母亲
就想早早起身
回到母亲的身边

看见长城

只是觉得它是一个疲惫的赶路人
从不在大道上招摇自己
而是翻山越岭
沿着河流、沼泽
把一马平川揽入自己的怀中

只是觉得它是一个沉默的男人
眼中有铁
心里有钢
走到哪儿
哪儿的不平
就会被削平

只是觉得它是一匹骏马
驮着无数的树木、村庄
城市和宫殿
把所有人内心里的期盼
送到家门口

挡住凄厉的风
围上星星点点的小日月
多么安宁的夜空啊

石包城

一把就抓住了
隐约的星光

高大的白杨树
反而模糊

石头的坚硬和须发的柔软
都会被巨大的夜幕厮磨

攀上山峰之后的瞭望
让一个人突然成为一座堡垒
连月色也无法窥探
那些枕戈待旦的表情

微弱的响动
还有风
都有偷袭者的眼神

沙葱

在戈壁上
能够拾捡到的绿色
是沙葱

在戈壁上
有滋有味的夏天
是沙葱

在戈壁上
与一场雨相遇
突然捧出诚意的
是沙葱

在饥渴与爱之间
依然选择爱的
仍然是沙葱

榆林窟

还顶着一身雪
被风吹掉一些
又吹掉一些

河谷里冲破冰块的水
哗哗哗地流着

只是老榆树下的山洞里
墙皮上的一树桃花开得正艳
整个墙面上
有大片温暖的春天

人生的冬天
有一棵老榆树
有一树开不败的桃花
足矣

河谷

只有几棵小小的胡杨树
只有在夏天它们才在纤细的枝条上
挂几片叶子
在最干旱的日子
这些叶片悄悄变黄
就像叶子上缀着几片阳光

到了秋天
整个河谷光秃秃的
那些胡杨树像枯死了一般

不知不觉的几年中

周而复始，它们长粗了
长高了
完全像是河谷里的男人

左公柳

一棵柳树，能带回一个朝代的细枝末节
守信、征战、赴死
能告诉你一个人的衰亡
并不只是肉体的僵化
而是精神的寂灭

前方的戈壁
旅途茫茫
一棵柳树，在那场秋雨中
金发婆娑
在漫长的酷夏里
让南来北往的风
怀揣一叶冰凉的翡翠

冰河

在村庄的另一面
在阳光被反复复制的夹层
在枯萎的草和析出的盐之间
羊群舔舐着
寒冷的冬天

庞大的荒原
有一条闪亮的鞭子
抽打着结冰的河流

石窟之侧的胡杨林

它们杂乱地生长
像大地上的芒刺

河谷里的风
缠绕着它们的主干、枝条
只有那些树叶
继承了温柔的阳光
越看，它们越像纯粹的金子

只是，在它的一侧
石头里的黑暗被尽数挖出
就像栽植了无数棵胡杨树
让人们找回了
未知的光明

雪山下的城堡

每一个角度
都能看见所有的牛羊
每一个高度
都能俯视炊烟袅袅的帐篷
就算体力最好的马
也跑不出它的视野

只要那些草场还在
城堡上的风雨
就会乘势而下
加入到河流和青草之中

多好啊
生生不息的草原

回到沙沟

那些阳光掺和在沙子里
还有种子

那些说不出口的心思
藏在沙子里
还有许多小小的愿望

星光下，沙沟里的小屋
如豆的灯光
照亮了回家的路

戈壁上的村庄

在戈壁的前沿
芨芨草顶着天空
初春了
它们还是一副苍白的面容

一个老人背着筐
拾捡枯死的梭梭
他们颠簸的背影
像一艘孤单的船
漂泊在无垠的荒芜中

只有黄昏的时候
羊群扑起地上的碱土
夕阳下的村庄
如同罩了一层绸缎
像一座辉煌的宫殿

黑河左岸

仍然是沙丘
仍然是滩涂

那些草稀疏而强劲
那些树木是河流的宠儿
地下的根
渐渐伸展到了
更加潮湿的地方

只有那座顾城堡
环绕着丰茂的芦苇
破碎的墙体
也没有被春风补上

像一条河流的眼神
在波浪中
偷偷回眸

又见燕子

还是那些燕子
黄昏时刻
它们一起飞出来

划出一道道弧线
此起彼伏的啾啾声
互相碰撞着

夜幕迅速拉开
一切复又宁静
燕子们突然消失了

偌大的城堡
它们跻身于砖墙？
觅食于何处？

檐角

它高挑着风
高挑着蓝天
也高挑着星、月

戈壁上，这样的城堡越来越孤冷
岁月的磨刀石上
这样的檐角
越来越锋利

黑走马

白白的雪地上
有一匹黑走马

高高的山坡上
有一匹黑走马

绿油油的草地上
有一匹黑走马

有一天
哈森骑着这匹黑走马
奔向草原之外
再也没有回来

早晨

夜的宁静延续到早晨
草上的露珠集体坠落
巨大的轰响只是一股微风
青草的气息随之四散

帐篷里的炊烟
像一根绳子
拍打着细碎的云
此刻的天空瓦蓝瓦蓝

打开栅栏
羊群奔向灿烂的晨曦

草原的早晨开始了

远山

只看见高高的雪冠
只看见堆垒的山体
只看见一丛长势旺盛的旱芦苇
只看见溪流哗啦啦奔向山下

一座山，当你走近了
它才是你的靠背椅

土门

有风进来
草就刚劲

有水进来
人就柔润

风和水都进来
一座村庄
就像一丛植物
越长越高
越来越旺

平静

一直很平静
即使有一阵撕心裂肺的哭声
之后，也很平静
即使有几声震天响地的鞭炮声
之后，更加平静

一场大雪
盖住了田野和村庄
绵绵细雨
洗净了田野和村庄

摇摆的苞谷和谷穗
一如人们内心的喜悦
也很平静

五个庙

一匹马跑累了
停了下来

夕阳西下

一群羊归牧

日子
像诗一样

高兴了
人们坐在草地上
跳舞、唱歌

更多的时候
大块吃肉
把忧愁像一碗酒一样
一饮而下

生活
像月光一样

再看五个庙
墙壁上的画风
到处都有他们的影子

火石梁

风吹过
没有擦出火

酷烈的阳光下
一队骆驼走过

马车走过
人和马
都已大汗淋漓

听见大地的呼吸
一双铁鞋
取到了
真经

母亲

走在戈壁上
总觉得身后有一个人跟着
转过头去
没有

一直有这样的感觉
一直顺利地走过了戈壁

只是有一次遇到大风暴
跟跟跄跄地回到村庄
蓦然回首
身后
是母亲

小年

记得这一天父亲总要熬上一壶茶
把一年的收成盘点一遍

记得父亲品尝茶的同时
似乎也在品尝收获的滋味

后来,父亲老了
我们总会给他熬一壶茶
让他一边喝,一边述说往事

后来，父亲走了
我们在他的坟头
放上一壶热茶
那茶，被风吹出壶沿

平静的茶壶
似乎被谁喝了一口

风吹雪

风像一根鞭子
抽雪

风把雪集合起来
像一根
更粗的鞭子

抽打树木
抽打枯草
抽打墙皮

抽打一切弱不禁风的
东西

风吹雪
这把田野上的铡刀
让整个冬天
光秃秃的

祁连山下

只是一直把雪认作玉

只是一直把风认作马

只是把一座雪山
认作一块玉雕

只是把一条河流
认作一群驽马

只是，一年年
草一茬茬生
只是，一次次
又找见旧灶台
又烧开铜茶饮

品天
品地

野牦牛

在阿尔金，整个天空
像野牦牛的眼神

在阿尔金，沙山上滚滚而下的
除了沙子
还有野牦牛

在阿尔金，风说来就来
而水，好像天生就在那儿
风吹石头，吹掉一层层石头
风吹原野，吹出一片片野草

在阿尔金，牧人只需要
放牧天地

而牛羊，却从来不曾
走远

野骆驼

深深的峡谷
芦苇遮盖了阳光

只有容身的便道
可供骆驼通过
据说，在春季
发情的骆驼会吐气沫
气沫随风飘出几十里
几十里以外的骆驼都会匆匆赶来

此刻，芦苇丛中静悄悄的
仿佛骆驼正在耳鬓厮磨

花土沟

去过一次
就记住了那些白杨树

去过一次
就觉得靠着土丘晒太阳
是一件可心的事

去过一次
赶羊的大爷告诉我
啥时候一口气喝几斤酒
就心满意足了

我捏着裤兜里的几百块钱
顿时感到
我是一个幸福的人

茫崖

路过，破旧的房子
一闪而过

我听过一个老茫崖的故事
空气中飘荡着呛人的石棉
很多人得了矽肺病
把一把骨头扔在了
黑黢黢的山洞
当汽车从尘土中穿过
我下意识屏住呼吸

离开老茫崖很远很远了
我仍有一种窘迫感

二分海子

众多的泉，一点点积累着
在戈壁上的泉
挤牛奶一样挤出来的水
被阳光带走一些
被风带走一些
许多芦苇
芨芨草、骆驼刺
眼巴巴地盯着

走了很远的路

兔子和青羊
学会了牛饮
而麻雀和百灵鸟则偷偷地
梳理羽毛

二分海子
牧人都说
她是戈壁的眼睛

迁徙地

牧人追不上的风
现在都停下来了
栖息在灌木丛中

羊群追不上的草
现在都停下来了
躲藏在山坳里

春天的溪流
带着一束刺玫花
带给央金和卓玛

夏天的帐篷边
从前的灶台
又蹿出了火苗
被遗弃的麻雀
又找回了熟悉的营地

湖盐

盐在天上飞呢

当空气中飘来一阵咸味
母亲总是这么说

湖边上的村庄
戈壁像一群老虎
死死盯着树木和庄稼
只有这一片湖泊
紧紧缚住老虎的利爪
饮水食盐的老虎
渐渐与村庄和睦相处

只有春天的潮水不期而至
酣畅的风
才会带来盐的香味

白色的花

昆仑山腹地
海拔五千多米
长满了这种白色的花

沿着山脊
这些花，没有一棵草陪伴
却沁着一滴滴露珠
慢慢往高处爬

那么鲜嫩
那么刚直
像是昆仑山胸前的一枚
徽章

马圈湾

低洼地带，大量的马
能够隐身
尖锐而绵长的叫声
可以混淆于风

这里，猛烈的出击
甚至可以快过箭矢

这里，即使流畅的梦
也会被查封

广阔的宁静里
一座叫作玉门的关口
矗立在沙砾中

大海道

在绝美的蜃景中
没有海，只有一些
光怪陆离的水
有这些水，就够了

一个人，在沙漠里走
在戈壁上走
在盐碱地上走
走再远，也没有海
把鞋底磨穿
也没有海
但在心里，装着一片海
满满当当的

因此，总有一些人
走出沙漠
坐在一望无际的麦田边
看海

牛粪火

翻过这座山
雪就慢了下来

找到这眼泉
风就慢了下来

扎下一座帐篷
羊群就慢了下来

唱起歌，跳起舞
路就慢了下来
煮上肉，熬上茶
火就慢了下来

一块一块的牛粪
一点点把草原上的日子
烘热

河床

河里，只有一些石头
阳光一次次扑打着它们
让它们有了
阳光的颜色

河里，只有一些风
常年打磨着那些石头
让它们像水一样

把一条河
装扮成河流的样子

如果

如果把汗水换算成江山
我只占村口的一棵老榆树

如果把行程换算成未来
我只是一片落雨的云彩
仅仅可以灌溉
一亩地的高粱

可我常常透支
在清凉的黄泥小屋里一睡不起
偶尔坐在老榆树下
也没有惊心动魄的回忆
把仅存温饱的口粮
大部分酿成了酒

如果把思慕换算成爱情
所谓伊人，常常路过
在河之洲，空空如也

梨花

几百年了，它们看惯了
戈壁上的蜃景，记住了

其中最绚烂的那一部分

几百年了，它们在雪中
孕育雪，在阳光中
分蘖阳光

几百年了，每年的春天
它们都集体表白自己内心的真爱
在凛冽的倒春寒中
大声朗诵

几百年了，每年的秋天
它们都把自己内心的甜
像灯笼一样，挂满树枝
照亮苦涩的前路

讨赖河

传说，它像一只兔子
从大山中一溜烟蹿出

事实上，它就是一只兔子
一路奔波
找到有草的地方

更多的时候，它在筑自己的窝
那些海子，那些草地
那些村庄
不止三窟

更多的时候，它涂抹山河
走到哪里
哪里就是一片好风景

紫色的光
——写给嘉峪关魏晋壁画砖上的桑葚

它们的藤蔓，举着阳光
更多的阳光
挂在枝杈间
月色中
也不肯退去

它们的果实如早晨的露珠
亮晶晶的，也如同
一双双眼睛
细腻的目光
抚摸生活的甜蜜

干海子

从戈壁到戈壁
一场雨水
撑起一行芦苇

从沙漠到沙漠
雪埋掉了一堆又一堆柴火

紧要关头的那一眼泉水
极寒时刻的那一笼火

在干海子
都找到了

从前的水，波光粼粼
漂在石头上

从前的火，熊熊燃烧
裹在石头里

昌马

还是那些水，年年都来
还是那些草，年年疯长

那些水和那些草叫来的马
来了
就没有走

它们的子孙的子孙
都留下来了

看守着这些水
看守着这些草

这些水和这些草
一直属于它们
谁也没有拿走

嘉峪关下

风来了
雪来了
一座关城在喊话

云来了
燕子来了
一座关城猛然间
掀开自己的盖头

星光来了
月色弥漫
一座关城的鼾声
挂在静悄悄的
檐角上

大墩

水推开沙漠的大门
让草进来

白杨树推开戈壁的大门
让牛羊进来

大墩推开天空的大门
让云进来
让风进来
让云和风一样的马
进来

四季往复的生活
像一条大河
川流不息

毛目

无孔不入的草，终于
在戈壁，完成了
一次大规模的包抄

芦苇和梭梭握手
沙枣树和杨柳缠绕在一起

像一对亲兄弟

更大的范围内，这片葱翠的植物区
像一块玛瑙
而人们叫它毛目
大意是草和树木的
眼睛

旷野

风畅通无阻的地方
草摇摆不定的地方

一只兔子慌不择路的地方
狐狸偷偷摸摸藏起脚印的地方

一条溪流
流到这儿
流到那儿
流个不停的地方

村庄的鸡叫
越来越微弱
像是一个老人的呻吟

春天

突然间一阵啾啾声
挤进门缝

突然间有叩击窗棂的嘟嘟声
把深夜的寒霜敲落

突然间一绺黝黑的纱绸
挂在雕花的屋梁

母亲忙不迭地抓起一把小米
撒在门口的空地上

这些小小的精灵
一边啄食
一边用饱含感激的眼神
看着你

燕子啊，你带来的春天
很快就占领了小小的院落
继而弥漫整个村庄

在昆仑山

去掉多余的噪音
去掉人类四处张望的眼神

去掉多余的氧气
去掉道路和宫殿

去掉贪婪
去掉锦衣玉食

剩下的就是昆仑山
剩下的就是洁白如脂的
玉

羊群

枯黄一片
加上雪
又是枯黄一片
雪白一片

加上羊群
又是喧嚣的生长中
拱出一丛丛嫩白的
草芽

它们是草原的胚胎
春风由此而起

胡杨林里

这个秋天，羊去了戈壁
牛回到栅栏

这个秋天，木头在河里打转
草都拥挤在浪花的另一边

这个秋天，黄色的除了金子之外
还有一棵棵胡杨树
它们把沙漠捧在手上
让荒芜说出美与爱

这个秋天，炊烟升起
一家人从四面八方回来
唱歌的唱歌
跳舞的跳舞

像是又一次转场
找到水草上扎下美酒飘香的毡房

古董滩

风一直在诉说旧事
戈壁却仍然是沉默无语

这么广阔的往昔
一块石头上也有很多脚印

它们在一场洪水中
记住了一群人的呐喊

它们在破碎的镜子里
存着一群人渴望的眼神

几枚铜钱
串起它的麻绳在空中飞舞
一个又一个秋天
把粮食、布、干果
存于纯铜

只有它，还记得当年
熙熙攘攘的集市

梧桐泉

只看见梧桐树
只看见山坳间的溪流

所有的野草都夺路而出

只有梧桐树在那里

它不属于春天，也不属于
牧人的路标
一天一夜的风，更长时间的风
吹得它有点歪斜了
它就歪斜地长

突然有一天，它发现自己
虬枝嶙峋
它觉得它已经不是梧桐了

溪水在流
饥渴的人一口喊出了
梧桐泉

夜晚

梦被锁进
漆黑的石门

一面墙上的麦草
回忆起自己的芽苞、嫩芽
和喷香的面

一只蚂蚁爬在墙上
又被风吹到地上
它一次次重复这个动作
不知天亮以后它会爬到哪里

梦回到自己冰凉的柴屋
崭新的一天
需要重新在泥墙上绘制

除夕

保护区的板房
风拍打的声音
砂石敲击的声音
不一样

这样的夜，这些声音
轮番值守
像是在跟人说话
像是一种问候

在风平浪静的夜晚
板房门前的石槽里
有一些烂肉，有一些谷粒
狐狸来过一次
麻雀来过两次
兔子来过六次

这些谨慎的动物
各取所需
像回到了自己的老窝

旷野

远山一线，大地空旷
只在一棵梭梭之下
单薄的春天，抱住
几片可数的叶子

大风吹来
整个戈壁天翻地覆
这个小小的世界

也会重新摆布自己的姿态
再次面对风尘仆仆的往事

到了夏天，那些梭梭
反而干巴巴的
像一把支撑天空的
老骨头

双泉口

山的险峻，也有一个个不经意的
突破口
双泉，一滴一滴的水
打通了一只鸟与一座山的联系

起初，是一只鸟
喝水，捡草籽
后来，是一群鸟
更多的草，在一滴一滴的水中
冲向远方

兔子来了
狼来了
还有豹子

它们穿行于山林之间
在一滴一滴的水上
漂泊着

沙井

这些草，被沙子埋掉
又冒出头

这些水，总是一次次
漫过沙子

它们在沙子上
交付希望与热情
它们是世间最珍贵的绿色
它们是生命的滋润
堪比翡翠和钻石

其实，这仅仅是一眼沙井
如同醉人的笑靥
在一天天
酿酒

忆酒泉

那个夜晚
一直在泉水里晃动
那个夜晚
被泉水漂洗得清澈如光

那个夜晚
月色落地有声
就像一块块银子
掷水有声

我们捞啊捞啊
只捞到了自己的梦

黄墩子

很多水在那儿
骆驼就来了
马就来了
羊和牛
也就来了

起初，人们看见骆驼啊牛啊羊啊马啊
尖叫了一声
戈壁上风大
这声音一瞬间
就被风刮走了

后来，人们站在一座烽火台上
看清楚了
所有的水
都向那里流
水上漂满了草的影子
像一块花布

而只有站在烽火台上
这一切，才看得清清楚楚

这黄土堆砌的烽火台
被太阳晒得金黄金黄的

屯升

山下的羊肠小道
像一根绳子
系着一座村庄

山下的羊肠小道
又像一条藤蔓
那些柳树，白杨树
还有梨树、杏树、苹果树
是藤蔓上的叶子

只是，家家户户的石头
都堆在粮仓上
囤积着所有的秋天
就像一株苞谷
长到了云端之上

丰乐

山口上的杏子被风吹着
顾不上黄
夏天就过去了

山顶上的雪
被风吹着
顾不上融化
就落在梨树上
成为梨花

种子总是半夜醒来
而果实总是午后睁开眼睛

一茬一茬的庄稼
在人们热辣辣的目光中
酿成了酒

羊蹄甲花

说是羊在干燥的沙子上
踩出了水

说是羊在寂寞的夜晚
一脚踩住了
一颗星星

说是羊，舍不得舔舐的种子
胚房里的叫声
破壳了

说是最隐秘的春天
都会被羊发现

你看那一丛草
越长越旺
那一朵花
越长越漂亮

井饮

每一个时段，都会有一次聚集
这清凌凌的水
问候每一个人

每一个时段，都有阳光
飘落，落在每个人心里

大地奉献粮食和水
天空奉献月色和四季

每一个都领受着
这祖祖辈辈的赐予
回到温暖的屋子里
安静地睡眠
就像甘甜的井水

归牧

一直都记得那一阵烟尘之后
红柳开花了
夏天就这样来了

一直都记得在戈壁走累了
忽然一阵风吹来
沙枣花的清香
就觉得村庄近了

一直记得麦子丰收了
一家人在打麦场上吃晚饭
月色堆积在麦垛
一会儿是金子
一会儿是银子

叼羊

这时候，一只羊重新回到春天
这时候，每一个骑手
心里都有一朵
春天的花

那朵花
无可替代

这时候，整个草原的雪
都被这些花点燃
那些红的花，紫的花
仿佛一堆篝火
越烧越旺
从火里奔腾而出的马
一瞬间，就融入了
顺势而下的溪水

喧哗中，春天的胚房
正在孕育

姑娘追

喜欢你，就狠狠地抽打你
喜欢你，就绕过帐篷
躲进小河边的深草里

喜欢你，就把手边的格桑花送给你
喜欢你，就用雪山上的雪和青稞
就用勾魂的眼神
为你酿酒
喜欢你，就悄悄躺在夜晚的山坡
用蝉翼般的月光
剪裁一件嫁衣

大雪山

悄悄回到营盘
扒开灰烬里的灶台

这一夜，牛粪火舔舐

漆黑的帐篷，一路上的颠簸
都在羊皮坎肩上躺下
一路上的风霜
都在一碗青稞酒里融化

把这个秋天安顿下
不经意抬头仰望
雪山上走下来
源源不断的羊群

土大坂

低垂的云
衔着山顶上的雪

这隆起的一座座土丘
高擎着一束束纤弱的花

一阵又一阵的风
吹它们

它们依旧高扬着头
发梢上的那簪花
一直占据着
鲜艳的春光

峡口

那个黄昏，几户人家的炊烟
缠绕在一行白杨树上

石头垒筑的院墙

正好遮挡了
从山口漏下来的夕阳

几个老人走出院门
坐在门口的石凳上

几只鸽子飞落
捡食地上的饭粒

霞光散尽
还能听见几个老人聊天的声音
还能听见
响亮的鸽哨

长城边上的羊房子

一边是戈壁
一边是一堆一堆的草垛

羊群会穿过城墙的豁口
不时地撒欢
不时地咩叫

尘土弥漫
让四散的霞光积聚而饱满

当羊和牧人回到长城边的地窝子
夜晚愈合了
一堆篝火的伤口

有谁，喝着奶茶
哼着激烈的曲子
一次次调和生活的单调

拉骆驼

漆黑的夜里
戈壁上的碎石
在风中磨砺着
像小小的刀子

漆黑的夜里
偶尔有一阵铃铛声在半空
炸响，惊醒一座村庄的睡眠

那个在油灯下纳鞋底的女人
赶紧把门虚掩着
心开始噗噗噗地跳

一年又一年
那个人
还是没有来

割韭菜

这是春天早熟的芽苞
这是大胆的挑逗的眼神

这是揭开冰雪之后
悄悄漏掉的
嫩嫩的阳光

有一天
在异乡遇见你
还是那么亲切

山中

一块石头，就能把你的心思猜透
那个危崖，就能逼出
你内心的恐怖和惊讶

如果需要一匹马
那么它一定是在这里出生
在这里成长
在这里披风挂雨

骑上它
就会追上那眼山泉

山泉跑过的地方
到处都是油菜花
还有帐篷和牛羊

天生桥

在悬崖和悬崖之间
在河谷的一侧和另一侧
在山体的豁口

风和雨连在了一起
白天和黑夜连在了一起

那些无路可走的人
轻松回到了对面的帐篷里

马营

把它们的嘶叫集合起来
把它们奔腾如飞的步伐集合起来

把它们的饥饿集合起来
把它们的恐惧集合起来

看着那些流血的刀
看着那些穿过身体的箭
你走到死亡的前面
你就是一个坚固的营盘

芦草井

当皮囊里的水还有最后一滴
感觉到半条腿
已经埋进了沙子

平时听不见阳光的动静
此刻，它呼呼作响
像一团燃烧的火

一直记得
戈壁上有一眼井

想着想着
都流出了口水

突然有人大喊
芦苇，芦苇
接着我们就找见了那眼井

想必最初陷入戈壁的人
也是那样

更多

坏掉的蔬菜
烂掉的水果
发霉的大米

沉睡的存款
废弃的衣柜

交错的主干之路
和它数不清的细枝末节

广厦万间，大庇寒士
亦有空房独守
亦有荒芜的庄园和别墅

船舶行水
飞鹰凌空

生活给了我们更多
我们从未自知

有雪

像更浓的茶
像启幕的舞台

你要来
我已煮沸了

今冬的那场雪

你歪歪斜斜的脚印
正是我需要的韵脚

此刻，炉火正旺
舔舐了
我曾经自傲的手稿

匆匆而止的黑云
告诉我
有雪

黄草坝

秋风在收割整个河谷里的黄金
秋风的刀子
在阳光中飞舞
肃杀之极

那条河谷里的春风也是如此
一点点催开芽苞
让那些拔节的声音
有金属的质感

后来，我们在春天
看到了金黄金黄的草

它们把一河谷的黄金
无一遗漏地
展示给春天

石磨

那些尘土安静了
就像月光的碎片

那些杂草也安静了
就像沉睡的风

那些永不停歇的磨砺
那些刚刚破碎的谷粒

在这个正午
它们像是一卷书
破旧，散乱而
隐藏哲理

沙尘暴

草原一瞬间就被尘土淹没了
之后，所有的帐篷消失了

那一座山呢
如此宽厚
也会在尘土中俯首

那一座村庄呢
繁花与密林
也不能清扫呛人的雾幛

满脸尘土的人
为孩子盖好被子
又去查看
被狂风撕扯的牛棚

新河驿

长城被公路一截为二
两边的戈壁和麦田一目了然
瓜田里的秧和叶
掩饰不住瓜的耳目
它们的甜蜜
在夏日阳光中
奔走于停车场的露台

所有的人都停下了脚步
仔细地端详这长城
又毫不吝啬地切开西瓜

这一路的旅程
数这儿
最解渴

在山丹某地

别小看这一朵花的期许
上午，有人的轮胎被扎了
很快就修好了

下午，有几个加油的司机
坐在车上抽烟
有人跑过来制止
咋这么不小心

其实，他们都看见了那朵小花
独自生长在戈壁上
没有水
没有土壤

也能生活得如此鲜艳

看着看着
他们就笑了
把矿泉水
倒在草根上

峡口一带

有几户人家敞开着院子
石块和城砖筑成的院子
一眼能看见
空地上的蔬菜和果树

有蜜蜂嗡嗡嗡地飞来飞去
让人突然间想到蝴蝶和蜜

黄昏的时候，几个老人各自回家
熬着山中采来的苦茶

他们把日子
垒成一座城池
收纳南来北往的风

唯独悄悄藏起
自己的苦与乐

沙岭

沙子努力占领着天空的辽阔
而天空的辽阔为底色
然后，渐渐融入沙漠

一个人
一棵草
一匹骆驼
各不相同的坚持和远行
成为高于沙子的部分
成为春天的先头部队

走过，看见
沙子像黄蜂
咬噬无遮无拦的视野
看见，走过
怀揣一枚种子
你就会成为一眼清泉

人们在沙岭上惊讶地叫起来
啊，绿洲

雪地

雪，反射着阳光
低矮的植物
一丛丛
把雪抬高

在戈壁
一只云雀追逐另一只云雀
一串串清亮的鸣啭
滴落在雪上

一刹那
广阔的雪地
突然间温暖了许多

又下雪了

该回来的都回来了
那场风刮来的云
也停了下来

又下雪了
勒勒车白了
白帐篷白了

那匹呼气哈气的白马
站在草坡前
像一座小小的山岗

那些骆驼
挤在栅栏里
像一座大大的山岗

又下雪了
牧人抓了一把
撒向半空
跟徐徐下落的雪
融在一起

草垛

羊在山坡下吃草
牛在山坡上吃草
马在溪流边吃草

草垛上的草
把秋天垒高

整个秋天
沿着雪山奔跑
最后，又回到
一座座帐篷的四周

锁阳

只是让一堆雪成为种子
只是在沙漠，埋住
一部分春天

黑暗中，并不只有黑暗
只是，灰烬中
还有火栗

只是，极度的荒芜
还可以激发内心的激情和热血

初春

突然间一只鸟儿飞向窗台
不一会儿
又飞来一只

楼下的小花园
植物们顶着一头冰雪
草黄了之后
一直黄着

这一双活泼的鸟儿
捡食着细碎的馍片
叽叽喳喳地叫着

就像置身于春光灿烂的
花丛之中

木头上的阳光

门口，几个老人说着往事
去年春天的麦苗
去年夏天的高粱
去年秋天的葡萄和苹果

他们把往昔的甜蜜
一点点堆砌
堆得比眼前的雪还高

木头上，阳光正旺
坐在木头上
他们还说起了
曾经的月色
那么亮
就像银子一样
戴在自己和亲人的手腕上
从来都没有褪过色

孩子

戈壁上的孩子
跟着母亲拔草

他捡了几块晶亮晶亮的石头
他在泉边戏水
弄湿了衣服
他又用石头

为自己垒起了小小的新房
他想叫上二柱子和小英子一起住

他喊了他们
他们没有应答

此刻，已经正午
母亲还在忙着拔草

晨光

我一直记得湖岸上的晨光
风带来的水汽
泼洗一夜的睡眠
使人得以清醒地面对所要涉猎的草滩

那些茂盛的芦苇
晨光扑打着它们
它们是早早就醒来了的
它们不经意掉下来的露珠
它们摇摇摆摆御风的姿态
都像是在列队迎接我们

走向晨光的人
和晨光一样初兴

雾霭

草原上的雾霭
从雪山上漫延下来

就像一群羊

从栅栏大步走向草滩

阳光像一把扫帚
扫尽草尖上的露珠
那些雾霭也随之消散

只是，雪山还在
溪水的源头
漂来一坡又一坡的杂花

此刻，羊群悠闲地吃草
牧人骑着马
像传说中的帝王
逡巡自己的领地

黑松林

吸收了雪山的白
因而，它是黑的

吸收了阳光的金色
因而，它是黑的

吸收了牧人的精、气、神
一次次对天而吼的呐喊
一次次弓弦之上的出击
一次次花丛之中的舞蹈

因而，它是黑的

瓜州口

其实，在乱石之中
也有可寻的甜蜜逻辑

其实，在无垠的蜃景中
也有真实的楼阁与街市

其实，极度的干渴
也有清泉的迸发

其实，丢失的春天
也会在不经意的戈壁
生根开花

你看，沙滩上
那些蜜瓜
多么像熟睡的亲人

枸杞

在风中
在沙子里
在戈壁上

这被打磨得红彤彤的宝石
这剔除了辛酸与苦难的旅程
终于沿着这纤细的枝叶
爬上了一个崭新的高度

其实，这就是一盏盏灯笼
平庸的生活突然间闪亮
就像喜庆的节日

一个个接踵而来

波光粼粼之下的故址

它一定一直喊渴
它一定像一块石头一样哑语
它一定梦想着抱住了
一场倾盆大雨

但在大水漫灌的一刻
它激动地屏住了呼吸
以往的针尖一般的阳光
都温柔如丝线
但这丝线很快就绑住了它

波光粼粼之下的故址
如同玻璃柜里的展品
积攒着自己的锈迹和胞浆

浩荡的黄昏

大戈壁上的黄昏
像无边无际的花田
只为一个人绽放

大戈壁上稀疏的骆驼草
跟随灿烂的夕阳
把自己装扮成手持金枪的武士

短暂的时光
像是一种深情的挽留
赶在黑夜来临之前

见到自己久违的亲人

沙棘

越过一座座沙丘
此刻的沙棘
总比沙丘高一头

春天被石头绊倒了
但它却默默发芽
不经意间举起稚嫩的小手
后来，它们与沙漠中的雨水
一起长大
一串串
挂在晨光和夕阳中
比晨光和夕阳
更鲜艳

城北的云

那片云，一直飘着
一直在那棵老榆树的头顶
就像是老榆树的一个枝杈

从城北的垛口，看那片云
就像一个骑马的
威武的将军
怪不得，那片云
一直居留于城北
它守住的，并非一场雨
而是一座城池固有的尊严

残雪

阴坡，背风的低洼地
春风的死角
往往，都有一些
零星的雪

有时候，它们是黑白相间的一片
有时候，它们仅仅是湿润的黑土

它们不会躲过种子的探寻
它们会在一片根系的伸展中
一点点融化
成为枝干、叶片、花朵、果实的一部分
成为飞翔的风
成为阳光的线条

榆树泉

悄悄地流
此刻，沟壑里全部是春天

悄悄地流
让峰顶上的烽火台看见
安静的田园

老榆树，顺着雨水的方向
距离烽火台越来越近了

当烽烟一次次燃起
激烈的风折断所有的树枝
那些泉水
已经储备了足够多的花期

修复夜晚的月色和星光
像又一个风调雨顺的春天
悄悄来临

村庄简史

一条河流向西
一条河流向东
此刻，它们碰撞在了一起
涌起无数浪花
它们像扑食的狼
捕捉到
无数种子

一年又一年，水
越积越多
一片湖，漂洗着灿烂的阳光
把阳光漂洗成蓝色的玻璃

所有的叶片，似乎在一刹那间
淹没了干旱的戈壁和沙漠
种子在发酵
盐在析出
一缕又一缕的炊烟
缠绕着晨光和夕阳

只有星星，让人们的睡眠
抓住
大把大把的银子

戈壁上的湖

仅有的植物，在吮吸
连石头，也在吮吸

地下的泉，日夜运送
山顶上的雪
而阳光却像翅膀
把它们带到更远的草场

所有的旅程，都会遇见它
就像一座蓝色的驿站
微风中的波涛
一次次打在岸边的碎石上
就像母亲拍打着婴儿

看着看着
就觉得自己回到了一座村庄

盐池

每年秋天，就像等待收割的庄稼
水面上，蒸腾着雾气
而盐粒的凝结是一点点完成的
也许是在一个夜晚
受到月色的启发
它们有了一个星星的梦

你看，水中漂浮的阳光
被它们紧紧抱住
即使在酷热的正午
它们也是睁大晶亮的眼睛
像无数苏醒的婴儿

荒野上的井架

自从有了这不时传来的轰鸣声
荒野就被这橘黄色的钻塔所渲染

荒野的宁静
被赋予了探寻者的神奇
地下的秘密一点点从封闭的钢管推出
它们是黑色的、紫色的、黄色的泥
堆放在工地的材料库
喧嚣的地层
终于开始袒露岩石中的黑暗

盐碱地上萌生野草，好似
春光的分蘖
那些昂首阔步走向井台的人
紧握荒原的刹把
俨然是荒野的主人

日常

在桑树下乘凉
正好有一只麻雀偷吃桑葚

你无意中伸手接住了
一滴浓浓的果浆

六月的戈壁
空气中饱和的阳光
劫掠着一丝一毫的水分
只有在这桑林
它匍匐着
护卫着

那些粗大的枝干和同样饱满的
果实

更多的时候，阳光
是甜蜜的

不散的宴饮

举着的杯子
一直有酒的醇香

丝弦上的灵巧的手
仍在拨动山水

冷却的火焰
仍有源源不断的光泽

这掩埋了的光明
一直没有熄灭
一粒粒的种子
一直在摸索着
通往春天的道路

阳关雪

风呼啸着
卷着雪

像是从前的那些马
回来了

像是从前的那些人

回来了

我站在旷野中
风越来越激烈
雪，越来越猛

它们好像争着
对我说些什么

耳墩

它把听见的
都记在心里

那些吹过的风
那些路过的雨

那些马
那些赶马的人

那些哭泣
那些欢笑

那些一歪一斜的脚印
那些走过又被沙子埋住的路

它一直盯着远方
它们
都没有回来

马圈湾

春天来了
草没有来

河道来了
河没有来

马来了
马车没有来

那个人
坐在高坡上
一脸灰土
就像蒙尘的玉

冷湖

夏天，阳光在戈壁上跑着
夜晚，它在石头上睡觉

只有这一片湖
它不曾畅饮

据说，来过狼和狐狸
因为兔子和野鸡的缺席
它们再也没有来过

只有冬天的湖
只有雪
一次次擦拭的湖

光秃秃的戈壁

光秃秃的湖
远行的骆驼
绕过它走到了
敦煌

苏干湖

戈壁上，两片水依偎着
一大一小
小的是妹妹
那另一个
就是姐姐

戈壁上的两姐妹
相互说着鲜花的语言
在春天、夏天和秋天
她们的秋波
都会像阳光一样
涌来一波又一波的金子和银子

牧人们在水边
搭起帐篷
垒起高高的灶台

为这幸福的两姐妹
打制
出嫁的首饰

白草沟

它们一直是雪的模样
从第一场雪开始

它们就披了一身雪
一丛草，就是一堆雪
一片草
就是整个雪原

整个夏季，路过白草沟的人
都不由自主地抓一把阳光
看有没有刺骨的冷
可明明是焦人的热啊

那前路上的一大片雪
是怎么回事啊

黑走马

草原上的一匹黑走马
拴在帐篷前的黑走马
在溪流边吃草的黑走马

在一个早晨
悄悄走进晨光

之后的每一个早晨
古丽都在小山坡上守候着

只是，黑走马一直没有回来
老人们说
黑走马是草原上的黑夜
你睡着了
它就回来了

为此，古丽憔悴了很多
她送走了无数的星星

迎来了无数的晨曦

后来，人们歌声里的黑走马
一直和古丽
在一起

野猪沟

是一个喇叭口
向着山外
搜风

因而，嶙峋的石壁上
挂满了风

因而，风的呼叫
有着吞噬一切的饥饿与疯狂

因而，一股风
像一头野猪
一阵风
像一群野猪

从山外
向山里冲
像是有一槽美食
等着它们

又见长城

在大地上猛然隆起
在荒野上

果断地切割
流畅的视线

可以让一匹马
一群马
止住蹄步

南下的青草
和香喷喷的炊烟
只能眺望

但也有一座座关口
为一盏盼望的油灯而敞开

但也有一条条道路
为亲人的相遇而通达

如今，看见它气喘吁吁的行途
那一行坚定的印记
足以让我们辨别前行的方向

旧事

那些植物的根系还在，飘扬这浮土中
那些万千絮语构筑的驿路
还在，断断续续地连接了荒芜的村庄

那些马车，停在野草中
为马备足食料
只是马，早已去了
更加遥远的草原

夕阳西下

最后是一盏油灯
点亮了
致密而昏沉的黑夜

执念

一直要走下去的路
埋进沙子里了

一直看着的景
躲进云里了

这噼里啪啦的雨
这纷纷扬扬的雪
洗净山河
又盖住其中的伤痕

只是那个在门口坐看黄昏的老人
让自己成了
晶亮的星光

焰火

一瞬间爆发的春天
在天空栽植自己的花束

照亮大地上的雪
又把雪的晶莹
运送到天空

在呼呼的寒风中
闪电般传来的温暖

闪电般地传给每一个人

孩子们的惊讶
早已镶嵌于童年的相册
任何时候都可以翻阅
而老人此刻翻阅的
正是从前的记忆

飞天

一直把她当作民间的女儿
一年之中的几天
穿了丝帛裙子
整个身体都轻飘飘的

她们衣服的颜色和庄稼的颜色
树木的颜色、花的颜色
互相映衬
照亮了朴实而平凡的大地

当她们悄悄地远离现实
人们才突然明白
人间的美
必须献给天空

雪原

积雪的莽原，是纯白的毛毡
唯有几头牦牛
像几滴墨

山坡上的松林

抖掉雪粒
山坡下的草芽
一点点拱出油菜花

那些雪，就捕捉了大把大把的阳光
放出了胸中无数的翅膀
蝴蝶、蜜蜂、鸟儿、鹰
都从这里起飞

看啊，雪一年年绘制的美
不可复制

玉米地里的烽火台

玉米排空而起，就像从前
夯土一层层升高
烽火中急促的步伐
踩疼了大地的时序

而今，这些抽穗的玉米
在暴烈的阳光中灌浆
而烽火台，像一个老人
用这饱满的阳光酿酒
生活的醇香，悠长而缠绵
抚慰无边无际的秋天

电信铁塔之侧的烽火台

仍然是烽火台的话题
它拥有的秘密
早已板结
就像这荒芜寂寞的戈壁

而电信铁塔高大的金属框架
守护了整个原野
它甚至高过了身边的山峰

它们应该是谱系清晰的亲族
此刻，却不能互相搀扶
衰败的黄土与簇新的钢结构
有一段无法焊接的空隙
或者是无限扩展的代沟
湮灭了从前的马蹄和驿路

悬泉

从前的马车，都要停在这里
从前的风，都要在这儿饮水
从前的路，都要在这儿瞭望
摆平以后的路

从前的草，要把所有的愁肠百结
像草一样喂大
喂出一匹匹奔腾的马

那些从高处流下来的泉水
酿造着每一天的晨光
看啊，门口坐着的夕阳
多么像我们的父亲和母亲

横卧的沙枣树

是戾风剪刀
在修枝

是断断续续的水
在供养残缺的生命

是盐碱酿制的醇香
被无数匹马
运送至华贵的宫殿
却遗漏于荒僻的村落
像民间女儿的植物头插
有丰厚的泥土滋味

是秋天的暗夜
萤火虫的化身垂落于枝间
有金质的灯笼和血红的灯笼
等待擦亮漆黑的夜油脂

在光明的早霞中
看清楚了
一棵沙枣树顽强挺立的身姿

驻牧地

泥可以分辨所有的脚印
风的脚印，雨的脚印

当一群马累了
当一顶顶帐篷堆满了
香甜的睡眠

那些泥土
找到了他们遗落的种子

这是一个多情的春天
当所有的眼睛被风沐浴

泉水把人们的疲惫抹平
传说中的酥油草
越长越高了

胡杨 创作年表

2015 年以前

1966年3月10日出生于甘肃敦煌莫高镇，那里是与敦煌莫高窟相隔十余公里的戈壁。

1975年，在敦煌莫高窟生活一年。

1985年开始诗歌创作，当年，在《星星》诗刊发表处女作，并在《当代诗歌》《飞天》《飞天诗报》《拉萨河》《甘肃青年》《小白杨》等发表诗歌作品40多首。

1989年荣获《诗神》月刊社举办的昌黎酒神杯新诗大奖赛优秀作品奖。

1990年当选为甘肃省青年诗歌学会副会长，与阳飏、古马、人邻等创办《敦煌诗报》。

1991年出版个人诗集《西部诗选》。

1992—1998年，陆续在《诗刊》《中国作家》《星星诗刊》《绿风》等发表诗歌作品。

1998年，出版西部人文地理图书《西北望》。

2000年，诗歌《故乡（外一首）》选入由中国作家协会创研部主编的《2000年中国诗歌精选》，之后，其作品多次入选中国作家协会、诗刊社主编的中国诗歌年度选本。

2001—2007年，在中国摄影出版社、新疆人民出版社等出版西部人文地理图书《神秘故城》《名胜古迹》《绚丽风光》《天下雄关》《天下雄关与丝绸古道》《古道西风》《敦煌雅丹地貌》《张掖丹霞地貌》《永远的敦煌》《西部神韵》《走进罗布泊》《中国胡杨》等，总发行量十余万册。被《中国国家地理》《华夏人文地理》《中国旅游（香港）》《户外探险》等杂志聘为特约撰稿人。

2001年，散文《西北望》在中央电视台《电视诗歌散文》栏目播出，并获得甘肃省敦煌文艺奖。

2002年，散文《嘉峪关下》被选入畅销书《中国西部人文地图》，同时，该文被选入《新课标中学生人文读本》。

2003年，散文《遥远的城堡》被拍摄为电视专题片，并荣获甘肃省"五个一工程"奖。散文《天界随想》被拍摄为电视专题片，并荣获甘肃省敦煌文艺奖。

2003年，出版散文集《东方走廊》、诗集《敦煌》，发行6000册。

2005年，组诗《长城地带》荣获《飞天》十年文学奖。同年十月穿越罗布泊，成功考察了楼兰等西域古城遗址，其长篇系列散文《走进罗布泊》在多家报纸连载，在《户外探险》《中国旅游（香港）》等登载。

2006年，被甘肃省文学院授予"甘肃省文学院荣誉作家"称号。

2007年，荣获甘肃省黄河文学奖。其诗歌在《诗潮》"中国当代诗歌扫描"，《星星诗刊》"每月推荐""文本内外"，《绿风》"西部诗人"等重点栏目推出。11月，承担《中国国家地理》年度重点选题"沿着石窟的走廊，佛走进了中国"，并在当月杂志发表；12月参加第23届青春诗会。

2008年，加入中国作家协会、中国电视艺术家协会；《作品回放：诗18首》《新作展示：诗十四首》等入选《诗刊》3月下"诗人档案"栏目；参加《中国国家地理》极地探索活动，深入阿尔金山自然保护区，完成了对世界海拔最高的大沙漠的考察活动，被列为百年地理大发现，其作品《遥远的阿尔金》发表于《中国国家地理》第12期；在《人民文学》第8期发表组诗《放马敦煌》（28首）；完成了对昆仑山、可可西里的探险考察活动。

2009年，被河西学院聘请为兼职教授；荣获甘肃省黄河文学奖一等奖、甘肃省敦煌文艺奖二等奖；组诗《大片大片的阳光》、创作谈《诗的原野》入选《诗刊》7月上"每月诗星"栏目；《胡杨的诗》发表于《诗选刊》第3期下半月；中篇小说《仕殇》、创作谈《绿洲上的生活》发表于《甘肃文苑》第3期"特别推荐"和"文学之路"栏目；荣获由中国作家协会主办的"长江颂"游记散文一等奖。

2010年，出版散文随笔集《中国河西走廊》，入选全国农家书屋重点出版物推荐目录；大型报告文学《罗布泊前沿的生态保卫战》列入中国作家协会重点作品扶持项目；小说《沙娃的夏天》（原发《飞天》第7期）入选《小说选刊》第8期；中篇小说《官戒》发表于《啄木鸟》第4期；中篇小说《新闻部》发表于《飞天》2月上，入选《诗刊》5月上"当代诗人群像"栏目；《晨光》（外二首）发表于《诗刊》7月下；组诗《绿洲的春天》（31首），创作谈《我的绿洲生活》入选《中国诗歌》第8期"头条诗人"栏目；在《北方作家》第5期发表《胡杨小说选》；组诗《塞上》、随笔《从前的敦煌》《绿洲的基座》、创作谈《诗意的原野》入选《绿风》第2期"三弦琴"栏目；在甘肃省电视艺术家协会第三次代表大会上当选为甘肃省电视艺术家协会副主席；在甘肃省作家协会第五次代表大会上当选为甘肃省作家协会理事；荣获"言子文学奖""我们的世博"征文一等奖。

2011年，出版《罗布泊前沿的生态保卫战》，同时该报告文学被《国家人文地理》刊登，被《文摘周报》选载，《雄关周末》连载；出版《壮丽的嘉峪关——漫议河西长城》；与18位青春诗会同学出版诗集《北京青春23》；3月，被嘉峪关市委、市政府命名为领军人才；被甘肃省外宣办特聘为"多彩甘肃"大型外宣项目撰稿人；完成《人民日报》（海外版）文化旅游甘肃段的系列选题；组诗《塞上》（6首）发表于《绿风》第3期"实力展示"栏目；组诗《西部，西部》及照片、简介、创作年表发表于《星星诗刊》第5期"双子星座"栏目；组诗《诗人胡杨》及照片、简介、创作年表发表于《诗探索》第1辑；完成四幕歌舞剧《天下雄关》《饮马长城窟》的创作，发表于《中国作家》影视版；完成四集电视剧《远山》的创作；诗歌《辛亥、辛亥》荣获《人民文学》"辛亥百年征文优秀奖"。散文《汉帝国的边防哨所——阳关》荣获全国旅游散文一等奖。参与编写《嘉峪关志》，被推选为嘉峪关市政协委员。

2012年，《胡杨的诗》入选《甘肃日报》"陇上文学精品"；由诗选刊杂志社出版个人诗集《绿洲扎撒》；应读者出版集团之邀，写作《河西长城——月似弯刀》一书；被九粮液集团聘请为文化大使；4月，参加甘肃省第十二次党代会；5月，参与编写《嘉峪关故事传说》一书；被酒泉市肃州区聘请为文史专员；被阳关博物馆聘请为研究员；6月，应中国科学院《中国国家地理》之邀，考察黑河，写作《黑河文化地理》。

2013年，在《人民文学》、《诗刊》、《中国诗人》、《人民日报》（海外版）等国家级报刊发表作品20多篇首。出版诗集《绿洲扎撒》，历史文化随笔集《丝绸之路敦煌》中英文版等。荣获甘肃省"优秀读书家庭"荣誉称号、《河西古建筑研究》入选嘉峪关市重点科技项目。荣获甘肃省反邪教论文二等奖、全国档案征文优秀奖。被聘为《甘肃日报》特约撰稿人。入选甘肃省宣传文化系统"四个一批"人才。《敦煌、嘉峪关和我的文学梦》入选《甘肃日报》文学陇军。

2014年，出版《嘉峪关非物质文化遗产》《嘉峪关古诗词释读》等文化专著，出版《胡杨的诗》等文学专著，《远去的塞上烽烟》《敦煌风俗漫记》入选"华夏文明之源"系列丛书。荣获"第三届甘肃省中青年德艺双馨艺术工作者"称号。

2015 年

发表作品

在省内外报刊发表诗歌散文小说600余篇（首）

《中国文化报》2015年5月29日：《献给丝绸之路的歌》

《甘肃日报》2015年11月3日：《瓜州东千佛洞：流淌西夏的月色》

《甘肃日报》2015年7月14日：《嘉峪关魏晋墓：鲜活千年的地下画廊》

《青年文学》2015年第8期：组诗《沙子泉》

《豁口》入选《2015中国年度诗歌》，漓江出版社

2015年《延河》修合杯生态征文获奖专辑：《罗布泊前沿的生态保卫战》

《读诗》2015年第三卷：《驿路》6首

《星星诗刊》2015年第11期：组诗《绿洲扎撒》

《飞天》2015年第9期：组诗《绿洲扎撒》

《甘肃日报》 2015年7月29日：散文《为胡杨证言》

《华夏文明导报》 2015年8月6日：散文《过去的敦煌》

散文《糖茶》入选中国散文大系哲理卷第2卷；《梨花之下》入选《中国散文大系》景物卷第2卷；《一语成谶》入选《中国散文大系》叙事卷第3卷

《中国诗歌》2015年第5期：组诗《胡杨的诗》

出版情况

《胡杨，生命轮回在大漠》，中国林业出版社2015年

《中国河西走廊》，甘肃美术出版社 2015年

《敦煌风俗漫记》，甘肃美术出版社2015年

《大地上的敦煌》，甘肃文化出版社2015年

创作舞剧

创作四幕大型秦剧《北漠尘清》，入选甘肃省优秀剧目，在兰州参加甘肃省优秀剧目会演，荣获甘肃省戏剧大省建设优秀剧目奖，秦韵秦腔艺术团荣获中宣部服务基层先进单位，由农民工参演的嘉峪关第一部大戏走向全国。

获奖情况

荣获由《诗刊》社主办的"茅台杯"全球诗歌大赛优秀奖

荣获由中国诗歌学会主办的"李白诗歌奖"优秀奖

荣获由中国诗歌学会等主办的第二届"魅力临夏·良恒杯"全国散文诗歌大赛诗歌组优秀奖

荣获甘肃"黄河文学奖"

荣获《诗探索》年度诗人奖

2016 年

发表作品

《西部》2016年第6期：诗歌《一个人》

《绿风》2016年第3期：组诗《绿洲扎撒》

《飞天》2016年第6期：组诗《敦煌乐章》

《诗选刊》2016年第9期：组诗《在阿拉善》

《诗探索》2016年第2期：《我的绿洲和我的诗歌》

《诗探索》2016年第3期：组诗《绿洲扎撒》

《扬子江诗刊》2016年第3期：组诗《绿洲扎撒》

《文艺人才》2016年第1期：《我的绿洲》

《粤海听涛》2016年9月：《胡杨》散文4章

《读者欣赏》2016年第6期：《甘南印象》散文4章

《读者欣赏》2016年第8期：《绿洲的信仰》散文15章

《读者欣赏》2016年第9期：《长久不衰的风物》散文15章

《甘肃日报》2016年6月15日：散文《石头的味道》

《甘肃日报》2016年6月2日：散文《河流的一侧》

《人民日报》（海外版）2016年5月21日：《盛爱萍的奇石情》

《民主协商报》2016年5月6日：《高建刚书法的意境》

《甘肃日报》2016年4月21日：散文《拐弯处》

《甘肃日报》2016年3月31日：散文《遥远的峡谷》

《甘肃日报》2016年3月12日：散文《梨花之下》

《甘肃日报》2016年7月26日：散文《牛头湾》

《甘肃日报》2016年10月25日：《文殊山：一座富含文化富矿的圣山》

《甘肃日报》2016年9月19日：《敦煌乐章》15首

《甘肃日报》2016年1月13日：《北漠尘清：再现陇上长城的波澜画卷》

《中国诗歌》2016年10期：组诗《绿洲扎撒》

《诗选刊》2016年11、12合刊：组诗《胡杨的诗》

创作舞剧

创作舞剧《饮马长城窟》《鸠摩罗什》；创作秦腔《驿使情》，并举办研讨会，甘肃省文旅厅艺术处领导专家前往嘉峪关指导剧本的创拍，当年被列入甘肃省重点扶持剧目，在嘉峪关大剧院首演成功；电影《砚情》开拍。

获奖情况

荣获冰心散文奖

出版情况

《嘉峪关下（散文节选）》，入选《中国长城志（文学艺术）》，凤凰出版传媒凤凰科技出版社2016年

出版《魏晋地下画廊》，甘肃人民出版社2016年

与阎强国合作出版《敦煌花语》，甘肃文化出版社2016年

2017 年

荣获第八届敦煌文艺奖二等奖

在《山东文学》《诗选刊》《上海诗人》《扬子江》《读者欣赏》等发表大量诗歌散文

2018 年

发表作品

《诗刊》2018年12月下半月：《绿洲扎撒》

《草堂》2018年第5期：组诗《绿洲》

《上海诗人》2018年第3期：组诗《绿洲扎撒》

《绿风》2018年第4期：组诗《绿洲扎撒》

《丝绸之路》2018年第3期：散文《敖伦布拉格：蒙古高原凝固的风水音符》

《诗选刊》2018年第5期：《嘉峪关下》

《读者欣赏》2018年第7期：长篇散文《西王母的故乡》

《读者欣赏·甘肃民航》2018年第12期：《飞天》诗一首

《读者欣赏·甘肃民航》2018年第10期：散文《威廉·林赛：一个英国人的长城情结》

《读者欣赏·甘肃民航》2018年第12期：评论《博采书之妙道　追求至臻至美》

出版情况

《沙上的树》和《雪一点一点》，入选《2018中国年度诗歌》，漓江出版社2018年

《我的绿洲和我的诗歌》《绿洲扎撒》，入选《一首诗的诞生》，首都经贸大学出版社2018年

诗歌《秋霜》《大火烧》，入选《中国诗人生日大典》，百花洲文艺出版社2018年

散文集《嘉峪关纪事》、诗歌集《嘉峪关下》入选《陇原当代文学典藏》散文卷、诗歌卷，敦煌文艺出版社2018年

参与主编《诗与远方如梦煌》，敦煌文艺出版社2018年

获奖情况

荣获由《诗选刊》主办的"记住乡愁，诗意周庄"全国诗歌大赛优秀奖

组诗《绿洲扎撒》荣获由《诗探索》主办的第三届"春泥诗歌奖"提

名奖

散文《母亲或者故乡》荣获第27届"东丽杯"孙犁散文奖

荣获由中华文学基金会主办的"千年文脉　诗意枫桥"全国诗歌大赛优秀奖

荣获首届"湘天华杯"华语诗歌大赛诗歌奖

2019 年

发表作品

《飞天》2019年第1期：中篇小说《八道湾》

《诗刊》2019年第3期：组诗 8首《在库木库里》

《上海诗人》2019年第2期：组诗 7首《绿洲扎撒》

《绿风》2019年第2期：散文诗三章《绿洲扎撒》

《民主协商报》2019年3月8日：诗歌《一棵树》

《甘肃日报》2019年3月26日：散文《人生的阶梯》

《甘肃日报》2019年3月29日：散文《油炸饼的乡村》

《中国文化报》2019年4月30日：组诗《劳动者之歌》

《龙泉山》"古今中外诗人笔下的龙泉驿"专号：诗歌《龙泉》

《读者欣赏》2019年第9期：散文《张掖：张中国之掖》

《诗选刊》2019年11、12合刊：组诗 7首《西出阳关》

《绿洲杂志》2019年9月：组诗《可克达拉》

《湖南诗人》2019年第3期：组诗《胡杨的诗》

《海外文摘年度诗歌选》：诗歌《在黑松林》

《甘肃日报》2019年5月24日：评论《敦煌诗歌的传统》

《甘肃日报》2019年9月20日：评论《师古不泥著新篇》

《北方作家》2019年第1期：组诗《绿洲扎撒》

出版情况

诗歌《胡杨树下》，入选《2019年诗歌精选》，漓江出版社 2019年

组诗8首《绿洲扎撒》，入选《第三届春泥诗歌奖获奖作品集》，中国出版集团2019年

散文《母亲或者故乡》，入选《中国散文年度选粹》，新疆生产建设兵团出版社2019年

散文诗组章《绿洲扎撒》，入选《新时代散文诗》，贵州文化音像出版社2019年

组诗《胡杨诗歌》，入选《中国当代诗歌选本》，九州出版社2019年

散文诗《绿洲扎撒》，入选《丝路的春天与河》，敦煌文艺出版社2019年

诗歌《神木》，入选《百名知名诗人同写神木》，中国出版集团2019年

诗歌《金昌 金昌》，入选《诗意金昌》，青海民族出版社2019年

《河西走廊当代边塞诗选》，读者出版社2019年

《嘉峪关筑城史》，读者出版社2019年

《中国石窟走廊》，敦煌文艺出版社2019年

《走进罗布泊》，敦煌文艺出版社 2019年

《触摸大地》，敦煌文艺出版社2019年

《胡杨：生命轮回在大漠》，中国林业出版社 2019年（入选全国中小学生读物）

获奖情况

诗歌《在阿拉善》荣获内蒙古自治区第三届"马兰杯"优秀作品奖

散文《广州的几个细节》荣获广东省作协举办的广州记事散文大赛优秀作品奖

诗歌《兰州》荣获"我为兰州写一首诗"全国诗歌征文优秀奖

秦腔剧本《八棵树》创作完成，并召开研讨会

召开胡杨作品全国研讨会，来自《诗刊》《十月》《星星》《飞天》等全国50多位专家学者参加会议，甘肃省委宣传部、甘肃省文旅厅、甘肃省文联、读者出版集团、中国诗歌学会、嘉峪关市委市政府等单位和知名作家诗人吴思敬、林莽、霍俊明、马步升、林染、汪剑钊、马青山、王珂、徐兆寿、阳飏、牛庆国、谷禾、燎原、刘向东、龚学敏、王若冰、妥清德、彭惊宇、王明博、方健荣等参会并发来贺电；编印《胡杨作品研讨会文集》，收录了专家学者的发言稿和评论文章。

2020 年

发表作品

《诗刊》2020年8月下：组诗《燕子》

《中国文艺家》2020年11月：组诗《山有灵猴》

《扬子江诗刊》2020年第1期：《黑鹰山（外二首）》

《上海诗人》2020年4月：组诗《绿洲扎撒》

《中国报告文学》2020年第10期：长篇报告文学《雄关之魂》

《中国流派》2020年第15期：诗《草书》

《飞天》2020年第5期：长篇散文《在绿洲和草原之间》

《天津文学》2020年第5期：组诗《绿洲扎撒》

《甘肃文苑》2020年第12期：组诗《绿洲扎撒》

《北方作家》2020年第4期：组诗《朝西眺望》

《绿风》2020年第6期：组诗《绿洲扎撒》

《读者》（原创版）2020年第6期：《诗二首》

出版情况

诗《黄河侧畔》，入选《中国跨年诗选（2019—2020）》，北方文艺出版社2020年

《敦煌笔记》散文两篇，入选《大美敦煌》，敦煌文艺出版社2020年

诗《桃花》，入选《汉诗三百首》，北岳文艺出版社2020年

诗《胡杨树下》入选《是什么让海水更蓝——〈诗探索·作品卷〉诗歌精选》，学苑出版社2020年

诗《三道泉》，入选《2020年中国年度诗选》，漓江出版社2020年

《玉门关组诗》，入选《玉门关诗词》，中国书籍出版社2020年

随笔集《祁连肃北》，敦煌文艺出版社2020年

诗集《长城地带》，中国诗歌网2020年

电子诗集《长城地带》，2020年

《中国河西走廊》俄语版、乌兹别克语版，2020年

参与编著《嘉峪关故事传说》，河北美术出版社2020年（甘肃省非物质文化遗产保护专项资金支持项目）

获奖情况

荣获第五届"诗探索·中国诗歌发现奖"

荣获第六届中国当代诗歌奖

首届"猴王杯"世界华语诗歌大奖赛佳作奖

获得"黄河之滨也很美"全国书法美术摄影视频及文学作品大赛文学类二等奖

2021 年

发表作品

《飞天》2021年第3期：大型散文《嘉峪关下》

《金城》2021年第2期：大型散文《嘉峪关》

《读者》（原创版）2021年第7期：诗歌《我想对你说》

《读者》（原创版）2021年第2期：诗歌《祁连山下》

《诗选刊》2021年第5期：组诗15首

《都市生活》2021年第7期：组诗《绿洲扎撒》

《北方作家》2021年第3期：散文《怀念》

《上海诗人》2021年第5期：组诗《绿洲扎撒》

《甘肃日报》2021年3月26日：报告文学《嘉峪关下八棵树》

《读者欣赏》2021年第3期：散文《本草甘肃》

《读者欣赏》2021年第4期：散文《陇上长城》

《读者欣赏·甘肃民航》2021年第12期：散文《黄土》

《江河文学》2021年第5期：组诗《绿洲扎撒》

《小诗界》2021年第3期：《荒芜的春天》

《2020年中国年度诗歌》：《三道泉》

《绿风》2021年第6期：组诗《绿洲扎撒》

《扬子江诗刊》2021年第6期：组诗《大地的孩子》

《诗刊》2021年第11期上：组诗《短诗》

《十月》2021年单月号第6期：组诗《短诗》

《诗选刊》2021年11、12合刊：组诗《绿洲扎撒》

《中国劳动保障报》2021年10月9日：《肃北草原上的苏鲁克》

《安徽科技报》2021年12月15日：《北海子》诗歌

出版情况

《玉门》，《诗日子》，中国书籍出版社2021年

《发现诗人奖合集》，诗探索出版2021年

《河西走廊非物质文化遗产（上下）》，敦煌文艺出版社2021年

《嘉峪关特色文化》国家开放大学出版社2021年，入选国家开放大学教材一百多篇诗歌、评论文章入选甘肃日报"名家"

《诗探索》2021年第一辑："中生代诗人研究"《胡杨诗歌研究》三篇论文：

王明博：《西部诗歌的勘探者——胡杨诗论》

王若冰：《在西部地理背景下——胡杨诗歌创作的地域特质》

阳飏：《胡杨诗歌的几个关键词》

编印嘉峪关文史资料特辑《嘉峪关下八棵树》

获奖情况

荣获孙犁散文奖

第二届"猴王杯"国际诗歌大赛三等奖

2022 年

应中国长城研究院、霍州市人民政府之邀，参加霍州长城研讨会

发表作品

《河西学院学报》2022年第4期：黄静姝《历史传统与现代诗情交织的西部书写——胡杨新边塞诗解读》

《北方作家》2022年第3期：《长城颂》（组诗）

《飞天》2022年第11期：《嘉峪关下》（组诗）

《读者欣赏·甘肃民航》2022年第5期：《岩画里的世界》

《中国劳动保障报》2022年1月11日：《小砖块中浓缩的大世界》

《环球人文地理》2022年第12期：《嘉峪关650年，回到嘉峪高岗的历史现场》

《人文甘肃》2022年6月：《嘉峪关传——献给一座关口的650年》

《敦煌诗刊》2022年卷：《绿洲扎撒》（组诗）

《金银滩文学》2022年第2期：《嘉峪关下》（组诗）

《飞天》2022年第2期：长篇散文《砖头里的光：另一种生》

《中华辞赋》2022年第2期：《春风》（外三首）

《读者欣赏》2022年第7期：《天下雄关——献给一座关口的650年》

《时代文学》2022年第3期：《岸上的春风》（外一首）

《金城》2022年第2期：《嘉峪关传——献给一座关口的650年》

《星星散文诗》2022年第3期：《绿洲扎撒》散文诗组章

出版情况

出版嘉峪关建关650周年邮册

编印嘉峪关文化丛书《长城诗话》

作品入选各种诗歌年度选本

2023 年

入选《诗刊社》"青春回眸"，受邀参加张家港笔会，成为参加过"青春诗会"和"青春回眸"的双料诗人

被兰州大学出版社、燕山大学出版社聘请为中国长城学术研究发掘出版工程专家委员会专家、副主编

《长城十三关史话》主编

被甘肃省文旅厅聘请为《陇上长城》出版项目主编

应邀担任秦川作品分享会分享嘉宾

应邀主讲阳关大讲堂，讲述边塞诗中的山川地理

发表作品

《绿风》2023年第1期《绿洲扎撒》五首

《读者》（原创版）2023年第4期：《嘉峪关上的雪（外一篇）》

《上海诗人》2023年第2期：《那些阳光（外五首）》

《北方作家》2023年第3期：组诗《嘉峪关下》

《兰州日报》2023年3月21日：组诗《嘉峪关下》

《飞天》2023年第1期：《定格在石头上的努图特——祁连山岩画里的世界》

《中国校园文学》2023年第4期：《在遥远而漫长的古道上》

《诗刊》2023年第6期：《当金山口》（组诗）；第17期：《遥远的沙丘》（组诗）；第24期：《窟窿峡》

《草堂》2023年第2期：《黑河之侧》（组诗）

《中国民航》2023年第8期：《天下雄关——嘉峪关》

《北海日报》2023年10月10日：《嘉峪关下》（组诗）

《新诗选》入选《烽火台下》《羊井子》

作品入选各种诗歌年度选本

多次入选中国作家协会、诗刊社"汉诗英译"